À PROPOS DE L'AUTEUR

Julia London a grandi au Texas, où elle nourrit très tôt sa passion de la littérature. Après avoir travaillé à Washington dans la fonction publique et voyagé pendant des années, elle décide de revenir au Texas pour devenir écrivain. Elle est aujourd'hui plébiscitée pour ses romances historiques et contemporaines.

DU MÊME AUTEUR

DANS LA COLLECTION

Victoria

Dans la série « Les mariés écossais » :

Unie au Highlander
Le prétendant des Highlands
La fiancée des Highlands

L'audacieuse des Highlands

Collection : VICTORIA

Titre original :
DEVIL IN TARTAN

HARPERCOLLINS FRANCE
83-85, boulevard Vincent-Auriol, 75646 PARIS CEDEX 13
Service Lectrices — Tél. : 01 45 82 47 47

www.harlequin.fr

ISBN 978-2-2804-1805-8— ISSN 2493-013X

JULIA LONDON

L'audacieuse des Highlands

Traduit de l'anglais (États-Unis) par
Marianne Jackson

Victoria

HARLEQUIN

Pour Ann Leslie Tuttle

Certains auteurs ont le don de changer le moindre mot en or. D'autres (comme moi) ont toujours besoin d'un deuxième regard sur leur travail. Sur ma route, j'ai été accompagnée par de bons éditeurs, mais Ann Leslie est l'une des meilleures. Elle m'a aidée à donner forme à cette série de romans situés dans l'Écosse du XVIIIe *siècle avec beaucoup de cœur et de sagesse. Je lui serai toujours reconnaissante de m'avoir prêté son regard d'experte.*

Chapitre 1

Île de Lismore, Highlands, Écosse, 1752

Campbell et ses hommes débarquèrent sur la rive nord de la petite île écossaise de Lismore dans la lumière déclinante du soir. Aussitôt, ils se déployèrent le long de l'étroite bande de sable, contournant les rochers et évitant les lapins qui infestaient les lieux.

Ils cherchaient des alambics.

Ils étaient aussi à la recherche d'un navire, sans doute dissimulé dans une crique discrète qu'ils n'avaient pas encore découverte. Les alambics et le navire étaient là, ils en étaient certains, et ils finiraient bien par les trouver.

Duncan Campbell, le nouveau laird de Lismore, savait que les Livingstone, un clan de quelque deux cents personnes à qui il louait une partie de son domaine, étaient réunis ce soir-là. Ils fêtaient *Sankt Hans*, la veille de la Saint-Jean, selon une coutume de leurs ancêtres danois qui s'étaient établis sur cette petite île.

Les Livingstone, de l'avis des Campbell, étaient un ramassis de fainéants qui la plupart du temps se complaisaient dans l'oisiveté… Jusqu'à récemment, du moins. Car il était parvenu aux oreilles de Duncan que les malheureux s'étaient mis à distiller du whisky clandestinement. On le lui avait fait savoir de façon détournée, à Oban et à Port Appin. Non contents d'être paresseux, les Livingstone étaient également vantards, semblait-il. La rumeur disait qu'un vieux navire danois avait été équipé pour accueillir plusieurs tonneaux et quelques hommes.

Si les Livingstone n'avaient aucune prétention à la piété, les Campbell, eux, se considéraient comme moralement supérieurs. Ces hommes étaient des chefs d'Écosse, des piliers des Highlands, des ministres de la justice sociale, et ils disposaient d'une licence pour distiller leur whisky, qu'ils vendaient avec des bénéfices rondelets en toute légalité. Aussi n'appréciaient-ils guère que l'on empiète sur leurs plates-bandes en offrant à bas prix de l'alcool de contrebande. Ils se sentaient tout simplement insultés lorsque quelqu'un osait échanger une vulgaire eau-de-vie contre le produit raffiné qu'ils confectionnaient. La concurrence déloyale leur déplaisait à tel point qu'ils se donnaient beaucoup de mal pour retrouver et détruire l'objet du délit par tous les moyens possibles, leur préférence allant toutefois aux flammes.

En s'avançant sur la plage à pas de loup, Campbell et ses hommes entendaient résonner les rires et les chants des Livingstone et le son du violon. À la nuit tombée, ces païens seraient soûls comme des barriques. Ils allumeraient un feu de joie et se mettraient à danser autour. Maudits ivrognes !

Hélas, les Campbell n'avaient fait que quelques pas quand ils furent interrompus dans leurs recherches par l'appel du cor. Le bruit était si strident que tous les lapins détalèrent aussitôt et que, à dire vrai, Duncan sentit son cœur bondir dans sa poitrine. À peine avait-il eu le temps de se ressaisir qu'une balle siffla au-dessus de sa tête.

Duncan leva les yeux vers le ciel en soupirant. Puis il se tourna vers son escorte, Edwin MacColl. Chef du clan qui occupait l'extrémité sud de Lismore, MacColl s'acquittait de ses loyers sans retard et avait le bon goût de ne pas distiller de whisky. Désireux de s'adjoindre les services de l'Écossais, Duncan avait vaincu ses réticences en le menaçant d'augmenter ses rentes s'il refusait de lui prêter main-forte.

— Nous nous sommes fait avoir, n'est-ce pas ? demanda-t-il à MacColl tandis qu'un nouveau coup de feu retentissait et qu'une décharge de chevrotine frappait la plage en soulevant un nuage de sable. Quelqu'un nous a vus et a prévenu les autres.

— Oui, acquiesça son compagnon. Ils surveillent de près ce qui leur appartient. Comme tout Écossais qui se respecte, répondit-il en lui jetant un regard éloquent.

Toute subtile qu'elle fût, la pique n'échappa pas à Campbell. Mais il n'eut pas le loisir de rappeler à MacColl que distiller du whisky clandestinement était répréhensible, et au plus haut point, même. Quatre cavaliers avaient surgi sur la colline qui s'élevait au-dessus d'eux et pointaient de longs fusils sur leur poitrine. Et comme de bien entendu, ils étaient menés par Miss Lottie Livingstone. Sous prétexte qu'elle était la fille du chef de clan, la jeune femme vagabondait sur l'île à sa guise. S'il avait été son père, Campbell l'aurait mise au pas et lui aurait rapidement fait perdre ses habitudes de sauvageonne.

— Laird Campbell ! s'écria-t-elle sur un ton enjoué avant de donner un petit coup de talon à son cheval pour descendre la pente herbeuse qui menait à la plage. Vous voilà de retour !

Pour toute réponse, Duncan émit un grognement.

— Pourquoi diable est-il si difficile de débusquer la corruption et le crime ? marmonna-t-il à l'intention de MacColl. Pourquoi faut-il que la plus belle fille de toute l'Écosse soit aussi la plus rebelle et la plus indomptable ?

Apparemment, MacColl n'avait pas de réponse à cette question. Il détourna même la tête pour dissimuler l'expression de son visage. Levant les yeux au ciel, Duncan se résigna à s'adresser à la femme qui vivait comme un chat sauvage sur cette île.

— Cessez de nous prendre pour cible, Miss Livingstone, voulez-vous ? Après tout, je suis le propriétaire de ces lieux.

C'était un comble de devoir le lui rappeler !

— En quoi puis-je vous être utile, laird ? demanda-t-elle.

— En rien. C'est à votre père que je désire parler.

À ces mots, une lueur de malice éclaira le regard de la belle.

— Il va être enchanté, j'en suis certaine ! répondit-elle en lui jetant un sourire éclatant.

Cette fille avait un rire qui laissait parfois Duncan perplexe : se moquait-elle de lui ou n'avait-elle pas toute sa raison ? Il appela ses hommes et leur fit signe de le suivre tandis que MacColl et lui gravissaient la colline menant au manoir des Livingstone.

S'ils ne trouvaient pas les distilleries et que le chef de clan refusait d'avouer ses agissements, Campbell pourrait toujours s'enquérir des derniers loyers impayés. Ainsi, il ne se serait pas donné toute cette peine pour rien.

Chapitre 2

Deux semaines plus tard
Mer du Nord

Le vent qui soufflait de l'ouest était léger, mais il apportait de lourds nuages avec lui. Pourtant, le *Reulag Balhaire* fendait les flots sans ralentir, et le balancement monotone de sa proue rappelait avec une parfaite régularité que tout allait bien.

Le capitaine Aulay Mackenzie écoutait les membres de son équipage s'interpeller tout en manœuvrant les voiles. Il ferma les yeux pour mieux sentir la fraîcheur de la brume marine sur son visage, laissant le vent fouetter la natte dans son dos. Même s'il préférait les journées où le soleil brillait de tout son éclat, c'était en des moments comme celui-ci, lorsqu'il était en mer, qu'il avait l'impression d'être vraiment lui-même. Qu'il se sentait vraiment chez lui. Là, il était maître de son navire, de son humeur, de son univers. C'était peut-être le seul endroit au monde où il éprouvait un tel bien-être.

Trop de temps s'était écoulé depuis sa dernière traversée. Ces quelques mois lui avaient semblé des années. Aulay ne supportait guère de vivre à Balhaire, le domaine de sa famille. Il avait passé toute sa vie d'adulte en mer, et chaque journée loin de son bateau lui laissait un sentiment d'insatisfaction. À Balhaire, il ne servait à rien. Son père était le chef du clan Mackenzie et Cailean, son frère aîné, était son mandataire officiel ; il le représentait aux yeux du monde. Quant à Rabbie, leur frère cadet, il dirigeait les affaires courantes du vaste domaine de Balhaire avec l'aide de la plus jeune de leurs sœurs, Catriona. Enfin, la mère et l'autre sœur d'Aulay, Vivienne, se chargeaient des civilités. Et lui-même ? Il n'était d'aucune utilité là-bas, n'avait aucun but qui puisse occuper ses journées. Sur la terre ferme, il n'était qu'un simple observateur.

Jeune homme, son père avait tenté sa chance dans le commerce maritime. La compagnie Mackenzie avait prospéré sous son regard clairvoyant, puis avait continué à s'agrandir avec ses fils. Mais leur affaire avait été durement éprouvée par la bataille de Culloden, survenue sept ans plus tôt. Après l'échec de la révolte jacobite, les Highlanders avaient été décimés par les forces anglaises, puis par les transformations de la région les petites exploitations agricoles ayant laissé la place à d'immenses élevages de moutons, de nombreux paysans, après avoir ainsi perdu leur gagne-pain, avaient été contraints de partir pour Glasgow ou plus loin encore.

Si les Mackenzie de Balhaire n'avaient pas pris part au conflit, ils y avaient néanmoins perdu la moitié de leur clan, ainsi que leur bétail et un navire, saisis par la Couronne. Mais ils avaient conservé le *Reulag Balhaire*, poursuivant un négoce de moins en moins fructueux. Toutefois, après avoir entrepris de récents travaux de réparation sur le bateau, le père d'Aulay avait voulu fermer boutique définitivement.

— À quoi bon continuer ? avait-il lâché. Naviguer nous coûte davantage que ce que le commerce nous rapporte. Les MacDonald nous ont damé le pion, voilà tout.

Ces mots avaient plongé Aulay dans l'inquiétude. Sans son bateau, il n'était plus personne. Que deviendrait-il ?

C'est alors qu'un miracle s'était produit. Irrité par la perte d'une affaire, il s'était mis en quête d'une autre. Et il avait conclu un marché avec William Tremayne de Port Glasgow. William était un Anglais, mais aussi un négociant qui avait des marchandises à vendre et cherchait un navire pour les transporter. Aulay, lui, était le capitaine d'un bateau dont les cales ne demandaient qu'à être remplies. L'alliance était parfaite. Pourtant, son père et ses frères s'y étaient d'abord opposés. Transporter la cargaison d'un autre était, selon eux, une entreprise trop hasardeuse. Aulay leur avait assuré qu'il n'y avait aucun risque. N'était-il pas un excellent capitaine ? N'avait-il pas livré et ramené à Balhaire des cales entières de marchandises ? Il avait fini par avoir gain de cause, malgré le scepticisme évident de son père.

C'était le premier voyage qu'il effectuait pour Tremayne. Le navire, qui transportait de la laine et du bœuf salé, était en route pour Amsterdam. Il mettrait ensuite le cap sur Cadix, où l'équipage devait charger une cargaison de coton avant de regagner l'Écosse.

À bord, les hommes travaillaient avec un bel entrain : c'était le commerce des Mackenzie qui les faisait vivre, et ils avaient besoin de ce travail. Aulay lui-même était d'excellente humeur. Il ne s'était pas rendu à Amsterdam depuis quelque temps, et il y avait là-bas une jeune femme aux yeux d'obsidienne et à la bouche pulpeuse à qui il avait bien l'intention de rendre visite.

Il était en train de songer à la façon dont elle ondulait contre son corps lorsqu'il fut surpris par un grand fracas. Un bruit presque semblable à celui d'un coup de tonnerre.

— Une lumière à tribord, capitaine ! cria un homme perché sur l'un des mâts.

Aulay se tourna dans la direction indiquée, bientôt rejoint par son second, Beaty. En fait de lumière, il s'agissait plutôt d'un rougeoiement.

— C'est un incendie, n'est-ce pas ? demanda-t-il à Beaty, qui observait la lueur à la longue-vue.

— Oui, grommela celui-ci.

— Et voilà que le vent se lève, ajouta Iain le Rouge, venu s'accouder au bastingage. Jamais ils ne pourront empêcher le feu de se propager si ça continue à souffler.

— Tiens donc, le navire fait voile vers la terre ! reprit Beaty.

L'apparence du vieux matelot était trompeuse : derrière un corps sec et trapu, et un visage rougeaud, il conservait l'agilité du jeune homme qu'il avait été quarante ans plus tôt. Il se hissa sur une des lattes de la grand-voile et passa un bras autour d'un hauban pour tenir la longue-vue de l'autre.

— Il ne vogue pas à plus de cinq ou six nœuds. Mais il accostera avant qu'il ne soit trop tard, si le capitaine arrive à garder son sang-froid !

— Y a-t-il un pavillon ? demanda Aulay.

— Oui, le pavillon royal, capitaine ! Le navire m'a l'air petit pour appartenir à la marine de guerre, mais c'est bien le drapeau britannique que je vois là !

Aulay lui fit signe de lui tendre la longue-vue. Grimpant sur le hauban, il se mit à scruter l'horizon à travers les nuances de gris de plus en plus denses du ciel et de l'onde.

Il distinguait des silhouettes d'hommes qui tentaient d'orienter les voiles de façon à mieux prendre le vent. D'autres plongeaient des seaux dans la mer avant de jeter de l'eau sur les flammes dans l'espoir de les éteindre. Un bateau ne prenait pas feu tout seul, à moins d'avoir été frappé par la foudre. Or rien ne laissait supposer qu'une telle cause était à l'origine de l'incendie. Aulay continua à observer l'horizon, s'efforçant de distinguer les flots du ciel, la longue-vue braquée dans la direction opposée au trajet du vaisseau.

— En voilà un autre ! s'écria-t-il enfin en apercevant un autre navire de plus petite taille.

Celui-ci semblait avoir perdu la partie supérieure de son grand mât. Aulay le désigna du doigt à Beaty et lui rendit la longue-vue avant de sauter sur le pont.

— D'après moi, c'est un bateau de Vlie, commenta son second.

— Un bateau de Vlie ! s'exclama Iain avec un ricanement dédaigneux en évoquant le petit navire néerlandais. Il n'a rien à faire en pleine mer ! Ces rafiots sont faits pour longer la côte.

— Nous ne sommes pas si loin de la côte, objecta quelqu'un d'autre. Il est peut-être à la dérive ?

Aulay jeta un œil autour de lui. Tous ses hommes s'étaient rassemblés pour voir ce qui se passait. C'était bon de naviguer à nouveau avec eux. Cette pensée le mit en joie, et il eut soudain envie d'aventure.

— Si nous allions voir de plus près ?

Le *Reulag Balhaire* n'avait pas pour mission de porter secours à d'autres vaisseaux. De manière générale, il était même considéré comme imprudent d'approcher un bateau inconnu, à moins d'être préparé à voir sa coque déchiquetée par un tir hostile. Mais l'incident avait éveillé leur curiosité à tous. Le bâtiment en flammes n'étant désormais plus qu'un point dans le lointain, ils firent voile dans la direction du petit navire qui se présentait par tribord, non sans avoir pointé un canon sur le gaillard d'avant dans l'éventualité où la rencontre tournerait mal.

Aulay gardait les yeux fixés sur le petit vaisseau, dont les contours se dessinaient peu à peu sur le ciel assombri tandis que de lourds nuages semblaient peser sur ses mâts. Ce n'est que lorsqu'ils parvinrent tout près qu'il s'aperçut que le bateau gîtait nettement.

Iain le Rouge l'examina tandis qu'ils approchaient.

— Ce n'est pas un bateau de Vlie, non. C'est une bélandre !

— Une bélandre ! rugit Beaty. Quelle folie !

Qu'il s'agisse de l'un ou de l'autre, aucun de ces deux types de vaisseaux n'était particulièrement adapté à la navigation en pleine mer.

— Y a-t-il un pavillon ? demanda encore une fois Aulay.

— Non.

Après un silence, Iain le Rouge éclata d'un grand rire.

— Regardez-les ! Voilà qu'ils essaient d'affaler les voiles !

Il s'esclaffa à nouveau, la mine réjouie.

— On dirait des enfants qui font la ronde. Mais regardez-les s'escrimer à démêler les cordages du hauban ! Un vrai sac de nœuds, ma parole ! Et en voilà un qui est tombé sur le derrière !

Tous les hommes d'Aulay s'étaient rassemblés sur le pont pour observer l'autre bateau, riant de la maladresse des membres de l'équipage qui se bousculaient en tentant de dégager une voile accrochée à un mât brisé.

— Fais donc voir, Iain ! lança un matelot, et la longue-vue passa de main en main tandis que tous se tenaient les côtes.

Lorsque revint le tour de Iain, il colla son œil à la lunette et cessa brusquement de rire.

— Bon sang, mais qu'est-ce que c'est que ça ? s'exclama-t-il en se tournant vers Aulay, les yeux écarquillés.

— Eh bien, que vois-tu ?

Le navire les tenait-il en joue, ou avait-il hissé le pavillon noir des pirates ?

— Une dame ! souffla Iain comme s'il n'en avait jamais vu de sa vie.

Une dame ? Ce n'était pas si surprenant : il arrivait parfois que les épouses de capitaines accompagnent leur mari en haute mer. Ce devait être le cas de celle-ci : une dame de haut rang n'aurait pas navigué sur une embarcation bringuebalante comme celle-ci.

— Avec une vraie robe et tout le reste ! ajouta Iain avec dans la voix un respect mêlé d'admiration.

N'ayant pas la moindre idée de ce que pouvait être « une vraie robe » aux yeux de Iain, Aulay lui fit signe de lui tendre la longue-vue.

Il la distinguait à peine, mais c'était sans nul doute une femme qui se tenait debout sur le pont en serrant entre ses mains un drapeau à peine plus blanc que les longs cheveux blond pâle, laissés libres, qui lui fouettaient le visage. À ses côtés, plusieurs hommes se cramponnaient au bastingage en jetant des regards désespérés vers son vaisseau.

Aulay ordonna à Beaty de s'approcher encore, et bientôt

il ne resta plus qu'une faible étendue de mer entre les deux bateaux. Les membres de l'équipage qui s'étaient évertués à dégager la voile cessèrent leurs vains efforts et entreprirent de faire descendre un canot le long de la coque. Après une nouvelle bousculade, quatre hommes descendirent tant bien que mal une échelle de corde et, une fois installés dans la petite embarcation, se mirent à ramer frénétiquement dans la direction du *Reulag Balhaire*. La femme était restée sur le pont avec un petit groupe d'où émergeait un colosse qui dépassait tous les autres d'une tête.

Lorsque le canot arriva à la portée de leur navire, l'un des hommes s'accrocha à l'échelle de corde pour l'empêcher de tanguer trop dangereusement, tandis qu'un autre se levait, les jambes écartées pour se maintenir en équilibre.

— *Madainn mhath !*[1] cria-t-il et, l'air quelque peu emprunté, il esquissa un moulinet de la main suivi d'une profonde révérence.

Et faillit bien passer par-dessus bord lorsqu'une grosse vague le prit au dépourvu.

— Des Écossais, commenta Beaty. C'est déjà ça.

— Nous venons implorer votre aide, mes bons messieurs ! poursuivit l'homme lorsqu'il eut réussi à se redresser. Des pirates nous ont attaqués !

Il parlait avec une intonation étrange, un peu à la manière d'un crieur public s'adressant à une foule.

Les hommes du canot ne portaient ni épées ni armes à feu, d'après ce qu'Aulay pouvait voir. Ils semblaient n'avoir d'autre préoccupation que d'empêcher le canot de basculer complètement.

1. « Bonjour ! » en gaélique écossais. (Toutes les notes sont du traducteur.)

— Ce navire battait pavillon royal ! répliqua-t-il.

Ces mots parurent surprendre le messager, qui s'accroupit pour consulter ses compagnons. Tous se mirent à secouer la tête et à parler en même temps, jusqu'à ce que l'homme se relève.

— Il n'arborait pas ce pavillon lorsqu'il a tiré sur nous, je vous le jure, capitaine ! affirma-t-il, la main sur le cœur. Il a fait feu sans la moindre provocation de notre part !

— Ça m'étonnerait, siffla Iain entre ses dents.

— Pourquoi ai-je l'impression d'assister à une pièce de théâtre ? demanda Aulay d'un ton rêveur. Qu'en penses-tu, Beaty ? Des forbans pourraient-ils mettre la main sur un pavillon royal ?

— Des forbans, sans doute pas. Mais des corsaires, ça se peut, répondit Beaty, faisant allusion à ces armateurs privés autorisés par le roi à combattre les navires ennemis. Ils n'ont rien contre un peu de piraterie, pas vrai ? Possible qu'ils aient fauché un pavillon.

Peut-être. Sans avoir assisté à la scène, il était difficile de déterminer lequel des deux vaisseaux avait lancé l'offensive. Pourtant, il semblait peu probable que des corsaires ou des pirates aient eu l'idée d'attaquer ce bateau. Il était trop petit pour contenir une cargaison importante ou des marchandises de valeur.

— Qu'avez-vous à bord qui a pu attiser leur convoitise ? demanda Aulay en se penchant par-dessus le bastingage.

— Rien, si ce n'est une dame, capitaine !

— Et qui est cette dame ?

La question donna lieu à une nouvelle discussion animée entre les occupants du canot.

— Eh bien ? Ils ne connaissent donc pas la dame ? lança Iain sur un ton narquois.

À nouveau, l'homme se redressa.

— Il s'agit de Lady Larson, capitaine ! déclara-t-il, le poing sur la poitrine. Nous la ramenons auprès de sa grand-mère, qui est souffrante !

S'interrompant, il porta la main à son cou.

— C'est un voyage d'une grande et intolérable tristesse, car la grand-mère de notre lady vit sans doute ses dernières heures !

Larson. Aulay ne connaissait pas ce nom.

— Une grand-mère souffrante, mon œil ! marmonna Beaty.

Aulay n'était pas plus convaincu que lui. Ces hommes semblaient n'avoir aucune idée de ce qu'ils faisaient. Ils ne savaient même pas qui était à bord et étaient incapables de gréer une voile pour voguer allègrement jusqu'à cette bonne vieille grand-mère. En outre, leur messager avait une étrange tendance à déclamer comme un comédien.

— Quelle est votre destination ? demanda-t-il.

— Le Danemark, capitaine. Sa grand-mère est danoise, mais nous sommes écossais, comme vous.

— Je n'ai jamais vu un Danois qui ait du plomb dans la cervelle, dit Iain d'un air songeur. Pas un seul.

— Elle m'a tout l'air d'une riche héritière, observa alors un membre de l'équipage, l'œil collé à la longue-vue.

L'homme qui se trouvait à ses côtés lui assena un coup de poing dans le bras avant de lui arracher l'instrument des mains, visiblement contrarié d'avoir attendu son tour trop longtemps. Pendant qu'Aulay, Beaty et Iain s'entretenaient avec les hommes du canot, les matelots en avaient apparemment profité pour se faire passer la lunette afin d'observer la femme à loisir.

— Vous naviguez depuis longtemps ? interrogea Beaty.

— Une journée, répondit l'homme.

— Non, mon gars, ce n'est pas ce que je voulais dire. Depuis quand êtes-vous marins ?

— Eh bien, c'est justement cela qui est intéressant, monsieur. Nous ne sommes pas des marins. Aucun d'entre nous, à l'exception de notre capitaine. Nous ne sommes que des soldats chrétiens en mission pour une noble cause. Tous valides, et déterminés à faire de notre mieux. Mais nous ne sommes pas des navigateurs à proprement parler.

— C'est bigrement curieux ! gronda Beaty en fronçant d'épais sourcils.

— En effet, acquiesça Aulay.

Billy Botly, le plus jeune et le plus petit des membres de l'équipage, fut semble-t-il le dernier à recevoir la longue-vue, et il dut se battre pour l'obtenir. Il était si fluet qu'un bon coup de vent aurait pu le faire passer par-dessus bord, et c'est précisément ce que craignit Aulay lorsqu'il le vit enfourcher le bastingage pour braquer l'instrument sur le bateau.

— Une héritière..., souffla le moussaillon, rêveur.

Passant le bras par-dessus son épaule, Aulay lui prit la longue-vue des mains pour regarder à son tour. La dame était toujours debout sur le pont, les mains croisées sur le drapeau blanc qu'elle tenait serré contre sa poitrine, comme si elle avait peur de le perdre.

Baissant la longue-vue, il se tourna vers l'homme du canot.

— Et que me voulez-vous ? Je n'ai pas le temps de conduire une donzelle jusqu'à sa grand-mère souffrante, moi ! protesta-t-il, sous les rires approbateurs de son équipage.

— C'est le navire, capitaine ! Il est en train de prendre l'eau ! Nous ne passerons pas la nuit.

— Ça vous apprendra à vous embarquer sur un bateau qui n'est pas fait pour la pleine mer ! lui cria Beaty, qui était apparemment le seul homme à bord que la vue d'une belle lady en détresse ne réussissait pas à émouvoir.

— Mais nous avons la demoiselle, et son père, qui a été blessé lors de l'attaque. Elle n'a personne pour veiller sur elle !

— Et vous voulez que je m'occupe d'elle ? demanda Aulay, partageant la franche hilarité de son équipage.

Il faisait voile vers Amsterdam, et il n'était pas question qu'il se laisse retarder. C'était un voyage crucial pour sa famille et, malgré les appréhensions de son père, Aulay était fermement convaincu que ce nouveau marché pouvait se révéler très lucratif. Après plusieurs années difficiles, il était bien décidé à prouver que le commerce des Mackenzie pouvait refleurir.

— Il nous faut seulement rejoindre un port, capitaine, rien de plus ! plaida l'homme en agrippant nerveusement l'ourlet de son gilet.

Ses compagnons et lui semblaient légèrement agités. Ils jetaient sans arrêt des coups d'œil vers leur navire, comme s'ils s'attendaient à ce qu'il coule brusquement dès qu'ils auraient le dos tourné.

— Vous accosterez avant la nuit, répondit Aulay. Rebroussez chemin, vous m'entendez ? C'est ce que votre assaillant a fait. Il vous reste deux voiles en bon état, et le vent vous portera si vous les orientez correctement. *Gun déid leat !*[1] ajouta-t-il avant de se détourner du bastingage avec la ferme intention de clore cet étrange incident.

— Capitaine, je vous en prie ! cria l'homme, affolé. L'eau entre trop vite, ne le voyez-vous pas de vos yeux ? C'est un miracle du ciel que nous ayons croisé votre route, et nous nous réjouissons de cette bonne fortune ! Nous nous apprêtions à tirer à la courte paille pour savoir qui d'entre nous emmènerait la lady et son père dans le canot, et qui serait condamné à la noyade ! Allez-vous nous tourner le dos maintenant ?

— C'est vrai, capitaine, il est en train de couler ! glissa Billy d'une voix inquiète.

— C'est quand même un drôle de bougre, observa Iain en considérant l'homme du canot avec curiosité. Pourquoi diable faut-il qu'il parle comme un milord ?

En effet, pourquoi s'exprimait-il de cette manière, et comment pouvait-on avoir l'imprudence de prendre la mer sans équipage expérimenté ? Tout cela était décidément très curieux. Mais comme Aulay retournait ces pensées dans sa tête, un grincement provenant de l'autre bateau se fit entendre. Le vent redoublait et une forte vague avait soulevé la coque, l'inclinant davantage. Portant la longue-vue à son œil, il vit la femme cramponnée au bras du colosse.

Tonnerre de Dieu ! Le navire était bel et bien en train de couler.

— Combien êtes-vous à bord ?

— Dix ! répondit l'homme.

L'un de ses compagnons lui donna un coup de pied avant de lui glisser quelques mots.

1. « Bonne chance ! » en gaélique écossais.

— Je vous demande pardon, reprit le messager après s'être entretenu brièvement avec lui. Huit seulement !

— Sont-ils bêtes au point de ne pas savoir compter ? marmonna Aulay.

— Les idiots ! renchérit Beaty.

Aulay hésitait. En tant que marin, il savait que, parfois, la mer avait le dessus. Tous autant qu'ils étaient, à l'exception de Billy, peut-être, ils étaient conscients de prendre un risque chaque fois qu'ils embarquaient. C'était même l'excitation que ce risque provoquait en eux qui les attirait encore et encore vers le large. Mais l'idée de cette femme agrippée au géant, si près de lui, tourmentait quelque peu sa conscience. Une image troublante de sa sœur Catriona surgit malgré lui dans son esprit, et il frissonna intérieurement à l'idée qu'elle pût se trouver à la place de cette lady.

— Très bien, dit-il. Faites venir la dame et vos hommes. Et prenez toutes les provisions que vous avez, entendu ? Je n'ai pas l'intention de vous nourrir tous. Et je vous préviens : vous ne voyagerez pas gratuitement, il vous faudra travailler.

— Bien entendu. Merci, capitaine, merci infiniment ! répondit l'homme.

Sans plus attendre, il fit signe à ses compagnons de se remettre à ramer.

Quand ils eurent fait demi-tour — non sans avoir heurté la coque du navire —, Beaty soupira bruyamment en jetant un regard oblique à Aulay.

— Eh bien quoi ? Voulais-tu que je laisse la dame se noyer ?

— Non ! s'écria Billy.

— Non, reconnut Beaty à contrecœur. Mais ils sont

trop nombreux, et l'un d'eux est tellement costaud qu'il nous causera autant d'ennuis que trois gaillards réunis. Où est-ce qu'ils vont dormir ? Et a-t-on seulement assez d'eau pour tout le monde ? Sans compter ces imbéciles, ajouta-t-il en désignant d'un geste les membres de leur équipage qui, toujours accoudés au bastingage, échangeaient leurs commentaires sur la mystérieuse passagère. C'est à croire qu'ils n'ont jamais vu une fille de leur vie !

— Nous les mettrons dans la cale, avec un garde pour la nuit, répondit Aulay.

— Faut-il qu'on s'arme ?

Aulay jeta un regard dans la direction du bateau, qui penchait de plus en plus.

— Ils ne représentent aucune menace.

Pour toute réponse, Beaty marmonna dans sa barbe.

Il fallut deux trajets pour faire venir tous les hommes.

— Pourquoi vous n'avez pas amené la dame, si vous avez tellement peur qu'elle se noie ? demanda Beaty avec humeur lorsque le premier groupe monta à bord avec une caisse de provisions.

— Elle refuse de venir tant que nous ne pouvons pas transporter son père, répondit celui qui était venu à leur rencontre depuis le canot.

Lorsqu'ils eurent embarqué le deuxième groupe, tous les rescapés se postèrent le long du bastingage, suivant des yeux le canot qui regagnait le bateau en péril avec deux hommes à son bord.

Aucun d'entre eux ne semblait à son aise sur un navire. La plupart n'avaient pas le pied marin : ils titubaient et se heurtaient les uns aux autres en essayant de retrouver l'équilibre chaque fois que la houle soulevait le navire. Aulay trouvait tout cela très étrange. Et il commençait à s'impatienter : l'opération prenait beaucoup trop de temps. Le *Reulag Balhaire* devait constamment tirer des bords pour éviter de s'éloigner de l'autre bateau. Aulay observait les efforts des derniers passagers. D'une main, le géant qui était resté avec la dame fit descendre au bout d'une corde une personne qu'Aulay distinguait mal, pour la déposer dans le canot. Puis la femme emprunta l'échelle de corde avec une agilité surprenante. Refusant toutes les mains qui lui étaient offertes, elle sauta dans l'embarcation et tourna la tête vers le colosse. Celui-ci entreprit de descendre à son tour, mais avec beaucoup plus de difficulté. Lourd et maladroit, il paraissait avoir du mal à passer ses immenses pieds dans les ouvertures de l'échelle. Lorsque enfin il arriva en bas, tous les occupants du canot durent se répartir des deux côtés pour empêcher celui-ci de se renverser sous son poids. Il sembla même s'enfoncer davantage dans l'eau quand ils entamèrent leur laborieuse traversée.

Dans le navire des Mackenzie, tout l'équipage avait les yeux rivés sur la petite embarcation qui approchait, attendant avec impatience d'apercevoir la femme. Penchée au-dessus de l'homme blessé, elle ne laissait voir que ses cheveux, qui lui tombaient librement sur les épaules. Une longue chevelure presque aussi blanche que la neige, qui resplendissait dans le gris du ciel et de la mer.

Lorsque le canot s'arrêta contre le flanc du vaisseau, les hommes d'Aulay s'attroupèrent sur le pont, se poussant du coude. C'était à celui qui serait le mieux placé pour aider la dame à embarquer. Les malchanceux qui étaient repoussés hors de la mêlée se penchaient par-dessus le bastingage pour la guetter. Deux hommes montèrent à bord en premier. Une fois sur le pont, ils hissèrent le blessé à l'aide de cordes, puis se faufilèrent dans la cohue pour le transporter vers l'une des cabines. Les marins eurent à peine un regard pour le corps étendu sur une civière, tout occupés qu'ils étaient à observer l'ascension de la femme. Ils tendaient le cou pour mieux la voir et certains, perchés sur le bastingage, plastronnaient comme des coqs en lui criant des encouragements.

Enfin, Aulay vit la chevelure presque blanche apparaître, puis la dame, enjambant le garde-corps, sauta sur le pont.

— *Madainn mhath*, dit-elle sur le ton d'une maîtresse de maison qui accueille ses invités venus prendre le thé.

Aussitôt, les hommes se pressèrent autour d'elle.

— Mais laissez-la respirer, enfin ! aboya Iain le Rouge. Billy, pousse-toi donc !

— Comment vous portez-vous, milady ? demanda Fingal MacDonald, l'un des membres de l'équipage d'Aulay.

— Très bien, je vous remercie, répondit-elle d'une voix aux intonations charmantes. Mais pourriez-vous reculer un tout petit peu, messieurs ? Je ne peux pas avancer d'un pas !

— Écartez-vous, écartez-vous ! cria Iain.

Les hommes se mirent à remuer maladroitement, mais aucun ne voulait céder un pouce de terrain à son voisin. Comme Iain repoussait brutalement l'un d'eux, Aulay aperçut la main gracieuse de la femme qui écartait une mèche de cheveux de sa tempe.

— Vous n'êtes pas blessée, au moins ? s'enquit son second.

À en juger par le ton inquiet de sa voix, Aulay devina que ses réticences quant à cette opération de sauvetage s'étaient entièrement dissipées.

— Oh non, merci. J'ai eu une belle peur, voilà tout.

— Mais vous avez beaucoup de sang sur votre robe, remarqua Beaty.

— Vraiment ?

Sa voix chantante avait de curieuses tonalités : des inflexions écossaises se mêlaient à un accent anglais des plus purs. Elle parlait un peu comme la mère d'Aulay, qui était anglaise de naissance mais vivait en Écosse depuis près de quarante ans.

— En effet, vous avez raison ! répondit-elle, l'air surpris. Mais ce n'est rien. C'est pour mon père que je m'inquiète.

Le géant s'approcha alors du bastingage d'un pas lourd, et Aulay eut presque l'impression que le navire s'inclinait sous son poids.

— Qu'est-ce que je dois faire, Lottie ? demanda-t-il. Je ne me souviens pas de ce que je dois faire.

Le colosse était de toute évidence simple d'esprit.

— Reste ici, lui dit-elle avec douceur. Vous êtes tous si bons ! reprit-elle de sa voix mélodieuse en s'adressant à l'équipage. J'aimerais témoigner ma gratitude à votre capitaine. Voulez-vous bien m'indiquer où il se trouve ?

S'ensuivit une agitation confuse, accompagnée de « pardon » marmonné, un mot que jamais Aulay n'avait entendu dans la bouche de ses hommes. Ces gaillards frustes et grivois semblaient presque effarouchés par la lady, se bousculant pour la laisser passer !

Dès qu'ils eurent frayé un chemin à la dame, Aulay comprit la raison de leur soudaine transformation. Il remarqua tout d'abord sa chevelure, épaisse crinière soyeuse flottant librement dans son dos, d'un blond si clair qu'il lui fit penser à la nacre des perles. Puis il vit ses grands yeux, du même bleu que les eaux qui bordaient les plages des Caraïbes. Ses lèvres roses et charnues, enfin, avaient de quoi ensorceler un homme. La grâce presque angélique de cette femme était aussi surprenante qu'incongrue au milieu de cette foule de marins. Elle était d'une éblouissante beauté. Oui, belle à couper le souffle.

Une sensation étrange et puissante envahit alors Aulay. Il eut subitement l'impression qu'un immense horizon s'ouvrait à lui, et qu'une part de lui-même était en jeu. Il reconnut instinctivement ce sentiment. Il l'avait déjà éprouvé, la première fois qu'il avait pris la mer et qu'il avait compris que ce serait là sa vie. Mais aussi la première fois qu'il avait possédé une femme. Il *savait*, tout simplement. Aulay n'était pas homme à se répandre en flatteries inutiles, mais il l'avait compris : il était envoûté.

Comme elle s'approchait de lui, ses yeux d'un bleu intense plantés dans les siens, il fut à nouveau saisi d'une sorte de vertige. Ses joues rosies par le vent et ses cheveux… Mon Dieu, ses cheveux ! Des mèches rebelles et vaporeuses qui lui encadraient superbement le visage. Elle portait une robe de soie argentée par-dessus un jupon bleu, et son corset était si serré qu'il avait bien du mal à contenir une poitrine rebondie.

Beaty, qui semblait avoir perdu l'usage de la parole, montra Aulay du doigt. Lui-même, qui se croyait pourtant à l'abri des charmes de la gent féminine pour avoir tant fréquenté les ports d'escale, restait curieusement muet.

— Capitaine, dit la lady avant de s'incliner devant lui, je vous remercie infiniment.

Aulay lui prit le coude pour la relever en songeant

vaguement qu'une femme comme elle ne devrait s'incliner devant personne.

À ce moment, le navire tangua légèrement et, comme elle s'agrippait à lui pour ne pas perdre l'équilibre, il sentit la légère pression de ses doigts sur son bras.

— Vous avez ma reconnaissance éternelle, ajouta-t-elle. Je ne sais ce que nous aurions fait si vous n'étiez pas venu nous porter secours !

Un sourire lui illumina le visage, et Aulay eut soudain l'impression que l'air lui manquait. Peut-être n'était-elle pas d'une beauté parfaite, mais l'ensemble de ses attraits faisait d'elle l'une des femmes les plus attirantes qu'il ait jamais vues.

— Si je vous disais tout ce que nous avons enduré pendant cette seule journée, vous ne me croiriez pas ! poursuivit-elle en posant une main délicate sur son cœur. Sur ma foi, j'ai bien cru que nous allions tous périr. Vous nous avez sauvé la vie, capitaine !

— Et qui ai-je le plaisir d'avoir sauvé ? demanda Aulay en promenant son regard du visage au décolleté de la jeune femme, avant de s'arrêter sur sa taille svelte.

— Mon Dieu, où ai-je la tête ? s'exclama-t-elle avec un sourire confus tandis que l'équipage se rapprochait d'eux, l'oreille tendue. Je suis si troublée par cette mésaventure que j'en oublie mes manières. Larson, capitaine. Lady Larson.

— Milady, dit-il en courbant la tête. Capitaine Mackenzie de Balhaire, pour vous servir.

— Balhaire, bien sûr ! s'écria-t-elle d'un air ravi. Vous n'êtes donc pas un ange venu du ciel, quoique la famille Mackenzie soit tout aussi légendaire ! ajouta-t-elle en lui adressant à nouveau un sourire rayonnant.

Lui, un ange ? Cette pensée laissa Aulay perplexe, tout comme l'idée qu'elle connaisse son nom. Mais, une fois encore, il resta étrangement muet.

— Dites-moi, les avez-vous vus ? demanda-t-elle en écartant à nouveau une mèche de son front. Les pirates ?

Ses yeux, qui brillaient d'un éclat singulier, lui évoquaient une radieuse journée de printemps.

— Ces voleurs ! Ils nous ont attaqués sans la moindre raison, poursuivit-elle sur un ton indigné avant de se tourner légèrement pour s'adresser à tout son auditoire. Nous voguions tranquillement et tout se passait pour le mieux, bien que nous n'ayons que peu d'expérience de la navigation. À part notre capitaine, bien sûr.

Comme elle désignait d'un geste un homme étroit de hanches et d'épaules, celui-ci joignit les mains dans le dos en s'inclinant galamment.

— Quand soudain un navire bien plus imposant que le nôtre a surgi de la brume et foncé droit sur nous !

— Comment vous a-t-il approchés ? demanda Aulay avec curiosité.

Avant de lui répondre, elle tourna vers lui son regard bleu azur.

— Avec un canon ! déclara-t-elle avec emphase. Alors que nous n'avions rien fait ! À peine l'avions-nous remarqué que… *boum* ! lança-t-elle en écartant brusquement les bras, si bien que l'on eût dit que ses seins allaient jaillir hors de son corsage.

Les hommes se penchèrent en arrière comme s'ils craignaient que cela n'arrive réellement, mais se rapprochèrent aussitôt.

— Mon pauvre père a été gravement blessé à la poitrine, ajouta-t-elle, et son sourire s'effaça de son visage.

— Vous êtes blessée, vous aussi, observa à nouveau Beaty en montrant sa robe déchirée et tachée de sang.

La jeune femme baissa la tête pour constater les dégâts.

— En effet. Je l'avais oublié, dans toute cette confusion !

— Il faudra regarder ça, Miss Livingstone, intervint l'un de ses hommes, qui se trouvait quelque part derrière l'équipage d'Aulay.

— La gangrène, et toutes ces maladies, ajouta-t-il…

La gangrène ! Aulay leva les yeux au ciel.

— La gangrène ! s'écria-t-elle, affolée.

— Il ne faut pas vous en faire pour ça, dit Beaty en jetant un regard noir à celui qui avait parlé.

Alors, sans prévenir, Lady Larson se pencha en avant, saisit le bord de sa jupe et le releva jusqu'au mollet.

D'un même mouvement, tous les hommes d'Aulay se précipitèrent en avant, les yeux rivés sur les bottines et la cheville recouverte d'un bas.

— Je ne vois rien. Ce doit être un peu plus haut.

À la grande surprise d'Aulay, elle remonta sa robe jusqu'au genou, lui ôtant momentanément toute capacité de réflexion. Elle remonta sa jupe encore un peu, au-dessus de son bas, jusqu'à dévoiler la peau laiteuse de sa cuisse nue. Il y avait en effet une petite entaille à cet endroit, mais qui n'était pas assez longue ni profonde pour expliquer que sa robe soit maculée de sang.

La dame leva les yeux vers l'assemblée avant d'arrêter son regard sur Aulay.

— Vous croyez que c'est très grave ? demanda-t-elle avec grâce.

Jetant sa jambe en avant, elle l'invitait presque à venir voir de plus près.

— Est-ce que l'un d'entre vous voit quelque chose ?

Aulay n'eut pas l'occasion de lui répondre. Une soudaine et violente explosion provenant de l'autre bateau le fit sursauter, comme tous ceux qui l'entouraient. C'est alors qu'il se souvint de ce qui différenciait une bélandre d'un bateau de Vlie : la première était généralement équipée d'un ou deux petits canons.

Avant qu'il ait le temps de formuler un ordre ou même de prononcer le moindre mot, il reçut sur le crâne un coup d'une telle brutalité qu'il s'effondra sur le pont. Il voulut se relever, mais ses jambes se dérobaient sous lui et le navire semblait tourner sur lui-même. Lorsqu'il parvint à se redresser sur les genoux, il leva les yeux et croisa le regard bleu clair de Lady Larson.

— Je suis vraiment désolée, lui dit-elle d'un air contrit, avant de lui assener dans la mâchoire un coup de genou qui le projeta en arrière.

Aulay réussit à se relever en s'agrippant au bastingage. Encore légèrement vacillant, il s'apprêtait à se saisir de la jeune femme lorsqu'un nouveau coup à la tête le terrassa.

Avant que tout ne devienne noir autour de lui, il eut le temps de penser qu'au bout du compte la mer avait fini par causer sa perte. Pas à cause d'un combat ni d'une tempête. Mais d'une femme.

Chapitre 3

Lorsque la *Margit* avait appareillé des rives de Lismore, jamais Lottie n'aurait imaginé qu'à peine deux jours plus tard, elle allait devenir une pirate. Car c'était bel et bien le qualificatif qu'elle méritait après ce qu'elle avait fait.

Le calme était revenu et les Livingstone avaient remporté la bataille. Les Mackenzie ne s'étaient doutés de rien ; son clan et elle les avaient pris totalement au dépourvu. Mais en songeant au désastre sans nom qui les attendait à présent, Lottie avait encore le souffle court. Une douleur vive lui transperçait les tempes tandis qu'elle tentait de remettre de l'ordre dans ses idées. Comment diable avaient-ils réussi à perdre un navire et à en voler un autre en l'espace d'une journée ?

Ce n'était absolument pas ce qui avait été prévu.

Elle posa les yeux sur son père, qui gisait sur le lit. Faute d'un lieu plus approprié, ils l'avaient installé dans la cabine du capitaine. Trois autres blessés, deux hommes de Mackenzie et un du clan Livingstone, avaient été placés dans le poste d'équipage. Aucun d'eux n'était en danger de mort, Dieu merci. Morven, qui tenait lieu de guérisseur chez les Livingstone, en était certain.

Son père, hélas, avait eu moins de chance. Lottie avait

l'estomac noué devant son teint grisâtre, et plus encore lorsqu'elle regardait les bandes imbibées de sang qui recouvraient le trou béant dans sa poitrine.

À présent, il gémissait en cherchant sa main. Et tous les autres, ces hommes qui se pressaient autour d'elle dans la petite cabine ? Tous exposaient leur avis sur la marche à suivre et s'attendaient à ce qu'elle tranche. Tous sauf Gilroy, le capitaine de la *Margit*, un ami de son père depuis plus de quarante ans. Debout devant le hublot, il regardait son bateau s'enfoncer peu à peu dans la mer tandis qu'il partait à la dérive, ballotté par la houle.

— Alors, que fait-on maintenant ? demanda Norval Livingstone.

Mon Dieu, comme Lottie avait mal au crâne ! Pourquoi fallait-il que tous ces hommes comptent sur elle pour résoudre leurs innombrables difficultés ? Ne voyaient-ils pas que jusqu'à présent chacune de ses décisions n'avait servi qu'à aggraver leur situation ? Lorsque Gilroy avait annoncé qu'on avait tiré sur la proue de leur bateau et que celui-ci prenait l'eau, la terreur et la panique qui s'étaient emparées d'elle lui avaient fait perdre tout sens commun. Ils ignoraient qui les avaient attaqués et pourquoi. En outre, ils ne disposaient à bord que d'un canon pour combattre un navire bien plus imposant que le leur, et ils savaient à peine s'en servir. Pourtant, ils avaient bel et bien tiré. Qui sait ce qu'ils avaient touché, mais ils avaient déclenché un incendie sur l'autre bâtiment. Tout cela s'était produit comme par accident : c'était tout simplement miraculeux qu'ils aient réussi à atteindre leur adversaire. Celui-ci avait fait demi-tour aussi rapidement qu'il était venu en mettant le cap sur l'Écosse.

Lottie aurait dû suivre le conseil que Gilroy lui avait

donné une fois le combat terminé, lorsque leur agresseur avait pris la fuite. Oui, elle aurait dû laisser l'équipage tirer à la courte paille pour décider qui la raccompagnerait en Écosse avec son père à bord du canot tandis que les autres tenteraient de ramener le bateau naufragé vers la rive. Mais alors, quelqu'un avait crié qu'un autre navire approchait, et son père l'avait suppliée de ne pas faire demi-tour. C'est ainsi qu'elle avait imaginé ce plan insensé et périlleux, en priant pour qu'il leur sauve la vie à tous.

Un plan si absurde qu'elle n'arrivait toujours pas à croire qu'il avait fonctionné.

— Eh bien, Gilroy, que voyez-vous ? demanda Duff MacGuire.

Duff était le comédien du clan Livingstone. C'était lui qui, à bord du canot, avait joué le rôle de messager lorsque le navire des Mackenzie leur était venu en aide.

— Il pleut, à présent, répondit Gilroy sur un ton neutre. Et mon bateau a coulé, ajouta-t-il avant de se retourner.

Son visage était creusé de rides que Lottie ne lui avait jamais vues.

— Ce bateau n'était pas fait pour un tel voyage, lâcha-t-il d'une voix morose. Je l'avais dit à Bernt, mais il a insisté en affirmant que nous avions une noble mission à remplir. Et il a sombré à jamais !

— Je suis vraiment navrée, Gilroy, murmura Lottie.

— Je n'aime pas ça ! déclara Drustan, affolé.

Son jeune frère se balançait d'avant en arrière et, en raison de son impressionnante corpulence, il ne cessait de se cogner contre la table. Lottie posa une main sur son bras pour l'apaiser tandis qu'il jetait sur leur père des regards horrifiés. Elle vit la sueur perler le long de sa tempe ; il était bouleversé. Mais le pauvre Drustan était toujours un peu perdu. Né avec le cordon enroulé autour du cou, il avait bien failli mourir aussitôt. Il n'avait jamais été tout à fait comme les autres.

Leur mère avait toujours dit que Drustan était spécial.

— Il y a du génie dans ce garçon. On ne l'a pas encore découvert, voilà tout.

— Ne t'inquiète pas pour notre père, lui dit Lottie. Il est solide comme le roc, tu le sais. C'est la potion que Morven lui a donnée pour le soigner qui le fait dormir. Va avec Mats et Gilroy, maintenant. Il y a beaucoup à faire.

Elle s'attendait à ce que le capitaine confirme ses dires, mais celui-ci, perdu dans ses pensées, gardait les yeux fixés sur ses pieds.

Mathais, le plus jeune frère de Lottie, s'approcha d'elle en bombant le torse à la manière d'un gros pigeon. Il venait d'avoir quatorze ans, tandis que Drustan en avait vingt et elle vingt-trois. Il avait un cœur de guerrier mais était encore un enfant.

— J'y vais, Lot. Tu n'as pas besoin d'envoyer Drustan, il ne ferait que nous gêner.

— Va, répondit-elle avec un geste de la main, trop abattue pour discuter. Et emmène Drustan.

Mathais leva les yeux au ciel.

— Gilroy ?

— Hum ? demanda celui-ci en relevant la tête.

— Ne faudrait-il pas que quelqu'un gouverne le navire ? suggéra-t-elle avec douceur.

Il fronça les sourcils comme s'il venait tout juste de se rendre compte de la situation.

— Vous voulez dire qu'il n'y a personne à la barre ?

— Mais enfin, qui pourrait bien être à la barre, Gilroy ? demanda Duff avec humeur.

— Nom d'une pipe, c'est à croire que nous avons tous perdu la tête ! gronda Gilroy avant de quitter la cabine à grands pas.

Mathais pivota sur lui-même pour le suivre et s'emmêla les pieds, qui semblaient grandir d'un pouce chaque jour. Drustan, qui les dominait tous d'une tête, se hâta derrière son frère comme s'il avait peur de le perdre.

Lottie resta seule avec Duff et Robert MacLean. MacLean était chargé de tenir les livres de comptes des Livingstone. Autrement dit, c'était lui qui venait chaque semaine voir Lottie et son père pour leur expliquer que leurs réserves fondaient comme neige au soleil. Dans son métier, il faisait preuve d'une capacité à arrondir les angles qui lui valait d'être vénéré par toute la famille.

— Nous devrions faire marche arrière avant qu'il ne soit trop tard, suggéra Lottie.

— Vous plaisantez ! rétorqua Duff. Dans moins de trois jours, nous serons au Danemark. Votre père ne supporterait pas que vous renonciez maintenant, après tout ce que nous avons fait !

— Mais il est gravement blessé ! protesta Lottie, qui dut réprimer un haut-le-cœur en repensant au trou béant qu'elle avait vu dans sa poitrine.

— Morven est tout aussi capable que n'importe quel guérisseur des Highlands, n'est-ce pas ? Votre père ne serait pas mieux soigné à Lismore. De plus, Lottie, vous savez que Bernt veut que vous alliez jusqu'au bout.

Fallait-il qu'il lui rappelle la scène horrible de ce matin ? Elle hocha le menton : en effet, son père lui avait signifié en des termes on ne peut plus clairs qu'elle devait continuer.

— Mais nous ne pouvons pas le laisser ici, dans la cabine du capitaine !

Elle tourna alors la tête vers le coin de la pièce où se trouvait le commandant du *Reulag Balhaire*. Ligoté, bâillonné et enchaîné à un bureau construit à même la paroi, il était pour l'heure complément inconscient. Il avait subi quelques coups, mais c'était le breuvage que Morven avait réussi à lui faire avaler qui avait mis fin à ses vociférations et ses jurons.

— Ma grand-mère avait coutume de dire que cette potion pourrait assommer un cheval, avait-il déclaré, sa fiole à la main, visiblement admiratif devant la puissance de sa préparation tandis que le capitaine sombrait dans un profond sommeil.

— Votre père est très bien ici, Lottie, répondit Duff. La cabine avant est pleine. La seule solution serait de l'emmener dans la cale, qui est actuellement occupée par des hommes furibonds attachés les uns aux autres. Ce serait pure folie !

— Et n'ayez pas d'inquiétude au sujet du capitaine, renchérit MacLean. Il ne peut vous faire aucun mal, à présent.

Lottie se tourna à nouveau vers le prisonnier.

— Se remettra-t-il de ce que nous lui avons fait subir ? demanda-t-elle.

— Il se portera bientôt comme un charme, affirma Duff avec une autorité qu'il ne possédait sans doute pas. Si vous voulez mon avis, sa fierté pâtira de cette aventure davantage que son corps.

Mon Dieu, son corps ! Lorsque, sur le pont, la foule

de curieux s'était écartée et que Lottie avait posé les yeux sur le capitaine pour la première fois, elle avait été frappée par sa stupéfiante beauté. Il se tenait devant elle, superbe, sans gilet ni pardessus, mais simplement vêtu de culottes et d'une tunique de linon ouverte au col. Elle s'était attendue à voir un commandant plus âgé et osseux, comme Gilroy, et certainement pas un homme aussi viril. Pourtant, ce n'étaient pas ses traits harmonieux ni sa prestance qui lui avaient soudain fait palpiter le cœur. Non, c'étaient ses yeux. Il l'avait contemplée d'un regard si brûlant qu'elle avait cru sentir sa peau s'embraser.

— C'est cruel de le rabaisser ainsi, marmonna-t-elle avant de détourner le regard de ce prisonnier diablement attirant pour éviter que Duff et MacLean lisent sur son visage la culpabilité... ou le trouble qu'il provoquait en elle.

— C'est déjà criminel de nous être emparés de son navire sans son consentement. Je ne veux pas qu'il soit blessé ou insulté, par-dessus le marché.

» Le mal est fait, jeune fille, répliqua Duff avec un haussement d'épaules. Nous ne sommes pas venus lui faire une visite de courtoisie, n'est-ce pas ? Il fera ce que nous lui dirons de faire, un point c'est tout. A-t-il le choix ?

Duff avait raison, bien entendu, et pourtant cela n'empêchait pas Lottie d'éprouver un affreux remords. Elle ne voulait pas infliger à l'équipage du *Reulag Balhaire* davantage que ce que ses hommes et elle leur avaient déjà fait subir. Oh ! ce voyage avait été une terrible erreur ! Et voilà qu'ils se trouvaient tous au cœur d'un véritable cauchemar.

— Nous ferions mieux d'aller prêter main-forte aux autres, intervint MacLean, coupant court à ses réflexions.

Et je veux garder un œil sur Gilroy ; son humeur ne me dit rien de bon. Pouvons-nous vous laisser, miss ? demanda-t-il en scrutant le visage de Lottie.

— Je suppose que oui, répondit-elle, indifférente, après avoir promené son regard du capitaine à son père, tous deux inconscients.

— Fort bien.

Avant de sortir, il se retourna.

— Un homme se tiendra devant la porte en permanence. En cas de besoin, vous n'aurez qu'à l'appeler.

Elle le suivit des yeux tandis qu'il quittait la pièce avec Duff.

Le silence. Enfin ! Tout s'était enchaîné si vite. Si seulement elle avait eu un peu de temps pour envisager toutes les possibilités… Mais elle n'avait pas eu un instant de répit, et aucun de ses hommes ne s'était opposé à son plan. À présent, il lui fallait examiner posément la situation et, Dieu merci, pour la première fois depuis leur départ de Lismore, elle avait un moment de solitude.

De solitude… Pas tout à fait. Mais du moins, un moment de calme.

Se laissant tomber sur une chaise, elle prit soudain conscience de son épuisement. Une fatigue écrasante envahissait tous ses membres. Elle croisa les bras sur la table et y posa la tête. Mais dès qu'elle eut fermé les yeux, des images de la journée écoulée vinrent tourmenter son esprit.

C'était tout simplement une catastrophe. Il n'y avait pas d'autre mot pour décrire ce qui s'était produit.

Tout avait commencé deux semaines plus tôt, le soir de *Sankt Hans*, alors qu'ils célébraient comme chaque année la Saint-Jean. Le clan Livingstone s'apprêtait à assister à une pièce de théâtre écrite et mise en scène par Duff. Celui-ci, qui se considérait comme un grand acteur, avait rallié cinq membres du clan pour former une troupe. Mais juste avant le lever de rideau, le vieux Donnie avait donné l'alerte. Ce dernier habitait à la pointe de l'île, face à Port Appin, et il était chargé de sonner du cor si quiconque tentait d'accoster sur leur territoire.

Aussitôt, tout le monde s'était empressé de dissimuler les bouteilles de whisky compromettantes.

— Et notre pièce ? avait gémi Duff, amèrement déçu.

Lottie avait participé à une course de chevaux cet après-midi-là, et sa monture, Stjerne, était encore sellée. Lorsqu'elle avait vu Norval et Bear Livingstone sauter en selle, elle les avait suivis sans hésiter. Il en allait ainsi à Lismore : dès qu'un événement se produisait, il fallait qu'elle soit présente.

Elle n'avait été aucunement étonnée de découvrir Laird Campbell, coiffé de sa perruque savamment bouclée et abondamment poudrée, en train de rôder au milieu des lapins. Ce n'était pas la première fois qu'il tentait de trouver les alambics. Naturellement, il était accompagné d'Edwin MacColl, le chef du clan qui occupait ce que les Livingstone considéraient comme la « bonne partie » de l'île.

Lottie avait toujours eu une certaine affection pour Mr MacColl — dès lors qu'il restait de son côté de Lismore. Il était veuf et ses enfants avaient à leur tour fondé une famille. Quoique plus âgé que son père, il était encore robuste et ses sourcils blancs et broussailleux se soulevaient d'une curieuse manière quand il souriait à

Lottie d'un air mélancolique, comme il avait coutume de le faire.

Mais dernièrement, ses visites dans le nord de l'île étaient devenues trop fréquentes. En outre, il avait suggéré à son père qu'elle ferait une bonne épouse pour lui. « J'ai une belle maison dont elle pourra s'occuper, et une table toujours bien garnie », avait-il déclaré, estimant visiblement que ces deux arguments constituaient ses atouts les plus convaincants.

Sa proposition n'avait pas surpris Lottie. À dire vrai, elle faisait partie des rares filles de l'île qui n'étaient pas encore mariées. Aussi tous les hommes de Lismore semblaient-ils se considérer comme l'époux idéal pour elle, exactement comme sa mère, Dieu ait son âme, le lui avait prédit.

« Tu es une beauté, ma fille », lui avait-elle dit. « Or les hommes sont attirés par la beauté comme les papillons de nuit par la lumière. Tu ne dois pas les laisser te tourner la tête avec leurs belles paroles et leurs vains serments. Cherche l'homme qui t'honorera pour ton cœur et non pour ton joli minois, tu m'entends ? Et méfie-toi de ton père, mon enfant : il t'aime, bien sûr, plus que sa vie, mais il se laisse facilement convaincre par les promesses des autres. »

Si les paroles de sa mère n'avaient pas suffi à la mettre en garde contre les hommes, Anders Iversen s'était chargé de lui montrer à quel point celle-ci avait eu raison.

Toujours est-il que, lorsque Lottie avait trouvé Laird Campbell en train de fouiner chez eux, elle l'avait escorté jusqu'à la demeure familiale. En voyant son père sortir de la maison d'un pas mal assuré, elle avait dû réprimer une grimace : de toute évidence, il avait trop bu.

— Ah, Laird Campbell ! *Fàilte !*[1] s'était-il exclamé avec bonhomie.

Son père était un homme gai et insouciant de nature, et aucun événement ne semblait pouvoir entamer sa jovialité.

Lottie était descendue de cheval et s'apprêtait à pénétrer dans la maison quand le laird s'était tourné brusquement vers elle.

— Miss Livingstone, je vous prie, laissez-nous entre hommes. Nous avons besoin de parler sans détour, et une jeune fille ne devrait pas entendre ce genre de conversation.

Irritée par cette remarque, elle avait ouvert la bouche pour protester que c'était à son père et à elle d'en décider, mais n'en avait pas eu le temps.

— Bien sûr, laird. Lottie, ma fille, va donc voir comment se passe la fête, tu veux ? avait dit son père en lui faisant signe de s'éloigner.

Après ce qui lui avait semblé une éternité, Laird Campbell et Mr MacColl avaient réapparu sur le pas de la porte. Tous deux l'avaient saluée — Mr MacColl avec un sourire penaud — avant de repartir vers leur bateau. Aussitôt, Lottie s'était précipitée dans la maison avec Duff et MacLean à sa suite, impatiente de connaître la teneur de la conversation.

Bien entendu, la visite du laird n'avait aucunement troublé son père.

— Il est venu pour les loyers, avait-il expliqué avant d'éclater d'un rire irrévérencieux.

1 « Bienvenue ! » en gaélique écossais.

Se penchant pour ouvrir le buffet, il en avait sorti une bouteille de whisky.

— Je lui ai dit que nous ne pouvions pas lui payer ce que nous lui devons pour l'instant, mais qu'il n'avait pas à s'en faire. Car, avait-il ajouté en se tapotant le crâne de l'index, je me creuse la cervelle !

— Mon Dieu ! avait gémi Lottie.

— Et savez-vous ce qu'il m'a répondu ? « Votre cervelle vous dit-elle précisément à quelle date vous réglerez vos dettes ? »

Son père avait pouffé de plus belle tout en servant à chacun un petit verre de whisky.

— Et… ? avait demandé Lottie.

— Je lui ai dit que nous aurions la somme dans un mois.

Lottie avait senti son cœur se serrer. Un mois ! C'était tout bonnement impossible !

Son père avait levé la main comme pour prévenir toute protestation.

— Calme-toi, Lot. Nous trouverons bien quelque chose. N'importe quelle solution vaudra mieux que ce que Campbell a suggéré.

— Quoi donc ? Qu'a-t-il suggéré ?

— Oh ! il est convaincu que je devrais accepter de donner ma fille en mariage à MacColl.

Lottie avait cru défaillir.

— Rien d'étonnant à cela ! J'ai la plus jolie fille des Highlands, je l'ai entendu dire plus d'une fois. Il n'y a pas un gars de Lismore qui ne se languisse d'amour pour elle, pas vrai, Robert ?

Le visage soudain cramoisi, MacLean avait baissé la tête pour contempler son verre.

— Mais comme je l'ai expliqué au laird, ils vont languir longtemps, tous autant qu'ils sont, car elle ne s'intéresse à personne depuis qu'on lui a brisé le cœur.

— Père ! s'était exclamée Lottie en sentant le rouge de l'humiliation lui monter au front. Je n'ai *pas* le cœur brisé !

— Le laird a insisté pour que j'accepte la demande en mariage de MacColl. En échange, ce dernier paierait nos loyers et surveillerait les affaires du clan, ce qui réglerait nos problèmes d'un bout à l'autre de l'île.

— Cela fait une montagne de problèmes, avait commenté Duff d'un air songeur.

— Je me sens mal, avait soufflé Lottie en se laissant tomber sur un vieux fauteuil.

— J'ai de l'admiration pour Edwin MacColl, je le reconnais, avait poursuivi son père sur un ton enjoué. Il est futé, je l'ai toujours dit. Mais j'ai un plan qui vaut bien le sien, avait-il affirmé en vidant son verre d'une traite.

L'ennui, c'était que lorsque son père avait un plan, le désastre n'était jamais loin.

— Quel plan ? avait-elle demandé d'une voix faible.

— J'y viens ! Le laird n'en avait pas encore fini avec moi, avait-il continué en se servant un nouveau verre de whisky, visiblement ravi de raconter leur conversation. Il m'a dit que j'étais totalement déraisonnable !

— Il n'a pas osé ! s'était écrié MacLean d'un air indigné, malgré l'évidente vérité de cette remarque.

— Il a parlé des chaufours et du tissage de lin, avait dit son père avec un geste vague de la main, comme pour balayer le souvenir de ces deux entreprises qui avaient l'une comme l'autre échoué lamentablement en coûtant extrêmement cher à leur clan.

Son père était un homme fantasque et irréfléchi. Il se laissait volontiers attirer dans des plans douteux qui finissaient irrémédiablement par les ruiner. Lorsque Lottie était enfant, il avait été question de choisir un nouveau chef. Mais les Livingstone vénéraient la loi du clan. Or son père, Bernt, était le petit-fils de Vilhelm Livingstone, un baron danois qui avait fui son pays pendant la guerre contre la Suède en emportant une fortune importante. Il était le fondateur incontesté du clan, et Bernt son héritier et son chef légitimes.

Aujourd'hui, dans ce navire ballotté par les flots, Lottie avait encore en tête l'image de son père, debout dans leur demeure, jambes écartées, les yeux brillants tandis qu'il évoquait son plan. Relevant la tête, elle le regarda. Grâce à la potion que lui avait administrée Morven, il dormait profondément, libéré de la douleur que lui infligeait ce trou dans la poitrine. Elle adorait son père, mais s'il était une chose qui la faisait enrager, c'était bien son impétuosité. Il avait dilapidé son héritage en s'aventurant dans des projets grandioses qui n'avaient jamais porté leurs fruits.

C'était en des moments comme celui-ci que sa mère lui manquait le plus. Son bon sens avait été un excellent contrepoids aux extravagances de son père. La mort l'avait emportée dix ans plus tôt, hélas, avec la petite fille qu'elle venait de mettre au monde. Mathais n'était encore qu'un bambin alors, et elle-même avait treize ans. Sur son lit de mort, sa mère avait eu une sorte de prémonition, même si Lottie ne s'en était rendu compte que bien plus tard. Se sachant mourante, elle l'avait appelée à son chevet.

— Ton père aura besoin de toi, *leannan*[1], et tes frères aussi, lui avait-elle dit en serrant sa main dans la sienne avec une force qui semblait démentir son état de faiblesse. Écoute-moi bien, ma fille : tu auras l'impression que ta vie ne t'appartient pas, mais tu dois me jurer aujourd'hui de ne jamais t'oublier.

— Que dites-vous, mère ? avait demandé Lottie, éperdue de douleur.

— Jure-moi que tu n'oublieras pas tes propres désirs, tu m'entends ? Tu mérites le meilleur de ce que la vie a à offrir. Cela te semblera impossible, tu auras le sentiment de ne pas avoir ta place, mais tu auras la vie à laquelle tu aspires si tu ne perds pas de vue ce que tu veux. Comprends-tu ce que je dis, ma fille ?

— Oui, mère.

Mais en vérité, elle n'avait pas vraiment compris, ce jour-là, les paroles de sa mère. Accablée de chagrin, elle avait attribué sa supplication à la fièvre. Pourtant, la suite lui avait donné raison. Dès le moment de sa mort tragique, Lottie avait dû jouer le rôle de fille, mais aussi de mère et de maîtresse de maison pour sa famille. Elle s'était efforcée d'apporter à son père l'équilibre que sa mère lui avait toujours donné. Mais bien qu'il en eût désespérément besoin, celui-ci ne lui avait pas rendu la tâche facile.

Et maintenant ? Elle était assise à la table d'un capitaine qu'elle ne connaissait pas, dans la cabine du navire qu'elle lui avait volé. Tout cela à cause de la dernière lubie de son père : ce maudit whisky…

1. En gaélique écossais, terme affectueux pouvant se traduire par « ma chérie ».

Le jour de *Sankt Hans*, le laird l'avait accusé de distiller du whisky illégalement.

— Bien entendu, j'ai nié, avait expliqué son père. Il commençait à m'agacer ! Il m'a menacé de sanctions et a prétendu que je voulais éviter de payer mon dû à la Couronne, et que je lui faisais de la concurrence déloyale ! Selon lui, son clan est le seul à pouvoir légitimement distiller et vendre du whisky, et je ferais mieux d'accepter la proposition de MacColl si je veux sauver ma peau.

À ce moment-là, Lottie s'était dit qu'il n'y avait plus aucun espoir : elle allait être forcée d'épouser ce vieux nigaud.

— Et que lui avez-vous répondu ? avait demandé Duff.

— Je lui ai dit : « Eh bien, je vous souhaite bonne chance ! », s'était exclamé son père, une lueur malicieuse dans le regard, avant d'éclater d'un grand rire.

Mais personne d'autre n'avait ri.

— Oh ! mais ne faites pas cette tête ! avait-il protesté d'un ton bourru, déçu par leur réaction. Après tout, la proposition de MacColl n'est pas sans intérêt, pas vrai, *leannan* ? avait-il demandé sur un ton curieux, comme si cette pensée venait tout juste de l'effleurer. C'est vrai qu'il a une belle maison, plus belle que celle-ci. Douze pièces, c'est bien cela ?

— Je m'en moque, avait rétorqué Lottie, de plus en plus inquiète. Croyez-vous que c'est la taille de sa maison qui va me convaincre ? Il est plus vieux que vous, père. Voulez-vous que je renonce à avoir des enfants un jour ?

— Ne te mets pas dans cet état, *pusling*[1] ! avait-il dit gaiement. Je te demande simplement ton avis. Si cela ne

1. En danois, terme affectueux pour s'adresser à une personne petite et mignonne.

tenait qu'à moi, je ne donnerais pas ma seule et unique fille, la plus belle femme de toute l'Écosse, à ce vieux barbon. Sauf si c'était elle qui me le demandait. Non, mon plan est bien supérieur !

Et en effet, son père avait un plan.

Son idée était d'aller vendre leur whisky, une fois celui-ci arrivé à maturation, de l'autre côté du lac, à Oban. Il avait rencontré là-bas un homme qui tâtait du commerce du whisky et savait où l'on pouvait tirer de bons bénéfices de la vente d'alcool de contrebande. À ce stade du récit, Lottie avait perdu toute patience. Son père était décidément impossible ! C'était une chose d'impliquer tous les Livingstone dans ses activités clandestines de distillation de whisky, mais c'en était une autre d'aller en parler à des inconnus ! Elle comprenait à présent les soupçons de Campbell : quelqu'un s'était montré trop bavard.

— Naturellement, l'Écossais aura droit à une petite part des bénéfices puisqu'il a tout arrangé. C'est bien normal, pas vrai ?

— Qu'entendez-vous par « une petite part des bénéfices » ? avait-elle demandé.

— Seulement vingt pour cent.

Vingt pour cent ? Lottie s'était étranglée d'indignation. À ses côtés, Duff et MacLean semblaient tout aussi choqués et inquiets.

— C'est une opportunité, Lottie !

— C'est du vol, père ! avait-elle répliqué avec véhémence. Pour avoir droit à vingt pour cent de nos bénéfices, il devrait nous obtenir un dîner avec le roi, rien de moins ! Et à présent, il y a à Oban un Écossais qui sait tout de nos affaires !

Se laissant aller contre le dos du fauteuil, elle s'était brusquement couvert les yeux de son bras pour lutter contre le vertige qui s'emparait d'elle. Dans quel bourbier son père les avait-il entraînés ?

Duff s'était chargé d'expliquer à ce dernier ce qui lui avait manifestement échappé.

— Nous ne pouvons pas vendre le whisky en Écosse ! Les Campbell sont partout, vous le savez bien ! Quand ils apprendront ce que nous avons fait, ils nous jetteront en prison et nous laisseront pourrir comme du vulgaire poisson !

Jugeant que son père avait reçu la réprimande qu'il méritait, Lottie s'était détournée de lui. Si seulement ils avaient placé un petit pécule dans un troupeau de moutons, comme elle l'avait suggéré, ils n'auraient pas eu besoin de se livrer à la contrebande d'alcool !

— Lottie, *pusling*, ne soit pas fâchée contre moi ! avait-il supplié. J'ai tant de bouches à nourrir et de loyers à payer ! Que voulais-tu que je fasse ?

Les possibilités ne manquaient pas, mais de toutes il avait choisi la pire. Et une fois de plus, c'était à elle qu'il revenait de trouver une solution pour échapper au désastre.

Elle s'était levée et avait commencé à arpenter la pièce. Il fallait à tout prix qu'elle trouve une idée.

— Si nous risquons d'être découverts en vendant le whisky en Écosse, alors il nous faut aller ailleurs.

— Tu crois ? avait demandé son père, les yeux soudain emplis d'espoir. Mais où ? En Angleterre ?

— Non, pas en Angleterre, avait répliqué Duff. Là-bas aussi, il y a des Campbell.

Lottie ne voyait qu'un autre endroit possible, même si elle ne le connaissait qu'à travers les récits que d'autres lui en avaient faits. D'autres, et notamment le seul amant qu'elle avait jamais eu. À dire vrai, il y avait fort longtemps qu'elle n'avait pensé à Anders Iversen, et elle préférait généralement éviter de songer à lui. Dieu merci, elle avait réussi à oublier ce désastreux été. Mais qui pouvait les aider à présent ? Vers qui d'autre pouvaient-ils se tourner ?

— Anders Iversen tient les comptes de la Compagnie de Copenhague, qui est établie au Danemark, à Aalborg, n'est-ce pas ? Et son père est le chancelier de l'Échiquier[1]. Cette compagnie fait du commerce d'alcool, il me l'a dit. Peut-être qu'avec l'aide d'Anders nous pourrions leur vendre notre marchandise ?

— En effet, avait dit Duff en hochant le menton. Je me souviens : tabac et alcool. Par tous les saints, c'est une excellente idée que vous avez eue là ! La moitié des habitants de cette île sont originaires d'Aalborg !

— Croyez-vous qu'Anders serait prêt à nous aider ? lui avait-elle demandé.

— Mais bien sûr ! avait affirmé Duff avec une belle assurance.

MacLean avait semblé moins convaincu.

— N'avez-vous pas oublié un détail crucial ? Comment allons-nous transporter le whisky jusqu'au Danemark ?

— Par bateau ! avait répondu Lottie. Avec la *Margit*.

— Le bateau de Gilroy Livingstone ? Ce vieux rafiot ? s'était-il exclamé avec un rire moqueur.

— Ne dites jamais cela devant Gilroy ! avait protesté son père. Il n'y a pas meilleur capitaine que lui en Écosse, et ce rafiot, comme vous dites, est sa fierté et sa joie. Lottie, c'est une brillante idée !

1. Nom donné au ministre des finances en Grande-Bretagne.

Oh non, son idée n'avait rien de brillant ; c'était même une folie que seul le désespoir avait pu inspirer. Lottie n'avait jamais rencontré le père d'Anders Iversen. Peut-être n'était-il plus chancelier, peut-être même était-il mort ! Elle n'avait eu aucune nouvelle d'Anders depuis son départ de Lismore, un an plus tôt.

— La traversée aura un coût, c'est certain, mais au moins garderons-nous nos vingt pour cent, avait-elle ajouté.

— Et Anders ? avait interrogé Duff.

— Il devrait se faire un plaisir de nous présenter son père si c'est Lottie qui le lui demande, avait grommelé MacLean. Et dans le cas contraire, nous lui ferons comprendre que nous ne pouvons pas nous permettre de lui verser une commission.

— Ma fille, tu es aussi futée que tu es belle ! avait déclaré son père. Il n'y a pas un homme sur cette île qui te mérite ! Nous irons tous, Mats, Drustan, toi et moi, ainsi que l'équipage nécessaire.

Soudain, il avait hésité, comme s'il s'attendait à une objection de sa part.

— Tout ceci doit rester entre nous, pas vrai ? s'était-il empressé d'ajouter, comme elle se taisait. Moins nous en parlerons, et moins nous risquons de voir des rumeurs circuler.

Par égard pour son père, Lottie s'était abstenue de lui faire remarquer que c'était précisément son manque de discrétion qui les avait mis dans cette fâcheuse situation. À cet instant, elle avait voulu croire qu'elle parviendrait à réparer, une nouvelle fois, l'erreur qu'il avait commise.

Mais à présent ?

À présent, elle regrettait amèrement d'avoir prononcé ces mots. Jamais elle n'avait imaginé que leur bateau serait pris en chasse ou attaqué, et encore moins qu'elle allait s'emparer du navire d'un autre ! Elle était remplie de terreur et de remords.

En soupirant, elle tourna son regard vers l'homme qui était toujours endormi dans un coin de la pièce. Il semblait si paisible. C'était la première fois qu'elle rencontrait un capitaine au long cours. Quel dommage que ce soit en de telles circonstances ! Elle aurait aimé porter une jolie toilette et converser avec lui. Il lui aurait parlé de ses voyages. Peut-être même aurait-elle badiné un peu avec lui. Mais comment pouvait-elle penser à de telles sottises à un moment comme celui-ci ?

Reposant la tête sur ses bras, elle ferma les paupières pour ne pas laisser les larmes couler et la torturer davantage encore. Il lui fallait réfléchir. Trouver un moyen pour qu'ils se sortent de cette situation impossible sans y perdre la vie. Mais comment raisonner alors que son cœur battait si fort dans sa poitrine et que tout son être était envahi par les regrets et la peur ?

Chapitre 4

La première sensation qui s'insinua dans l'esprit d'Aulay fut le mouvement familier de tangage et de roulis qui secouait son navire pris dans une tempête. Son instinct le réveilla, lui dictant de régler les voiles au plus vite. Mais il se sentait étourdi, désorienté. Il avait la gorge sèche et une douleur aiguë lui transperçait le crâne. Pourtant, peu à peu, le fracas des vagues contre le poste d'équipage et la violente pluie qui s'abattait sur le vaisseau et fouettait les hublots achevèrent de le tirer de son sommeil.

Qui était à la barre ?

Il tenta de se lever, mais il avait les poings liés. Il se rendit compte alors qu'il se trouvait sur le sol de sa cabine, une cheville enchaînée au bureau, lequel était solidement fixé au plancher. On l'avait bâillonné avec un chiffon qui lui lacérait l'intérieur des joues. Au prix d'un grand effort, il parvint à s'asseoir, dos contre le mur. À présent, il lui fallait dissiper la brume cotonneuse qui lui enveloppait l'esprit. Sans doute avait-il essayé de se dégager de ses liens, car ses poignets étaient en sang et lui faisaient mal. Comment s'était-il retrouvé dans cette situation ? Tout était flou ; son seul souvenir était celui de la femme qui l'avait frappé au menton.

Clignant des yeux pour tenter d'y voir plus clair, il promena son regard autour de lui. Ses tableaux accrochés au mur, ses livres bien alignés sur le petit meuble de chevet... Et là, parmi ces objets familiers, devant sa table, se trouvait la femme. Elle semblait dormir, la tête reposant sur les bras. Cette sirène l'avait attiré avec sa satanée chevelure, et il s'était laissé prendre au piège comme une pauvre tortue de mer. De cela, il se souvenait. Comme il aurait plaisir à la voir pendue ! Il les regarderait sans état d'âme se balancer au bout d'une corde, elle et sa bande de crapules. Encore faudrait-il qu'ils parviennent jusqu'à la potence, car il préférerait les tuer de ses propres mains, à plus forte raison si un seul de ses hommes avait été touché. Où étaient ces derniers, d'ailleurs ?

Il jeta un regard furieux à la lady. Comment allait-il se tirer de cette fâcheuse situation ?

Que le diable l'emporte, il méritait la corde autant que ces brigands pour s'être laissé berner de la sorte ! Lui qui n'avait rien d'un puceau avait été subjugué par cette femme dès l'instant où il avait posé les yeux sur elle. Sa beauté l'avait rendu stupide, lui avait fait perdre tout bon sens. La peau laiteuse d'une jambe galbée avait suffi à le pétrifier et à lui faire oublier tout ce qui se passait autour de lui. Il avait salivé devant elle comme un jeune matelot ! Comment avait-il pu se montrer aussi naïf ?

Le navire fit une embardée à tribord. Par Dieu ! Il fallait qu'elle se réveille. Aulay tenta de crier, mais sa voix était étouffée par le bâillon et par les hurlements du vent. Il aperçut alors une paire de bottes rangée à côté du bureau. Se laissant rouler sur le côté, il les renversa d'un coup de pied. Mais le bruit du cuir sur le plancher ne fut pas suffisant pour réveiller la jeune femme. Aulay tendit le cou pour examiner le bureau. Il y avait là plusieurs objets, dont un octant et une boussole. Glissant sa jambe libre sous lui, il se leva en s'appuyant contre le mur. Puis il s'approcha du bureau et de ses mains liées fit voler d'un coup tous les instruments, qui tombèrent sur le sol.

Aussitôt, la femme releva la tête en poussant un petit cri d'effroi. Elle se tourna brusquement vers Aulay, ses cheveux lui fouettant les épaules, et le dévisagea comme si elle avait du mal à le reconnaître. Mais, reprenant bientôt ses esprits, elle se leva d'un bond pour se mettre hors de sa portée.

Soudain, le navire fut soulevé par une vague et replongea tout aussi brutalement dans la mer en gîtant à droite. La jeune femme perdit l'équilibre. Projetée contre la paroi, juste sous le hublot, elle se raccrocha au buffet. Le vaisseau allait chavirer s'il n'y avait personne pour le gouverner correctement, et Aulay devait trouver un moyen de le lui faire comprendre. À nouveau, son regard se posa sur le bureau. Il saisit une plume et réussit tant bien que mal à ouvrir le couvercle du pot d'encre. Puis il s'empara d'une carte, y écrivit le mot « ariser », et la poussa vers elle.

Elle le considéra avec ses grands yeux azur. Écartant une mèche de cheveux de sa joue, elle tenta, en vain, de lire ce qu'il avait écrit de l'endroit où elle se trouvait.

— Je sais ce que vous devez penser, dit-elle en reculant jusqu'à toucher le mur.

Quelle sotte créature ! Elle était loin de se douter qu'il était en train d'imaginer son cou gracile dans un nœud coulant.

— Mais ce n'est pas ce que vous croyez, balbutia-t-elle.

Ce n'était pas ce qu'il croyait ? Ce qu'il croyait, c'était qu'elle était coupable de piraterie ! N'était-il pas ligoté ? Ses hommes n'avaient-ils pas été capturés ? Son navire et sa marchandise volés ?

Le vaisseau se souleva une nouvelle fois et elle trébucha, puis se retint à la couchette. Elle posa une main sur le front du blessé et tira le couvre-lit — *son* couvre-lit — sur lui. *Son* lit, *ses* draps, *son* oreiller.

— Nous n'avons pas l'intention de garder votre bateau, je vous le jure !

Aulay haussa un sourcil, incrédule.

— Dès que nous serons au port, nous vous le rendrons tel que nous l'avons trouvé. Vous avez ma parole, ajouta-t-elle, une main sur le cœur, avant d'être à nouveau projetée contre la paroi par le ballottement du vaisseau.

Pauvre ignorante ! Si seulement il avait pu parler, Aulay l'aurait injuriée. Il n'avait pas le temps d'écouter ses excuses. En la foudroyant du regard, il pointa la carte de ses mains liées.

Mais, sans y prêter attention, elle se réfugia derrière la table où il avait l'habitude de prendre ses repas en compagnie de Beaty.

— Inutile de me dévisager de cette façon, dit-elle. Je sais que vous êtes très contrarié. Sur mon honneur, je ne saurais vous dire à quel point je regrette d'avoir été poussée à cette extrémité. Mais notre navire prenait l'eau, et nous avons une mission qui ne peut attendre. Nous étions désespérés, et c'était la seule solution. Mais sachez que cela n'apaise en rien mes sincères remords, capitaine.

Le prenait-elle pour un idiot ? Aulay avait envie de

l'étrangler. Mais il y avait plus urgent : il fallait sauver le vaisseau.

— Comme vous le voyez, mon père est gravement blessé, continua la jeune femme sans même remarquer son regard meurtrier. Ils… Ils voulaient tirer à la courte paille pour décider lesquels d'entre eux périraient noyés, et lesquels nous accompagneraient dans le canot. Cette idée m'était insupportable, vous comprenez ? Mais alors, vous êtes arrivé ! Fendant le brouillard, vous êtes apparu, tel un ange descendu du ciel ! s'exclama-t-elle d'un ton mêlé de respect et d'admiration.

À ce moment, le navire tangua et elle fut presque jetée sur une chaise.

— Vous pouvez être fier de vos hommes, capitaine. Vous n'avez pas pu le voir puisque vous étiez inconscient, mais je vous assure qu'ils se sont battus bec et ongles. Naturellement, comme nous étions armés, nous avons eu l'avantage.

Aulay se souvint soudain que Beaty lui avait demandé s'ils devaient prendre les armes. Avec quelle nonchalance il avait répondu à son second ! Bon sang, il allait tordre le cou de cette femme, si joli soit-il. Il voulut crier mais ne réussit à produire qu'une plainte rauque, le bâillon l'empêchant d'articuler la moindre parole.

— Mon Dieu ! Vous voulez parler, bien sûr ! dit-elle avec compassion.

Elle jeta un œil sur l'homme étendu sur la couchette avant de poser à nouveau son regard sur Aulay.

— Si je vous retire le bâillon, me promettez-vous de ne pas crier ? Cela ne servirait à rien : personne ne vous entendrait.

À ces mots, Aulay sentit son cœur s'emballer. Que

voulait-elle dire par là ? Où était son équipage ? Qui était à la barre ?

— Bon, très bien, dit-elle enfin.

Elle examina de loin la corde qui liait ses poignets ensanglantés et la chaîne qui lui entravait la cheville, et elle esquissa une grimace.

— Comme vous devez nous haïr !

La haine était encore trop douce pour elle et ses semblables. Mais Aulay s'efforça de ne pas laisser paraître sa fureur dans l'espoir qu'elle lui ôterait ce maudit bâillon.

Elle s'approcha prudemment de lui.

— Ah… Vous êtes très grand, n'est-ce pas ? Voulez-vous bien pencher la tête ?

Tout en fulminant intérieurement, il s'exécuta, se courbant comme pour la supplier.

Elle s'employa à défaire le nœud qui retenait le bâillon, ses doigts lui frôlant le cou et s'emmêlant dans ses cheveux. Enfin, le chiffon tomba sur le sol et Aulay toussa bruyamment.

La jeune femme s'écarta de lui en le dévisageant, les yeux emplis de… de peur ? C'était tout de même lui qui était ficelé comme un vulgaire jambon !

— Qui est à la barre ? demanda-t-il d'une voix rauque. Est-ce mon second ?

— Eh bien… Non, répondit-elle.

Puis, lui tournant le dos, elle se précipita vers le buffet mais faillit tomber deux fois tant le navire tanguait.

— Qui, alors ? reprit-il avec impatience. Celui qui gouverne le vaisseau doit ariser la voilure !

— Pardon ?

Arrivée devant le buffet, elle saisit le pichet d'eau et tenta de remplir un gobelet.

— S'il n'a pas encore arisé les voiles, il doit le faire immédiatement, ou nous allons chavirer ! Et s'il ne sait pas naviguer par grand vent, envoyez-lui mon second, Beaty. Il est capable de traverser la pire des tempêtes.

La jeune femme entreprit de faire le trajet inverse pour le rejoindre, mais le navire se souleva à nouveau et elle renversa la moitié de l'eau sur le sol de la cabine. Comme une nouvelle vague la poussait en avant, elle se raccrocha au bras d'Aulay mais retira aussitôt sa main, comme si elle craignait de se brûler.

— Vous m'entendez, oui ou non ? cria-t-il. Nous allons chavirer si vous ne faites pas ce que je vous dis !

— Gilroy est à la barre. C'est notre capitaine, répondit-elle sans se décontenancer tout en approchant le gobelet des lèvres d'Aulay.

D'un brusque mouvement de tête, il lui fit lâcher le récipient et, profitant de sa distraction, la saisit par la gorge. Malgré ses poings liés, il pouvait passer les mains autour de son cou et serrer jusqu'à ce qu'elle rende son dernier souffle.

Les yeux emplis de terreur, elle poussa un cri étouffé et, de ses ongles, tenta de se dégager de son étreinte.

— Je devrais vous briser la nuque ! gronda-t-il, furieux. Ne sentez-vous pas que le navire est secoué comme un prunier ? Votre capitaine est incapable de le gouverner ! Si vous ne voulez pas nous noyer tous, pour l'amour du ciel, mettez Beaty à la barre !

Aulay vit alors le regard de la jeune femme se poser sur sa bouche. Bien malgré lui, il fut saisi d'un trouble qui fut de courte durée, car il sentit bientôt le contact froid d'un pistolet contre sa nuque. Son cœur se mit à cogner contre sa poitrine.

— Lâchez-moi, dit-elle d'une voix rauque, ou je vous fais sauter la cervelle !

Fou de rage, Aulay planta ses yeux dans les siens, dont le bleu avait pris une teinte glaciale. Les lèvres entrouvertes, elle étouffait, tremblante. Mais elle enfonça encore un peu plus le canon de son arme contre sa nuque.

— Faites ce qu'elle dit, capitaine, souffla une voix depuis le lit. Et nous irons chercher votre second, je vous le promets.

Aulay et la jeune femme restèrent un instant immobiles. Puis elle plissa les yeux, arquant les sourcils en une expression de farouche détermination. Lentement, il desserra son étreinte et elle recula d'un pas en laissant retomber le long de son corps la main dans laquelle elle tenait un petit pistolet de duel. Tout en portant les doigts à son cou, elle se tourna vers la couchette.

— Père ? Comment vous sentez-vous ?

— Comme un vieux cheval à trois pattes ! Mais ne t'occupe pas de moi, *pusling*, fais ce que dit le capitaine. Gilroy est un bon navigateur, il n'y a pas de doute là-dessus, mais il n'a pas pris la mer depuis des lustres, et il n'a jamais gouverné un navire de cette taille. Va, et profites-en pour aller voir ce que font tes frères.

Elle sembla hésiter. Mais après avoir jeté un regard noir à Aulay, elle se rua vers la porte de la cabine et l'ouvrit d'un coup sec. Le vent et la pluie s'engouffrèrent bruyamment dans la pièce, bientôt réduits au silence : elle avait déjà refermé derrière elle.

Aulay se laissa retomber contre le mur, le souffle court, le cœur encore battant.

— Ne lui en voulez pas, dit l'homme allongé sur le

lit. Ma fille n'est pas responsable de ce qui s'est passé. Tout est de ma faute.

— C'est de votre faute à tous, et vous serez pendus pour ce que vous avez fait, répliqua Aulay d'un ton froid. Tous autant que vous êtes.

L'homme ne dit plus rien.

Aulay attendit en arpentant le petit espace que la chaîne lui permettait de parcourir. Il entendait des voix, mais les hurlements du vent et les gémissements du vaisseau l'empêchaient de comprendre la moindre conversation. Au bout d'un temps qui lui parut interminable, le tangage sembla s'atténuer. Peut-être la tempête commençait-elle à se calmer. Peut-être la femme avait-elle confié la barre à Beaty.

Il eut l'impression que plusieurs heures s'étaient écoulées lorsqu'elle fit enfin irruption dans la cabine, dans un souffle de vent, avant de claquer la porte. Les cheveux plaqués sur le visage, elle semblait trempée jusqu'aux os. Sa robe, qui traînait lourdement sur le sol, était collée à son corps, épousant ses courbes voluptueuses. Aulay remarqua qu'elle avait glissé son pistolet à la taille de son jupon.

Se dirigeant droit vers le lit, elle se pencha au-dessus de l'homme et lui caressa le front.

— Vous êtes chaud, dit-elle.

— J'ai l'impression d'avoir été piétiné par cette vieille bique de Mrs MacGuire !

— Vous saignez à nouveau, père. Je vais chercher Morven.

— Laisse-le donc tranquille, ma fille. On a besoin de lui sur le pont et il a déjà fait tout ce qu'il pouvait. Mais je prendrais bien un peu de cette potion, s'il en reste.

Elle tira de sa poche une fiole de couleur brune et, après l'avoir secouée, souleva la tête du vieil homme pour l'aider à boire. Quand il en eut avalé une rasade, elle leva le flacon pour le regarder à la lumière du hublot.

— Il n'en reste presque plus, dit-elle, manifestement inquiète.

— Bah, les Livingstone sont bâtis à chaux et à sable ! Je m'en passerai très bien, répondit l'homme.

Mais Aulay devinait à sa voix rocailleuse que son état était bien plus grave qu'il ne voulait le laisser paraître. Tant mieux : cela en ferait un de moins à pendre.

La jeune femme s'assit au bord du lit. Elle était secouée de frissons et se cramponnait au bord de la couchette chaque fois que le navire se balançait de haut en bas ou de gauche à droite. Aulay se détendit un peu : il était certain à présent que Beaty était à la barre, car le vaisseau chevauchait les vagues au lieu de les heurter de plein fouet.

Il s'accroupit pour mieux observer sa geôlière : son long cou gracile, la douce courbe de ses épaules. Oui, elle était belle. C'était même la plus belle femme qu'il ait vue de sa vie. Soudain, il l'imagina en train de se balancer au bout d'une corde, le visage caché par sa chevelure soyeuse.

Une fureur noire l'habitait. Il maudissait cette femme. Il se maudissait. Mais il lui fallait garder la tête froide s'il voulait la convaincre de détacher sa chaîne et de dénouer ses liens.

Bientôt, le vieil homme se mit à ronfler. La lady, ou plutôt Miss Livingstone, puisqu'il connaissait désormais son nom, se dirigea vers la table d'un pas traînant. Après avoir ôté ses bottines, elle tordit ses cheveux pour les essorer et les noua sur sa nuque. Puis, sans se soucier le moins du monde de la présence d'Aulay, elle souleva ses jupes, posa un pied sur une chaise et se mit à ôter son bas.

Comme plus tôt sur le pont, il éprouva une fascination irrésistible devant le spectacle de cette jolie jambe, et cela le mit hors de lui. Pourtant, il en avait connu, des femmes hardies, et même intimement ! Mais aucune ne ressemblait à celle-ci. Non, jamais il n'avait rencontré de pirate à la beauté diaphane qui savait se battre et manier le pistolet. Jamais il n'avait vu une femme capable de voler un navire, de presser une arme contre sa nuque puis de se déshabiller avec impudence devant lui.

Elle avait dû sentir qu'il l'observait car, se tournant vers lui, elle lui lança un regard réprobateur.

— À quoi vous attendiez-vous ? demanda-t-il en haussant les épaules.

— À quoi je m'attendais ? Je m'attendais à ce que ce voyage se déroule d'une tout autre façon, voyez-vous ! répliqua-t-elle avec humeur.

Après avoir jeté son bas sur le sol, elle leva l'autre jambe et commença à retirer le second.

Aulay essaya de ne pas regarder sa cuisse nue… mais n'y mit pas suffisamment de volonté, même si la raison lui dictait de détourner les yeux.

— Qui est à la barre ? demanda-t-il d'un ton bourru.

— Votre homme, Beaty, répondit-elle d'une voix exaspérée en jetant le second bas avec autant de désinvolture que le premier. Je peux vous dire que l'idée était loin de lui plaire. Il m'a tancée vertement devant tout l'équipage pour avoir pris votre bateau ! Il a fallu que je lui explique que c'était son propre capitaine qui m'envoyait, dit-elle en posant les yeux sur Aulay. Et j'ai dû lui jurer sur la tombe de ma mère que vous étiez bel et bien vivant ! ajouta-t-elle, visiblement vexée que Beaty ait pu en douter. Il a fini par se radoucir un peu et a consenti à monter sur le pont avec Gilroy et les autres.

— Et le reste de mon équipage ?

— Vos hommes ? Ils se portent bien. Ils sont fous de rage, mais ils vont très bien.

— Aucun n'est blessé ?

— Si… Trois d'entre eux. Quelques os brisés. Mais ils sont bien soignés.

D'un coup sec, elle défit les attaches de sa robe, qu'elle se passa par-dessus la tête avant de la jeter sur le dossier d'une chaise. Puis vint le tour de la pièce d'estomac.

Aulay avait peine à le croire : elle se trouvait maintenant pieds nus au beau milieu de sa cabine, avec pour tous vêtements un jupon, son corset et une chemise si fine qu'elle aurait tout aussi bien pu lui dévoiler ses seins. Elle prit le pistolet qu'elle avait glissé à sa taille et le posa sur la table.

— Au nom du ciel, puis-je savoir ce que vous faites ? demanda-t-il, stupéfait.

Jamais il n'avait vu une femme se dévêtir ainsi, sans hésitation ni vanité, à moins que ce ne soit pour son plaisir. Et certainement pas en pareilles circonstances. Cette créature était d'une effronterie inimaginable !

Elle éclata de rire.

— Si je garde ces vêtements trempés, je risque de mourir de froid ! Et je n'ai pas d'autre toilette, ni de chambre où me changer, n'est-ce pas ?

C'était plus fort que lui. Aulay se mit à contempler son corps. Lentement. Courbe après courbe.

— Ne me regardez pas de cette façon ! protesta-t-elle.

— Sinon quoi ? Vous tirerez ? Que voulez-vous que je fasse, que je garde les yeux fixés sur le mur ?

Les joues de Miss Livingstone s'empourprèrent. Elle croisa les bras sur sa poitrine, ce qui accentua le galbe de ses seins parfaits, et frissonna.

Aulay soupira. Était-il d'une bonté à toute épreuve ou complètement idiot ? Toujours est-il qu'il lui montra du menton la rangée de patères fixées à la paroi.

— Prenez mon pardessus.

Elle regarda dans la direction indiquée mais ne bougea pas.

— Non merci.

— Ne soyez pas si têtue, grogna-t-il, irrité. Vous me donnez froid, à trembler comme une feuille ! Prenez-le.

— C'est gentil de votre part.

— Cela n'a rien de gentil. Je veux que vous soyez en bonne santé pour être pendue.

Il vit ses joues se colorer d'un rouge plus vif.

— Pendue ! Je vous ai pourtant promis de vous rendre votre navire ! Il s'agit simplement d'un emprunt !

— Gardez vos explications pour le juge, jeune fille.

— Oh ! lança-t-elle en esquissant un petit mouvement du poignet. Votre fierté a été offensée, je le comprends, et vous êtes en colère.

Elle alla chercher son pardessus et le posa sur ses épaules.

— Merci, marmonna-t-elle.

Sa fierté avait été plus qu'offensée : elle avait été ruinée pour de bon. Aulay s'appuya contre le mur et ferma les yeux. Il n'avait aucune envie de penser à l'humiliation qu'il avait subie, mais comment l'ignorer alors qu'il était enchaîné comme un animal ?

Il entendit les pas de Miss Livingstone puis le raclement

d'une chaise sur le plancher, et ouvrit les paupières. En l'observant, il se rendit compte qu'elle était petite, plus petite que la moyenne, même.

— Où avez-vous appris à vous battre ainsi, dites-moi ? demanda-t-il avec un mélange d'agacement et de curiosité.

Elle était assise sur une chaise, les genoux contre la poitrine. Seuls ses orteils émergeaient du pardessus.

— Je ne m'en savais pas capable, répondit-elle avec un léger haussement d'épaules. La peur fait de nous des guerriers, je suppose.

— Ou des imbéciles.

Il tenta de mouvoir sa mâchoire engourdie, mais aussitôt, une vive douleur le transperça, lui rappelant une défaite d'autant plus cuisante qu'elle lui avait été infligée par une femme.

— Est-ce vous qui avez peint ces tableaux ?

Aulay se raidit. Elle s'était retournée et regardait le mur auquel il avait accroché deux de ses toiles. D'autres étaient rangées derrière un chevalet, dans un coin de la pièce. Pour ce voyage, il avait choisi un tableau qui représentait la mer Méditerranée vue de la proue de son navire, au large de la côte de Cadix. Là-bas, l'onde était aussi bleue que les yeux de la jeune femme. Sur l'autre toile figurait l'océan Atlantique. Aulay ne s'était pas aventuré très loin sur cette mer, mais l'avait suffisamment parcourue pour garder le souvenir du coucher de soleil.

La peinture était un aspect intime de sa vie. Il n'aimait pas en parler, n'aimait pas échanger ses impressions avec les artistes qu'il rencontrait de temps à autre, et ses tableaux quittaient rarement son bateau. Il n'avait pas besoin de se distinguer davantage de ses frères. Cailean et Rabbie étaient tous deux des hommes robustes et virils. Dès leur plus jeune âge, ils avaient joué à mettre en scène des combats. Aulay, lui, dessinait du matin au soir. Son père considérait qu'il perdait son temps en se consacrant à des occupations qu'il jugeait plus adaptées au beau sexe. Il l'exhortait à s'intéresser aux armes, comme ses frères. « Apprends donc à manier l'épée plutôt que le pinceau, mon fils ! » répétait-il.

« Aulay est une âme douce, mon cher », protestait sa mère, qui s'obstinait à le défendre. Hélas, ses interventions produisaient l'effet inverse : son père n'avait que faire d'un fils à l'âme douce.

Aulay lui-même ne se serait jamais décrit ainsi. Tout ce qu'il savait, c'était que la peinture faisait partie de lui. Il avait besoin de peindre ; cela l'apaisait. Mais son art était pour lui, et lui seul.

Il attendit les remarques qui, il le savait, ne manqueraient pas de venir.

— Il n'y a personne dans vos tableaux, dit-elle avec étonnement en se levant pour les regarder de plus près.

— C'est parce qu'ils représentent la mer, répondit-il, sur la défensive.

— Vous peignez chaque fois la même mer ? Rien d'autre ?

Rien d'autre ? Ne savait-elle pas se servir de ses yeux ? Il était évident qu'il s'agissait de deux mers différentes !

— Ce n'est pas du tout la même mer !

— Mais si ! L'une est d'un bleu plus soutenu, mais ce sont les mêmes.

Elle se pencha pour fouiller du regard les autres tableaux.

— Faites attention ! dit sèchement Aulay, mal à l'aise.

— Encore la mer, commenta-t-elle comme s'il ne connaissait pas ses propres toiles.

— La mer n'est jamais la même, elle change d'un moment à l'autre. Elle s'enroule sur elle-même, vous voyez ? Les nuances sont infinies et parfois, elles sont presque imperceptibles. Mais ce n'est jamais la même — et personne ne vous a invitée à inspecter mes affaires.

La jeune femme leva les mains en signe d'obéissance.

— Mais il n'y a jamais personne dans vos tableaux. Pas même de navires.

Décidément, il jouait de malchance ! Être humilié par une femme qui se posait en critique d'art, par-dessus le marché !

— Non seulement vous êtes une voleuse, mais vous ne connaissez rien à la peinture, dit-il avec dédain.

— Nous ne sommes pas des voleurs ! rétorqua-t-elle en regagnant sa chaise. Si nous n'avions pas été en danger de mort, jamais nous n'aurions pris votre navire. Vous auriez pu nous le présenter avec des rubans noués aux mâts que nous n'en aurions pas voulu ! déclara-t-elle d'un ton espiègle.

Aulay laissa échapper un rire moqueur.

— Si vous n'êtes pas des voleurs, alors qui êtes-vous ?

— Peu importe…

— Au contraire, cela m'importe beaucoup. Vous ne pouvez pas vous cacher. J'ai entendu le géant vous appeler Lottie quand vous êtes montée à bord. Et votre père s'est vanté d'être un Livingstone. Votre nom est Lottie Livingstone, et non Lady Larson, lança-t-il. À présent, parlez : êtes-vous des pirates ? Est-ce ma marchandise que vous voulez ?

— Des pirates ! répéta-t-elle en pouffant de rire. Si nous sommes des pirates, capitaine, alors nous sommes les pires qui soient !

— Dans ce cas, pourquoi avoir volé mon navire ? insista-t-il.

Pourquoi m'avoir humilié ? Pourquoi avoir ruiné mon seul espoir de vivre la vie que j'aime ?

— Nous n'avons…

S'interrompant, elle soupira en secouant la tête.

— Je vous jure que c'est la vérité, capitaine Mackenzie ! Nous ne faisons qu'emprunter votre vaisseau. Je vous l'ai expliqué : nous n'avions pas le choix ! Dès que vous nous aurez laissés au port, vous pourrez à nouveau vaquer à vos affaires.

Elle avait dit cela sur un ton plein d'espoir, comme si elle voulait à tout prix croire ce qu'elle affirmait. Aulay eut tôt fait de la détromper.

— C'est absurde ! Vous ne pensez pas sérieusement que je vais vous laisser repartir sans chercher à me venger ?

Son visage s'assombrit et elle posa les yeux sur le vieil homme.

— Alors, que dois-je faire ?

— Je vous demande pardon ?

— Que me conseillez-vous ? demanda-t-elle en tournant son regard vers Aulay.

Pour toute réponse, il émit un bref ricanement.

— Je ne sais pas quoi faire, capitaine ! avoua-t-elle d'une voix désespérée. J'ai du mal à croire que tout cela s'est réellement produit. Dites-moi ce que je dois faire. Vous êtes un homme expérimenté…

— Vous vous imaginez vraiment que je vais vous conseiller ? demanda-t-il, incrédule.

— Non, répondit-elle en fronçant les sourcils. Enfin… Oui, j'espérais que vous le feriez. Je me sens perdue, et j'aurais bien besoin d'un conseiller avisé. Je n'ai personne, comme vous l'aurez peut-être remarqué.

Un conseiller avisé, lui qui était attaché ? Mais peut-être y avait-il là une occasion de tourner la situation à son avantage.

— Quelle est votre destination ?

— Aalborg.

Le cœur d'Aulay se serra. Ils étaient censés aller dans la direction opposée.

— Le Danemark.

Elle hocha la tête.

— Pourquoi là-bas ?

— Nous… Nous avons quelque chose à vendre, répondit-elle non sans hésitation.

— Quoi donc ? Le contenu de ma cale ?

— Non ! répliqua-t-elle avec un air offensé.

— Quoi d'autre, dans ce cas ? Quelle autre marchandise que la mienne seriez-vous contrainte de vendre dans un petit port du Danemark ? Je transporte de la laine et du bœuf salé. Ma cale était pleine avant que vous ne veniez nous piéger avec…

Avec votre chevelure, se retint-il d'ajouter.

— Dites-moi la vérité, jeune fille : avez-vous l'intention de vendre ma marchandise ?

— Pour l'amour du ciel, votre marchandise se trouve toujours là où vous l'avez entreposée ! Du moins en partie, précisa-t-elle avant de se lever brusquement.

— Comment cela, en partie ?

— Il manque quelques caisses…, commença-t-elle en écartant sa question d'un geste vague. Certaines… Surtout de la laine, je crois… ont été perdues parce que…

Elle agitait la main comme si elle cherchait ses mots.

— Parce que ?

— Parce que mes hommes ne savaient pas où mettre notre marchandise, dit-elle très vite.

Aulay la considérait, interdit. Que diable voulait-elle dire ?

— Je suis navrée, mais il y a eu une certaine confusion à bord !

Après avoir jeté un coup d'œil à l'homme couché sur le lit, elle se rapprocha d'Aulay.

— Notre bateau était en train de couler. Il *a* coulé ! chuchota-t-elle.

— Vous voulez dire que vous avez chargé votre cargaison sur mon navire ? demanda-t-il en se levant d'un bond. Quelle cargaison ? Qu'avez-vous apporté à bord ?

— Chut ! dit-elle en lui montrant du doigt la couchette.

— Des esclaves ?

— Bien sûr que non ! répondit-elle d'une voix étranglée par l'indignation.

— Alors, quoi ?

— Des marchandises ! Des marchandises… diverses.

— Vous mentez ! souffla-t-il avec froideur. Des « marchandises diverses » qui ne peuvent être vendues que dans un port étranger ? Que vous ne pouvez évoquer sans que le rouge vous monte aux joues ? Que votre père mourant veut que vous transportiez au Danemark à tout prix, au point de vous interdire de faire demi-tour pour demander de l'aide ?

— Il n'est pas mourant !

— Que voulez-vous livrer à Aalborg ? demanda-t-il une nouvelle fois.

— Cela ne vous concerne pas…

— Bien sûr que cela me concerne, petite sotte ! Je suis

censé savoir ce que transporte mon navire ! Je suis censé savoir si j'ai du whisky de contrebande dans ma cale ! Je sais reconnaître un vaisseau qui tente d'échapper aux collecteurs de taxes. Le bâtiment que vous avez incendié appartenait à la Couronne !

— Incendié par accident ! Et ils ont tiré les premiers !

— Vous n'êtes pas la première à quitter les rives écossaises avec du whisky de contrebande. Mais on n'avait encore jamais jeté ma cargaison par-dessus bord pour faire de la place à ce type de marchandise !

— Ils n'ont pas jeté toute votre cargaison ! rétorqua-t-elle tandis que ses yeux se teintaient d'un bleu plus sombre. Comme je vous l'ai dit, je les en ai empêchés. La majeure partie de ce que nous avons chargé se trouve sur le pont.

— *Mi Diah !*[1] murmura-t-il.

Voilà qu'il transportait des marchandises de contrebande à la vue de tous ! Aulay bouillait d'indignation. Pas l'indignation des gardiens de la morale, non : il n'y avait pas si longtemps que sa propre famille avait été contrainte de soustraire certaines cargaisons à la marine royale et aux taxes imposées par la Couronne sur les importations. Ils avaient dû s'y résoudre pour subvenir aux besoins de leur clan pendant les années qui avaient précédé la révolte jacobite, car la royauté avait alors instauré un impôt exorbitant, même sur les marchandises les plus essentielles.

Mais jamais ils n'avaient eu le toupet de remplacer le chargement d'un autre navire par le leur. Et jamais ils n'avaient entreposé des caisses suspectes sur leur

1. « Mon Dieu ! » en gaélique écossais.

pont ! Il y avait toutefois pire, bien pire : s'il perdait sa marchandise, s'il ne la livrait pas à Amsterdam comme il l'avait promis à William Tremayne, cela porterait un coup terrible à sa famille. Il ne supportait pas d'imaginer le mélange de colère et de pitié qu'il lirait alors dans le regard de son père.

Aulay considéra avec froideur la femme qui arpentait l'étroite cabine, le bas de son pardessus traînant derrière elle. Le front plissé, elle semblait absorbée dans ses pensées. Maudits contrebandiers ! Il fallait à tout prix qu'il trouve un moyen de se libérer et de sauver ce qu'il pouvait avant que tout ne soit définitivement perdu.

Soudain, elle s'arrêta et le regarda d'un air triste. Elle n'allait tout de même pas fondre en larmes !

— Aidez-moi, dit-elle doucement. Dites-moi ce que je dois faire !

— Vous voulez que je vous aide à voler mon propre navire ?

— Je vous l'ai dit : vous retrouverez votre navire dès que nous aurons accosté à Aalborg ! grommela-t-elle en levant les yeux au ciel.

Il scruta son visage tout en réfléchissant. Il lui fallait trouver une idée, vite !

— Si vous voulez aller à Aalborg, vous aurez besoin de mes hommes pour nous y conduire, n'est-ce pas ? Faites venir Beaty ici pour qu'il puisse tracer le cap.

C'était un mensonge : Beaty était capable de naviguer en se repérant d'après la position des étoiles, et il était presque impossible de tracer un cap les jours de mauvais temps comme celui-ci. D'ailleurs, son second avait peut-être déjà fait demi-tour. Mais Aulay espérait que la jeune femme laisserait pénétrer Beaty dans la cabine.

Elle sembla réfléchir à sa suggestion.

— Bien sûr, vous ne pouvez pas être certaine que je ne vais pas tracer un itinéraire qui nous ramènerait en Écosse, pour vous livrer à la marine royale, n'est-ce pas ?

Elle lui jeta un regard soupçonneux.

— Vous ne feriez pas ça, répondit-elle néanmoins. Vous ne risqueriez pas de voir votre navire tomber aux mains de la Couronne. Ils ne vous croiraient jamais innocent, avec le whisky que vous avez à bord. Il faudrait d'abord que vous puissiez vous débarrasser de nous.

Belle et intelligente. Mais Aulay veillerait à ce qu'elle réponde de ses actes devant la justice. Et pour cela, il avait l'intention de profiter sans vergogne de sa naïveté.

— Oui, vous avez raison. Détachez-moi et je vous aiderai, ajouta-t-il en levant les mains.

Elle vint plus près de lui, si près qu'il parvint à distinguer dans le bleu pâle de ses yeux de petites taches gris clair fort séduisantes. Il laissa glisser son regard jusqu'à ses lèvres délicieusement retroussées et les pensées d'Aulay se mirent à errer vers des contrées où il n'était pas prudent de s'aventurer. Cette femme l'avait frappé, avait volé son navire et mis son équipage en péril. Comment pouvait-il avoir envie de l'embrasser ? Manifestement, ce coup sur le crâne lui avait dérangé l'esprit !

Elle parut deviner ses pensées car elle lui adressa un sourire provocant tout en inclinant la tête en arrière. Il lui tendit ses poings liés pour qu'elle le libère.

— Je ne peux pas le nier, j'ai besoin de vous, capitaine, dit-elle d'une voix veloutée qui lui provoqua un doux frisson le long du dos. Mais ne me prenez pas pour une idiote ! ajouta-t-elle en posant les mains sur son torse pour le repousser brusquement, avant de reculer d'un pas.

Ôtant le pardessus de ses épaules, elle passa un bras dans une manche, puis l'autre, et boutonna le vêtement jusqu'au cou, si bien que l'on eût dit qu'elle portait une robe de prêtre. Ensuite, elle glissa dans sa poche le pistolet qu'elle avait laissé sur la table et chaussa ses bottines mouillées.

— Il y a des hommes à nourrir, et le bandage de mon père a besoin d'être changé, dit-elle en se dirigeant vers la porte.

— Si vous voulez que je vous aide, faites venir Beaty, dit-il d'un ton coupant.

Elle ouvrit la porte et sortit. Un instant après, un raclement lui indiqua que quelqu'un traînait un objet lourd sur le pont, sans doute un tonneau. Et le poussait contre la porte.

Très bien, elle n'était pas stupide.

Mais lui non plus… Même si tout concourait à prouver le contraire. Oui, il allait l'aider. En la conduisant tout droit à l'échafaud.

Chapitre 5

Sans se soucier de la pluie qui lui cinglait le visage et lui brouillait la vue, Lottie se dirigea droit vers le bastingage et, s'agrippant fermement au rebord, se pencha au-dessus des flots pour avaler de grandes bouffées d'air imprégné d'eau salée. Pendant un moment, elle caressa l'idée de fuir en canot loin de cette catastrophe.

Le capitaine, son prisonnier, lui avait ôté le souffle. Jamais elle n'avait plongé son regard dans des yeux aussi perçants, aussi pénétrants. Jamais elle n'avait senti autant de puissance contenue chez un homme. Seule une fine chaîne l'avait empêché de se jeter sur elle pour l'étrangler d'une main, comme il avait visiblement eu envie de le faire. L'air furieux avec lequel il l'avait dévisagée ne laissait pas de part au doute. Était-elle donc folle pour jouer ainsi avec le feu ?

Lottie songea aux cheveux du capitaine, aux mèches blondies par le soleil qui, libérés de leur natte, tombaient épars sur ses épaules. Elle revit la barbe naissante qui lui encadrait la bouche, cette bouche si sensuelle, même lorsque ses lèvres demeuraient implacablement serrées. Enfin, elle pensa à la façon qu'il avait de la regarder, comme s'il s'apprêtait à la dévorer. Malgré la gravité des circonstances, cette idée n'était pas pour lui déplaire. Elle éprouva un frisson de peur mêlé d'excitation en y songeant. Cela faisait-il d'elle une libertine ? Mais le pire dans tout cela, c'était qu'elle avait *réellement* besoin de ses conseils.

— Lottie !

Se retournant, elle vit Drustan s'approcher d'un pas lourd, le visage crispé d'inquiétude.

— Qu'y a-t-il, *mo chridhe*[1] ? demanda-t-elle.

Son frère glissa sur le sol mouillé et se rattrapa maladroitement au bastingage.

— Je ne sais pas quoi faire, gémit-il, Mats ne m'a rien dit. Mais je ne veux pas monter là-haut ! ajouta-t-il en pointant le doigt vers les mâts.

Lottie leva les yeux. Perché à plusieurs pieds au-dessus d'elle, Mathais aidait les hommes à régler les voiles.

— Bonté divine ! murmura-t-elle.

— Je veux voir père ! dit Drustan.

— Oui, je sais, répondit-elle d'un ton apaisant.

Son frère n'aimait guère le changement et avait du mal à s'adapter à de nouvelles circonstances. Lottie et les autres aussi, à vrai dire.

— Nous allons apporter à manger à tout le monde, et ensuite je t'emmènerai le voir, dit-elle en lui essuyant le visage à l'aide de la manche de son pardessus. Viens, ajouta-t-elle en lui prenant la main.

Ils se frayèrent un chemin jusqu'au gaillard d'arrière, où Norval Livingstone surveillait Mr Beaty. Malgré le crépitement incessant de la pluie, elle entendit ce dernier et Gilroy se disputer.

1. « Mon cœur » en gaélique écossais.

— Vous vous trompez complètement ! déclarait Gilroy tandis que Lottie et Drustan montaient les marches.

— Jamais vous ne distancerez une frégate si vous n'avez pas de voile à corne ! répliqua Beaty sur un ton bourru.

— Je vous demande pardon, dit Lottie pour les avertir de sa présence.

Les deux hommes inclinèrent brusquement la tête vers elle — et la pluie accumulée dans leurs tricornes se déversa sur son visage. Elle s'essuya de la manche en toussotant.

— Vous ne devriez pas être sur le pont ! s'exclama Gilroy. Regardez-vous donc, vous êtes trempée !

— Pouvez-vous m'assurer que nous faisons voile vers le Danemark ? demanda-t-elle à Beaty sans prêter la moindre attention au vieux capitaine.

— Vous croyez que je ne suis pas capable de trouver mon chemin jusqu'au Danemark ? répliqua celui-ci en lui lançant un regard noir.

— Pourquoi vous ferait-elle confiance ? intervint Gilroy.

Beaty tourna vers lui des yeux furibonds. Les deux hommes étaient si proches que leurs tricornes se touchaient.

— Vous nous avez volé notre navire, et c'est moi qui ne suis pas digne de confiance ? Je suis à la barre, non ? Et nous voguons vers l'est, c'est évident !

C'était loin d'être évident pour Lottie, en tout cas. Comme son capitaine, elle se méfiait de Beaty. Mais elle se méfiait aussi de l'intuition de Gilroy. Comment pouvait-il savoir dans quelle direction ils allaient, dans l'obscurité et la pluie ? Elle n'avait plus qu'à espérer que les hommes du *Reulag Balhaire* n'essaieraient pas de regagner l'Écosse avec une cargaison de whisky à bord sans avoir vendu leur propre marchandise. Lottie savait qu'aux yeux des autorités, un Highlander était forcément suspect. Ils seraient tous faits prisonniers. Et s'ils croisaient la route de corsaires ou de pirates, ce serait encore pire : elle serait forcée d'autoriser l'équipage à prendre les armes, et elle savait parfaitement ce qui adviendrait des Livingstone dans ce cas.

Mais assez réfléchi ! Elle ne supporterait pas de rester sous cette pluie battante un instant de plus. Et après tout, elle n'avait d'autre choix que de se fier à son instinct.

— Je vais apporter de quoi manger aux hommes, annonça-t-elle. Et après cela, Mr Beaty, je vous conduirai jusqu'à votre capitaine. Il souhaite vous parler.

— Comment ? Lottie, ce n'est pas prudent…, commença Gilroy, mais elle l'interrompit d'un geste de la main.

— Ne vous inquiétez pas, capitaine, dit-elle calmement. Viens, Dru, ajouta-t-elle en quittant les deux hommes.

Son frère à sa suite, elle descendit dans la cale où avaient été enfermés les Mackenzie. L'endroit était froid, humide et sombre, et il y flottait une légère odeur de poisson pourri qui la prit à la gorge. Le moindre espace semblait occupé par des caisses de bœuf salé et de laine ou des tonneaux de whisky. Lottie entendit des éclats de voix. À la poupe, les hommes s'injuriaient en anglais, en gaélique, et parfois en danois, pour faire bonne mesure. Après avoir contourné une pile de caisses, elle parvint à l'espace qui avait été condamné pour y retenir les prisonniers. Lorsqu'elle se présenta sous la lumière de l'unique lanterne, les cris s'interrompirent instantanément et tous les regards se braquèrent sur elle. Puis, comme si une sirène magique avait retenti, les hommes se remirent en même temps à s'invectiver.

— *Uist !*[1] s'exclama-t-elle en levant les bras. Silence !

Duff MacGuire ponctua son appel d'un sifflement strident. Au moins cessèrent-ils leurs cris.

— Nous allons vous apporter à manger et vous donner ce dont vous avez besoin…, commença Lottie après avoir pris une profonde inspiration.

— Détachez-nous : voilà de quoi on a besoin ! rugit un homme en montrant ses mains. On ne peut même pas pisser !

— Par tous les saints, si tu oses encore utiliser ce langage devant la lady, je te mets mon poing dans la figure ! aboya Morven.

— On ne peut pas manger avec les mains liées ! dit un autre.

— Vous avez bien avalé le pain que l'on vous a donné, il me semble ? rétorqua MacLean.

Sa remarque souleva de nouvelles protestations.

— Je vous en prie ! cria Lottie.

Sa douleur à la tête était revenue, exacerbée par les vociférations incessantes des prisonniers. N'y tenant plus, elle sortit le pistolet de sa poche, l'arma et tira en l'air. Le coup de feu retentit avec un fracas assourdissant, provoquant une pluie d'éclats de bois et de poussière. Les hommes se baissèrent en se protégeant la tête comme ils purent.

Un silence de stupéfaction s'installa dans la cale, bientôt brisé par l'un des Mackenzie.

— Nom de Dieu, prenez-lui cette arme ou elle va tuer quelqu'un !

1. « Chut ! » en gaélique écossais.

— Certainement pas, répliqua Duff. Elle manie mieux le pistolet que n'importe lequel d'entre nous.

D'un bond, Lottie monta sur une caisse afin de pouvoir embrasser du regard tous les occupants de la cale.

— Écoutez ! Je sais que vous êtes furieux, dit-elle, le souffle court. Nous tous, ajouta-t-elle en désignant de la main les Livingstone qui l'entouraient, regrettons sincèrement d'avoir été contraints par les circonstances à…

— C'est de la piraterie ! cria un membre de l'équipage.

— Qu'avez-vous fait de Beaty ? Où est notre capitaine ? demandèrent d'autres.

— On veut les voir ! hurla une voix, et le tumulte reprit de plus belle.

Duff siffla à nouveau en levant les bras.

— Inutile d'en dire davantage, miss. Je les ai déjà informés de nos projets, déclara-t-il lorsque le silence fut revenu.

— Pourquoi diable faut-il que tu parles comme un roi à ses sujets ? maugréa un des Mackenzie.

— Peut-être parce que j'ai eu l'heur de recevoir mon instruction théâtrale au Goodman's Field Theatre de Londres !

— Au *quoi* ?

— Au théâtre ! répéta-t-il d'une voix tonitruante.

— Très bien, merci, intervint Lottie avant qu'il ne se livre à un sermon. Nous allons vous apporter à manger, et nous ferons venir Beaty ici afin que vous puissiez tous constater qu'il se porte parfaitement bien. Vous avez ma parole.

— Et le capitaine Mackenzie ? demanda quelqu'un.

— Beaty ira le voir avant de descendre dans la cale. Ainsi il pourra vous assurer qu'il est indemne, lui aussi.

Mais nous devons garder votre capitaine sous surveillance jusqu'à notre arrivée. Vous en feriez autant, n'est-ce pas ?

— On ne volerait pas un navire ! protesta une voix.

Une idée jaillit alors dans l'esprit de Lottie : elle ne connaissait pas d'homme qui ne fût insensible à l'argent.

— Je sais, dit-elle. C'est pourquoi nous avons l'intention de vous dédommager pour le tort que nous vous avons causé.

— Lottie ! s'écrièrent en même temps Duff et MacLean.

— J'y tiens, affirma-t-elle. Ce n'est que justice.

— Nous avons perdu six caisses ! marmonna MacLean derrière elle.

— Et nous pouvons tout perdre si nous ne faisons pas preuve de vigilance.

— Combien nous donnerez-vous ? demanda un des prisonniers.

— Cinq pour cent de plus que le salaire promis par votre capitaine !

Pourvu que cela ne représente pas une somme extravagante ! Hélas, cela semblait être le cas, à en juger par l'expression stupéfaite de ses hommes. Les Mackenzie, eux, paraissaient déconcertés. Peut-être avait-elle parlé trop vite, mais il fallait bien qu'ils y trouvent leur compte ! L'ennui, c'était qu'elle ne savait absolument pas comment les payer, et MacLean partageait visiblement son inquiétude. Mon Dieu, voilà qu'elle se comportait comme son père, formulant sans réfléchir des promesses qu'elle ne pourrait tenir ! Cependant, les cris avaient cessé et les prisonniers se consultaient du regard, l'air intéressé. Après tout, ce n'était en effet que justice. Et il lui fallait convaincre les Mackenzie que son clan ne s'était pas emparé de leur navire par malveillance. Du reste, ce qui était dit était dit ; elle ne pouvait plus revenir en arrière. Si la vente du whisky ne leur rapportait pas suffisamment, il y aurait toujours un autre moyen de les dédommager. À Lismore, MacColl espérait encore voir sa demande en mariage acceptée…

Son cœur se serra à cette idée, aussi la chassa-t-elle aussitôt. Ce n'était pas le moment de songer à cela.

— Avons-nous quelque chose à donner à ces messieurs ? demanda-t-elle à Duff.

— Du ragoût de poisson, répondit-il. La pêche d'hier.

— Du ragoût ? Comment va-t-on s'y prendre ?

— Nous allons les nourrir nous-mêmes, un par un. Et, ajouta-t-il en posant une main sur l'épaule de Drustan, nous avons là un gaillard capable d'assommer quiconque viendrait nous chercher querelle.

— Je ne veux assommer personne ! s'écria Drustan, affolé.

— Je ne dis pas que nous devrons en arriver à cette extrémité, voyons !

— Morven, intervint Lottie, le bandage de mon père a besoin d'être changé.

— Je vais chercher le nécessaire, répondit le guérisseur en s'éloignant.

— N'ayez crainte, miss, déclara Duff en inclinant la tête. Drustan, MacLean et moi veillerons à ce que tout se déroule sans heurts.

— Les gars, Shakespeare va nous servir du poisson ! s'exclama l'un des Mackenzie.

Tous éclatèrent d'un gros rire tandis que Lottie se dirigeait vers l'escalier.

Une fois sur le pont, elle s'arrêta pour ajuster le lourd pardessus sur ses épaules. La pluie avait cessé, laissant la place à une épaisse brume, mais le vêtement était trempé. Que n'aurait-elle pas donné pour un bain chaud et son lit, afin de chasser le froid qui lui glaçait les os, d'oublier cette horrible journée et, peut-être, de faire taire la douleur qui lui transperçait le crâne ! En marchant vers le gaillard d'arrière, elle se demanda si elle aurait jamais l'occasion de se plonger à nouveau dans un vrai bain, ou si ce voyage allait signer sa fin. La seconde hypothèse était la plus probable.

Mais elle n'avait pas dit son dernier mot. Même si cette journée avait été désastreuse, ils étaient toujours en vie, et ils avaient encore ce maudit whisky. « Un pas après l'autre, et on recommence », avait coutume de dire sa mère. Sortant son pistolet de sa poche, Lottie franchit les marches qui menaient au gaillard d'arrière.

Norval était toujours là, en train de monter la garde. Gilroy était à la barre à présent, tandis que Beaty, accroupi à côté d'un petit réchaud, faisait griller du poisson sur une pique. Comme il levait la tête à son approche, elle vit malgré la faible lumière son visage blêmir.

— Qu'est-ce que c'est que ça ? dit-il, les yeux fixés sur son arme, tout en se levant lentement.

— N'y prêtez pas attention. Suivez-moi, je vous prie.

— Vous avez l'intention de m'escorter avec cette arme pointée sur ma cervelle ? demanda-t-il avec un rire narquois.

Pour toute réponse, Lottie braqua le pistolet sur sa tête. Gilroy la regardait, bouche bée.

— Je ne le réserve pas pour votre cervelle, monsieur, mais pour celle de votre capitaine. Si vous essayez de me berner, c'est lui qui en paiera le prix.

Beaty ne quittait pas l'arme des yeux. Pouvait-il deviner

que son chargeur était vide ? Elle avait utilisé son unique balle pour tirer sur le plafond de la cale.

— Je pourrais vous l'arracher d'une main et vous jeter par-dessus bord, dit-il d'un air sombre.

Il avait raison, bien sûr, mais elle décida de tenter le tout pour le tout.

— Essayez donc, dit-elle en armant le pistolet.

Revenu de sa surprise, Gilroy esquissa un petit sourire.

— Je vous avais bien dit qu'il ne fallait pas plaisanter avec les Livingstone, lança-t-il fièrement.

— Les Livingstone ? Je croyais avoir affaire aux Larson, répliqua Beaty. Vous avez perdu la tête, jeune fille ? Vous n'avez pas suffisamment risqué votre peau ?

— Si, c'est certain, acquiesça-t-elle. C'est pourquoi je préfère user de prudence avec vous. Venez, ordonna-t-elle en lui faisant signe de descendre l'escalier.

Il la toisa avec arrogance en passant devant elle et, tout en grommelant entre ses dents, se dirigea vers les marches. Elle le suivit jusqu'à la cabine du capitaine, l'arme pointée sur son dos. Mais il ne semblait guère intimidé : après avoir pénétré à grands pas dans la pièce, il s'arrêta au beau milieu, jambes écartées et mains sur les hanches, et prit le temps de regarder autour de lui.

— Que signifie… ? commença le père de Lottie, en essayant de se soulever sur un coude dans le lit.

— Soyez tranquille, père, lui dit-elle en mettant le capitaine en joue. Nous avons à parler, c'est tout.

— Vous n'avez pas menacé mon équipage avec ce joujou, j'espère ? s'enquit ce dernier, nonchalamment appuyé contre le mur.

— Si, répondit Beaty à sa place. Elle l'a braqué sur ma tête !

— Vous vouliez le voir ; le voici, dit-elle au capitaine. Maintenant, parlez.

— Où sont vos hommes ? demanda-t-il sans paraître le moins du monde impressionné. Ne pouvez-vous pas appeler l'un d'entre eux pour qu'il tienne ce pistolet à votre place ?

— Je n'ai besoin de personne pour tenir mon pistolet. Mes hommes sont en train de donner à manger aux vôtres.

— Baissez votre arme, jeune fille. Beaty fera ce que je lui dirai.

— Eh bien, parlez-lui. Je ne sais pas où nous allons, alors demandez-le-lui.

— Il suffit d'observer le vent dominant, répondit-il avec flegme en levant ses mains liées. De l'est, dit-il en indiquant une direction, vers l'ouest, ajouta-t-il en montrant la direction opposée.

Puis il prononça très vite quelques mots à voix basse en gaélique.

S'étaient-ils joués d'elle ? Sentant la colère monter, elle pointa le pistolet entre les yeux du capitaine. Celui-ci se contenta de hausser un sourcil, mais Beaty leva les bras au ciel, visiblement inquiet.

— Vous n'allez pas faire cela ! Vous ne tireriez pas sur un homme qui n'est pas armé !

— Elle ne tirera pas, affirma le capitaine.

Il n'avait absolument pas peur d'elle. Sans doute pensait-il qu'elle était incapable de se servir d'une arme. Les hommes croyaient toujours tout savoir, et se trompaient souvent. Pour l'amour du ciel, elle savait parfaitement se servir d'un pistolet ! Il ne lui manquait qu'une balle…

— Posez ce pistolet, Lottie, dit-il calmement. Nous perdons du temps.

— Vous êtes bien familier, capitaine. Je poserai ce pistolet quand vous aurez expliqué à Mr Beaty qu'il doit mettre le cap sur Aalborg, et que je verrai de mes propres yeux qu'il ne nous conduit pas entre les mains de la marine royale !

À nouveau, le capitaine parla en gaélique, et Beaty hocha la tête. Lottie commença à s'affoler, sa connaissance de cette langue étant fort limitée. Les Livingstone s'exprimaient généralement en anglais, à l'exception des membres les plus âgés du clan, qui pratiquaient la langue du Danemark, leur pays d'origine.

— En anglais ! lança-t-elle sèchement. Vous devez parler *en anglais* !

Le capitaine la considéra d'un air presque amusé.

— Très bien, parlons anglais, répondit-il courtoisement.

— Faites ce qu'elle dit, vous m'entendez ? ordonna soudain le père de Lottie d'une voix bourrue. Ma fille n'est pas seulement belle, c'est aussi une excellente tireuse !

Le capitaine prononça encore quelques mots en gaélique. Aussitôt, Lottie saisit son pistolet. Tout en gardant les yeux fixés sur son arme, il se pencha pour montrer du doigt un point sur l'une des cartes.

— Je vais vous brûler la cervelle, je le jure ! s'écria-t-elle.

— Elle a l'air un peu folle, pas vrai ? demanda Beaty d'un ton alarmé.

— Folle ? Moi, folle ? répéta Lottie.

Cette fois, sa patience avait atteint ses limites.

— Je suppose que si c'était vous qui teniez ce pistolet, vous auriez l'air parfaitement sensé ! Pourquoi les hommes sont-ils convaincus que si une femme ne reste pas sagement dans son coin sans dire un mot, elle est forcément folle ?

— Lottie, ma fille ! coupa son père.

— Vous, les hommes, vous vous croyez toujours supérieurs, continua-t-elle sèchement. Allez-y, Beaty, avant que je ne vous montre à quel point je suis folle : dites-moi ce que vous feriez, à ma place. Avec mon père blessé, mes hommes qui n'entendent rien à la navigation...

— Alors il ne fallait pas pirater un navire ! répliqua Beaty avec indignation.

— Allons, inutile de nous disputer, intervint le capitaine d'une voix calme. Avez-vous songé un seul instant, Miss Livingstone, que si vous me brûlez la cervelle, vous le paierez cher ? Mes hommes ne tenteront pas de se rebeller tant que je serai votre prisonnier. Mais si je meurs ?

S'il mourait, ce serait la fin de tout, Lottie l'imaginait sans peine. Beaty, pour commencer, n'hésiterait pas à lui briser le cou. Mackenzie le savait, et il savait que son arme ne lui servirait à rien. Le cœur de Lottie battait si fort dans sa poitrine qu'elle avait du mal à suivre le fil de ses pensées.

— Vous ne me faites pas peur, sir.

— Vraiment ? demanda-t-il, affable, comme s'il s'agissait d'un jeu. Dans ce cas, tirez !

— Je t'en prie, *pusling*, avant de l'abattre, trouve-moi du brandy. La potion que m'a donnée Morven n'a pas calmé la douleur.

— Pardon ? Que dites-vous ?

Complètement absorbée par cet échange avec le capitaine, Lottie n'avait pas saisi les paroles de son père.

— Du brandy, répéta-t-il. Il me faut quelque chose à boire.

Lottie interrogea le capitaine du regard.

— Dans le buffet, tout en bas, soupira-t-il.

Elle recula tout en surveillant Beaty et buta contre la table. L'homme semblait très agité ; il observait tour à tour le capitaine, son père et elle. Sans cesser de tenir Mackenzie en joue, elle se baissa pour ouvrir la porte inférieure du buffet. Le quittant des yeux un instant, elle scruta l'intérieur et trouva une bouteille à moitié remplie d'un liquide ambré. Elle remarqua également des tuniques de linon et des braies soigneusement empilées. Après avoir saisi la bouteille, elle referma la porte et se releva rapidement.

Beaty se pencha vers le capitaine pour lui parler à voix basse.

— En anglais ! cria Lottie.

— J'ai besoin d'aide pour tracer le cap vers Aalborg, répliqua le second en levant les bras. C'est le capitaine qui doit faire tous les calculs. Moi, je ne saurais pas !

— Non ! dit-elle tout en contournant la table, la bouteille de brandy dans une main et le pistolet dans l'autre.

Une douleur lui martelait à nouveau le crâne et elle éprouvait une sensation de brûlure dans le bras à force de tenir l'arme en l'air. Son geste n'était plus si sûr, et elle savait que le capitaine l'avait remarqué.

— Ah, tu es un ange ! Merci, *pusling*, dit son père en lui prenant la bouteille d'une main tremblante.

— Vous devriez poser ce pistolet, Lottie, lança le capitaine, ou vous ne sentirez bientôt plus votre bras. Vous risquez de vous blesser.

— Silence !

— Dis-moi, Beaty, demanda-t-il alors à son second avec un sourire en coin, quelle peine encourent les pirates ?

L'homme sembla réfléchir.

— La pendaison, répondit-il finalement avec un haussement d'épaules. Ou le supplice de la planche.

Lottie eut soudain la gorge nouée.

— Tss-tss, siffla le capitaine. Vous n'auriez peut-être pas dû braquer cette arme sur moi, n'est-ce pas ?

Le père de Lottie, qui avait sans doute déjà avalé plusieurs gorgées de brandy, se mit alors à glousser.

— Il est futé, ce capitaine ! Il cherche à te désarçonner. Mais il ne sait pas que tu n'es pas fille à te décourager facilement !

En réalité, Lottie se sentait terriblement découragée à cet instant.

— Ne l'écoute pas, *pusling*, poursuivit-il avant de s'interrompre pour avaler une grande gorgée de brandy. Tu as le pistolet et le navire entre les mains. Tu peux abattre ces deux-là si bon te semble et les jeter aux poissons, l'équipage n'en saura rien !

Lottie dévisageait son père, interdite.

— Au fait, capitaine, votre brandy est excellent.

— Je ne cherche qu'à vous aider, reprit ce dernier. Comme vous l'avez dit, vous êtes un peu perdue, n'est-ce pas ? Et je n'aimerais pas vous voir ligotée sur une planche au-dessus des flots.

— Si c'était moi, je préférerais la pendaison, commenta Beaty en opinant de la tête.

Pour toute réponse, Lottie dirigea son arme vers ce dernier.

— Très bien, vous avez vu votre capitaine. À présent, nous allons descendre à la cale et vous direz à vos hommes qu'il est bel et bien vivant. Allons-y, avant que je ne trouve une planche pour *vous*.

— Va, Beaty, ou ils vont finir par nous précipiter au

fond de la mer, dit le capitaine. Il ne leur restera plus qu'à compter sur Dieu pour arriver à Aalborg ! ajouta-t-il d'un air malicieux.

Par tous les saints, cet homme avait le don de l'exaspérer !

Beaty fit quelques pas, puis s'arrêta pour parler en gaélique au capitaine Mackenzie.

— Allons ! ordonna Lottie d'un ton coupant.

Le second ouvrit la porte et elle le suivit. Avant de sortir, elle jeta un regard vers le capitaine, qui lui adressa un petit sourire suffisant. Quel toupet !

Voilà qui lui apprendrait à demander de l'aide.

Chapitre 6

— C'est un tempérament, ma fille ! Je n'ai jamais vu une femme comme elle. Pas même sa mère, Dieu ait son âme.

C'était surtout une idiote, et Aulay était sur le point de signifier au vieil homme qu'il avait perdu l'esprit quand la porte s'ouvrit à la volée. Baissant la tête pour ne pas se cogner, le géant fit irruption dans la pièce, suivi de deux autres. Ils passèrent devant Aulay sans même lui accorder un regard.

Pourtant, il aurait aimé avoir quelques explications. Qui étaient ces gens, pourquoi venaient-ils s'entasser dans sa cabine, et pourquoi le colosse se comportait-il de cette étrange façon ? On eût dit un enfant dans le corps d'un homme. Sans quitter des yeux le blessé étendu sur le lit, il se balançait d'avant en arrière en gémissant. Quant au plus jeune, il s'était adossé à un mur, jambes écartées, mâchoire serrée, manifestement décidé à dissimuler tout signe d'émotion. Aulay se reconnaissait en lui : bien des années plus tôt, il avait été ce garçon. Son père avait deux autres fils dont les prouesses physiques suscitaient l'attention et le respect, et deux filles qui étaient la prunelle de ses yeux. Et lui, le troisième parmi ces cinq enfants, passait inaperçu, sauf lorsqu'il était à la barre. C'était étrange de songer à cela maintenant, mais à cette époque, Aulay avait lutté pour obtenir la reconnaissance de sa famille et de son clan. Il était le plus discret, le plus studieux, celui qui avait choisi la peinture. On ne le remarquait guère, et il se sentait totalement insignifiant lorsqu'il n'était pas en mer.

Le troisième individu qui avait pénétré dans sa cabine, un homme d'âge moyen, devait être un médecin ou une sorte de guérisseur. Il se mit à examiner la plaie du blessé.

Celui-ci exigeait un récit détaillé des événements qui s'étaient produits depuis leur arrivée à bord. Le jeune garçon entreprit de lui faire un rapport, mais le géant ne cessait de l'interrompre, exprimant bruyamment son vif désir de rentrer chez lui. Lorsqu'il vit le médecin ôter le bandage du vieil homme, il poussa une plainte déchirante qui fit sursauter Aulay… Mais ne suscita aucune réaction de la part des autres.

La jeune femme réapparut un peu plus tard. Dès qu'il la vit entrer, le colosse l'appela. Elle accourut vers lui et l'étreignit comme une mère étreindrait son enfant.

— Drustan, calme-toi donc, dit le blessé en cherchant la main du géant tandis que le guérisseur achevait de retirer son bandage. Ce n'est qu'une vilaine égratignure !

Lottie se pencha au-dessus du médecin et ce qu'elle vit lui arracha un petit cri.

— Qu'y a-t-il ? demanda le vieil homme.

— Comment ? Rien, père, répondit-elle sans tromper personne.

— Allons, allons, cessez donc de vous tracasser ! Une blessure a toujours l'air plus grave qu'elle ne l'est vraiment. Pas vrai, Morven ?

— Non, rétorqua celui-ci.

— Vous savez bien ce que je veux dire ! Ne faites pas une tête pareille, les enfants, je vais me rétablir en moins de temps qu'il ne faut pour le dire ! ajouta-t-il avec humeur. Je ne sens pratiquement rien, grâce à l'excellent brandy du capitaine !

Aulay réprima un grognement. Il s'agissait en réalité d'une eau-de-vie française très coûteuse, la dernière bouteille d'une cargaison que son frère Cailean et lui avaient passée en contrebande quelques années plus tôt.

— En avez-vous encore ? demanda le guérisseur.

— Sois gentil, Mats, donne-lui la bouteille.

— Il me faudra aussi de l'eau douce, ajouta l'homme.

Lottie se dirigea vers le buffet et revint avec le pichet. Le médecin versa directement de l'eau dans la bouteille, suffisamment pour diluer irrémédiablement l'eau-de-vie. Après avoir secoué vigoureusement le tout, il posa une main sur la jambe du blessé.

— Ne bougez pas, Bernt, dit-il en jetant le mélange sur la plaie.

Le vieil homme poussa un hurlement de douleur, effrayant le géant qui laissa à son tour échapper un cri perçant.

— Pour l'amour du ciel, Drustan, s'exclama le plus jeune en se bouchant les oreilles, arrête ! C'est insupportable !

— J'ai confectionné une potion qui va vous faire dormir pendant quelques heures, dit le médecin, l'air légèrement déconcerté par cette cacophonie. Vous avez besoin de repos.

— Et s'il meurt ? demanda le géant entre ses larmes.

— Je ne vais pas mourir ! gronda le vieil homme.

Ce n'est pas une petite blessure qui aura raison d'un Livingstone, mon garçon !

— Il va vous falloir des bandes propres, déclara le guérisseur.

Tous se tournèrent alors vers Lottie.

— Bien sûr, dit-elle, et sans la moindre hésitation, elle ouvrit le buffet et en sortit l'une des tuniques d'Aulay.

— Je vous demande pardon… Attendez ! protesta-t-il.

Mais bien entendu, elle l'ignora superbement et tendit le vêtement au médecin. Celui-ci le déchira en plusieurs bandes, puis, avec l'aide des deux jeunes hommes, s'employa à panser le torse du blessé.

Une fois le bandage terminé, il souleva un bol entre ses mains, à la manière d'un prêtre qui présenterait une coupe de vin lors d'une communion.

— Voici la potion.

— Donnez-moi ça, dit le père. Cette blessure me fait un mal de chien.

Lottie lui soutint la tête tandis que le guérisseur l'aidait à boire.

— Écoutez-moi, les garçons, soupira-t-il lorsqu'il eut terminé. Vous avez entendu Morven : je dois dormir, maintenant. Faites ce que Lottie vous dira, c'est compris ? Mais partez, laissez votre vieux père se reposer. Je serai sur pied quand nous arriverons à Aalborg.

— Je ne veux pas rester ici, gémit le colosse sans s'adresser à personne en particulier. Je veux rentrer à Lismore !

— Nous y serons bientôt, répondit le médecin.

Mais, au regard qu'il échangea avec Lottie, Aulay devina qu'il était loin d'en être convaincu.

La jeune femme embrassa le géant, puis le garçon.

— Écoutez bien ce que vous disent Duff ou Mr MacLean. S'ils n'ont pas besoin de vous, trouvez un endroit où dormir. Nous avons un long voyage devant nous.

— Et toi, Lot ? demanda le plus jeune.

— Je vais rester ici auprès de père.

— Et lui ? ajouta-t-il en lançant à Aulay un regard méfiant.

Toutes les têtes se tournèrent vers lui.

— Nous n'avons pas d'autre endroit où le garder, répondit Lottie en haussant les épaules.

— Je ne veux pas rester ici ! répéta le colosse.

— Oui, je sais, dit-elle d'une voix apaisante en lui frottant le bras. Nous non plus.

— Moi si ! déclara le garçon qui se cogna contre une chaise en se dirigeant vers la porte. Ce navire est plus gros que celui de Gilroy, et bien plus rapide ! J'aimerais en être le capitaine un jour !

— La place est déjà prise, lui rappela Aulay.

Le jeune homme le considéra avec de grands yeux étonnés avant de disparaître.

— Surveille ton frère ! lui cria Lottie tandis que le géant franchissait la porte à son tour.

— Je surveille *toujours* mon frère ! répliqua le garçon sur un ton qui suggérait que l'on abusait de sa bonne volonté.

— Il devrait dormir comme une souche pendant quelques heures, dit le guérisseur en sortant. Vous avez une mine épouvantable, ajouta-t-il en regardant la jeune femme.

— Merci bien, répondit-elle en écartant une mèche de cheveux mouillés de son visage.

— N'y a-t-il pas un endroit où vous pourriez dormir ?

— Je dormirai ici.

Le médecin se tourna vers Aulay.

— Je n'ai aucune inquiétude, affirma Lottie sans lui laisser le temps de formuler une remarque. Il ne peut me faire aucun mal, attaché de la sorte.

— Eh bien, *god nat*[1], dit l'homme en haussant les épaules avant de quitter la pièce.

— *God nat*, répondit-elle en refermant la porte derrière lui.

Lottie se retourna en poussant un long soupir, et Aulay vit son visage se métamorphoser. Elle semblait soudain exténuée. Après avoir déboutonné son pardessus, elle le secoua et l'accrocha de nouveau à la patère.

Debout au milieu de la cabine, simplement vêtue de son corset, d'une chemise et d'un jupon souillé et trempé, elle lui sembla encore plus petite qu'avant. Ses épaules étaient voûtées, comme si les événements de la journée l'avaient harassée. La jeune femme tendit la main vers sa robe et la palpa en divers endroits, mais la trouva visiblement trop humide. Alors elle se dirigea vers le lit, prit une couverture qui y était enroulée et la jeta sur ses épaules. Penchée au-dessus de son père, elle lui caressa le front.

— Il dort bien, à présent, dit-elle d'une voix lasse, comme se parlant à elle-même. J'aimerais pouvoir en dire autant.

S'éloignant de la couchette, elle se mit à étudier les deux marines accrochées au mur opposé. Du doigt, elle suivit les stries de peinture sur l'une des toiles.

1. « Bonne nuit » en danois.

— L'eau est si bleue dans celui-ci, observa-t-elle d'un ton mélancolique. J'aimerais voir une mer pareille un jour.

Il était peu probable qu'elle en ait l'occasion, étant donné le sort qui l'attendait.

— Où est-ce ? demanda-t-elle.

Aulay leva les yeux vers le tableau. Il n'avait pas réussi à restituer toute la profondeur du bleu des eaux de Cadix.

— En Espagne, répondit-il. La mer Méditerranée.

— La Méditerranée, murmura-t-elle, comme si ce mot seul l'intriguait.

Elle laissa retomber sa main.

— Je dois encore abuser de votre hospitalité, capitaine.

— Vous confondez captivité et hospitalité. Qu'y a-t-il encore ? demanda-t-il tandis qu'elle se penchait pour ouvrir le buffet. Si vous cherchez de l'eau-de-vie, vous n'en trouverez pas, lança-t-il avec une pointe d'irritation.

Mais ce n'était pas de l'eau-de-vie qu'elle voulait. Elle sortit du buffet l'une de ses tuniques ainsi que des braies.

— Pardonnez-moi, dit-elle d'un air contrit, mais je suis glacée jusqu'aux os et j'ai désespérément besoin de vêtements secs.

Ôtant la couverture de ses épaules, elle l'étendit sur le dossier de sa chaise puis envoya voler ses bottines mouillées. L'une glissa sur le sol jusqu'à la porte de la cabine. Lottie posa ensuite son pistolet sur la table et enfila les braies. Elle eut quelque difficulté à les remonter sous son cotillon sans rien dévoiler de sa personne. Quand ce fut fait, elle retira son jupon.

Aulay ne pouvait s'empêcher de la dévorer des yeux. Bien que trop grandes pour elle, les braies laissaient deviner sa silhouette, de ses jambes galbées jusqu'à ses fesses en forme de cœur. Cette petite voleuse éveillait encore en lui les frissons du désir.

Lottie tourna la tête vers lui et fronça les sourcils.

— Qu'y a-t-il ? demanda-t-elle avec impatience.

— Un peu trop grandes, observa-t-il. Mais elles vous vont mieux que je ne l'aurais cru. Bien mieux, ajouta-t-il après l'avoir à nouveau contemplée de bas en haut. Vous devriez en porter plus souvent.

Le visage de Lottie s'empourpra. S'emparant de la tunique, elle la déplia.

Aulay commençait à prendre un grand plaisir à ce spectacle inattendu.

— Cela va être un peu plus difficile, n'est-ce pas ?

La jeune femme regarda autour d'elle, sans doute à la recherche d'un endroit où se cacher.

— Il n'y a pas de place pour la pudeur sur ce navire, dit-il en se laissant glisser contre le mur.

Impatient de la voir se déshabiller, il posa ses mains liées sur ses genoux.

— Enfin un rayon de soleil dans cette sinistre journée !

— Voulez-vous bien vous retourner ?

— Non.

— Je vous prenais pour un gentleman, capitaine.

— C'est ma cabine, répliqua-t-il avec indifférence. *Ma* cabine et *mes* vêtements. Si vous vouliez de l'intimité, il fallait attaquer un autre navire.

Le visage de la jeune femme s'assombrit. Laissant la tunique de côté, elle entreprit, sans grand succès, de délacer son corset.

— J'ai les doigts gourds, marmonna-t-elle tandis que deux jolies taches roses apparaissaient sur ses joues.

— Approchez-vous, je vais vous aider, suggéra Aulay. Je suis un expert dans ce domaine.

Les joues de la jeune femme passèrent du rose au rouge vif et, tirant d'un coup sec sur l'un des rubans, elle réussit à l'arracher. D'un geste hésitant, elle retira son corset et le posa sur une chaise. Désormais, elle ne portait plus qu'une fine chemise, si fine qu'Aulay pouvait voir le superbe contour de ses seins et l'ombre plus marquée de leurs pointes dressées.

— Vous êtes vraiment certaine que je ne peux vous être d'aucune utilité ? demanda-t-il avec gourmandise.

Lui tournant le dos, elle ôta rapidement sa chemise et la jeta sur le sol.

Le spectacle de son dos nu était un plaisir délectable, et Aulay s'y adonna sans retenue, observant la cambrure de sa taille, la naissance de ses hanches, la pente délicate de son épaule et la façon dont sa chevelure, nouée bas sur la nuque, effleurait sa peau. Lottie se tourna légèrement pour ramasser la tunique en recouvrant sa poitrine d'un bras. Mais cela n'empêcha pas Aulay de distinguer le galbe de ses seins et la douce courbe de son ventre. La vue de ses formes voluptueuses était en train de lui échauffer le sang. Et il s'en voulait de s'enflammer ainsi : comment pouvait-il la convoiter, elle qui était son ennemie ? Mais comment s'en empêcher ? Elle était belle : son corps, sa peau veloutée, sa chevelure soyeuse, tout en elle éveillait l'admiration. Elle était terriblement, indéniablement et insupportablement désirable.

Elle lui tournait à nouveau le dos et prenait son temps à présent, manifestement consciente de l'effet qu'elle produisait sur lui. Aulay la regarda lever les bras pour se glisser lentement dans sa tunique.

— Qu'en pensez-vous ? demanda-t-elle en lui faisant face, tout en nouant le bas du vêtement à la taille.

— Vous ne manquez pas d'audace !

— Et qu'y a-t-il de mal à cela ?

— Absolument rien, répondit-il en posant les yeux sur l'encolure de la tunique, dont le décolleté profond exposait généreusement sa gorge.

Sous l'étoffe, presque aussi fine que celle de sa chemise, il voyait parfaitement la forme de ses seins et s'imaginait les prendre au creux des mains et refermer les doigts sur la chair ferme et pulpeuse.

— Je vous saurais gré de cesser de me regarder de cette façon, dit-elle en jetant à nouveau la couverture sur ses épaules, avant de s'asseoir sur une chaise.

— De quelle façon ?

Levant une jambe, puis l'autre, elle enroula les braies jusqu'à ses chevilles.

— Comme si vous n'aviez jamais vu de femme de votre vie, répondit-elle en lui jetant un coup d'œil furtif. Malgré tous les corsets que vous avez délacés.

Touché. Aulay ne put s'empêcher de sourire.

— Je n'ai jamais vu de femme aussi belle que vous, reconnut-il. Que voulez-vous que je fasse ? Vous me prenez mon navire, mon eau-de-vie, mes vêtements. Vous vous déshabillez juste devant moi, et je devrais fermer les yeux ?

Il secoua la tête.

— Je ne suis pas mort. Pas encore.

Un sourire vint effleurer les lèvres de Lottie.

— Je vous conseille de revêtir la même tenue la prochaine fois que vous vous livrerez à la piraterie, dit-il.

Vous n'aurez qu'à dire un mot, et tous les hommes lâcheront leur épée.

Se levant, elle se dirigea vers le buffet.

— Vous ne portiez même pas d'épée. Je me demande comment les choses auraient tourné si vous aviez été armé, dit-elle en le regardant par-dessus son épaule.

Fallait-il qu'elle lui rappelle son erreur ? Il ne s'était pas muni de son épée parce qu'il ne s'était pas méfié de ces naufragés. Il avait vu en eux une congrégation de pèlerins dépourvus de la moindre notion de survie en mer.

La jeune femme prit son rasoir, le reposa puis examina son savon.

— En outre, je ne me livrerai plus à la piraterie, poursuivit-elle d'un ton moqueur. Je dois être pendue, souvenez-vous.

Le peigne d'Aulay à la main, elle retourna s'asseoir devant la table.

— Je me souviens très bien, répondit-il tout en la regardant dénouer ses cheveux.

De lourdes tresses tombèrent sur ses épaules. Même mouillée, sa chevelure brillait d'un éclat singulier. Elle se mit à la coiffer, commençant par le bas avant de remonter. Aulay était fasciné. Il avait vu ses sœurs à leur toilette, mais n'avait jamais vraiment regardé une femme se peigner les cheveux. Pas comme cela, pas d'une manière aussi incroyablement érotique.

Quand elle eut fini de les démêler, elle se mit à les tresser en une longue natte. Puis elle rangea le peigne sur le buffet et scruta le visage d'Aulay.

— Vous devriez vous reposer.

— Dormir ? répliqua-t-il dans un éclat de rire. Cela m'est impossible, jeune fille. Je ne dormirai pas tant que mon navire sera entre vos mains. Ni tant que vous vous servirez généreusement de mes effets personnels. Je ne voudrais surtout pas manquer un autre spectacle.

Lottie poussa un soupir de lassitude.

— Je ne saurais vous dire à quel point je voudrais vous restituer ce bateau, ainsi que vos vêtements et tout ce dont nous avons fait usage ici.

Rejoignant la couchette où était étendu son père, elle se faufila dans le petit espace laissé libre au pied du lit.

— Je vous rendrais votre maudit navire et tout le reste sur-le-champ si je n'en avais pas aussi désespérément besoin !

Elle s'enroula dans la couverture ; sa tresse semblait former un ruban de soie sur l'étoffe sombre.

— Et moi, alors ? demanda Aulay. N'aurai-je même pas droit à un repas et un pot de chambre ?

— Pardon ?

Levant la tête, elle le considéra avec étonnement.

— Un souper, reprit-il d'un ton impatient. Un pot de chambre. Je dois…

— Très bien, j'ai compris ! grommela-t-elle en se redressant.

Assise au bord du lit, elle le regardait comme s'il eût été un enfant indocile.

— Je suis votre prisonnier, jeune fille, dit-il en lui montrant ses poings liés. En vertu des règles de la guerre, vous devez pourvoir à mes besoins.

— Les règles de la guerre ! pouffa-t-elle.

Se levant avec effort, elle ramassa ses bottines et décrocha à nouveau le pardessus de la patère. Puis elle glissa le pistolet dans une poche et marcha d'un pas traînant jusqu'à la porte.

— Lottie, dit-il comme elle s'apprêtait à sortir.

S'arrêtant, elle le regarda du coin de l'œil.

— Quelque chose de chaud, voulez-vous ? Et de la bière.

— Quoi encore, capitaine ? demanda-t-elle en appuyant le front contre la porte.

— Rien.

Elle venait de franchir le seuil lorsqu'il appela à nouveau.

— Un pot de chambre !

En entendant la jeune femme grommeler entre ses dents, Aulay esquissa un sourire. S'il voulait qu'elle le détache, il n'y parviendrait pas par la menace. Ni par l'intimidation, de toute évidence. Mais il était tenace, et il ne la laisserait pas en paix jusqu'à ce qu'elle cède.

Chapitre 7

Au bout d'un long moment, Aulay vit revenir Lottie, un ballot dans les mains, suivie de deux hommes. Ces derniers délièrent la chaîne qui lui retenait la cheville, le soulevèrent et l'escortèrent dehors « pour prendre l'air ».

Soulagé de sortir de la cabine, il aspira de profondes bouffées d'air salé. La tempête avait laissé la place à une myriade d'étoiles scintillantes et la pleine lune éclairait le navire. Attachés au moyen de cordes lâches, des tonneaux étaient entassés pêle-mêle sur le pont principal. Étonnant que l'orage ne les ait pas emportés…

À la poupe du bateau, un homme tenait nonchalamment un fusil et fumait un petit cigare. Beaty, à la barre, entretenait avec deux des Livingstone une conversation qui semblait, à en juger par le ton de leurs voix, presque amicale.

Aulay flâna sur le pont autant que possible, puis ses gardes lui firent signe qu'il était temps de rentrer. Comme ils franchissaient les quelques marches menant au poste d'équipage, il vit le médecin des Livingstone sortir de la cabine avant en riant. En s'apercevant de sa présence, l'homme retrouva immédiatement son sérieux.

— Qui est à l'intérieur ? demanda Aulay.

— Les blessés, capitaine : un des nôtres et deux des vôtres, répondit le guérisseur en dévalant l'escalier.

Il y avait quelque chose d'étrange dans cette atmosphère. On ne percevait aucune tension, comme si tout le monde s'était accommodé de la situation. Comment s'y était-elle prise ? Avait-elle gagné leur sympathie ? Les avait-elle suppliés ? Séduits avec son joli minois et ses beaux yeux désarmants ? Étaient-ils donc tous aussi faibles que lui ?

De retour dans sa cabine, il contint à grand-peine sa colère tandis que les gardes l'enchaînaient à nouveau comme une bête. Lottie le regardait, les paupières lourdes, le menton appuyé sur une main.

— Et maintenant ? demanda un des hommes.

— Allez vous reposer, ordonna-t-elle en bâillant. Il ne faut pas réveiller mon père.

À en juger par les ronflements qui provenaient de la couchette, il y avait peu de risques que cela arrive.

Une fois les gardes partis, Aulay leva ses poings liés.

— Détachez-moi.

Pour toute réponse, Lottie laissa échapper un soupir.

— Comment voulez-vous que je mange ? demanda-t-il en désignant d'un geste la miche de pain, le morceau de fromage et le bol posés sur son bureau.

— Vous pensez que vous n'y arriverez pas ?

— *Non*, je n'y arriverai pas, dit-il sèchement.

D'un air las, elle redressa la tête et se leva, légèrement chancelante. Elle regarda Aulay, puis son repas.

— Pour commencer, il faut vous asseoir. Je ne pourrai pas vous aider comme cela : vous êtes trop grand.

Maladroitement, elle tira l'une des lourdes chaises

en bois de la table jusqu'au bureau. Puis elle fit mine de la dépoussiérer et s'inclina profondément devant lui.

— Si vous voulez bien vous donnez la peine, capitaine.

Affamé, il se laissa pesamment tomber sur le siège et attendit. Comme rien ne venait, il se tourna vers elle.

Lottie était en train d'observer ses mains. Elle esquissa une grimace puis se pencha pour mieux voir.

— *Mi Diah !*

S'agenouillant à côté de lui, elle effleura du doigt une plaie particulièrement vive sur son poignet. La douleur arracha à Aulay un sifflement.

— Je devrais appeler Morven pour qu'il vous examine.

— Vous devriez dénouer ces liens, répliqua-t-il. Vous me demandez mon aide, mais vous m'enchaînez comme un animal !

— Vous savez que je ne peux pas faire cela.

Repoussant négligemment ses papiers et ses cartes, elle se hissa sur le bureau. Tout en balançant les jambes d'avant en arrière, ses chevilles nues croisées, elle se saisit de la miche de pain et en arracha deux morceaux. Elle lui en offrit un et se fourra l'autre en bouche.

— Combien de temps comptez-vous me retenir attaché ? demanda Aulay avant de manger à son tour.

— Jusqu'à ce que nous arrivions à Aalborg.

— Nous n'y serons pas avant deux jours ! Je ne peux pas continuer ainsi. Laissez la chaîne à ma cheville si vous y tenez, mais déliez-moi les mains !

Comme elle lui tendait un morceau de fromage, il en profita pour lui saisir brusquement le poignet. Elle le considéra avec stupeur.

— Je n'aime pas vous voir attaché, mais en défaisant

vos liens, je déclencherais une mutinerie ! Vous êtes notre seul atout !

— Vous ne m'avez pas l'air d'être une jeune fille timide qui fait ce qu'on lui dit. Alors si vous voulez *vraiment* me détacher, trouvez un moyen de le faire sans provoquer une mutinerie.

Elle tenta de se détourner, mais il l'attira à lui d'un coup sec. Ses yeux se posèrent sur sa bouche.

— Détachez-moi, Lottie.

— Je croyais que nous avions un accord.

— D'où vous est venue cette idée ?

Elle se pencha vers lui, si bien que leurs visages se touchaient presque. Ses longs cils noirs s'abaissèrent tandis qu'elle regardait la main qui lui enserrait fermement le poignet.

— Il y a des gardes juste derrière cette porte, vous savez ? murmura-t-elle avant de lever les yeux pour les planter dans les siens. Si je crie, ils seront dans la pièce en moins de temps qu'il n'en faut pour le dire.

Elle s'approcha encore un peu.

— Je vous ai apporté du ragoût de poisson, murmura-t-elle, la bouche tout près de sa tempe. En voulez-vous, ou préférez-vous sentir le canon d'un fusil contre votre nuque ?

Aulay tourna légèrement la tête. Leurs joues se frôlaient, à présent. Autour d'eux, l'air semblait crépiter. Un feu couvait, et il n'aurait su dire lequel d'entre eux serait le plus prompt à s'embraser.

— Je ne me laisserai pas séduire, jeune fille. Ni par vous, ni par ces victuailles, ni par des menaces.

— Dommage, lui glissa-t-elle à l'oreille, et il sentit

alors un frisson brûlant lui courir le long du dos et descendre entre ses jambes.

Lentement, elle se redressa et poussa vers lui le bol posé sur le bureau.

— Il me faudra mes deux mains si vous voulez boire.

Dieu, qu'il était faible ! À contrecœur, il lui lâcha le poignet. Elle porta le bol aux lèvres d'Aulay, les doigts appuyés contre son menton. C'était comme une caresse, si légère, à peine un chuchotement contre sa peau, et brûlante à la fois. Tenaillé par la faim, Aulay but avec avidité.

— Vous avez besoin de vous raser, observa-t-elle.

— Dois-je comprendre que vous voulez promener une lame sur ma gorge ?

— Pas encore, répondit-elle avec un léger sourire.

La fureur d'Aulay ne pouvait rien contre ses beaux yeux. La captivité, découvrait-il, était épuisante. Il sentait qu'il était sur le point de perdre la bataille, d'abdiquer. Depuis qu'il avait été assez robuste pour tenir la barre, c'était lui et lui seul qui gouvernait le *Reulag Balhaire*, et il n'avait jamais été à la merci de qui que ce soit. Ainsi prisonnier, il se sentait petit, impuissant. Commander son vaisseau et ses hommes, c'était de là qu'il tirait sa force. De la mer. De l'odeur du sel, du cri des mouettes et du roulis incessant des vagues. Privé de son élément, il était à nouveau l'enfant éclipsé par des frères plus vigoureux, plus vaillants que lui. Mais cette fois, c'était à cause d'une frêle jeune femme…

Il avait besoin d'un remontant.

— Avez-vous du whisky ? demanda-t-il à Lottie, occupée à arracher de nouveaux morceaux à la miche de pain.

— Très amusant, répondit-elle avec un sourire en coin.

— Regardez dans le coffre, près du lit. Il y a une bouteille de vin.

— Vraiment ? dit-elle avec intérêt.

Se laissant glisser sur le sol, elle se dirigea vers le coffre d'un pas alerte, l'ouvrit et en sortit la bouteille. Revenue près d'Aulay, elle la déboucha, la déposa entre ses mains et se hissa à nouveau sur le bureau.

Il avala une longue gorgée, puis une seconde, et lui tendit la bouteille. Sans hésitation, elle la porta à sa bouche et en but tout autant que lui.

Lottie Livingstone était décidément une femme pétrie de contradictions : gracieuse et violente, fragile et courageuse. Sa beauté naturelle était de celles qui inspiraient les véritables artistes, plus talentueux que lui. Elle méritait d'être contemplée, élevée sur un piédestal… Mais où étaient ses admirateurs ? Que faisait-elle ici, alors qu'elle aurait dû être l'objet de toutes les attentions, de toute l'adoration d'un homme ?

Il la regarda boire une nouvelle gorgée, puis poser la bouteille pour lui tendre un morceau de fromage.

Placer une femme sur un piédestal n'était pas dans les habitudes d'Aulay. Jamais il n'avait rencontré quelqu'un qui éveille en lui un tel désir, une attirance aussi irrésistible. Peut-être, à la faveur d'une nuit passée dans un port lointain, avait-il éprouvé un sentiment de cet ordre, l'espace de quelques heures. Mais cela n'avait jamais duré plus longtemps.

Non, la mer était son seul amour. C'étaient le monde et sa beauté qui le fascinaient. Pourtant, d'une curieuse façon, cette femme le subjuguait, elle aussi. À la vérité, il l'admirait. Il était furieux contre elle, mais il respectait sa bravoure. Son refus de baisser les bras. Il voulait savoir ce qui l'avait menée là ; il avait envie de la comprendre.

Tout à ses pensées, il mangea le fromage et avala une rasade de vin.

— Comment se fait-il qu'une belle fille comme vous se retrouve dans ma cabine, vêtue de mes habits, aux commandes de mon navire ? demanda-t-il enfin. Et pourquoi nous avoir attaqués alors que nous vous avions accueillis à bord ?

Lui prenant la bouteille, elle se pencha vers lui. Se rendait-elle compte qu'ainsi l'échancrure de sa tunique lui offrait un savoureux aperçu de ses seins ?

— Nous n'avions pas le choix, affirma-t-elle en replaçant la bouteille entre ses mains avant de se redresser.

— Dites-moi tout, dit Aulay avant de boire à son tour. Plus tard, je raconterai à mes enfants le jour où j'ai été fait prisonnier en mer par une beauté. J'aimerais savoir pourquoi.

— Ne m'appelez pas ainsi, répliqua-t-elle d'un ton abrupt.

— Beauté ?

Pour toute réponse, elle lui lança un regard furibond.

— Très bien, reprit-il en haussant les épaules. Dans mon récit, je vous décrirai comme une vieille sorcière.

À ces mots, elle sourit, et son sourire illumina son visage, ainsi que la cabine tout entière.

— Je préférerais cela à « beauté », dit-elle, comme si ce mot était une insulte.

— Vous êtes la première femme que je rencontre qui refuse un tel compliment. Racontez-moi, répéta-t-il comme elle levait les yeux au ciel.

— Vous serez déçu, répondit-elle en bâillant, vous

qui êtes un homme du monde. Nous ne sommes que des paysans, et notre dilemme est des plus simples. Nous traversons une période difficile, et nous ne pouvons pas nous permettre de perdre ce whisky. C'est tout ce qu'il nous reste.

— Que voulez-vous dire ? demanda-t-il en lui rendant la bouteille.

— Vous voyez, vous êtes trop raffiné pour comprendre les conditions dans lesquelles nous vivons, chez nous.

— Dans l'île de Lismore. Le géant a dit qu'il avait hâte d'y retourner.

— Oui, dit-elle en se frottant les yeux. L'île de Lismore, un petit lambeau de terre tout juste habitable, face à la côte ouest de l'Écosse. Le clan MacColl occupe le Sud, où la pêche est abondante et les sols sont arables. Quant à nous, nous avons la partie nord, qui n'est bonne qu'à élever quelques moutons et bestiaux. On pourrait aussi y cultiver du lin si l'endroit n'était pas infesté de lapins, qui dévorent nos récoltes et creusent leurs terriers sous nos maisons. Nous ne parvenons plus à payer nos loyers, lâcha-t-elle en posant les yeux sur son père, et notre laird est fort mécontent.

— Qui est votre laird ?

— Duncan Campbell.

Aulay connaissait ce nom. Duncan Campbell était devenu laird deux printemps plus tôt, lorsque des jacobites, refusant la défaite du prince Charles Édouard Stuart, avaient assassiné le frère de Duncan, Colin. Il était réputé pour son ambition, comme la plupart des Campbell. Leur clan prétendait supplanter tous les autres distillateurs de whisky des Highlands, un but qu'il poursuivait avec acharnement.

— Mon père est notre chef, voyez-vous. Et il n'a guère le sens des réalités.

L'expression de son visage s'adoucit tandis qu'elle regardait la silhouette endormie.

— Ses intentions sont bonnes, murmura-t-elle en s'appuyant contre le mur, les bras croisés sur la poitrine, mais il agit sans réfléchir.

— Vous voulez donc vendre votre whisky pour payer vos dettes, avança Aulay, qui commençait à comprendre.

— C'est notre seul espoir.

— Pourquoi Aalborg ?

— Comme je regrette d'avoir prononcé ce nom ! gémit-elle. Mais notre laird se doute que nous distillons de l'alcool. Plusieurs fois, il nous a rendu visite à l'improviste dans l'espoir de nous prendre en faute, et il s'est renseigné sur nous à Port Appin et à Oban, où il a entendu des rumeurs. Nous avons décidé de vendre notre production avant qu'il ne mette la main dessus. Mais il nous a paru trop risqué de le faire en Écosse ou en Angleterre. C'est moi qui ai suggéré Aalborg, avoua-t-elle en baissant la tête. Ma famille et bien d'autres habitants de l'île sont des descendants de Danois du Jutland.

Aulay n'était pas surpris par ce récit. Des clans entiers avaient été disséminés lors des représailles infligées aux Highlanders à la suite de la défaite des jacobites. Même ceux qui n'avaient pas pris parti pour les rebelles étaient considérés comme suspects, et il suffisait d'un murmure pour que les forces anglaises attaquent leurs villages et volent leur bétail. Privés de tout moyen de subsistance, tous les habitants, hommes, femmes ou enfants, luttaient âprement pour survivre à ces sombres années.

— Ainsi, nous avons pris la mer, expliqua Lottie. Il

n'y avait pas une âme en vue et pourtant, moins d'une journée plus tard, un navire arborant le pavillon royal nous a trouvés. Un minuscule point entre l'immensité des flots et le gris infini du ciel. Qui les a renseignés ? demanda-t-elle en se tournant vers Aulay.

— Campbell, répondit-il, comprenant soudain qu'il ne s'agissait sans doute pas d'un vaisseau de la Couronne comme il l'avait d'abord pensé. Je suis prêt à parier qu'il vous avait fait surveiller.

— Tout est de ma faute, soupira-t-elle en fermant les yeux.

Aulay ne pouvait s'empêcher d'éprouver de la compassion pour elle. Lui-même avait été pris en chasse une fois ou deux, avant la rébellion, à une époque où son frère Cailean et lui faisaient passer des marchandises françaises en contrebande. Il savait la peur qui vous saisissait le ventre lorsqu'un vaisseau plus grand et plus puissant se rapprochait. S'il avait échappé à ses poursuivants, c'était grâce à sa connaissance précise des côtes écossaises et à l'habileté de son équipage, capable d'orienter les voiles plus vite que la plupart des autres.

— Votre navire était trop petit, Lottie. Le bâtiment naval avait des mâts plus hauts, une voilure plus grande. Vous n'auriez pas pu le distancer.

— Oui, nous l'avons découvert à nos dépens.

— Ils ont tiré les premiers ?

Le regard tourné vers son père, elle ne répondit pas immédiatement.

— Il avait peur pour moi, murmura-t-elle enfin en ramenant les genoux contre sa poitrine. Il savait que s'ils nous rattrapaient… Le butin de guerre, vous voyez ?

Aulay ne dit rien. L'idée même lui soulevait le cœur.

Lottie lui raconta ensuite que, lorsque leur bateau avait été touché par leurs poursuivants, son père avait été projeté sur le pont et s'était empalé sur une pièce de bois de la coque.

— J'ai cru qu'il était mort. J'ai voulu aller chercher Morven, mais ils ont tiré à nouveau, et le mât principal s'est brisé en deux et s'est écrasé juste à côté de nous. Puis il y a eu une nouvelle explosion, plus violente, mais qui semblait plus lointaine. Je ne me suis pas rendu compte immédiatement que cette fois cela venait de nous.

Lottie parlait vite, comme pour laver sa mémoire de tous ces souvenirs. Elle lui décrivit le chaos qui avait suivi : les tonneaux de whisky basculaient dans la mer par le trou béant percé dans le flanc du navire. Jusqu'à ce que son frère — Drustan, le géant — leur fasse barrage de son corps.

Elle lui raconta aussi que lorsqu'elle avait quitté son père des yeux, un bref instant, celui-ci en avait profité pour arracher lui-même la poutre qui lui transperçait le torse.

Après avoir bu une longue gorgée de vin, elle tendit à nouveau la bouteille à Aulay.

— J'ai tenté d'étancher le sang de mes mains, dit-elle, les joues en feu, en mimant les gestes qu'elle avait exécutés. Il saignait tellement ! Ensuite, quelqu'un m'a écartée de lui et Morven a accouru avec une couverture, ou peut-être un morceau de voile déchirée. Et mon père me suppliait : « Sauve le whisky, Lottie ! » Je n'arrivais pas à réfléchir. Tout le monde criait et le bateau tanguait tellement que j'avais du mal à tenir debout.

La terreur était encore perceptible dans sa voix ; elle était presque palpable.

— C'était inimaginable, reprit-elle. Mon frère Drustan

était bouleversé et, comme vous avez pu le voir, il n'a pas toute sa raison. Il peut devenir… destructeur. Et Mats ! Mon Dieu, il croit être un homme, mais c'est encore un enfant et, malgré ce qu'il pense, il ne peut pas sauver le monde entier !

Sautant à terre, elle se mit à arpenter la pièce.

— L'autre navire, en feu, a fait demi-tour en direction de la côte. C'est alors que Gilroy a annoncé que notre bateau prenait l'eau. J'étais folle d'angoisse, convaincue que tout était perdu et que nous étions condamnés à périr noyés. Mon père, le visage livide, tentait en vain de se relever. Il m'a pris la main et l'a serrée aussi fort que possible en me suppliant de lui prêter attention. Je ne voulais pas l'écouter, dit-elle d'une voix tremblante. Je ne voulais pas savoir à quel point la situation était désespérée. Mais il ne me lâchait pas, il continuait à serrer ma main dans la sienne ! « Lottie, disait-il, ne perds pas le whisky, tu m'entends ? Si tu le perds, nous n'avons plus rien. Nos caisses sont vides. »

Elle semblait se parler à elle-même, le regard perdu.

— Je ne l'ai pas cru. Comment était-ce possible ? Mais il m'a juré qu'il disait la vérité. Que nous n'avions plus rien, murmura-t-elle en se laissant tomber sur une chaise, les mains serrées entre les cuisses.

— Lottie…, commença Aulay.

En entendant sa voix, elle leva brusquement les yeux vers lui, comme si elle avait oublié sa présence.

— C'est alors que vous êtes apparus. Tout d'abord, nous avons cru que c'était l'autre vaisseau qui revenait pour nous porter le coup de grâce. Mais c'était vous ! Vous battiez le pavillon écossais. Un véritable miracle !

— Un miracle, vraiment ? répéta-t-il en fronçant les sourcils. Dans ce cas, pourquoi nous avoir menti ?

— Oh…, lâcha-t-elle en regardant ses mains. Vous n'aimerez pas la réponse.

— Je veux savoir.

— Eh bien… Je tentais de réfléchir à ce que nous allions faire, mais mon père ne cessait de crier : « Sauve le whisky, Lottie ! Pense à ceux que nous avons laissés à Lismore. Ils seront chassés de chez eux si nous ne payons pas les loyers ! »

Aulay commençait à y voir un peu plus clair. Il n'avait pas affaire à une pirate sans merci mais à une jeune femme inexpérimentée, jetée dans une situation impossible par son père et les hommes de son clan.

— Tout à coup, une idée m'est venue. Pour nous sauver tous et sauver le whisky, il nous fallait un autre navire.

— C'est évident.

— Tout de même, c'est un miracle que vous soyez arrivés précisément à cet instant, vous ne croyez pas ? demanda-t-elle avec un sourire hésitant.

— Non.

— J'imagine que vous trouvez cela injuste. Mais nous ne savions pas quelles étaient vos intentions. Du reste, comme Duff l'a fait remarquer, cela importait peu : même un navire ami venu à notre rescousse n'aurait pas eu de place à bord pour notre whisky. Et vous auriez très bien pu être des pirates. Ou, pire encore, des membres du clan Campbell !

Les paumes levées vers le ciel, elle haussa les épaules.

— Dans tous les cas, nous n'avions d'autre choix que de nous emparer de votre vaisseau. N'en auriez-vous pas fait autant ?

— Non, répliqua-t-il. Lorsque nous avons accepté de vous secourir, pourquoi ne pas avoir parlé de votre cargaison ? Peut-être aurions-nous pu en charger une partie, que vous auriez vendue à Amsterdam. Vous auriez même pu nous proposer une part de vos bénéfices en échange du transport.

— Je me doutais que vous sauriez quoi faire, dit-elle d'un air penaud. Quel dommage que je ne vous aie demandé votre avis !

— Quel dommage, en effet ! rétorqua-t-il avec humeur.

Lottie se pencha en arrière, jambes tendues et chevilles croisées, comme si le récit de ses épreuves avait tout réglé, l'avait lavée de ses fautes.

— Vous ne m'avez pas encore exposé votre brillant projet pour voler mon navire. Vous ne sembliez avoir aucun plan.

— C'était justement cela, le plan.

— Pardon ?

— Je devais me faire passer pour une demoiselle en détresse, accompagnée d'une poignée d'hommes désemparés qui ne connaissaient rien à la mer. Si cela fonctionnait — et ce fut le cas —, nous pourrions monter à bord sans éveiller vos soupçons. Restait alors à vous prendre au dépourvu. Comme c'était notre seule chance, j'ai détaché mes cheveux.

— Vous avez… détaché vos cheveux ? répéta-t-il, incrédule.

— Mes cheveux sont comme un galet luisant pour une pie, capitaine. C'est Duff MacGuire qui a suggéré que nous nous présentions comme des incapables — du reste, nous l'étions. Duff est comédien. Il a indiqué à nos hommes ce qu'ils devaient faire.

Fermant les yeux, Aulay laissa échapper un gémissement. Comment avaient-ils pu élaborer un plan aussi ridicule ? Mais surtout, comment un tel stratagème avait-il pu réussir ?

— L'offense que vous m'infligez est pire que vos coups, milady.

— C'est Gilroy qui a eu l'idée que je m'entaille la jambe, au cas où nous ne parviendrions pas à vous surprendre immédiatement. Mais nous n'avons pas pensé un instant que notre ruse fonctionnerait si bien. Cela a été beaucoup plus facile que nous ne l'avions imaginé, ajouta-t-elle d'un air perplexe. Pas un de vous n'était armé ! Pourquoi ne portiez-vous ni épée ni pistolet ? Et vos hommes ! Ils ne me quittaient pas des yeux !

Pour Aulay, l'humiliation était totale. Il avait fait preuve d'une imprudence stupéfiante. Avait-il perdu son bon sens de marin en restant trop longtemps à terre ?

— Cette histoire est complètement absurde, vous ne trouvez pas ? demanda-t-elle.

— Je vous en prie, taisez-vous. Ne dites pas un mot de plus.

— Je vous demande pardon, capitaine, répondit-elle avec un sourire compatissant. Mais j'espère que vous comprenez que nous n'avions guère le choix : c'était mourir ou… emprunter votre navire. L'enjeu était considérable !

— Pour nous aussi, Lottie ! répliqua-t-il, furieux. Y avez-vous songé un seul instant ? Avez-vous pensé à ce que nous risquions de perdre ? s'exclama-t-il avant de détourner le regard, honteux de s'être laissé aveugler par les charmes d'une belle femme.

— Ce que je regrette le plus, c'est de vous avoir frappé à la tête, dit-elle doucement.

Aulay lui jeta un regard oblique.

— Vous seul sembliez vous méfier de moi, continua-t-elle. Les autres me dévisageaient comme les hommes le font toujours, mais vous paraissiez légèrement suspicieux. Et… le pauvre Drustan ne connaît pas sa force.

— Permettez-moi de vous contredire, coupa Aulay. Il connaît parfaitement sa force.

Il avait des envies de meurtre. Son regard parcourut le corps de la jeune femme, de la tête aux pieds, avant de remonter lentement. Une rage terrible l'envahissait peu à peu. Il avait commis une erreur monumentale, l'erreur de sa vie, mais lorsqu'il contemplait celle qui avait causé sa perte, sa fureur était mêlée de… désir. Un désir mortel.

C'était pure folie d'admirer l'audace de cette femme, elle qui l'avait ridiculisé, et pourtant c'était bien de l'admiration qu'il éprouvait. Avait-il jamais connu une femme, ou même un homme, capable de lui damer le pion de la sorte ? Comment pouvait-il au même instant songer aux mille façons dont il se vengerait d'elle et s'imaginer en train de lui faire l'amour ? Mais ces pensées s'imposaient à lui : il la voyait, nue, entre ses bras. Comme elle serait douce et chaude contre lui !

Il devait avoir perdu l'esprit. Si seulement il pouvait trouver le sommeil ! Alors il se réveillerait revigoré, capable de chercher un moyen de se libérer de ces maudits liens.

— Je vais dormir, à présent, déclara-t-il en se levant.

Poussant sa chaise d'un coup de pied rageur, il s'assit dans le coin de la cabine. Le dos contre le mur, il ferma les paupières pour ne pas voir le joli visage de Lottie un instant de plus.

Sitôt après, il l'entendit se lever à son tour et s'installer sur le sol, près du lit de son père.

Lorsqu'il ouvrit les yeux un peu plus tard, il découvrit sa silhouette enroulée dans la couverture, le ruban de ses cheveux blonds ondulant dans son dos, son ridicule petit pistolet posé à côté d'elle.

Qu'adviendrait-il de cette gracieuse créature dans quelques jours, quand les autorités la captureraient ? Malgré les folles pensées qui lui troublaient l'esprit, Aulay ne tolérerait pas qu'elle échappe au sort qu'elle méritait. C'était impossible. Les pirates payaient pour leurs actes, même quand ils revêtaient les traits d'une belle et audacieuse jeune femme.

Chapitre 8

Lottie était entourée de fleurs sauvages : au jaune éclatant des ajoncs se mêlaient le violet de la bruyère et des chardons, et le mauve si rare du liseron. De quelle prairie s'agissait-il ? Elle n'en était pas sûre, mais son cheval, Stjerne, trottait avec assurance, secouant de temps à autre sa crinière, visiblement ravi de cette petite escapade au soleil.

Jetant un regard derrière elle, elle aperçut Anders qui chevauchait une monture d'un noir de jais. Elle éclata de rire : il la poursuivait depuis des heures mais n'était toujours pas parvenu à la rattraper.

Arrivée devant un fleuve, elle mit pied à terre pour laisser boire son cheval. Bientôt, elle entendit des sabots et sortit du couvert des branches d'un arbre qui s'étendaient au-dessus des flots. Appuyée contre le flanc chaud et ferme de Stjerne, elle observa l'homme qui approchait. Mais à sa grande surprise, elle se rendit compte que ce n'était pas Anders. C'était le capitaine Mackenzie.

Il était trempé. Trempé et furieux, visiblement. Comme il laissait son regard froid glisser jusqu'à ses jambes, elle baissa la tête. Pourquoi diable portait-elle des braies ? Lorsqu'elle releva le menton, son cœur se mit à battre la chamade : il fixait sur elle des yeux brûlants. Impossible de bouger. Ses pieds étaient comme pétrifiés. Elle ne sentait plus l'un de ses bras, et l'autre était lourd comme le plomb. Il se pencha près d'elle et ses lèvres effleurèrent les siennes avec une telle douceur qu'elle eut l'impression que son cœur s'arrêtait de battre. Malgré le froid, elle sentit une fièvre l'envahir et se nicher entre ses jambes. Mais cette caresse était aussi rugueuse et étrangement fade, et il flottait dans l'air comme une odeur de moisi…

Elle ouvrit brusquement les paupières. Peu à peu, elle prit conscience qu'elle était appuyée contre quelque chose de ferme et de chaud. Sur sa bouche et sa joue, elle sentit le contact rêche d'une corde.

D'une corde ? Encore ensommeillée, elle se souleva sur un coude et regarda par-dessus son épaule. Alors seulement elle se souvint où elle se trouvait. Pire, elle se rendit compte qu'elle avait roulé sur le sol et qu'elle était étendue contre la jambe du capitaine, la joue sur la corde qui lui retenait les poignets. Au-dessus d'elle, ce dernier la considérait avec un petit air suffisant.

D'un bond, elle s'écarta de lui, se cognant le coude dans sa hâte. Comment diable avait-elle franchi les trois pieds qui la séparaient de lui pour se retrouver couchée contre sa jambe, tel un vieux chien ?

Comme il jetait un coup d'œil sur sa droite, elle suivit son regard. Elle comprit aussitôt ce qui avait attiré son attention : le pistolet. Sans doute l'avait-elle poussé dans son sommeil. Sans perdre un instant, elle s'élança sur le plancher et saisit la crosse de l'arme juste avant lui, puis se laissa rouler sur le côté pour lui échapper.

Lottie se redressa sur les genoux et se retourna. Elle était hors d'haleine, et lui… non. Après avoir repris place contre le mur, il lui adressa un petit sourire qui semblait dire que, s'il avait manqué cette opportunité de s'emparer de son arme, il finirait par remporter la bataille.

Étrangement, elle se rendit compte qu'une part d'elle-même l'espérait. Elle s'imaginait soudain prise en main par cet homme, forcée d'expier ses crimes…

— Ah, enfin, *mo chridhe* !

Surprise par la voix de son père, Lottie se leva tant bien que mal, le cœur encore palpitant. Il était assis dans le lit, dans une position curieusement penchée. Son bandage était imbibé de sang, mais son visage avait retrouvé un peu de couleur. Il avait les yeux brillants. *Très* brillants, comme s'il avait trop bu.

— Le capitaine et moi, nous pensions que tu ne te réveillerais jamais ! Tu as dormi comme une souche. Il est sorti faire un petit tour, et ensuite nous avons discuté un peu.

Quelle heure pouvait-il bien être ? Combien de temps avait-elle dormi ? Le soleil entrait à flots par les hublots, jetant des ombres autour du lit. Quant au navire, il tanguait à peine.

— Tu vois, ma fille, j'avais raison : je me porte comme un charme ! dit son père d'une voix rauque.

— Vraiment ? demanda-t-elle en s'approchant de lui pour lui caresser les cheveux.

Son front était moite. Elle ouvrit le hublot pour faire entrer de l'air frais.

— J'ai encore un peu mal, mais cela n'a rien d'étonnant pour quelqu'un qui a reçu une poutre en pleine poitrine, pas vrai ? Mais j'ai faim, Lot. Très faim. Et je crois que notre bon capitaine aussi.

Lottie ne put se résoudre à regarder ce dernier. S'il avait faim, il n'en dit rien.

— Je vais vous chercher à manger, père.

— Oui, et fais venir Gilroy. Je veux lui parler.

Elle réprima une grimace. Si Gilroy rapportait à son père qu'elle avait promis de payer les Mackenzie, il serait furieux.

— Va, maintenant. Nous serons à Aalborg d'ici demain, et nous devons élaborer un plan, déclara-t-il avec un ample geste de la main qui lui arracha un gémissement de douleur.

— Père, je vous en prie, restez tranquille ! le supplia-t-elle.

Lorsqu'elle se retourna, son regard s'arrêta sur le capitaine. Le visage impénétrable, il l'observait avec une telle intensité qu'elle eut l'impression qu'il voyait au plus profond de son être.

Rapidement, elle chaussa ses bottines encore humides et sortit en veillant à refermer la porte derrière elle. Elle dut enjamber Norval Livingstone, qui avait été posté devant la cabine pour la nuit.

— Norval ! chuchota-t-elle en lui secouant l'épaule. J'ai besoin de toi. Trouve Morven ; il doit venir s'occuper de mon père.

Il répondit par un grognement. Lottie commençait à descendre les marches lorsqu'elle fut interrompue.

— Vous ! Miss Livingstone !

En se retournant, elle vit Beaty dévaler l'escalier du gaillard d'arrière pour la rejoindre.

— Il nous faut des hommes, annonça-t-il sèchement.

— Pardon ?

— Des hommes, répéta-t-il lentement, comme si elle

était idiote. Pour travailler au gréement et aux voiles. On ne peut tout de même pas continuer à avancer comme un canot à rames !

— Prenez autant de nos hommes qu'il vous en…

— Pas *vos* hommes, milady ! Vous ne voyez donc pas qu'ils ne sont bons à rien ? Ils seraient incapables de hisser les voiles même si leur vie en dépendait !

Elle aurait aimé pouvoir s'indigner de l'entendre qualifier son clan de cette façon. Mais derrière lui, elle aperçut alors Duff et son frère Edward en train de se disputer : ils essayaient en vain de forcer l'ouverture d'un tonneau de whisky.

— Eh bien ? demanda Beaty.

— Je ne peux pas les libérer comme cela, alors que nous avons pris grand soin de les attacher !

— Faites-les surveiller par des gardes armés si bon vous semble, mais il me faut des hommes sur le gréement immédiatement ! s'exclama-t-il, le visage cramoisi.

— Très bien, répondit-elle en levant une main devant elle. Accordez-moi seulement un moment pour…

— Lottie ? Lottie !

Réprimant un gémissement, elle se retourna. Drustan courait vers elle.

— Je veux rentrer, dit-il. Je ne me plais pas ici, je veux rentrer à la maison !

— Je sais, Dru, moi aussi, répondit-elle avec douceur. Nous serons à Aalborg dans un jour ou deux, et nous prendrons le chemin du retour aussitôt.

— Je veux rentrer tout de suite ! cria Drustan en tapant du poing sur un tonneau de whisky avec une telle force que le couvercle se fendit.

Le bruit fit sursauter Lottie et Beaty, et alerta Duff et

son frère, qui accoururent immédiatement, abandonnant le tonneau sur lequel ils s'étaient acharnés.

Lorsqu'il était troublé ou en colère, Drustan était sujet à des accès de violence qui se révélaient parfois impossibles à contenir. À l'entendre haleter bruyamment, Lottie craignit qu'une telle crise ne soit imminente si elle ne trouvait pas un moyen de le calmer.

— Si nous allions voir père ? se hâta-t-elle de lui demander pour détourner son attention.

Drustan se pencha brusquement vers elle en clignant des yeux, les poings serrés.

— Allons lui apporter à manger, d'accord ? Veux-tu m'aider, Dru ?

Son frère hocha la tête. Déjà, son souffle se faisait plus lent.

— Tu as cassé le couvercle, Drustan ! s'exclama Duff en examinant le tonneau. Bravo ! Ce breuvage va nous permettre de faire passer aux Mackenzie l'envie de se révolter.

— Du whisky ! rugit Beaty. Que vais-je faire de ces hommes s'ils sont ronds comme des barriques ? J'ai besoin d'eux sur la voilure !

— Très bien, très bien ! cria Lottie, qui percevait la nervosité grandissante de Drustan. Duff, dit-elle en saisissant le bras du comédien, donnez-lui les hommes qu'il veut. Rappelez-leur qu'ils seront bien payés.

Elle-même sentait l'angoisse l'envahir. Tout allait trop vite, elle avait à peine le temps de réfléchir. Et que se passerait-il une fois qu'ils accosteraient à Aalborg ?

— Mets-les sous bonne garde, mais laisse-les régler les voiles.

— Voilà qui est extrêmement imprudent, milady, répliqua Duff d'un air solennel.

— Je vous en prie, Duff. La mer est calme, et nous devons arriver à Aalborg demain si nous ne voulons pas nous attirer de nouveaux ennuis.

Sans plus écouter ses protestations, elle s'éloigna en entraînant Drustan avec elle.

Trempé jusqu'à la taille, une mèche de cheveux châtains rabattue sur l'œil, Mathais se trouvait dans la cale avec MacLean. Tous deux préparaient le premier repas de la journée pour les hommes des deux clans.

— Regarde ce que l'on a attrapé ce matin ! dit-il fièrement en montrant à Lottie un poisson qui devait être aussi grand qu'elle. C'est moi qui l'ai ramené !

— Avec un peu d'aide, ajouta MacLean d'un ton ironique.

— Si tu m'avais vu, Lot ! s'écria Mathais en faisant le geste de remonter une ligne, avant d'abattre sa hache sur l'animal et de jeter les morceaux sur le réchaud.

Les Mackenzie paraissaient bien plus détendus que la veille. L'atmosphère était presque conviviale. Deux d'entre eux étaient même en train de discuter avec animation du prix de la laine !

Emportant du poisson grillé, quelques biscuits et deux pichets de bière, Lottie repartit, laissant Mathais à sa nouvelle occupation.

Lorsque Drustan et elle pénétrèrent dans la cabine, Morven était déjà là, penché au-dessus de son père.

— Ah, voilà mon garçon ! s'écria gaiement ce dernier.

— Nous t'apportons à manger, déclara Drustan.

Après avoir refermé la porte, Lottie se força à jeter

un coup d'œil dans la direction de son prisonnier. Il la toisa avec une rancœur froide qui lui glaça le sang. Elle avait l'impression qu'il lisait en elle comme dans un livre ouvert, qu'il percevait le moindre battement de son cœur affolé. Qu'il devinait l'estime qu'elle avait la folie de lui porter.

Fuyant son regard perçant, elle se dirigea vers son père, les bras chargés de ses victuailles. Avec l'aide de Drustan, elle lui servit des biscuits et du poisson, qu'il mangea avec appétit. Il était en train de se lécher les doigts lorsque Mathais fit irruption dans la pièce. Dans sa hâte, ce dernier se cogna contre une chaise et écrasa le pied du capitaine sans même s'en apercevoir. Pendant que Morven mélangeait des ingrédients dans un bol de bois, Mathais se lança avec fougue dans le récit détaillé de sa partie de pêche, ne laissant à personne le temps de prononcer un mot.

Lottie s'éloigna de son père pour offrir un biscuit au capitaine. Lorsqu'il tendit la main pour le prendre, elle remarqua que l'état de ses poignets avait empiré. Les plaies étaient ouvertes et à vif.

— Et comment as-tu deviné qu'il fallait pêcher à tribord ? demanda son père, interrompant le frère de Lottie avant qu'il ne suffoque.

— Un pressentiment, père ! répondit Mathais, les mains sur les hanches. J'ai regardé le sens du vent, et j'ai dit à Beaty, le gars qui commande le navire : « Je parie qu'il y a des poissons de ce côté ! »

— Morven ? murmura Lottie tandis que son frère continuait à narrer son exploit.

Comme elle lui montrait du doigt les poignets du capitaine, le guérisseur fronça les sourcils.

— Peut-on défaire ses liens ? dit-elle.

— Si nous ne le faisons pas, il va souffrir davantage encore, répondit Morven d'un air grave avant de dénouer la corde, qui tomba au sol.

Les traits du visage du capitaine semblèrent aussitôt se détendre et il appuya la tête contre le mur en fermant les yeux.

— Il faut faire quelque chose, dit Morven. Dès que j'aurai changé le bandage de Bernt, j'irai voir si j'ai de quoi préparer un baume.

Comme il s'éloignait, le capitaine adressa à Lottie un petit sourire de triomphe.

— Lottie ? Lottie, où es-tu, *pusling* ? appela son père. Nous avons à parler. Où est Gilroy ?

— Me voici, répondit-elle en laissant son prisonnier, non sans avoir ramassé la corde, de peur qu'il ne s'en serve contre elle. Et Gilroy est à la barre.

— Nous devons nous préparer à accoster demain, dit son père avant de s'interrompre pour écarter brusquement la main de Morven, qui tentait de soulever son bandage. Ne touchez pas à cela !

— Il faut que je vous examine, Bernt.

— Vous avez vu mon appétit, cela ne vous suffit-il pas ? Je suis en pleine forme. J'ai toujours joui d'une excellente santé, pas vrai ? Lottie, reprit-il, Gilroy t'accompagnera à terre demain. Vous emmènerez le capitaine Mackenzie, ajouta-t-il comme s'il s'agissait d'un détail insignifiant.

Si insignifiant qu'il s'arrêta pour boire une gorgée de bière.

— Que dites-vous ? demanda Lottie.

— N'y comptez pas ! s'exclama le capitaine en même temps.

— Tu ne peux pas le laisser ici : nous n'avons pas suffisamment de gardes pour l'équipage et lui, n'est-ce pas ? Et ses hommes se tiendront tranquilles tant qu'il sera entre nos mains, fais-moi confiance. Ils feront ce que nous leur dirons.

— Ils feront ce que *je* leur dirai, et il est hors de question que j'aille à terre ! répliqua le capitaine d'une voix ferme.

— Mais si, capitaine, vous irez. Sinon, c'est Beaty qui en paiera le prix.

— Vous ajouteriez à vos crimes en menaçant mon second ? s'écria Mackenzie en se levant d'un bond avec une surprenante agilité.

— Père ! intervint Lottie. Comment pouvons-nous le forcer à nous suivre s'il n'est pas attaché ? Je ne peux tout de même pas me promener dans Aalborg aux côtés d'un homme enchaîné !

— Gilroy se chargera de le surveiller.

— C'est à moi d'y aller, déclara Mathais. Je sais manier le sabre ! ajouta-t-il en brandissant une lame imaginaire.

— Non, Mats, pas toi. Tu dois rester ici pour garder son second.

Si cette idée sembla réconforter le garçon, elle ne plut guère à Lottie.

— Non ! protesta-t-elle, craignant que son frère ne dégaine son épée à la moindre provocation.

— Écoute-moi, *pusling*, continua son père sans lui prêter attention. Tu ne peux pas y aller dans cette tenue. Que penserait Mr Iversen ? Vous imaginez, Morven, s'il voyait son ancien amour dans cet accoutrement ?

Lottie sentit ses joues se teinter d'un rouge écarlate. Que tous les habitants de Lismore soient au fait de sa liaison amoureuse était déjà fâcheux. Mais il était humiliant de voir cet épisode évoqué à la moindre occasion !

— Je ne suis pas son ancien amour, et je me moque de ce qu'il peut penser !

— Ne dis pas de bêtises, *leannan*. N'est-ce pas à cause de lui que tu as suggéré que nous mettions le cap sur Aalborg ?

Morven semblait éviter son regard. Quant au capitaine, elle avait l'impression de sentir ses yeux rivés sur son dos. Il devait être en train d'imaginer toutes sortes d'hypothèses, sans doute très proches de la vérité.

— Notre cher Mr Iversen sera ravi de nous venir en aide, poursuivit gaiement son père. C'est une idée brillante que tu as eue là, *pusling*.

— Ce n'est pas « notre » Mr Iversen, père. Et je n'ai pas l'intention de le voir plus longtemps que nécessaire. J'ai bien d'autres préoccupations.

— Vraiment ? Certes, peut-être est-il temps pour toi d'oublier cette mésaventure. Tu ne vas pas rester à mes côtés toute ta vie, n'est-ce pas ? Toute femme a besoin d'un homme.

— Père !

Lottie aurait voulu que la coque du bateau s'ouvre pour qu'elle puisse disparaître au fond de la mer. Elle ne savait ce qui la consternait le plus : que son père évoque avec une telle légèreté un moment douloureux de son existence, ou que Morven et surtout le capitaine Mackenzie soient là pour l'entendre.

— Regardez-la : le seul fait de penser à lui la met au supplice ! Notez qu'il a aussi laissé un fort mauvais souvenir à tous les hommes de l'île, car depuis cette histoire, ils n'ont plus aucun espoir de lui plaire.

— Il suffit ! coupa-t-elle d'un ton brusque.

Son père n'avait-il donc aucun respect pour ses sentiments ? D'ordinaire, il ne se montrait pas aussi désinvolte.

Mais ce qu'il disait était vrai. Depuis qu'elle avait perdu tout intérêt pour les hommes à cause de l'arrivée d'Anders Iversen à Lismore, ou plutôt à cause de son départ, elle était l'objet de toutes les spéculations. Ce cousin lointain venu du Danemark avait débarqué sur l'île au printemps, lorsque les champs étaient tapissés de fleurs sauvages, comme dans son rêve, et que le soleil était radieux, mais pas trop chaud. Il l'avait rapidement conquise avec son sourire éblouissant, son rire facile et cette façon qu'il avait de lui effleurer le visage et la main. Lottie avait passé des années à se dévouer à ses frères et à son père, sans la moindre perspective susceptible de l'enthousiasmer, se sachant désirée par tous les mâles de l'île, jeunes ou vieux, célibataires ou mariés. Anders lui avait chaviré le cœur, et elle était tombée éperdument amoureuse de lui.

Leur idylle s'était affranchie de la morale pour prendre un tour plus charnel. Lottie en était venue à se convaincre que Dieu lui avait envoyé celui qu'elle était destinée à épouser, et que leurs sentiments mutuels justifiaient son manque de vertu.

Comment avait-elle pu faire preuve d'une telle naïveté ?

Anders s'était révélé être un odieux personnage. Quelle sorte d'homme tourne le dos à une femme avec qui il a partagé une aussi profonde intimité ? Pourquoi ne lui avait-il pas demandé sa main alors qu'il lui avait donné toutes les raisons de penser que telle était son intention ? Et pourtant, il avait paru fort étonné qu'elle ait songé au mariage. « Lottie, très chère, lui avait-il dit d'un air grave en lui prenant les mains, je dois rentrer au Danemark à la fin du mois pour prendre la succession de mon père. Vous le savez ! »

Oui, c'était vrai, il le lui avait expliqué à son arrivée. Mais elle avait cru que la passion qui était née et avait grandi entre eux avait changé les choses. Elle s'était toujours imaginée trop fine pour se laisser abuser par les charmes d'un libertin. Anders lui avait prouvé le contraire.

« Vous viendrez avec moi ! », avait-il déclaré, en sachant très bien qu'elle ne le suivrait pas, montrant ainsi qu'il la connaissait mieux qu'elle ne se connaissait elle-même. Car toute sa vie, elle avait rêvé de fuir cette île plus peuplée de lapins que d'êtres humains. De découvrir le monde et de vivre, enfin. Tomber amoureuse, fonder une famille. Mais lorsque le moment était venu de faire un choix, la cruelle réalité s'était imposée à elle. Quitter son père et ses frères lui était impossible. Ils avaient trop besoin d'elle. Anders, maudit soit-il, l'avait su dès le début. Elle se souvenait encore de son sourire consterné lorsqu'il avait compris qu'elle s'était donnée à lui par amour. Comment avait-elle pu prendre au sérieux ce qui n'avait été pour lui qu'une passade ?

Un an plus tard, elle n'ignorait rien de ce qui se chuchotait dans son dos : qu'allait-il advenir de Lottie Livingstone ? Pourquoi n'était-elle toujours pas mariée ? Ne devrait-elle pas donner des héritiers à un homme, réchauffer son lit, laver son linge et préparer ses repas ? Les femmes n'avaient-elles donc pas le droit de nourrir des aspirations, elles aussi ?

Lottie leva la tête ; son père la considérait avec des yeux si brillants qu'elle en frémit.

— Allons, ne te décourage pas, ma fille ! Coiffe-toi,

pince-toi les joues, mets ta robe, et tu seras plus belle que jamais ! Il regrettera le jour où il t'a abandonnée.

— Il ne m'a *pas* abandonnée ! répliqua-t-elle dans l'espoir de conserver un semblant de dignité. Et je ne peux pas mettre ma robe. Elle est déchirée et tachée de sang.

— Tu trouveras bien de quoi la recoudre sur ce navire, répondit son père. Ils réparent bien les voiles, pas vrai ? Et les taches devraient partir avec un peu de savon. Morven, allez-vous me laisser tranquille ? gronda-t-il tandis que ce dernier tentait à nouveau de soulever son bandage.

— Il faut le changer, Bernt.

— Dans ce cas, donnez-moi quelque chose pour calmer la douleur. Ça me brûle comme les flammes de l'enfer !

— Père ? gémit Drustan.

— Ne fais pas attention à moi, mon garçon. Va donc demander à Gilroy s'il a besoin de ton aide. Accompagne-le, Mats, et trouve-lui une occupation. Et toi, Lottie, va chercher de quoi réparer ta robe. C'était la préférée de ta mère, et la mienne aussi.

Soulagée à l'idée de quitter la cabine et d'échapper au regard pénétrant du capitaine, elle suivit ses frères jusqu'à la porte.

— Lottie ! appela son père avant qu'elle n'ait le temps de se sauver, il faudra aussi que tu soignes la mise du capitaine. Il ne faut pas qu'il ressemble à un gueux pour t'accompagner à terre. Surtout si tu dois rencontrer Anders. C'était un bel homme, celui-là, pas vrai, Morven ?

— Je ne m'en souviens pas, marmonna celui-ci.

— Moi si. Beau comme un dieu, il faut bien le reconnaître.

Lottie sortit et referma énergiquement la porte derrière elle.

Hélas, elle n'avait nulle part où se cacher pour panser sa dignité blessée. S'installant sur un tonneau de whisky, elle observa les Mackenzie qui s'affairaient sur le gréement en bavardant tandis que des gardes les surveillaient depuis le pont. Tout semblait si paisible qu'elle ne put s'empêcher de se demander s'ils ne préparaient pas quelque vengeance. Était-ce le calme avant la tempête ?

— Lottie.

Surprise par la voix de Morven, elle se retourna brusquement. Il avait les cheveux hirsutes et la barbe négligée.

— Il vous faudra trouver un médecin lorsque nous arriverons à Aalborg, dit-il d'un ton grave. La blessure de Bernt ne me dit rien qui vaille. Je lui ai administré du laudanum pour le faire dormir, mais il a besoin d'être examiné.

— Mais vous…

Morven secoua la tête sans lui laisser le temps de finir sa phrase.

— Je ne suis qu'un guérisseur, Lottie. J'ai fait tout ce que j'ai pu, mais il lui faut un vrai médecin. Je vais préparer un baume pour les poignets du capitaine.

— Morven ! appela-t-elle comme il s'éloignait. Comment vais-je faire ? Je ne peux pas emmener Mackenzie avec moi ! Il s'enfuira et nous dénoncera aux autorités.

— Vous devez obéir à votre père. Ces hommes attendront leur salaire et leur capitaine, mais une fois qu'ils auront au moins l'un des deux, ils perdront vite patience, vous comprenez ? Si vous n'emmenez pas Mackenzie, nous sommes perdus.

— Et ensuite ? demanda-t-elle. Lorsque le whisky sera vendu et déchargé du bateau, vont-ils partir sans nous, tout simplement ? Comment regagnerons-nous l'Écosse ?

— Vous avez eu raison de leur promettre de l'argent. C'est un appât puissant. Oui, je pense qu'ils partiront. Quant à nous, nous serons riches ! Nous pourrons louer le meilleur navire du port pour rentrer chez nous.

Riches ? Ils auraient une somme suffisante pour payer leurs loyers et l'équipage, mais guère plus. Ils seraient loin d'être riches !

— Je vais préparer le baume.

Morven lui sourit avec gentillesse en lui tapotant le bras, puis il la quitta.

Était-elle la seule à penser qu'un salaire ne suffirait pas à faire oublier aux Mackenzie ce qu'ils avaient subi ? Et le capitaine ? Jamais il ne pourrait leur pardonner. Elle avait bien vu la façon dont il la regardait : il se ferait un plaisir de lui passer lui-même la corde au cou. Malgré le chaud soleil qui l'enveloppait, elle frissonna à cette idée.

Mais vendre ce maudit whisky était leur seule chance de s'en sortir. Lottie ne voyait aucune autre solution. Sautant de son tonneau, elle se mit en quête du nécessaire pour réparer sa robe.

Chapitre 9

Aulay soupira. La chair à vif de ses poignets le faisait souffrir au moindre mouvement. Le bavardage incessant du vieil homme avait rendu son inconfort plus pénible encore, mais ce dernier avait fini par s'endormir, probablement assommé par ses propres paroles.

Quant à ses fils, ils étaient partis, Dieu merci. Entre les fanfaronnades du plus jeune, les gémissements du géant et les discours de leur père, Aulay avait bien cru que l'air allait manquer dans la cabine.

Les deux hublots étaient ouverts, et il entendait les voix de plusieurs membres de son équipage qui s'interpellaient sur le gréement. Les savoir à l'œuvre, en train de régler les voiles sous les ordres de Beaty, le réconfortait quelque peu. Même si c'était pour conduire une bande de voleurs jusqu'à Aalborg.

Il en avait discuté brièvement en gaélique avec son second, lorsque celui-ci était venu dans sa cabine. Aulay lui avait dit que la vie de ses hommes était tout ce qui lui importait, et Beaty lui avait promis de veiller à ce qu'ils accostent sains et saufs. Tous deux se souciaient moins de se venger que de garantir la sécurité du navire et de l'équipage. Mais si certains de ses hommes travaillaient librement sur le pont, peut-être préparaient-ils une opération qui lui rendrait son vaisseau ?

Quant à lui, il ne pouvait rien faire. Ce sentiment d'impuissance, qu'il avait si souvent éprouvé dans sa famille, lui était intolérable. Une fois de plus, il n'était qu'un fardeau.

Il ruminait ces sombres pensées lorsque la porte s'ouvrit. Lottie entra, munie des outils qui servaient à réparer les voiles : une grosse aiguille, du fil ciré et un châssis pour tendre le tissu. Elle portait également un petit pot de verre.

Après avoir posé le nécessaire de couture sur la table, elle se tourna vers lui. Il remarqua qu'elle avait glissé son pistolet à la taille.

— Morven a préparé un baume pour vos poignets, annonça-t-elle en lui montrant le pot de verre. Vous laisserez-vous faire sagement ?

— Que craignez-vous ? Je suis enchaîné comme un chien, grommela-t-il tout en lui faisant signe d'approcher.

Si seulement la préparation du guérisseur pouvait apaiser un tant soit peu cette affreuse sensation de brûlure…

Lottie posa son arme sur la table et, s'avançant avec prudence, vint s'agenouiller à ses côtés. Lorsqu'elle ouvrit le pot, il s'en échappa une odeur âcre qui piquait les yeux.

— Qu'est-ce que c'est que cette préparation de sorcière ? s'écria-t-il. Cette odeur est infecte !

— Morven m'a expliqué qu'il avait utilisé un peu d'entrailles de poisson…

Aulay eut un mouvement de recul, mais elle parvint à saisir une de ses mains et à lui mettre du baume sur la plaie. Sans lui laisser le temps de protester, elle se mit à étaler la concoction du bout des doigts. Aussitôt, il éprouva un intense soulagement et se détendit.

Il observa ses gestes tandis qu'elle lui massait délicatement le poignet, concentrée sur sa tâche. Elle était si proche qu'il voyait, sous sa peau diaphane, l'ombre légère d'une veine sur sa tempe, le doux battement de son pouls dans sa gorge. Ses cheveux, bien qu'emmêlés et noués à la va-vite sur sa nuque, ressemblaient à des fils de soie. Il avait envie de les toucher, de les rouler entre ses doigts. Pour avoir au moins le plaisir de humer leur parfum, il se pencha en avant.

Immédiatement, elle se figea.

— Que faites-vous ?

Aulay ne répondit pas. Malgré les dures conditions de la vie en mer, elle sentait délicieusement bon.

Lentement, elle recommença à lui masser les poignets, déposant un peu plus de baume sur sa peau. Lorsqu'elle retourna sa main, il lui saisit les doigts. Lottie haussa un sourcil, l'interrogeant en silence, et il l'attira à lui jusqu'à ce que leurs bouches soient proches à se toucher. Il ne réfléchissait plus : enveloppé dans un nuage de parfum féminin, il agissait indépendamment de sa raison. Il posa ses lèvres sur les siennes. Elle était étonnamment calme, pour lui qui était habitué à ce que tout bouge autour de lui du matin au soir.

Délicatement, il lui lécha les lèvres. Elles s'ouvrirent sous son baiser et il sentit sa langue contre la sienne. Mais soudain, Lottie recula comme la mer se retire.

— Vous avez perdu la tête !

Bien au contraire. C'était la première fois depuis qu'elle l'avait frappé au menton qu'il avait l'impression d'être lui-même, un homme bien vivant et vigoureux.

Il s'appuya contre le mur pour contempler, non sans plaisir, ses joues qui se teintaient de rose.

— Alors, dites-moi : qui est « notre cher Mr Iversen » ?

Ses joues s'empourprèrent davantage.

— Personne, répondit-elle en tournant la paume de sa main vers le haut.

— Je dois deviner, dans ce cas ?

— Non.

Il pencha la tête pour observer ses cils qui effleuraient presque ses pommettes pendant qu'elle lui massait le poignet.

— Il vous a traitée fort mal, n'est-ce pas ?

Elle émit un petit claquement de langue agacé.

— Ce n'est guère difficile à comprendre, il me semble.

— Que s'est-il passé ?

Lottie reposa la main d'Aulay et plongea les doigts dans le pot de verre.

— Pourquoi m'avez-vous embrassée ? Hier encore, vous vouliez me voir pendue.

— Je le veux toujours. Je peux admirer une femme, et même la désirer, tout en restant convaincu qu'elle mérite la corde, répondit-il, amusé.

Une ombre de sourire se dessina sur les lèvres de Lottie et elle leva les yeux au ciel. Puis elle lui prit l'autre poignet et commença à l'enduire de baume, avec une telle douceur dans les gestes qu'un frisson courut le long du bras d'Aulay.

— Vous méritez mieux, Lottie, dit-il. Vous méritez un homme qui vous traitera bien.

Soudain, elle s'arrêta et leva la tête en soupirant.

— Me prenez-vous pour une idiote, capitaine ? Croyez-vous que je ne sais pas ce que vous êtes en train de faire ?

— Quoi donc ? demanda-t-il, surpris.

— Vous me flattez, répondit-elle comme si elle l'accusait de l'avoir frappée. J'ai entendu beaucoup de flatteries dans ma vie, et je sais qu'elles ne sont jamais désintéressées, ajouta-t-elle avant de se pencher à nouveau sur son poignet.

— C'est faux, je ne cherche pas à vous flatter ! Ni maintenant ni jamais, vous m'entendez ? Simplement, je ne pense pas que vous méritiez que quiconque vous traite mal.

Elle secoua la tête. Sans réfléchir, il lui effleura le visage de la main et, encore une fois, il fut frappé par son calme.

— Que s'est-il passé ?

— Êtes-vous marié, capitaine Mackenzie ? demanda-t-elle en se détournant de lui.

— Oui. À un navire.

— Très touchant. Mais un navire ne peut pas vous tenir chaud la nuit. Pourquoi n'avez-vous pas de femme ?

— Je vous demande pardon ?

— Oh ! répliqua-t-elle en levant un sourcil amusé, vous devez penser qu'en tant que capitaine vous êtes le seul habilité à poser des questions extrêmement intimes.

Devant la vérité de sa remarque, il se contenta de hausser les épaules.

— J'estime être en droit de savoir qui me retient prisonnier, et pour quelle raison.

Tout en continuant à lui masser le poignet, elle écarta d'un souffle une mèche de cheveux de ses yeux.

— Mr Iversen n'a aucun rapport avec votre captivité. Pourquoi n'avez-vous personne pour faire le ménage dans votre cabine ? Tant de capitaines sont mariés et prennent la mer !

— Tant de capitaines ? La plupart de ceux que je connais sont mariés à la mer, tout comme moi.

— Vous semblez être seul, c'est tout. Un homme aussi accompli et brillant que vous qui peint des paysages marins vides de toute présence humaine, c'est tout de même étrange. N'avez-vous jamais eu envie de vous choisir une épouse ? D'avoir des enfants qui portent votre nom ? De toute évidence, poursuivit-elle avec un sourire dans le regard, la compagnie d'une femme vous manque.

— Vous êtes bien effrontée !

— Sans doute, répondit-elle avec un haussement d'épaules. Mais je me demande simplement pourquoi le beau capitaine n'a pas rencontré l'âme sœur, ajouta-t-elle avec un air malicieux.

Pourquoi se sentait-il attaqué par sa remarque ? Il y avait eu une époque, lorsqu'il était plus jeune, où il avait l'impression que, chaque fois qu'il descendait à terre, on l'interrogeait sur ses intentions de se marier. Mais depuis quelques années, personne ne prenait plus la peine de lui poser la question. La seule personne qui avait cru avoir une chance de l'épouser avait été cette fragile petite fleur anglaise, Avaline Kent. La jeune femme était inexplicablement tombée amoureuse de lui alors qu'elle était fiancée à Rabbie, son frère, et s'était imaginé qu'il pourrait partager ses sentiments. Quelle ridicule créature !

Absorbé dans ses pensées, il n'avait pas vu que Lottie avait fini de soigner ses poignets. Elle était maintenant en train de s'essuyer les doigts.

— Vous avez une curieuse façon de détourner la conversation, observa-t-il.

— Vous ai-je offensé ? Je vous demande pardon. Je

voulais seulement dire qu'il était étonnant qu'à quarante ans, vous n'ayez pas cherché la compagnie…

— Quarante ans ! Je n'ai pas encore quarante ans ! s'exclama-t-il, vexé.

Il lui restait trois ans avant de franchir ce cap important, et il avait bien l'intention de les vivre pleinement.

— Du reste, j'ai cherché la compagnie des femmes, figurez-vous, mais sans doute pas de la façon que vous imaginez.

À ces mots, elle éclata de rire, un rire aussi gai que le chant matinal des oiseaux.

— Vous seriez peut-être surpris par les choses que j'imagine, répondit-elle d'une voix caressante. Vous êtes bien capricieux, reprit-elle en se levant. Il y a un instant, vous n'étiez que flatteries, et voilà que vous vous fâchez pour une petite pique !

Capricieux ? Aulay s'était entendu traiter de bien des noms dans sa vie, mais « capricieux » n'en faisait pas partie !

— C'est vous qui me prenez pour un idiot, à présent. Croyez-vous que je ne vois pas que vous faites tout pour éviter d'évoquer Mr Iversen ? Le sujet est-il si douloureux pour que vous préfériez me tourmenter plutôt que de répondre à mes questions ?

Lottie redressa la tête et le regarda droit dans les yeux.

— Je suppose que oui, dit-elle d'une voix impassible.

Elle s'apprêtait à se lever quand Aulay lui saisit le poignet. Ses doigts glissèrent sur sa peau pour s'entrelaçer aux siens.

— Que faites-vous ?

— Je vous comprends, dit-il doucement.

D'un coup sec, elle tenta de se dégager.

— Vous avez été déçue, et vous ne laissez plus personne vous approcher de peur que cela se reproduise.

— Détrompez-vous, répliqua-t-elle en essayant à nouveau d'arracher sa main de la sienne. Je n'ai pas peur que cela se reproduise : je *sais* que cela se reproduira. Les hommes sont, par nature, décevants.

Mais Aulay tint bon. Et il sourit. Lottie se mit à battre des paupières comme si elle avait vu quelque chose qu'elle ne parvenait pas à distinguer clairement. Sa main se détendit dans la sienne, vaincue, et il relâcha son étreinte. Alors il sentit ses doigts lui effleurer la peau, provoquant une nouvelle fois en lui cet inquiétant frisson tandis qu'elle se dégageait lentement. Après avoir reculé d'un pas, elle arrangea une mèche de cheveux qui s'était échappée de sa tresse.

— Morven m'a dit d'appliquer à nouveau du baume dans une heure, dit-elle sans le regarder.

Puis elle se retourna, se dirigea vers la table, déplaça quelques objets sans but apparent et laissa retomber sa main.

— Je ferais mieux d'aller…

Sans terminer sa phrase, elle sortit de la cabine.

Aulay entendit le tonneau rouler jusque devant la porte. Voilà qu'il était à nouveau enfermé, seul avec un moribond.

La journée s'écoula lentement, rythmée par les visites au vieil homme. Celui-ci ne semblait pas en voie de guérison, bien au contraire. Il dormait beaucoup, gémissant dans son sommeil. Toutefois, dans les rares moments où il était éveillé, il trouvait suffisamment de forces pour parler.

Dieu, qu'il était bavard ! Il posait question sur question. Risquaient-ils de rencontrer des pirates en longeant la pointe nord du Danemark ? Combien ce navire coûtait-il à Aulay ? Combien de temps le bœuf salé se conservait-il ? Connaissait-il Victor Mackenzie d'Oban ? Victor, un brave homme, mais à qui il manquait un œil, le droit, etc.

Aulay eut la permission de se rendre trois fois sur le pont. C'était une splendide journée. Il n'y avait pas un vaisseau alentour, rien qu'un soleil resplendissant et un vent d'ouest vigoureux qui les poussait en avant. Beaty était posté sur le gaillard d'arrière avec le capitaine des Livingstone. En les observant de loin, Aulay eut l'impression qu'une sorte d'accord avait été conclu entre eux.

La deuxième fois qu'il fut autorisé à sortir, les Mackenzie qui avaient été libérés pour travailler sur le gréement sautèrent sur le pont pour se rassembler autour de lui. Ses gardes les laissèrent faire sans paraître s'en émouvoir.

— Comment vous portez-vous, capitaine ? demanda Billy Botly, dont un bras était soutenu par une attelle.

— Gardez la tête froide, leur répondit-il en gaélique. Nous serons bientôt au port.

— C'est honteux, ce qu'ils ont fait ! lâcha Geordie Willis.

— Oui. Nous réglerons tout cela, je vous le promets. Mais en attendant, vous devez faire tout ce qui est en votre pouvoir pour éviter que nous ne perdions le navire.

Bien entendu, ils acquiescèrent sans hésiter : ils n'avaient pas d'autre gagne-pain.

Lors de sa troisième sortie, il entendit voler des insultes en anglais et en gaélique. L'un des siens se bagarrait avec un Livingstone qui l'avait visiblement offensé. Mais deux autres Mackenzie s'interposèrent en lui reprochant de s'être emporté.

Le comportement de ses hommes lui paraissait étrange, mais ce n'est qu'en rentrant dans sa cabine qu'il comprit pourquoi. Ils n'aimaient pas le voir attaché… Mais ils ne faisaient rien pour le libérer, n'exigeaient pas de concessions de la part de ses geôliers. Ils ne leur demandaient rien !

Au nom du ciel, que se passait-il ? Les avait-elle vraiment tous charmés ? Cette femme était d'une beauté renversante, il ne le savait que trop, mais cela suffisait-il à ôter toute droiture à l'ensemble de son équipage ?

À ce propos, où se cachait-elle donc ? Aulay ne l'avait pas vue depuis qu'il s'était laissé aller à l'embrasser. Le guérisseur était venu lui appliquer à nouveau du baume sur les poignets avant de les envelopper dans ce qu'il restait de sa tunique. Et un autre homme lui avait apporté à manger.

Le soleil était couché lorsque Lottie réapparut dans la cabine, un seau d'eau dans une main et du savon et un chiffon dans l'autre. Sans adresser un mot à Aulay, elle s'installa près de son père et lui lava le visage.

Le vieil homme tenta de la repousser, mais il était trop affaibli. Elle lui tamponna le front à l'aide du chiffon mouillé tandis qu'il marmonnait des protestations.

La jeune femme ne se retourna qu'une fois, sans doute pour vérifier que son prisonnier ne s'était pas enfui. Un moment plus tard, le guérisseur arriva avec un bol dont s'échappait une odeur infecte.

— Qu'est-ce donc ? demanda-t-elle en plissant le nez.

— Une potion cicatrisante à laquelle j'ai ajouté du

laudanum, expliqua-t-il en glissant la main sous la tête du blessé avant de porter le bol à sa bouche.

Celui-ci se mit à cracher en essayant de se détourner.

— Buvez, père, dit Lottie d'une voix apaisante. Cela vous aidera à vous sentir mieux.

— Seul un cadavre se sentirait mieux après avoir ingurgité un breuvage aussi infâme ! répliqua-t-il. Où sont mes fils ? Faites venir mes fils !

— On a besoin d'eux dans la cale, répondit-elle avant d'échanger un regard avec Morven. Je vous en prie, père, n'essayez pas de parler. Mr Beaty dit que nous serons au port demain matin.

— C'est bien ce que j'avais prévu, déclara-t-il, bien qu'il fût impossible qu'il ait prévu quoi que ce soit dans l'état où il se trouvait.

Il se retourna dans le lit comme s'il cherchait une position pour dormir.

— Même si je suis couché là à ne rien faire, je sens bien la vitesse du vent. Un marin restera toujours un marin !

— Vous n'avez jamais été marin, lui dit sa fille d'une voix douce.

— Peut-être, mais j'aurais pu l'être, assura-t-il en bâillant. J'aurais très bien pu l'être.

Debout côte à côte, Lottie et le guérisseur restèrent un long moment à le regarder. Enfin, d'un même mouvement, ils s'éloignèrent de la couchette.

— Je n'ai plus de laudanum, Lottie. Il lui faut un vrai médecin.

— Oui. Mais comment allons-nous le payer ?

— Je vais demander aux hommes. Peut-être trouverons-nous quelques pièces à bord, répondit-il avant de se diriger vers Aulay, s'agenouillant pour lui examiner les poignets.

— Pas un Livingstone n'a le moindre sou en poche, lança-t-elle en décrochant sa robe d'une patère.

— Peut-être un Mackenzie, alors, suggéra le guérisseur.

— Nous leur avons déjà trop pris, rétorqua-t-elle avec un soupir d'exaspération.

— Ils n'auront pas le choix, insista Morven en ôtant les bandes d'Aulay. Vos blessures cicatrisent bien, affirma-t-il avant de se lever. Dans un mois, vous les aurez oubliées.

— Je vous jure que non, lâcha Aulay.

Le guérisseur le considéra en se frottant le menton.

— Et vous, avez-vous quelques sous en poche, capitaine ?

— Morven ! intervint Lottie.

— Il a certainement quelques couronnes !

— Non, reprit-elle d'un ton sévère. Nous ne lui demanderons rien.

— Je n'avais pas l'intention de lui demander, répondit-il avec un haussement d'épaules avant de rassembler ses instruments. Bernt doit absolument se reposer jusqu'à demain, ajouta-t-il en quittant la cabine.

Dès qu'il fut sorti, Lottie s'approcha de la table et se laissa tomber sur une chaise. Se munissant de la grosse aiguille à repriser qui servait à réparer les voiles, elle l'enfonça non sans difficulté dans le tissu de sa robe.

Aulay l'observa pendant un moment.

— Je boirais volontiers un petit verre de whisky, dit-il enfin.

Elle leva les yeux et posa son ouvrage sur la table.

— Moi aussi. L'un des tonneaux a justement été ouvert, répondit-elle avant de se diriger vers la porte.

Un instant plus tard, elle revint avec deux gobelets

en bois. Après en avoir tendu un à Aulay, elle se laissa glisser contre le mur et s'assit à côté de lui.

Il en avala une longue goulée, savourant le liquide qui lui brûlait la gorge. Lottie, elle, buvait à petites gorgées.

— Vous avez amadoué mon équipage en lui offrant du whisky, n'est-ce pas ? Cela expliquerait la fraternité qui règne entre mes hommes et les vôtres.

— Je ne les ai pas amadoués. Je leur ai proposé de les payer.

— Pardon ? demanda-t-il en se tournant vers elle.

— J'ai l'intention de les payer, répéta-t-elle avant de boire une nouvelle gorgée.

— De les payer ? Et avec quoi, je vous prie ?

— Avec les recettes de notre vente.

Aulay avait peine à croire ce qu'il entendait. Mais il comprenait à présent que personne n'ait tenté de le libérer.

— Quelle somme leur avez-vous promise ?

— Je ne sais pas exactement, répondit-elle en haussant les épaules, mais je me suis engagée à leur verser davantage que leur salaire habituel.

Par tous les saints, elle voulait lui voler son équipage, par-dessus le marché !

Devant son air furieux, elle laissa échapper un petit rire.

— Ne vous inquiétez pas, capitaine ! Ils demeurent très loyaux envers vous, vous pouvez me croire. Ils nous ont traités de tous les noms, en gaélique et en anglais. Beaty les a fait taire en leur ordonnant de garder la tête froide et en leur promettant que tout serait terminé demain, si nous n'étions pas attaqués par des pirates avant d'arriver à Aalborg.

— Avez-vous songé qu'ils risquent fort de voler votre whisky lorsque vous aurez jeté l'ancre ?

— Non, reconnut-elle en fronçant les sourcils. Mais nous retiendrons Beaty prisonnier et… vous serez avec moi.

— *Non*, répliqua-t-il d'un ton ferme avant de vider son gobelet d'un trait. Allez vendre votre maudit whisky de contrebande si vous le voulez, mais laissez-moi en dehors de vos manigances.

— Je le ferais, si cela m'était possible. La perspective de vous emmener à Aalborg est loin de me réjouir !

— Loin de *vous* réjouir ? répéta-t-il, incrédule. Vous semblez penser que le vol de mon navire est un acte légitime et que je suis un fardeau pour vous !

— Eh bien, c'est le cas, déclara-t-elle d'un ton détaché. Il me faudra avoir un œil sur vous et l'autre sur les bandits qui infestent le port, tout en essayant de conclure un marché avec la Compagnie de Copenhague. Ce ne sera pas une partie de plaisir ! Alors, je vous en prie, poursuivit-elle en lui souriant, ne me rendez pas les choses plus difficiles.

— N'y comptez pas.

Comme il jetait son gobelet vide, elle lui tendit le sien. Il l'accepta de mauvaise grâce.

— Plus tôt nous aurons vendu le whisky et plus vite vous pourrez récupérer votre navire. Vous mettrez le cap sur Amsterdam, vos hommes auront des bourses bien remplies et toute cette histoire ne sera plus qu'un lointain souvenir.

Se tournant vers elle, Aulay planta son regard dans le sien.

— Lottie, voyons… Croyez-vous sincèrement que je vais vous laisser partir ?

Lorsqu'elle leva la tête, il vit danser dans ses yeux les reflets dorés de la faible lueur de la bougie. Un instant, il oublia le ridicule de son raisonnement : comment pouvait-elle s'imaginer qu'elle allait tout simplement disparaître ?

— Je l'espère, en tout cas, murmura-t-elle.

Sans réfléchir, il lui caressa la joue du revers de la main.

— Je ne permettrai pas que le vol de mon navire reste impuni. Je serais tenu responsable de la perte de ma cargaison. Vous ne me laissez donc pas d'autre choix que de vous remettre à la justice.

La jeune femme jeta un coup d'œil à son père. Aulay lui effleura à nouveau la joue et elle appuya la tête contre sa main. Quelle étrange conversation ! Il parlait de la livrer à la justice alors qu'il brûlait d'envie de l'embrasser. Il régnait en lui un désordre terrible, et il ne savait comment y mettre fin.

— Alors, prenez-moi, dit-elle tout bas. Conduisez-moi devant tous les juges que vous voudrez, mais laissez les autres rentrer chez eux et retrouver leurs familles. Ils ne sont pas responsables.

Quel genre de femme était-ce là ? Comment pouvait-elle s'offrir ainsi en sacrifice ?

— Vous devriez vous reposer, capitaine, dit-elle en se levant brusquement. Demain sera une longue journée.

Après avoir regagné sa chaise, elle prit son ouvrage et se remit à raccommoder sa robe avec son aiguille bien trop grosse.

Aulay l'observait dans l'ombre. La façon dont elle penchait la tête, la mèche de cheveux qui lui tombait sur l'œil, tout l'emplissait d'un douloureux désir. Il s'imaginait debout à ses côtés, en homme maître de son destin et de ses mouvements. Il la voyait près de lui à la barre. À un bal. Dans son lit.

Devant l'autel.

Quelle folie s'emparait de lui ? Il était enchaîné, son navire était aux mains de ses ennemis, de cette femme… Et il ne pensait qu'à la posséder ! Et même pire…

Après avoir vidé son gobelet de whisky, il lui tourna le dos pour ne plus la regarder, pour ne plus voir ces images qui lui troublaient l'esprit. Non, il ne se laisserait pas prendre dans sa toile.

Il finit par s'endormir mais fut réveillé par le bruit de l'eau. Il était toujours dans sa cabine, la cheville entravée, mais l'obscurité était presque totale et l'odeur de la pluie lui parvenait par le hublot ouvert.

Encore ensommeillé, il leva les yeux et ce qu'il vit alors lui embrasa le cœur. Lottie était assise à son bureau, la poitrine nue. Tournée de profil, elle plongea une serviette dans un seau. Puis, un bras replié au-dessus de la tête, elle la passa lentement le long de son flanc.

L'érotisme de cette scène provoqua chez lui une érection instantanée. Il s'imagina en train de la laver. Dans sa rêverie, il lui prenait la serviette et la jetait au sol pour poser les mains sur ses seins et la bouche sur sa nuque, puis sur la courbe de son ventre. Il la voyait nue, ses grands yeux azur scintillant de plaisir, l'invitant à aller et venir en elle jusqu'à ce qu'elle crie de volupté.

Soudain, Lottie se figea, le linge contre sa poitrine. Elle resta ainsi un bref instant, puis elle se mit à passer la serviette sur son sein en décrivant de lents mouvements circulaires.

Savait-elle qu'il la regardait ? Pas une seule fois elle ne

tourna la tête vers lui, mais elle continua à faire glisser le linge sur son corps avec des gestes sensuels.

Il aurait juré qu'elle sentait ses yeux posés sur elle.

Quand enfin elle souffla la bougie, son sexe était si dur qu'il lui faisait mal.

Chapitre 10

Gilroy désigna au loin un navire qui les suivait depuis qu'ils longeaient la pointe du Jutland et les plages de sable blanc de Skagen.

— Des pirates, je suis prêt à le parier, dit-il en posant le pied sur un tonneau, les yeux plissés et le corps penché en avant.

— Vous perdriez votre mise, dans ce cas : c'est la marine danoise, déclara Beaty en baissant sa longue-vue.

— Ce n'est certainement pas la marine ! ricana Gilroy.

— Ah, vraiment ? Je parcours les mers depuis que je tiens sur mes deux jambes, et je sais reconnaître un navire de la marine ! rétorqua Beaty.

Lottie se hâta de s'interposer entre eux avant que la dispute ne s'envenime.

— Quand arriverons-nous à Aalborg ?

— Dans une heure, répondit Beaty d'un ton assuré.

— Une heure et demie, corrigea Gilroy.

Dans les deux cas, il restait très peu de temps.

— Gilroy, nous avons à parler, lui dit-elle d'un air entendu. Voulez-vous bien réunir les autres ? Je vais chercher Morven ; il est avec mon père.

Elle arriva dans la cabine au moment où le guérisseur

retirait son bandage. Le capitaine, à demi assis sur le bureau, les bras croisés sur la poitrine, les regardait.

Depuis la veille, le visage de son père était devenu blafard, et Lottie priait pour que sa pâleur soit le signe d'une mauvaise alimentation et du manque de soleil plutôt que d'une aggravation de son état.

— Lottie, *pusling*, est-ce bien toi ? appela-t-il d'une voix faible et rauque.

— Oui, répondit-elle en s'approchant.

En constatant qu'il avait les joues rouges malgré son teint gris, elle interrogea Morven du regard.

— Oui, il a de la fièvre, dit celui-ci d'un ton grave. Il lui faut un médecin au plus vite.

— Arrêtez donc de la tourmenter avec vos histoires de médecin ! grommela son père avant d'esquisser une grimace, comme si le simple fait de parler le faisait souffrir. Elle doit s'occuper du whisky, c'est compris ? Si elle ne vend pas la cargaison, tous les médecins de la terre ne serviront à rien !

— Père, je…

— N'accepte pas moins de cinquante rigsdalers par tonneau !

Elle avait dû mal entendre. Le prix était au moins deux fois trop élevé !

— Cinquante ? C'est impossible, marmonna le capitaine, comme pour confirmer ce qu'elle pensait.

— En effet, renchérit Morven.

— Ne les écoute pas ! Cinquante rigsdalers, pas un sou de moins ! ordonna son père entre deux gémissements de douleur.

— Mais…, commença Lottie.

Morven l'interrompit en posant une main sur son bras et secoua la tête en silence.

— Tu m'as bien compris, *pusling* ? demanda son père, les yeux à demi clos.

— Oui, père. Cinquante rigsdalers, répéta-t-elle doucement en serrant ses doigts dans les siens.

— Tu es une bonne fille, la plus jolie et la plus gentille qui soit, murmura-t-il en s'enfonçant peu à peu dans les brumes du sommeil, vaincu par la fièvre et le laudanum administré par Morven.

— Sa plaie est infectée, expliqua le guérisseur en rassemblant ses instruments.

Il sembla hésiter, puis regarda Lottie avec un air si triste qu'elle tressaillit.

— Je ne peux plus rien faire pour lui. Allez chercher de l'aide.

Voilà qui était légèrement plus facile à dire qu'à faire. Comment allait-elle convaincre un médecin de monter à bord ? Elle l'ignorait, mais elle trouverait une idée. Comme toujours. N'était-ce pas pour cette raison que tout le monde comptait sur elle ?

— Venez, dit Morven en hochant la tête en direction de la porte.

Lottie le suivit hors de la cabine en passant devant le capitaine, dont les yeux de braise semblaient toujours lire ses moindres pensées. Ils rejoignirent Duff, MacLean, Drustan, Mathais et Gilroy sur le pont.

— Tout est prêt ? demanda-t-elle à Duff.

— Oui, répondit celui-ci. Gilroy sera le maître à bord. Beaty restera sous bonne garde ; il nous servira de caution. Quant à Drustan et moi, ajouta-t-il en appliquant à ce dernier une tape dans le dos, nous vous accompagnerons à terre.

— Je ne vois pas pourquoi Dru y va et pas moi, protesta Mathais. Cela me concerne autant que lui.

— Il doit nous aider à surveiller le capitaine, Mats, lui rappela Lottie.

— Je ne veux surveiller personne, gémit Drustan en agitant les mains. Je veux rentrer à la maison, Lottie !

— Nous avons tous hâte de rentrer, mais nous devons d'abord trouver un médecin pour père, n'est-ce pas ? Comment ferai-je si tu ne viens pas avec moi, Drustan ?

Mathais sauta sur une caisse et, s'accrochant d'un bras au mât, se mit à voltiger autour.

— Je croyais que Gilroy irait à terre, puisqu'il parle le danois.

— Duff le parle un peu aussi.

Ce dernier leva le pouce et l'index pour indiquer à quel point sa connaissance de la langue était limitée.

— Veille sur notre père pendant mon absence, Mats, dit Lottie avant de chercher Beaty du regard, à l'autre bout du pont. L'avez-vous prévenu ? demanda-t-elle à Gilroy.

Le capitaine secoua la tête, une grimace aux lèvres.

— Non, je n'ai pas encore eu le cœur de lui dire. Il s'imagine que c'est lui qui commande le navire et ses hommes.

— C'est le cas, intervint MacLean. C'est un véritable miracle qu'ils ne nous aient pas jetés par-dessus bord. Nous serions tous au fond de la mer à l'heure qu'il est si nous n'avions pas promis de les payer.

— Peut-être vaudrait-il mieux que ce soit vous qui alliez parler à Beaty, suggéra Gilroy à Lottie.

— Moi ?

— Il ne lèvera pas la main sur vous.

Pourquoi devait-elle toujours se charger des tâches difficiles ?

— Vous les hommes ! soupira-t-elle, exaspérée. Je me demande comment vous avez survécu jusqu'à maintenant sans que je m'occupe de vous.

Gilroy la regarda avec l'air d'un petit garçon qui se fait réprimander.

— C'est bon, je vais lui parler, déclara-t-elle. Mais de votre côté, vous allez préparer le capitaine Mackenzie. Laissez-le se laver, s'habiller et se raser. Personne ne doit deviner qu'il est notre prisonnier. Il doit au moins donner l'apparence que c'est lui qui commande. Faites-le, c'est compris ? ajouta-t-elle avant de traverser le pont d'un pas déterminé pour annoncer à Beaty que désormais c'était lui qui allait porter une chaîne à la cheville.

Comme elle le présageait, Beaty se montra farouchement opposé au plan des Livingstone, et le fusil que Norval braqua sur sa tête pendant toute leur conversation n'y changea rien. Il fit un tel esclandre que Lottie fut obligée de rassurer les Mackenzie : oui, elle avait bien l'intention d'honorer sa promesse, mais elle devait prendre certaines précautions, comme ils le feraient dans la situation inverse. Malgré cela, les marins ne cachèrent pas leur mécontentement lorsque Beaty s'éloigna en traînant les pieds, entre Drustan et un garde.

— Jamais je ne vous mentirais, assura-t-elle à l'équipage, les mains serrées contre sa poitrine.

Lottie avait découvert à un jeune âge que les hommes considéraient ce geste comme un signe de sincérité : ils avaient tendance à croire ce qu'ils voyaient, sans se poser de questions. Elle leur promit que dès que le whisky serait vendu ils auraient leur argent et seraient débarrassés des Livingstone.

— Et notre cargaison ? Qu'allons-nous en faire ? demanda Iain le Rouge.

— Vous la transporterez jusqu'à Amsterdam, comme prévu. Ainsi, vous aurez deux salaires pour ce voyage.

Les Mackenzie se regardèrent.

— Je ne vous crois pas, répliqua Iain, un grand costaud dont les cheveux roux étaient aussi épais et bouclés que sa barbe. Jamais de ma vie je n'ai été payé deux fois pour le même voyage. Et vous ?

Ses compagnons lui répondirent d'un « Non ! » si retentissant que Lottie faillit céder à l'affolement. Si elle ne parvenait pas à convaincre chacun d'eux que les Livingstone vendraient bel et bien leur whisky, leur plan serait voué à l'échec. Même ses propres hommes, qui s'appuyaient maintenant sur leurs fusils comme s'il s'agissait de bâtons au lieu de les pointer sur les Mackenzie, la considéraient d'un air dubitatif.

— Elle dit la vérité, affirma le jeune matelot qui avait le bras en écharpe.

— Qu'est-ce que tu en sais, Billy Botly ? aboya un Mackenzie en lui assenant une tape sur l'oreille. Tu n'es encore qu'un gamin !

— Elle ne nous a pas menti, insista le garçon. Jusqu'à présent, elle a tenu ses promesses, pas vrai ?

— La seule chose importante qu'elle ait dite, c'est qu'elle nous paierait, et son argent, on n'en a pas encore vu la couleur ! cria une voix.

— Il a raison ! s'exclamèrent plusieurs autres.

Juste au moment où Lottie pensait que la situation

allait lui échapper, le capitaine Mackenzie sortit de sa cabine, suivi de Duff et Gilroy.

À sa vue, elle éprouva un choc qui lui fit courir un frisson le long du dos. C'était un homme qui commandait le respect. Comme elle aurait aimé posséder ne fût-ce qu'une once de son assurance ! Il portait sa dernière tunique propre, avec un gilet, des culottes et des bas, ainsi que le pardessus qu'elle lui avait emprunté. Ses cheveux étaient coiffés en queue-de-cheval et il était rasé de près. Il paraissait plus grand, et ses épaules semblaient plus larges. Mais surtout, il était d'une beauté à couper le souffle.

Comme il rejoignait l'assemblée, tous se mirent à l'acclamer. Levant les mains, il prit la parole. Lottie le dévisageait, bercée par les accents doux et graves de sa voix. Dans sa bouche, le gaélique, aux intonations d'ordinaire si gutturales, devenait presque lyrique.

— En anglais ! cria-t-elle, reprenant soudain ses esprits.

— Soyez tranquille, Miss Livingstone, dit-il en la considérant avec froideur. Je ne faisais que leur expliquer qu'ils doivent se tenir prêts à mettre les voiles, afin que nous puissions poursuivre notre voyage dès notre retour à bord.

Lottie ne le crut pas, mais ses paroles avaient au moins eu le mérite de calmer ses hommes. Déjà, elle se sentait plus sereine.

— C'est tout ? demanda-t-elle.

— Non, ce n'est pas tout. Je leur ai également juré que justice serait faite, répondit-il avec un large sourire.

Lottie aurait dû s'inquiéter, ou du moins se hâter de réfléchir à ce qu'elle devait faire. Mais elle était trop captivée par ses yeux bleus qui étincelaient au soleil en fixant sur elle un regard de défi. Un regard qui la laissait brûlante et tremblante, comme si elle avait été frappée par la foudre.

C'est alors qu'il haussa un sourcil, apparemment amusé par la façon dont elle le contemplait.

— Ne souhaitez-vous pas changer de tenue, vous aussi ?

Sortant brusquement de sa rêverie, elle se passa nerveusement la main dans les cheveux.

— Surveillez-les, ordonna-t-elle à Duff avant de pivoter sur ses talons et de s'enfuir, mortifiée, soudain consciente que tous les yeux étaient braqués sur ses jambes vêtues de braies.

Chapitre 11

La cabine semblait presque vide sans le capitaine et ses regards furieux. Quant à son père, si loquace deux jours plus tôt, sa présence se faisait de plus en plus discrète, presque effacée.

Tout en écoutant sa respiration laborieuse, Lottie ferma la porte à clé et s'assit sur une chaise pour se déchausser. Puis elle dénoua ses tresses et se mit à démêler sa chevelure.

— Lottie ? C'est toi, *pusling* ?

Laissant tomber le peigne, elle leva les yeux. Son père tentait de se tourner sur le côté en poussant des grognements de douleur.

— Ne bougez pas, père, lui dit-elle en se dirigeant vers le lit pour l'aider. Tournez la tête, maintenant. Je dois m'habiller. Aalborg est en vue.

Il fit ce qu'elle demandait et elle commença à se dévêtir rapidement, ôtant d'abord ses braies.

— Cinquante rigsdalers, pas un sou de moins ! lui rappela-t-il.

— Oui, je me souviens.

— Si tu ne trouves pas Anders ni son père, la Compagnie de Copenhague doit avoir des bureaux dans le port.

— Oui, répondit-elle en nouant la pièce d'estomac par-dessus son corset et son jupon.

— J'aimerais pouvoir y aller moi-même.

— Oui, je sais, dit-elle d'une voix apaisante.

Se dirigeant vers le buffet, elle inclina le petit miroir vers elle et enroula tant bien que mal ses cheveux sur sa tête, regrettant l'absence de Petite Mary. La jeune femme l'aidait toujours à se parer lorsque les affaires du clan l'exigeaient.

Lismore et son cher manoir lui manquaient. Cette demeure avait été la fierté de sa mère, et Lottie avait veillé à ce qu'elle reste en parfait état, allant jusqu'à effectuer quelques réparations elle-même.

À dire vrai, elle s'était toujours sentie à l'étroit sur sa petite île : elle rêvait de découvrir le monde et ses sites renommés, et de rencontrer des gens différents d'elle. Elle voulait savoir ce que portaient les femmes de la haute société, se promener en calèche, être courtisée par un homme qui n'ait aucun lien de parenté avec elle. Pourtant, aujourd'hui, son vœu le plus cher était de rentrer chez elle. De retrouver son lit, son cheval, son chien, sa liberté et même les lapins ! Hélas, elle était prisonnière des mauvaises décisions qu'elle avait prises.

Lorsqu'elle eut fini de se coiffer les cheveux, elle passa sa robe, l'attachant à la taille par-dessus la pièce d'estomac. Elle était trop serrée car le tissu avait rétréci. En outre, elle était froissée et mal raccommodée, et elle sentait l'eau de mer. Enfin, la dentelle qui bordait une manche s'était décousue, et elle dut arracher l'autre pour que la différence ne se remarque pas. Mon Dieu, elle faisait peur à voir, accoutrée de la sorte !

— Ne t'attarde pas, dit son père.

— Pardon ? demanda-t-elle en le regardant par-dessus son épaule.

— Fixe ton prix et repars. Ne t'attarde pas, ou ils essaieront de marchander, entendu ?

— Entendu.

— Nous devons régler cette affaire au plus vite.

— Nous le ferons, répondit-elle d'une voix qu'elle voulait assurée.

— Les hommes d'Aalborg, quand ils te verront…

— Drustan et Duff seront avec moi, dit-elle en réprimant une grimace.

— Tu dois réfléchir à ce que tu diras à Anders, poursuivit-il tandis qu'elle s'asseyait pour chausser ses bottines. Ton histoire doit être plausible. Il ne faut jamais faire confiance à un bel homme, ma fille.

Quelle curieuse remarque !

— Je trouverai une idée.

Comme toujours.

— Et fais bien attention à ce que tu diras, *pusling*. Réfléchis avant de parler. Les hommes…

— Je sais, je sais ! coupa-t-elle en se levant.

S'approchant de la couchette, elle se pencha pour déposer un baiser sur le front de son père. Il était chaud, et elle remarqua que sa chemise était trempée de sueur alors qu'il frissonnait. Elle se moquait bien du whisky, à présent : ce qu'elle voulait, c'était trouver un médecin capable de le sauver. Elle tira la couverture sur lui en s'efforçant de chasser les larmes qui lui montaient aux yeux.

— J'ai besoin de votre montre à gousset, père.

— Morven l'a posée à côté, répondit-il sans lui demander pourquoi.

En regardant autour d'elle, elle trouva la montre sur la

petite table de chevet, entre un chandelier de cuivre garni d'un bout de bougie et une pile de livres reliés de cuir.

— C'était celle de votre père, n'est-ce pas ? dit-elle en examinant l'inscription qui y était gravée.

— Oui, dit-il avec un léger sourire. C'est la seule chose qu'il me reste de lui. Il ne serait pas content de connaître le sort qui l'attend.

— Je suis désolée, père, souffla-t-elle en rangeant la montre dans sa poche. Dormez tranquille, ajouta-t-elle en posant la main sur son épaule.

Puis elle se pencha au-dessus de lui pour embrasser une dernière fois son front brûlant. Mais, le regard brouillé par les larmes qu'elle s'efforçait de contenir, elle ne voyait plus son visage. Après lui avoir adressé un sourire aussi rassurant que possible, elle se dirigea vers la porte.

Son esprit était assailli de sombres et effrayantes pensées : et si leur expédition à terre tournait à la catastrophe ? Et si son père était déjà condamné ? Mais en laissant ces doutes l'envahir, elle perdrait tout courage. Elle ne devait songer qu'à la mission qu'elle devait accomplir aujourd'hui. Un pas après l'autre.

Si jamais ils parvenaient à rentrer à Lismore, elle se chargerait personnellement de détruire ces maudits alambics.

Elle se trouvait devant la porte lorsque son père l'appela d'une voix rauque et essoufflée.

— Oui, père ?

Comme elle peinait à entendre sa réponse, elle retourna à son chevet.

— Qu'y a-t-il ?

— Tout ce que j'ai fait, je l'ai fait pour subvenir aux

besoins de notre clan et de notre famille, *pusling*. Je veux que tu le saches.

— Bien sûr que je le sais.

Il lui saisit la main avec une force surprenante, comme sa mère l'avait fait sur son lit de mort.

— Les garçons et toi êtes tout ce qui compte à mes yeux. Tout.

— Je le sais, père. Nous le savons tous, dit-elle en essayant de se dégager doucement.

— Je te jure que j'ai fait de mon mieux ! ajouta-t-il dans un sanglot.

Lottie tomba à genoux et pressa sa main dans les siennes.

— Je n'en ai jamais douté ! Nous le savons tous, Mats, Drustan et moi.

Des larmes lui coulaient au coin de l'œil avant de disparaître dans ses cheveux gris.

— J'ai vraiment tout gâché…

— Non ! Ne parlez pas ainsi, père. C'est notre lot, voilà tout. Nous sommes nés pour nous battre. Mère disait toujours que si la vie était facile, elle ne vaudrait pas la peine d'être vécue, n'est-ce pas ? Quoi qu'il arrive aujourd'hui, nous finirons par surmonter cette épreuve. Comme toujours. Parce que nous sommes une famille unie.

— Grâce à toi, affirma-t-il en lui serrant la main. Jamais je n'ai été aussi sincère. Où serions-nous sans toi ? Je t'aime, Lottie. *Tha gaol agam ort*, répéta-t-il en gaélique. Un roi n'aurait pu engendrer une meilleure fille que toi.

— Je vous aime aussi, père, répondit-elle en chassant ses pleurs d'un revers de la main. À présent, taisez-vous et gardez vos forces jusqu'à mon retour, vieil homme.

Peut-être changerez-vous d'avis sur moi si j'obtiens moins que ce que vous voulez, ajouta-t-elle en souriant.

Mais son père, lui, ne sourit pas.

— Prends soin de toi, et veille sur les garçons, dit-il d'une voix rocailleuse en contemplant son visage.

— Toujours, promit-elle en lui déposant un baiser sur le dos de la main.

Après lui avoir adressé un dernier sourire, elle quitta la pièce.

Sa robe était dans un état lamentable, ses bottines trempées et son chignon de travers. Et pourtant, toutes les têtes se tournèrent vers elle lorsqu'elle arriva sur le pont. Apparemment, les hommes s'étaient rassemblés pour l'attendre. Tandis qu'elle descendait l'escalier, elle sentit ses joues s'enflammer.

— Allons, allons ! Je suis la même qu'avant, n'est-ce pas ? lança-t-elle avec humeur.

— Pardonnez-moi, milady, mais c'est faux, dit le jeune matelot au bras cassé. Vous êtes très jolie !

— N'avez-vous pas de chapeau ? demanda Duff sans laisser à Lottie le temps d'imaginer à quoi elle ressemblait avant d'avoir revêtu sa robe. Voyons, il vous faut un chapeau ! déclara-t-il d'un ton ferme. Avec votre chevelure qui brille comme un diamant, vous allez attirer l'attention.

— Il a raison, ajouta MacLean en lui remettant une bouteille de whisky. Ils voudront le goûter, précisa-t-il comme Lottie le considérait d'un air perplexe.

— Un chapeau, Lottie !

— Je n'en ai pas ! s'exclama-t-elle. Je n'ai pas non plus de robe ni de souliers dignes de ce nom !

— Dans la cabine, intervint le capitaine, qui était

assis sur un tonneau, jambes croisées, comme un gentleman qui regarde les gens passer dans un parc. Il y a un chapeau accroché au mur, dans la cabine. Billy, va le chercher pour la lady, tu veux ? Et apporte-lui aussi ton pardessus.

Le jeune matelot grimpa les marches quatre à quatre.

— Toute cette agitation pour rien, marmonna Lottie. Je n'ai pas besoin d'un pardessus…

— *Si*, coupa le capitaine en examinant sa main d'un air détaché. Pour la même raison que vous avez besoin d'un chapeau. Cette robe vous colle au corps, ajouta-t-il en levant les yeux pour la contempler de haut en bas.

Lottie sentit ses joues s'empourprer de colère. Elle savait qu'il l'avait vue dénudée la nuit dernière. Elle avait deviné qu'il la regardait et… cela ne l'avait pas gênée. Une étrange fièvre s'était emparée d'elle, embrasant tout son être, jusqu'aux recoins les plus intimes. Le sang agréablement enflammé par l'intérêt qu'il lui portait, elle avait fait durer sa toilette plus longtemps qu'elle n'aurait dû.

Le jeune homme revint bientôt, bondissant parmi l'assemblée avec une agilité étonnante pour quelqu'un qui n'avait l'usage que d'un bras. Il lui tendit un tricorne si élimé que le feutre avait perdu tout luisant et qu'un bord s'affaissait. Lorsqu'elle le posa sur sa tête, il s'enfonça jusqu'à ses sourcils tant il était grand.

— Rangez votre chignon dessous, lui dit Duff en la considérant d'un œil critique.

Lottie s'employa à loger autant de cheveux que possible dans le chapeau, tandis qu'autour d'elle les hommes observaient ses efforts sans bouger. Enfin, elle endossa le pardessus râpé et Duff s'avança pour le boutonner.

— Moins ils en verront, mieux cela vaudra, commenta-t-il en retournant le col pour lui cacher le visage.

— Il suffit, dit-elle en le repoussant d'un revers de la main.

— Allons-nous enfin nous mettre en route afin que je puisse récupérer mon navire ? demanda le capitaine avec impatience avant de se tourner vers le bastingage, où l'on descendait le canot qui devait les transporter jusqu'au port.

Les Livingstone et les Mackenzie réunis les regardèrent s'éloigner vers la rive. Comme les premiers leur criaient des encouragements, Duff leur jura sur un ton théâtral, debout au milieu du petit bateau, qu'ils seraient de retour à la tombée du jour. Mais dès que Drustan se mit à ramer, le pauvre comédien tomba les quatre fers en l'air, ce qui mit fin à son discours.

Le canot était exigu, et Lottie fut forcée de s'asseoir à la proue, aux côtés du capitaine. Celui-ci fixait son regard sur le port, et elle sur l'eau, plissant le nez lorsque, à l'approche de la rive, une odeur de poisson pourri commença à se faire sentir. Sur le quai bordé de mouettes, la foule était si dense qu'elle se demanda si elle n'était pas rassemblée pour quelque événement.

Mais plus que le ciel bleu, le chant des oiseaux ou les appels des crieurs qui vantaient leur marchandise, c'était le contact de la cuisse ferme du capitaine Mackenzie contre la sienne qui captivait ses sens. À tel point qu'elle se serra contre le bord pour ménager un petit espace entre eux. Il laissa alors glisser son regard dans l'échancrure de son pardessus, avant de le planter dans le sien. Il pensait à la nuit dernière, lui aussi. Elle le devinait au feu qui brillait dans ses yeux. Peut-être, comme elle, sentait-il ce souvenir battre dans ses veines et lui faire tressaillir la peau, car il détourna la tête.

Plongeant la main dans l'eau, elle la porta à ses joues pour tenter d'éteindre la flamme qui s'élevait en elle. Puis elle fit une chose qui la surprit elle-même : elle tendit le bras et lui effleura la cuisse. Ce fut à peine une caresse, lente et légère. Mais elle avait envie de le toucher, de sentir la puissance de ses jambes et de les imaginer autour d'elle. Ce n'était presque rien, et pourtant ce geste lui parut aussi intime que sa toilette de la veille.

La vie lui sembla soudain terriblement courte. Peut-être était-ce la dernière fois qu'ils se trouvaient si proches l'un de l'autre. Elle n'avait aucune idée de ce qui l'attendait à terre.

Le capitaine serra le poing sur ses genoux et elle le toucha à nouveau, traçant de ses doigts le même chemin.

Chapitre 12

Après avoir amarré le canot, ils gravirent l'échelle qui menait au quai. Duff monta le premier, suivi de Lottie et d'Aulay puis du géant, dont la vue surprit quelques marins qui passaient par là.

Aalborg semblait être un port prospère, avec tout ce que cela impliquait de bon et de mauvais. Le quai et la route qui le longeait étaient envahis de débardeurs, de matelots et de gamins qui se massaient autour des passants susceptibles d'avoir une bourse bien garnie pour leur demander l'aumône. Des chiens erraient ici et là. L'odeur du sel, du poisson et de la cendre prenait à la gorge, et les cris des oiseaux étaient assourdissants. Des hommes poussaient des charrettes chargées de la pêche du jour, suivis de près par des mouettes avides. De vieilles femmes vendaient leur poisson à la criée tandis que de plus jeunes, penchées aux fenêtres des maisons de débauche, proposaient une tout autre marchandise.

Des entrepôts aux murs bas étaient construits le long de la route. Certains abritaient les bureaux officiels de la Couronne danoise, d'autres des compagnies de navigation.

Aulay fut surpris de l'agilité avec laquelle Lottie se faufilait dans cette cohue, elle qui venait d'une petite île d'Écosse. Elle avançait avec assurance, sa bouteille sur l'épaule. Rien ne semblait la troubler. Ni l'homme couché face contre terre dans le caniveau, mort ou simplement ivre, ni les marins titubants qui se tenaient par le bras en riant et en chantant faux après, nul doute, une longue nuit passée à boire de la bière en galante compagnie. Elle croisa même le chemin de deux filles de joie qui l'interpellèrent avec des sourires égrillards.

Lottie ne leur accorda pas la moindre attention. Cette femme avait un sang-froid à toute épreuve.

Son frère, en revanche, était si troublé par tout ce qu'il voyait qu'il ne cessait de se cogner contre Aulay en marmonnant entre ses dents. Il ne tarda pas à se faire remarquer : comment ce jeune colosse aux cheveux de neige, avec sa taille et sa carrure hors du commun, aurait-il pu passer inaperçu ?

Soudain, Lottie s'arrêta à un angle de la rue principale et, les poings sur les hanches, regarda autour d'elle.

— Comment allons-nous trouver Anders Iversen et un médecin ?

Duff haussa les épaules d'un air impuissant. Quant au géant, distrait par deux femmes qui lui souriaient à leur fenêtre, il ne sembla pas l'entendre. Elle posa alors les yeux sur Aulay.

— Vous me demandez mon aide ?

— Vers qui d'autre puis-je me tourner ?

— Je vais tâcher d'oublier l'ironie de la situation et vous suggérer de vous renseigner auprès d'un bureau de douane.

— Brillante idée ! déclara Duff.

Lottie et lui se mirent à scruter les bâtiments alentour.

— Là ! s'écria-t-il en montrant du doigt un édifice

un peu plus large que les autres. *Toldforvaltning*, dit-il, lisant l'écriteau. Si je devais deviner, et j'y suis contraint car je n'ai appris que quelques mots de danois auprès de ma chère mère étant enfant, je parierais qu'il s'agit d'une sorte de poste de douane !

— Bien, commenta Lottie en posant une main dans son dos. Allez vous enquérir de Mr Iversen. Et s'ils ne le connaissent pas, tâchez de savoir où nous pouvons trouver la Compagnie de Copenhague. Et un médecin ! C'est notre priorité ! ordonna-t-elle en le poussant vers le bâtiment.

— Moi ? demanda Duff d'un ton mal assuré.

Après une hésitation, il rajusta sa cravate et traversa la rue à grandes enjambées en évitant de justesse une charrette pleine de poissons.

— Et nous, on fait quoi ? interrogea le colosse.

Celui-ci ne cessait de se balancer d'avant en arrière en heurtant de son bras le dos d'Aulay, comme s'il ne se rendait aucunement compte de la place qu'il occupait dans l'espace.

— Nous attendons, répondit Lottie.

Comme le géant le bousculait à nouveau, Aulay fit un pas de côté et s'adossa au mur. La jeune femme se mordait nerveusement la lèvre inférieure, les yeux fixés sur le bâtiment dans lequel Duff s'était engouffré. Elle ne lui prêtait pas la moindre attention et Aulay se dit soudain qu'il pourrait fort bien en profiter pour s'esquiver. Sa liberté retrouvée, il retournerait au navire, inventerait un prétexte pour expliquer que les Livingstone étaient restés à terre et reprendrait le commandement du vaisseau. Il n'aurait plus qu'à hisser les voiles en tâchant de rattraper le temps perdu.

C'était tout à fait envisageable.

Mais cette pensée fut occultée par une autre : la main de Lottie sur sa cuisse, dans le canot. Impossible de se leurrer, il n'y avait rien eu d'innocent ni d'accidentel dans ce geste. Il s'imagina à son tour effleurer son dos nu. Peut-être un peu plus lentement. Un peu plus longuement. Peut-être ses lèvres. Voilà qu'il songeait à son corps dénudé au lieu de chercher à prendre la fuite !

Aulay sentit une rage sourde monter en lui. Comment avait-il pu se laisser séduire par la femme qui le retenait prisonnier ? Il tenta en vain de se convaincre que s'il ne s'évadait pas, c'était parce qu'il tenait à la livrer à la justice. En effet, s'il l'abandonnait à Aalborg, elle n'aurait pas à répondre de son crime. Il invoqua ensuite le manque d'expérience de Lottie : la laisser seule avec le géant serait trop cruel, et même s'il voulait la voir punie, il n'était pas sans cœur.

Mais c'était se voiler la face. La vérité était tout autre : il ne se reconnaissait plus. Quelques jours plus tôt, il aurait juré que jamais il ne succomberait au charme d'une femme. Il se croyait même incapable d'éprouver un sentiment d'admiration. Comme il avait changé ! Il n'aimait ni ne comprenait ce qu'il était devenu.

Tout à coup, Lottie se tourna vers lui comme si elle venait de se souvenir de sa présence. Comme il souriait, amusé de son trouble, elle lui jeta un regard courroucé. Derrière elle, il vit alors Duff sortir du bureau de douane pour les rejoindre au pas de course.

— Quelles nouvelles apportez-vous ? demanda Lottie.

— Eh bien, répondit-il avant de s'interrompre pour reprendre son souffle, le commis a déclaré qu'il ne connaissait que deux médecins, et que ni l'un ni l'autre n'était assez fou pour monter à bord d'un vaisseau étranger.

— Comment ? s'exclama-t-elle.

— Il m'a indiqué le chemin de l'Hôpital du Saint-Esprit, qui prête assistance aux nécessiteux. C'est par là, ajouta-t-il en esquissant un geste vague en direction de la ville. Un grand édifice, a-t-il dit ; nous ne pouvons pas le manquer.

— Non, non, non ! Nous devons absolument trouver un *vrai* médecin ! répliqua Lottie, affolée.

— Nous nous renseignerons à l'hôpital, Lottie. Après tout, ce n'est qu'un agent de douane ; ne nous fions pas à ses dires.

— Quoi d'autre ?

— Oh ! je crains de ne pas apporter de bonnes nouvelles. L'homme prétend ne pas connaître Anders Iversen.

— Mais son père..., le coupa-t-elle. Lui avez-vous bien dit qu'Anders Iversen était le comptable de la Compagnie de Copenhague, et que son père était le chancelier de l'Échiquier ?

— Certainement. Je lui ai expliqué que Mr Iversen, qui nous a honorés de sa présence l'été dernier, avait trouvé cet emploi de comptable par l'entremise de son père. J'ai précisé que celui-ci n'était autre que le chancelier de l'Échiquier et devait par conséquent être une figure connue dans ce port. Mais l'agent m'a répliqué...

Duff s'arrêta à nouveau pour ôter son chapeau et s'essuyer le front.

— Quoi donc ? le pressa Lottie.

— Eh bien, il a répliqué en éclatant de rire que le poste de chancelier de l'Échiquier était occupé depuis près de trente ans par un dénommé Pedersen, et qu'il n'existait à sa connaissance aucun Anders Iversen dans cette ville, ni de Compagnie de Copenhague. Après quoi, il m'a signifié qu'il avait plus important à faire que de répondre à mes questions absurdes et m'a prié de quitter les lieux.

Lottie resta muette d'effarement tandis que Duff coiffait à nouveau son chapeau.

Quant à Aulay, il s'efforça de contenir sa colère. Au fond, il n'était guère surpris : il commençait à connaître les Livingstone. Qu'allait-il donc faire de cette cargaison de whisky ? La jeter par-dessus bord ?

— C'est impossible, Duff ! dit enfin Lottie d'une voix tremblante. Anders n'aurait pas menti…

— Il semble que si, répondit le comédien. Mais n'ayez crainte : refusant de revenir bredouille, j'ai expliqué au commis que nous avions un excellent whisky écossais à vendre, et cette information ne l'a pas laissé indifférent. Il m'a conseillé d'aller trouver Mr Ingoff Holm. S'il y a du bon whisky à vendre, a-t-il affirmé, c'est à lui qu'il faut s'adresser.

Les yeux fixés sur le sol, elle ne répondit pas.

— Lottie ? demanda Duff en penchant la tête de manière à voir son visage.

— Je vous demande pardon. Quel nom avez-vous dit ?

— Ingoff Holm. Vous le trouverez au Kajen Inn, précisa-t-il en montrant du doigt une auberge au bout de la rue.

Lottie jeta un coup d'œil rapide à son frère, qui tentait d'attirer une mouette.

— À votre place, je n'irais pas voir cet homme, intervint Aulay.

— Pourquoi ?

Comment expliquer une intuition de marin ?

— Tout cela ne m'inspire pas confiance, répondit-il avec un haussement d'épaules.

Elle hocha la tête, puis tira brutalement Duff par le coude pour l'entraîner un peu plus loin. Aulay les regarda discuter quelques instants avec animation.

— Il n'y a pas de temps à perdre, annonça-t-elle en revenant. Drustan, nous avons décidé que tu te rendrais à l'hôpital avec Duff. Vous irez chercher de l'aide pour notre père, ajouta-t-elle en lui souriant.

Peut-être le colosse n'était-il pas aussi demeuré qu'Aulay l'avait cru, car il ne se laissa pas abuser par ce sourire.

— Non, Lottie ! Je reste avec toi !

— Pas cette fois, Dru, dit-elle fermement.

Tirant une montre à gousset de sa poche, elle la déposa avec précaution dans la main du comédien avant de s'adresser à nouveau à son frère.

— Duff a besoin de toi. Il faudra peut-être user de persuasion pour qu'un médecin accepte d'embarquer sur le navire, tu comprends ? Si Duff te demande d'emmener quelqu'un, tu devras le faire.

Aulay esquissa un mouvement de recul.

— Vous ne lui suggérez tout de même pas de forcer un homme à…

— Je lui suggère d'aider Duff, répondit-elle sèchement.

— L'idée de vous laisser seule avec lui ne me plaît guère, protesta ce dernier en désignant Aulay du menton comme s'il était la cause de leur débâcle. Je sais que vous croyez pouvoir tout prendre en main, Lottie, et il est vrai que, sans vous, nous serions perdus. Mais vous êtes si fluette… Il pourrait tenter de… de vous étrangler, ou de vous jeter au fond de l'océan !

— Non ! cria le géant d'une voix furieuse en se tournant vers Aulay, qui se redressa, quelque peu inquiet.

— Duff ne parle pas sérieusement, Dru.

— Je parle on ne peut plus sérieusement !

— Duff ! Réfléchis, dit-elle à son frère, qui semblait de plus en plus agité. S'il retournait seul au navire, cela déclencherait une bagarre, n'est-ce pas ? Le capitaine ne peut pas récupérer son bateau sans moi. Il n'est pas stupide : il ne risquerait pas de voir son vaisseau endommagé ni de perdre son équipage.

Le comédien jaugea Aulay du regard.

— Si vous osez toucher un seul cheveu de sa tête…

— Je vous demande pardon, répondit Aulay d'un ton neutre, mais vous semblez confondre l'agresseur et l'agressé.

— Duff, nous n'avons pas le temps de discuter, intervint Lottie.

À présent, son frère poussait des gémissements en se balançant de plus en plus frénétiquement.

— Calme-toi, Dru, dit-elle en lui prenant le visage à deux mains pour le forcer à la regarder. Tu sais que Duff veillera sur toi aussi bien que Mats. Il faut que tu sois fort : père a besoin de toi.

Evoquer le vieil homme sembla apaiser quelque peu le colosse.

— Père a besoin de moi, répéta-t-il. Père a besoin de moi.

— Nous nous reverrons très vite, promit-elle avant de se tourner vers Duff. Partez, ordonna-t-elle doucement.

— Viens, mon garçon, dit celui-ci en posant une main sur l'épaule du géant.

Après avoir lancé un regard noir à Aulay, il s'éloigna en

direction de la ville tandis que son imposant compagnon se hâtait derrière lui.

Les bras serrés sur la poitrine, Lottie les suivit des yeux jusqu'à ce qu'ils disparaissent au coin d'une ruelle.

— Vous êtes unique, Lottie Livingstone, lui dit Aulay comme elle le considérait d'un air hésitant. Mais vous allez vous jeter dans la gueule du loup. Un homme qui mène ses affaires dans une auberge...

— Je n'ai pas le choix, rétorqua-t-elle en contemplant le bâtiment indiqué par le comédien. Et je n'ai pas peur, si c'est ce que vous croyez. Non : je suis folle de rage. S'il est une chose que je ne tolère pas, c'est bien la malhonnêteté !

— Pardon ?

— Mr Iversen n'est pas celui qu'il prétendait être. La compagnie dont il était si fier a tout l'air de ne pas exister. Et j'ai traversé la mer du Nord parce que j'ai cru cet homme ! N'ayez crainte, capitaine, ajouta-t-elle en le regardant du coin de l'œil : j'ai mon arme.

— Je n'ai aucune crainte, Lottie. Mais sachez que votre petit pistolet de duel n'empêchera personne de vous faire du mal.

Les yeux brillants de fureur, elle prit une profonde inspiration avant de poursuivre.

— Capitaine Mackenzie, je ne dispose que de quelques heures pour sauver mon clan et mon père. Je vais me rendre dans cette auberge et parler à ce Mr Ingoff Holm parce que je n'ai pas d'autre solution. En outre, je n'ai pas un, mais deux équipages à payer. Je ne vous force pas à m'accompagner : faites ce que bon vous semble.

Comme la colère lui allait bien ! Une fine mèche de cheveux s'était échappée de son chapeau, et il ne put s'empêcher de la ramener derrière son oreille en lui effleurant le cou.

— Oui, vous êtes vraiment unique, murmura-t-il en laissant retomber sa main.

— Allez-vous m'accompagner ?

Un grand bouleversement s'opérait en lui. Toutes ses certitudes étaient en train de s'effondrer tandis qu'il découvrait des facettes nouvelles et insoupçonnées de sa personnalité. Bien sûr qu'il allait l'accompagner !

— Après vous, lança-t-il en esquissant un geste en direction de la rue.

— Sachez que si vous prononcez un seul mot pour entraver mes efforts, je tirerai, et je ne vous manquerai pas.

Pour toute réponse, Aulay haussa un sourcil.

— Mon propre sort m'importe peu, dit-elle. Mais si vous m'empêchez de conclure cette vente, tout sera perdu pour les Livingstone. Je ne le permettrai pas.

— Oui, jeune fille, je crois l'avoir bien compris, déclara-t-il avec un demi-sourire.

Comme elle était naïve ! Que pourrait-elle faire contre lui, ou contre n'importe qui d'autre ?

— Me voilà prévenu, ajouta-t-il néanmoins avec obligeance.

Sur ce, il lui saisit la main et la posa au creux de son coude pour la conduire vers l'auberge.

Chapitre 13

Après avoir poussé la porte, Aulay découvrit une auberge bondée. Il y régnait un vacarme assourdissant, accentué par les plafonds bas et les épaisses parois de la salle. Les lieux n'étaient éclairés que par deux petites fenêtres donnant sur la rue et quelques bougies fichées dans des chandeliers accrochés au mur. L'odeur du suif fondu ne parvenait pas à masquer celle du moisi et de l'humidité. Pour traverser la pièce, Lottie et lui durent se faufiler entre les bruyantes tablées de matelots et de débardeurs, éviter des servantes, enjamber des chiens couchés çà et là, et frôler des pardessus pendus à des patères.

Au fond de la salle, Lottie s'approcha d'un homme occupé à suspendre des chopes vides à des crochets fixés au plafond.

— S'il vous plaît ?

Le tenancier bougonna quelque chose en danois.

— Ingoff Holm, dit-elle alors.

L'homme désigna l'une des deux portes situées près de la cuisine. Après avoir échangé un bref regard avec Lottie, Aulay posa une main sur son épaule pour la guider vers celle de gauche. Il frappa sans obtenir de réponse et ouvrit. La pièce était vide. Il cogna à la seconde porte et, cette fois, entendit une voix étouffée l'inviter à entrer.

En pénétrant à l'intérieur, il vit deux hommes assis à une table. L'un était beaucoup plus âgé que l'autre. Son crâne était surmonté d'une épaisse touffe de cheveux blancs semblable à la neige qui recouvrait les sommets des Highlands pendant l'hiver, et des bajoues pendaient de chaque côté de son visage. Le second individu, un grand échalas, n'avait pas pris la peine d'ôter son pardessus ni son tricorne.

Aulay referma la porte et le brouhaha de la salle ne leur parvint plus qu'assourdi.

— *Kvinde*[1], dit le vieillard à la houppe blanche d'un air à la fois amusé et dégoûté en regardant Lottie du coin de l'œil. *Ja* ?[2]

— Parlez-vous anglais ? demanda la jeune femme en s'avançant.

Après l'avoir examinée de haut en bas, il se leva brusquement. Il avait une carrure imposante mais mesurait une tête de moins qu'Aulay.

— *Ja.*

Lottie accueillit cette réponse avec un grand sourire. Aulay n'aurait su dire s'il était feint ou s'il exprimait un soulagement sincère, mais ce sourire éclaira la pièce tout entière.

— Je cherche Mr Ingoff Holm.

— *Hvem ?* Qui ? demanda l'homme en contournant la table.

— Mr Ingoff Holm, répéta-t-elle.

Tout à coup, la porte s'ouvrit et un autre individu entra

1. « Une femme » en danois.
2. « Oui » en danois.

en baissant la tête pour ne pas se cogner au linteau. À en juger par son odeur, il ne s'était pas lavé depuis des semaines. Il passa tout près d'Aulay en regardant Lottie avec curiosité et marmonna quelques mots en danois. Le vieillard lui répondit sans quitter la jeune femme des yeux.

— Mon ami aimerait savoir ce que vous voulez à *Herre* Holm, dit-il tandis que l'intéressé s'asseyait à table.

Les appréhensions d'Aulay allaient croissant. Une impression sinistre se dégageait de cette bande, de cette pièce.

— Je vous prie de m'excuser, mais c'est une affaire privée, objecta Lottie poliment.

— Tout ce qui concerne Mr Holm me concerne, *ja* ? lui dit l'homme à la houppe blanche en penchant la tête pour apercevoir son visage sous le tricorne. *Ja, meget smuk*... Vous êtes bien jolie, répéta-t-il en anglais.

Elle recula d'un pas, se heurtant contre Aulay.

— Mr Holm est-il ici ? insista-t-elle.

Il considéra alors Aulay d'un œil curieux.

— Pourquoi est-ce la lady qui parle ? demanda-t-il. Est-il muet ? ajouta-t-il en se tournant vers Lottie.

— Non, je ne suis pas muet, siffla Aulay.

Il s'apprêtait à s'avancer mais Lottie l'en empêcha en lui saisissant le bras.

— Il n'a rien à voir avec tout cela. Il s'agit de mes affaires.

Mon Dieu, comment pouvait-elle se montrer aussi naïve ?

— Une femme qui fait des affaires, ricana l'homme en s'appuyant contre la table pour l'examiner à loisir, comme si elle était un petit agneau bien gras qu'il envisageait d'acheter. Cela ne me dit rien de bon.

Aulay se dégagea le bras pour s'interposer entre Lottie et les trois individus, mais cette entêtée parvint à se placer à nouveau devant lui. La pièce était si exiguë qu'elle se trouvait tout contre lui, à présent.

— Est-il ici, oui ou non ? répéta-t-elle.

— Expliquez-moi d'abord ce que vous lui voulez.

— Dites-lui que j'ai un excellent whisky écossais à vendre…

— *Uist !* souffla Aulay.

Mieux valait que ce triste sire en sache le moins possible.

— Et vous avez transporté votre excellent whisky jusqu'à Aalborg ? demanda l'homme. N'était-il pas assez bon pour les Écossais ? Pourquoi une jolie donzelle comme vous irait-elle vendre sa marchandise au Danemark ?

— Ma famille est originaire de ce pays.

— Ah ! *Hun er dansk*[1], lâcha-t-il en regardant ses compagnons, qui éclatèrent d'un gros rire.

— Et où se trouve ce whisky que vous souhaitez vendre ?

— Nous préférons garder cette information pour Mr Holm, répliqua Aulay.

Mais il n'était guère difficile de deviner que les tonneaux étaient entreposés sur un navire écossais amarré dans le port. Il ne restait qu'à espérer que Lottie ne leur donnerait pas le nom du vaisseau.

— J'en ai apporté un peu. Mr Holm pourra le goûter, si vous voulez bien avoir la gentillesse de le faire venir, proposa-t-elle.

L'homme fit claquer sa langue en secouant la tête.

— Ce n'est pas ainsi que nous procédons, *ja* ? C'est

1. « Elle est danoise. »

moi qui vais le goûter, et s'il est aussi fameux que vous le dites, je vous conduirai jusqu'à *Herre* Holm.

Lottie lui lança la bouteille et il l'attrapa adroitement d'une main.

— En voilà une bonne fille ! commenta-t-il avec un large sourire.

Il tendit la bouteille au deuxième larron, qui but avant de la passer au troisième. Enfin vint son tour.

— *Skål !*[1] déclara-t-il avant d'avaler une gorgée.

Après quoi, les trois compagnons se mirent à discuter dans leur langue jusqu'à ce qu'ils semblent arriver à un accord. L'homme à houppe blanche jeta alors la bouteille à Lottie et regagna sa chaise.

— Combien en avez-vous ?

— Vingt-deux tonneaux.

À ces mots, il arbora un sourire qui donna à Aulay la chair de poule.

— Très bien, miss. Vous pouvez attendre *Herre* Holm dans la grande salle.

— Ce sera long ? demanda-t-elle. D'autres sont intéressés.

— Allez donc boire une chope de bière, le muet et vous, répondit-il avec un petit rire. Nous vous appellerons.

Mais Lottie hésitait. Aulay la prit par la taille pour la forcer à reculer et, lorsqu'ils parvinrent à la porte, il lui saisit la main pour l'entraîner hors de la pièce.

— Que faites-vous ? protesta-t-elle en se dégageant. Je veux le garder à l'œil : je n'ai pas confiance en lui.

— J'espère bien, que vous n'avez pas confiance en lui ! C'est une crapule !

1. « À la vôtre ! » en danois.

— Je le sais ! répondit-elle d'un air furieux. Mais je vous avais dit de vous taire !

— Mon navire est l'otage de cette farce, lança-t-il en la tirant par le coude, et vous n'êtes pas capable de deviner que vous avez affaire à un menteur doublé d'un voleur !

— Je ne partirai pas. Peut-être est-ce un voleur, mais peut-être pas, après tout !

Les mains sur les hanches, les lèvres serrées, elle se mit à regarder ses bottines.

— Je fais de mon mieux, ajouta-t-elle sèchement. Mais je ne sais pas comment m'y prendre, capitaine. C'était mon père qui devait se charger de vendre le whisky !

Aulay soupira en lui caressant la joue du revers de la main.

— Vous savez bien que l'homme à la houppe blanche s'apprête à vous jouer un mauvais tour, n'est-ce pas ?

— L'homme à la houppe blanche ?

— Le vieillard. Dans un port étranger, on ne peut pas se fier au premier venu.

— Ai-je le choix ? Je vous en prie, capitaine, dit-elle d'une voix implorante, donnez-moi un autre choix !

— Il est trop tard pour cela, Lottie.

C'était à Lismore qu'ils auraient dû faire un autre choix, avant de prendre la mer. Tout en pestant entre ses dents contre la sottise des femmes, il passa le bras autour des épaules de Lottie.

— Puisque vous refusez de partir, je vais boire une pinte pour me consoler de mes tracas, et vous allez boire avec moi.

— Mais je n'ai pas d'argent ! dit-elle en se laissant guider à travers la foule.

— Je ne le sais que trop, Lottie. Votre manque

d'argent est la source des ennuis qui m'accablent depuis trois jours, répondit-il en la prenant fermement par la main pour l'entraîner vers une table près de la cuisine.

Il tira une chaise pour elle et s'assit à son tour. Alors seulement il remarqua l'étrange lueur qui brillait dans ses yeux, et une sensation nouvelle l'envahit, comme si quelque chose d'intime, de presque charnel, circulait entre eux.

Il ne s'en rendit compte que plus tard, mais à ce moment-là, il avait oublié qu'il était son prisonnier.

Chapitre 14

Une femme à l'air épuisé s'approcha de leur table et leur parla en danois.

— De la bière, dit le capitaine en levant deux doigts.

— Nous n'avons pas d'argent, lui rappela Lottie tandis que la servante s'éloignait.

Avec un regard agacé, il plongea la main dans sa poche et en sortit une petite bourse.

Accablée de honte, Lottie se renfonça dans son siège. Sa première expérience dans le monde avait été un véritable désastre, mais elle avait espéré qu'elle arriverait au moins à vendre le whisky. Hélas, les événements de cette journée lui avaient presque ôté tout courage.

Retirant son chapeau cabossé, elle se frotta les yeux.

— Qu'est-ce qui vous chagrine ? demanda le capitaine en tendant le bras pour chasser des miettes accrochées à sa manche.

— Ce qui me chagrine ? Tout ! s'exclama-t-elle en évitant son regard. Je me sens humiliée, avoua-t-elle abruptement. Nous n'avons pas toujours vécu ainsi.

Comme le capitaine ne répondait pas, elle l'observa à la dérobée. L'attention de ce dernier était ailleurs, fixée sur un point à l'autre bout de la grande salle. Il ne voulait pas écouter ses excuses, pas plus qu'elle n'avait envie de les prononcer : elle était trop fière pour se justifier.

La femme revint avec les chopes de bière, qu'elle posa brusquement sur la table de bois brut, laissant leur contenu déborder de toutes parts. Le capitaine lui tendit deux pièces de monnaie, qu'elle empocha avant de disparaître.

Lottie n'avait pas soif. Elle ne ressentait qu'une immense lassitude. Le capitaine, en revanche, vida la moitié de son verre d'une traite.

— Vous n'en voulez pas ? demanda-t-il en désignant du menton sa chope intacte.

Pour toute réponse, elle haussa les épaules.

Penché au-dessus de la table, il la fixa jusqu'à ce qu'elle lui rende son regard.

— Buvez, ordonna-t-il. Vous n'aurez peut-être rien d'autre à avaler avant longtemps.

Comme Lottie jetait un coup d'œil à sa chope, il la poussa vers elle.

— Buvez, Lottie.

Elle souleva la chope et but à petites gorgées, mais le liquide avait un goût amer.

— Ce n'est pas le moment de rechigner.

— De rechigner ! répéta-t-elle d'un ton irrité. Devrais-je sauter de joie ? Fredonner des chansons ? Vous n'imaginez pas ce que nous avons traversé, ajouta-t-elle en secouant la tête.

— En effet. Peut-être devriez-vous me raconter.

— Je préfère vous épargner ce récit, répliqua-t-elle en faisant claquer sa langue.

D'un geste, il l'invita à poursuivre.

— Très bien, dit-elle.

Sans qu'elle sache pourquoi, elle éprouvait subitement

la nécessité d'expliquer à cet homme pourquoi elle l'avait entraîné dans cet horrible voyage.

— J'aime mon père de tout mon cœur, commença-t-elle.

— Rien de plus normal.

Après avoir avalé une nouvelle gorgée de bière, il se mit à regarder autour de lui d'un air absent, comme s'il s'attendait à écouter les jérémiades d'une idiote.

— Non, ce que je veux dire, c'est que…

Comment décrire les sentiments complexes qu'elle éprouvait pour son père, et les lourdes responsabilités qui pesaient sur ses épaules depuis qu'elle était enfant ?

— Je l'aime, mais il nous a rendu la vie très difficile. Il a tout gâché, tout dilapidé ! C'est lui qui nous a placés dans cette situation désespérée.

— Que voulez-vous dire par « tout dilapidé » ? demanda-t-il en tournant vers elle ses beaux yeux bleus, l'air intrigué.

— Son héritage. Une somme conséquente, qui aurait suffi à faire vivre toute notre famille.

La capitaine semblait perplexe. Ce n'était guère étonnant : à première vue, personne n'aurait deviné que les Livingstone avaient été riches, autrefois. Cela avait pourtant été le cas.

— Mon arrière-grand-père était un baron danois qui possédait des terres. Une guerre a éclaté entre son pays et la Suède, et il s'est enfui avec sa fortune pour s'installer sur l'île de Lismore. Quand mon père a recueilli son héritage, il avait de nombreuses idées pour le faire fructifier. Des idées désastreuses.

— Je vois. Quelles idées ?

— Tant que je ne saurais les citer toutes !

Le capitaine regardait sa chope de bière. Il était sans

doute en train d'imaginer les mille et une façons de dilapider un héritage. Il se disait certainement que les Livingstone étaient des imbéciles, tout juste bons à gâcher leur fortune, à voler des navires et à tomber dans les griffes du premier escroc venu. En songeant que toutes ses suppositions étaient probablement exactes, Lottie eut envie de disparaître dans un trou de souris. Sans vraiment connaître les Mackenzie, elle savait quelle était leur réputation. Ils formaient un clan habile et puissant qui avait surmonté les rébellions et les difficultés matérielles mieux que la plupart des autres. Tout l'opposé des Livingstone.

Mais lorsqu'il leva la tête, elle fut surprise de la compassion qu'elle lut dans ses yeux.

— J'aurais dû me montrer plus vigilante, souffla-t-elle, avouant soudain la culpabilité qui sans cesse tourmentait sa conscience.

Si seulement elle avait accepté le rôle que la mort brutale de sa mère lui avait attribué, plutôt que de fuir ses responsabilités ! Si seulement elle était restée à la maison au lieu de vagabonder à cheval et de prendre un amant ! Oui, si elle avait agi différemment, et surtout si elle avait été plus attentive aux décisions de son père, peut-être l'aurait-elle empêché de tout perdre.

— Que voulez-vous dire ?

— Ma mère est morte lorsque j'avais treize ans. Mats commençait à peine à marcher, Dru avait besoin que l'on veille sur lui constamment, comme c'est encore le cas aujourd'hui, et… Je ne voulais pas de toutes ces responsabilités. Que Dieu me pardonne, mais je n'avais pas envie d'être une mère, ni une maîtresse de maison.

— Bien sûr, dit-il en hochant la tête comme s'il la comprenait. Vous n'étiez qu'une enfant.

Certes… Mais malgré son jeune âge, elle savait déjà à quel point son père pouvait se montrer imprudent. Un hiver, il était rentré ravi de Port Appin avec trois oies que lui avait vendues un inconnu. Il avait l'intention de les engraisser pour le banquet de Noël. « Nous allons nourrir le clan tout entier ; ce sera un festin inoubliable ! » avait-il déclaré à Lottie. Il avait confectionné lui-même un mélange pour les gaver. Mais après avoir déambulé pendant plusieurs jours parmi les lapins, les oies s'étaient mises à tituber comme des marins ivres et à perdre leurs plumes. Toutes trois étaient mortes avant la veille de Noël. Lottie n'avait découvert que bien plus tard que son père avait ajouté des groseilles à sa préparation. En l'apprenant, la grand-mère de Morven avait pleuré pour les pauvres bêtes : ces baies, semblait-il, contenaient un poison mortel pour la volaille.

Ce n'était là qu'une des nombreuses catastrophes qu'il avait provoquées.

— J'étais une enfant, mais je le connaissais. Je savais qu'il était toujours prêt à se lancer à corps perdu dans des entreprises hasardeuses. Et pourtant, j'ai fermé les yeux tant de fois, sans me soucier des conséquences !

Le capitaine se pencha vers elle, les bras posés sur la table, et planta son regard dans le sien.

— Vous n'êtes pas responsable de votre père, Lottie. C'est lui qui est responsable de vous. Pourquoi ne vous êtes-vous pas mariée ? Un bon époux aurait subvenu à vos besoins et à ceux de vos frères.

Pourquoi ? Peut-être parce que les hommes qui l'avaient courtisée n'avaient jamais gagné son estime. Ou parce qu'elle rêvait d'une vie plus belle et plus remplie que celle que sa minuscule île pouvait lui offrir. De villes comme Édimbourg et Londres, qu'elle imaginait si bien sans les avoir jamais vues. Peut-être encore était-ce parce qu'elle ne voulait pas imposer à un époux le fardeau que son père et ses frères ne manqueraient pas de représenter. Ou parce que, au fond, elle aimait, quand cela l'arrangeait, être celle sur qui tout le monde comptait.

— Vous devez avoir eu plus d'un prétendant.

— Oui, avoua-t-elle, embarrassée. Mais ils ne s'intéressaient qu'à mon apparence. Ils restaient muets devant moi, comme des imbéciles !

Jamais elle n'avait rien dit de tout cela à quiconque. À sa grande surprise, le capitaine éclata de rire, et son sourire charmant, sincère, lui réchauffa le cœur.

— Je n'en doute pas ! Vous êtes une femme très séduisante. Regardez-moi : je suis votre prisonnier, et pourquoi ? Parce que je suis resté muet devant vous, comme un imbécile !

Après avoir trinqué avec elle, il avala une longue gorgée de bière.

Sa bonne humeur causa à Lottie un frisson de plaisir tel qu'elle sentit un sourire lui fleurir sur les lèvres.

— Pourtant, vous vous êtes méfié de moi depuis le début.

— Pas suffisamment, de toute évidence.

Lottie se surprit à rire à son tour. Depuis combien de temps n'avait-elle pas ri ? Soulevant sa chope, elle but un peu de bière. Elle ne lui parut pas si amère, cette fois.

— Que vous êtes jolie quand vous souriez, Lottie Livingstone ! murmura-t-il en contemplant sa bouche d'une façon terriblement troublante.

— Que de compliments, capitaine ! Commenceriez-vous à apprécier votre geôlière ?

— À l'apprécier, certainement, répondit-il, une lueur malicieuse dans l'œil. Mais pas à lui pardonner !

— Le contraire me décevrait.

Son regard était si intense qu'elle avait l'impression qu'il la transperçait, et elle sentit une chaleur se diffuser dans sa poitrine.

— À votre tour de me dire la vérité. Pourquoi ne vous êtes-vous jamais marié ? Vous êtes bel homme, ajouta-t-elle.

Il inclina la tête pour accepter le compliment.

— Et vous êtes un capitaine au long cours ! Les mères doivent affluer à Balhaire pour vous présenter leurs filles. De plus, vous êtes un compagnon honorable, quand vous ne vous lamentez pas sur votre sort.

— Mon sort n'est pas digne d'un chien ! répliqua-t-il d'un ton indigné.

— Pourquoi n'êtes-vous pas marié ? reprit-elle en balayant ses protestations d'un revers de la main.

— Sans doute parce que je n'ai jamais été assez épris pour renoncer à la mer.

— Renoncer à la mer ? Mais pourquoi ?

— Quelle femme accepterait de vivre cantonnée dans une cabine exiguë pendant des jours et des jours ?

La bière devait lui être montée à la tête car elle laissa échapper un petit rire.

— Moi !

— Mais ce n'est probablement pas la seule raison. Je ne suis jamais resté suffisamment longtemps au même endroit pour courtiser une femme comme il se doit, ajouta-t-il avant de vider son verre d'un trait, comme pour mettre un terme à leur conversation.

— Et votre famille ? poursuivit-elle cependant, curieuse. Vous appartenez à un clan puissant. Vos parents ne veulent-ils pas un beau mariage pour le plus admirable de leurs fils ?

— Admirable ! répéta-t-il d'un ton amusé. J'ai deux frères et deux sœurs qui sont bien plus admirables que moi. Ce sont eux qui ont fait de beaux mariages.

Qui pouvait bien être plus admirable que le capitaine Mackenzie ? Lottie étudia son visage, sa mâchoire carrée, les fines rides que le soleil lui avait dessinées au coin des yeux. Ses cheveux coiffés en queue-de-cheval, dorés par les longues journées passées en pleine mer. Comment croire que les mères ne venaient pas déposer leurs filles à ses pieds ?

— Me permettez-vous de vous demander votre prénom ?

— Miss Livingstone, sommes-nous à ce point intimes ?

— Nous avons partagé une cabine pendant trois jours, et vous m'appelez bien Lottie, répondit-elle en pouffant à nouveau de rire.

— Trois jours ! s'exclama-t-il d'un air faussement choqué. Dans ce cas, je suis d'accord : nous sommes intimes, dit-il en laissant glisser son regard jusqu'à la bouche de Lottie, provoquant en elle un vif émoi. Aulay, annonça-t-il.

— Aulay, répéta-t-elle à voix basse.

Un nom rare pour un homme rare.

— *Feasgar math*[1], Aulay.

1. « Enchanté ! » ou « bonjour » en gaélique écossais.

— *Feasgar math*, Lottie, dit-il en souriant.

— Voulez-vous savoir ce que je pense ?

— Certainement, maintenant que nous sommes intimes, répondit-il en exécutant un geste cérémonieux du bras.

— Je pense que si je ne vous avais pas frappé lors de notre première rencontre, nous aurions pu devenir amis.

Aulay eut beau lever un sourcil étonné, son regard était si intense et enveloppant qu'elle sut qu'elle ne se trompait pas. Il lui prit la main et entrelaça ses doigts aux siens.

— Je crois que nous aurions pu être davantage que des amis.

Lottie sentit son cœur bondir dans sa poitrine. *Et maintenant ?* brûlait-elle de lui demander. Mais elle ne se faisait pas d'illusions. C'était un homme honorable, loyal. Le genre d'homme qui protégerait son héritage pour ses enfants au lieu de le dilapider. Jamais il ne s'emparerait d'un navire qui ne lui appartenait pas. Et jamais il ne tolérerait que son crime reste impuni, malgré le désir qui semblait les pousser l'un vers l'autre. Étrangement, elle pressentait que s'il avait été moins vertueux, elle n'aurait pas éprouvé une telle attirance pour lui. Il ne lui aurait pas inspiré une telle estime.

Ses doigts serrés dans les siens, elle aurait tout donné pour pouvoir s'asseoir sur ses genoux, poser la tête sur son épaule et se lover dans ses bras. Comme elle se serait sentie en paix, en sécurité ! Son mal de crâne se serait évanoui et son cœur aurait cessé de battre la chamade.

Mais soudain, il lui lâcha brusquement la main et se redressa.

— Mettez votre chapeau. Et tâchez de vous couvrir les cheveux.

— Mais que… ?

— Faites vite, dit-il à voix basse.

Suivant son regard, elle se tourna vers la porte de l'auberge. L'un des trois hommes à qui ils avaient parlé venait d'entrer, une épée au flanc. La portait-il déjà tout à l'heure ? Il avançait en scrutant la foule, visiblement à la recherche de quelqu'un. Tandis qu'elle coiffait son tricorne, elle vit l'un des compagnons de l'individu franchir le seuil et se diriger dans la direction opposée.

— Peut-être sont-ils venus nous chercher ? suggéra-t-elle sans y croire, tout en glissant des mèches rebelles sous son chapeau.

Deux autres hommes armés entrèrent à leur tour et se postèrent de chaque côté de la porte.

— Oui, ils sont venus nous chercher. Mais je doute que ce soit dans le but de vous faire une offre honnête.

L'un d'eux se faufilait dans la foule, examinant chaque groupe de clients, la main sur la garde de son épée.

— Vous avez raison. Ils nous veulent du mal, murmura-t-elle, le souffle court.

— Quand je me lèverai, placez-vous derrière moi. Nous ne devons pas attirer l'attention.

Lottie avait traversé suffisamment d'épreuves au cours des derniers jours pour savoir que l'heure n'était pas aux questions. Dès qu'Aulay se leva, elle se glissa dans son dos en agrippant son pardessus.

— Restez près de moi, dit-il en fendant la foule, tête baissée, en direction du comptoir qui séparait la cuisine de la grande salle.

Lorsqu'il contourna un pilier, Lottie en profita pour chercher discrètement des yeux les quatre hommes. Ils s'étaient dispersés et avançaient d'un air déterminé.

Brusquement, Aulay la saisit par la main pour la pousser vers une porte ouverte. Elle entra en titubant dans la cuisine. Le tenancier qui l'avait renseignée plus tôt était en train de remplir des chopes de bière qu'il plaçait devant une servante. Il se mit à les invectiver en danois en leur faisant signe de sortir.

— Pardon ! dit Aulay et, entraînant Lottie avec lui, il traversa la cuisine comme une flèche, passant devant une femme qui plumait un poulet, des poules bien vivantes enfermées dans une caisse, une longe de bœuf suspendue à une poutre, deux tonneaux, et enfin, un homme furieux d'être ainsi dérangé, pour se retrouver soudain dehors, dans une arrière-cour.

Un bras autour de la taille de Lottie, il la força à courir. Après avoir parcouru un étroit passage, ils s'engagèrent dans une ruelle bondée de gens affairés.

— Où est votre pistolet ? demanda Aulay après avoir jeté un coup d'œil derrière lui.

— Ici, répondit-elle en montrant sa poche.

— Donnez-le-moi. Il n'a qu'une balle, mais peut-être en aurai-je besoin.

— Hélas, j'ai déjà tiré cette balle. Il est vide.

— Vous avez tiré ? Quand ? s'écria-t-il. Peu importe, ajouta-t-il aussitôt en glissant l'arme dans la poche de son pardessus.

Tournant à l'angle de la ruelle, ils découvrirent un marché où se pressait une foule compacte.

— Ne regardez pas, mais nous avons de la compagnie.

— Vous en êtes certain ? demanda-t-elle d'une voix étranglée.

— Certain, répondit-il en plongeant sous une rangée

de draps brodés avant de l'entraîner dans un passage sombre.

Il l'attira dans un bâtiment qui devait être une écurie, à en juger par l'odeur de crottin. Lottie ne vit qu'un cheval, qui les accueillit en renâclant tandis qu'Aulay inspectait les lieux. Subitement, il la poussa dans un renfoncement où étaient entreposées des balles de foin et posa un doigt sur sa bouche pour lui imposer le silence.

Son cœur battait si fort qu'elle avait peine à respirer. La laissant là, Aulay longea le mur et passa la tête par l'entrebâillement de la porte. Presque aussitôt, il recula d'un bond et la rejoignit précipitamment. Il la plaqua sur le sol avant de la recouvrir entièrement de foin à la hâte, puis il s'étendit devant elle et fit de même pour lui.

Serrée contre lui, elle entendit une paire de bottes marteler la dalle de pierre et s'arrêter devant la porte de l'écurie, et elle retint son souffle. Elle s'attendait à être découverte à tout moment, à sentir le canon d'un fusil ou la lame d'un couteau contre sa nuque. Son pouls battait de plus en plus fort dans ses tempes et elle avait bien du mal à suspendre sa respiration. Désormais, elle n'entendait plus que les mouvements du cheval qui mangeait de la paille. Juste au moment où elle croyait que son cœur allait éclater, elle entendit à nouveau les pas résonner sur la pierre et s'éloigner dans la ruelle.

Aulay se leva lentement et lui tendit la main pour l'aider à se mettre debout. Lottie se rendit compte qu'elle était pantelante de peur.

— Que veulent-ils ? demanda-t-elle d'une voix tremblante.

— Le whisky. Et vous en prime, répondit-il d'un air grave.

Il n'en dit pas davantage, mais elle avait compris. Ces hommes en avaient après l'alcool, mais ils voulaient aussi faire main basse sur elle, comme son père l'avait craint. Soudain, elle se sentit défaillir. S'agrippant au bras d'Aulay, elle commença à suffoquer.

Le visage soucieux, il glissa une main sous sa nuque et lui fit basculer la tête en avant, si bien que son chapeau tomba sur le sol.

— Respirez ! dit-il en la maintenant dans cette position. Ne pensez à rien, respirez !

Lottie finit par se ressaisir et parvint à aspirer une bouffée d'air, puis deux. Lorsqu'elle eut retrouvé son souffle, elle se redressa, s'appuya contre le mur et ferma les yeux.

— Je n'imaginais pas... Je n'aurais jamais cru...

Trop de pensées se bousculaient dans sa tête. Aulay lui caressa la joue, puis le bras.

— N'y songez plus, Lottie. Je me battrais jusqu'à la mort pour les empêcher de vous faire du mal.

Comment pouvait-il dire une chose pareille après ce qu'elle lui avait fait ? Doucement, elle ouvrit les paupières et plongea son regard dans ses fascinants yeux bleus. Il était inquiet pour elle, elle le voyait à son expression. Mais ce n'était pas tout : il la désirait. Pas comme le soir où il l'avait embrassée, non. Elle était consciente de l'effet qu'elle produisait sur les hommes, et elle connaissait leurs appétits : ils l'avaient poursuivie toute sa vie. Mais lorsqu'il lui toucha le visage avec révérence, Lottie sut avec certitude que personne ne l'avait jamais regardée de cette façon. Dans les yeux d'Aulay, il y avait du désir, mais aussi des sentiments profonds.

C'est alors qu'il se pencha pour l'embrasser.

Tout à coup, le monde sembla basculer. Lottie répondit à ce baiser avec toute l'ardeur qu'elle contenait depuis leur première rencontre, depuis la première fois où leurs lèvres s'étaient rejointes, la première fois où elle l'avait vu, beau et fier, vêtu comme l'homme qu'il était et non comme le prisonnier qu'elle avait fait de lui. Sa bouche était la seule chaleur dans cette écurie, le seul espoir dans son cœur. Tous ses tourments, toutes ses peurs semblaient s'être volatilisés.

Aulay prit son visage dans le creux de ses mains et son baiser se fit plus profond. Elle entrouvrit les lèvres pour inviter sa langue, qui se mêla à la sienne. Entre ses doigts, elle serrait fort son bras musclé. C'était pure folie : ils étaient pourchassés, son père était gravement blessé, Aulay entendait la livrer à la justice, et pourtant elle n'avait jamais désiré un homme aussi violemment qu'elle le désirait, à cet instant, en ce lieu.

Une fièvre dévorante la consumait, lui enflammant le sang, et elle était envahie d'un torrent d'émotions. Elle voulait qu'il la touche, elle brûlait de caresser son corps vigoureux, avec ses lignes robustes et ses courbes plus douces. Posant les doigts au coin de sa bouche, elle inclina le menton pour l'embrasser plus fougueusement encore en se serrant tout contre lui. Elle sentit son sexe dur, la tension de son désir, son effort intense pour se retenir. Glissant la main sous son pardessus, il lui enserra fermement la taille. *Ne vous arrêtez pas, ne vous arrêtez pas !*

Mais Aulay s'arrêta. Se redressant, il s'appuya contre le mur en posant les mains de chaque côté de la tête de Lottie.

— Il nous faut partir.

Lottie crut percevoir une nuance de regret dans sa voix tandis qu'il écartait une mèche de cheveux de son visage.

— Ils sont à notre recherche, nous devons faire vite, *leannan*.

Dans sa bouche, ce mot lui fit l'effet d'une caresse. Mais il était temps de revenir à la réalité. Hochant le menton, elle se baissa pour ramasser son tricorne.

— Qu'allons-nous faire ? demanda-t-elle en dissimulant sa chevelure sous son chapeau.

— Retournons au navire. Ils risquent de fouiller les vaisseaux amarrés dans le port, si ce n'est déjà fait.

Il prit sa main dans la sienne et lui sourit avec douceur.

— Vous êtes prête ?

Non, elle n'était pas prête, et elle ne le serait jamais. Elle aurait voulu rester toute sa vie avec lui dans cette vieille bâtisse.

— Oui, murmura-t-elle cependant.

Le bras autour de sa taille, il l'entraîna d'un pas vif dans la ruelle. Comme avant, le soleil brillait d'un éclat aveuglant. Ce qui venait de se passer entre eux, ce qu'ils avaient ressenti allait demeurer là, dans l'ombre de cette écurie. Et dehors, la situation de Lottie serait aussi désastreuse qu'un moment plus tôt.

En bon marin, Aulay trouva facilement son chemin parmi le dédale de rues et ils arrivèrent bientôt sur le quai. Norval les attendait en faisant les cent pas près du canot amarré à un pieu. Dès qu'il les vit, il se mit à dénouer la corde.

— As-tu vu Dru et Duff ? demanda Lottie en scrutant avec inquiétude les alentours.

— Ils sont à bord.

— Comment ? Déjà ? Ils ont emmené un médecin, n'est-ce pas ?

— Une sorte de guérisseur, dit-il sans la regarder, affairé. Monte dans le bateau, Lottie, tu veux bien ?

Dieu merci, cette partie du plan avait fonctionné !

— Quelqu'un d'autre est-il venu ? interrogea Aulay en l'aidant à descendre dans le canot avant de sauter dedans à son tour. Des hommes ?

— Oui, quatre hommes, répondit Norval avant de pousser le bateau et de s'installer d'un bond à la poupe, face à Lottie.

Aulay et lui se mirent à ramer en même temps.

— Ils cherchent une femme aux cheveux de neige.

Lottie se maudit en silence : jamais elle n'aurait dû ôter son chapeau dans l'auberge. Norval fixait sur elle un regard pénétrant. La tenait-il pour responsable ?

— Qu'y a-t-il ? demanda-t-elle. Je n'y peux rien si mes cheveux sont de cette couleur !

— Oh ! Lottie, répondit-il, cela n'a rien à voir avec tes cheveux.

Sur ces mots, il serra les lèvres comme pour s'empêcher d'en dire davantage. Une tristesse soudaine lui assombrit le visage.

— Qu'y a-t-il, Norval ?

Mais il se contenta de hausser les épaules avant de tourner la tête vers le navire.

Comme ils approchaient, Lottie remarqua que les hommes — *ses* hommes, les Livingstone — s'étaient rassemblés devant le bastingage. Quelque chose dans leur attitude lui parut étrange. Elle se rendit compte qu'il n'y avait aucune précipitation dans leurs mouvements. Ils ne criaient pas, ne la saluaient pas. Ils la dévisageaient en silence.

— Que s'est-il passé ? demanda-t-elle à Norval d'un ton accusateur.

Mais, au fond d'elle, elle connaissait déjà la réponse. Avant même que les mots soient prononcés, elle sentit la douleur et l'effroi lui tenailler le ventre.

Un son familier parvint alors à ses oreilles, et l'effroi se mua en une indicible tristesse. C'était Drustan qui hurlait de désespoir.

Personne n'eut besoin d'annoncer à Lottie que son père avait rendu son dernier souffle.

Elle savait.

Chapitre 15

Les Livingstone furent anéantis par la disparition de leur chef. Sur le navire d'Aulay, l'atmosphère était lugubre. Les hommes erraient sur le pont, le visage marqué par un mélange de douleur et de confusion. Ils parlaient à voix basse et regardaient furtivement par-dessus leur épaule comme s'ils s'attendaient à ce que la mort surgisse pour les emporter, eux aussi.

Certains paraissaient totalement perdus. Duff, le comédien, donnait libre cours à ses sanglots en évoquant le disparu avec Iain le Rouge.

Aulay se dirigea vers le gaillard d'arrière sans que personne songe à l'en empêcher. Désormais, il n'y avait plus de gardiens ni de prisonniers.

La porte de sa cabine était ouverte. Il aperçut quelques membres du clan Livingstone, en larmes, tête baissée, qui se tenaient par l'épaule ou par la taille.

Lottie devait se trouver parmi eux.

Aulay n'oublierait jamais le son qui s'était échappé de sa gorge quand elle avait compris ce qui s'était passé. Ce n'était pas un cri, à peine un gémissement, mais l'expression de la douleur à l'état pur : le bruit d'un cœur qui se brise. Sans prononcer une parole, elle avait gravi l'échelle de corde avec l'agilité d'un chat. Lorsque Norval et lui étaient montés à bord après avoir hissé le canot, elle avait déjà disparu. Sans laisser à personne le temps de lui annoncer que son père était mort.

Norval le suivait sans paraître savoir s'il devait le surveiller ou l'aider. Aulay attira l'attention de Iain le Rouge et lui fit signe de le rejoindre. Le matelot s'exécuta aussitôt.

— Prépare-toi à lever l'ancre.

— Pardon ? demanda Norval en regardant Aulay, puis Iain le Rouge.

Ce dernier passa devant lui sans lui prêter attention pour se mettre à l'œuvre.

— Sur ordre de qui ?

— Le mien, répondit Aulay. Écoutez-moi bien : si on vous demande pourquoi nous devons appareiller immédiatement, vous direz que le plan de votre maîtresse a échoué : non seulement elle n'a pas vendu le whisky, mais nous avons une bande de voleurs à nos trousses. Si le vent nous est favorable, nous pourrons peut-être les distancer, mais il faut faire vite !

— Que se passe-t-il ? Que fait-il ici ?

Aulay reconnut l'homme qui les avait rejoints. Son nom était MacLean.

— Il prétend que nous sommes poursuivis par des voleurs, expliqua Norval.

— Des voleurs ? Pourquoi donc ?

— Pour le whisky, bien sûr ! répondit Aulay avec impatience. Pensiez-vous vraiment que vous arriveriez à le vendre aussi facilement, sans susciter de questions ? Sans intermédiaire, sans autre information que les vagues propos d'un visiteur de passage ? Je suis prêt à parier qu'à terre, tout le monde sait exactement ce que transporte ce navire, et qu'il n'y a qu'à venir se servir !

— C'est un piège ! s'écria MacLean.

— Un piège ? répéta Aulay, furieux. Me croyez-vous capable de priver mes propres hommes du salaire que votre maîtresse leur a promis ? Pensez-vous que je pourrais décharger le whisky avec un fusil braqué dans mon dos ? Non, monsieur : si quelqu'un vous a piégés, c'est un Danois, il y a longtemps déjà. La Compagnie de Copenhague n'existe pas. À sa place, nous avons trouvé un repaire de bandits et d'assassins bien décidés à mettre la main sur votre marchandise. Je veux voir tous les hommes sur le pont pour régler les voiles et armer les canons !

MacLean resta un instant stupéfait, mais il se reprit rapidement et se tourna vers Norval.

— Fais ce qu'il dit. Nous avons tous entendu le rameur expliquer qu'ils recherchaient des Écossais, à terre.

— Quel rameur ?

— Celui qui a ramené au port le médecin que Duff a conduit ici. Il était trop tard, Bernt n'était déjà plus de ce monde… Mais il a demandé si nous venions d'Écosse et a raconté qu'un navire écossais était recherché.

— Quelqu'un d'autre est-il venu ?

MacLean secoua la tête.

— Rassemblez vos hommes, ordonna Aulay. Annoncez-leur que nous levons l'ancre, et qu'ils doivent déposer les armes : c'est moi le capitaine, à présent.

MacLean hésita.

— Réfléchissez ! dit Aulay d'un ton brusque. Ils ne sont pas en état de naviguer, et vous ne pouvez pas vendre votre whisky. Vous avez besoin de nous pour vous mettre hors de danger. Nous pouvons partir immédiatement ou perdre du temps à nous battre, mais je vous assure que cette fois, nous aurons le dessus !

Après un moment d'hésitation, MacLean poussa un soupir de défaite.

— C'est d'accord.

— Où est Beaty ?

— Je vais vous conduire jusqu'à lui.

Reprendre le pouvoir fut un jeu d'enfant. La combativité dont les Livingstone avaient fait preuve en montant à bord avait disparu avec la mort de leur chef. La plupart rendirent les armes sans se faire prier. Ceux qui veillaient le défunt semblaient ne pas savoir ce qui se passait, et aucun ne se hasarda sur le pont.

Beaty se trouvait dans la cabine avant. Assis devant une table, ses mains robustes sur les genoux, il jouait aux cartes avec Billy. Jack Mackenzie voulut se lever en voyant entrer Aulay mais, blessé à la jambe durant l'attaque du navire, il retomba aussitôt sur son siège.

— Capitaine ! s'écria Beaty d'un ton jovial. J'aimerais vous saluer comme il se doit, mais je suis attaché à cette satanée chaise !

— Je vois, répondit Aulay en faisant signe à MacLean de le libérer. Le chef des Livingstone est mort, poursuivit-il. Ils se sont rendus.

— Que se passe-t-il ici ? Où sont-ils ?

Aulay reconnut la voix de Duff qui tonnait à l'extérieur. L'instant d'après, le comédien fit irruption dans la cabine en se cognant contre l'encadrement de la porte, prêt à se jeter dans une bagarre. Constatant que tout était calme, il s'arrêta net et regarda autour de lui avec étonnement.

— Vous ne savez pas ? lui dit MacLean. Les choses ont mal tourné, au port. Nous devons gagner la haute mer au plus vite.

— Mal tourné ? Que voulez-vous dire ? demanda Duff en se tournant vers Aulay. Tout s'est bien passé : nous sommes partis à la recherche d'un médecin, et j'ai indiqué le nom d'un acheteur…

— Un voleur, coupa Aulay. Des hommes sont à la recherche de votre whisky, et ils ont bien l'intention de s'en emparer.

— Ça par exemple ! s'exclama Beaty.

— Je ne vous crois pas ! répliqua Duff avec fougue. J'ai parlé moi-même à l'agent de douane. Il m'a donné un nom !

— Il vous a indiqué un repaire de bandits ! Si vous ne me croyez pas, allez donc interroger votre maîtresse !

— Pas un instant je ne songerais à l'importuner dans un pareil moment ! protesta le comédien avec indignation, comme si Aulay lui avait suggéré de coucher avec elle.

Avait-il besoin que ce saltimbanque lui rappelle dans quel état se trouvait Lottie ? Il venait de passer trois jours près d'elle et de son père, et il savait à quel point elle l'aimait. Mais la mort faisait partie de la vie. Il fallait continuer à régler les voiles et à surveiller le ciel, et la marée continuerait à monter et à descendre. Le temps leur était compté, et ne leur permettrait pas de pleurer le vieil homme comme ils l'auraient voulu.

— Nos provisions sont-elles suffisantes pour aller jusqu'à Amsterdam ? demanda-t-il à Beaty.

Ce dernier secoua la tête tandis que MacLean détachait la chaîne qui lui entravait la cheville.

— Nous sommes trop nombreux. Les réserves d'eau seront bientôt épuisées.

— Et jusqu'en Écosse ?

Beaty réfléchit un instant.

— Si nous mettons le cap vers le nord et que le vent nous est favorable, nous pouvons y arriver. Mais le moindre incident pourrait nous être fatal.

— Ce sera l'Écosse, déclara Aulay sans hésitation.

— Et le salaire ? demanda Beaty.

— Il n'y a pas de salaire, répliqua-t-il, agacé.

— Pas de salaire ! répéta son second en se levant pour se dégourdir les jambes. Et qu'allons-nous faire de ces incapables ? dit-il en désignant d'un geste les deux Livingstone.

Bonne question.

— Ils restent à bord, pour l'instant. Nous aurons besoin de tous les hommes vaillants pour échapper à nos poursuivants.

Pour ce qui était de les livrer aux autorités, Beaty et lui en discuteraient plus tard.

— Vous pouvez garder le whisky, proposa Duff. Libérez-nous une fois que nous serons arrivés en Écosse, et nous vous le laisserons.

— Je ne veux pas de votre maudit whisky, répliqua Aulay avec un soupir dédaigneux. Il ne me servirait pas plus qu'à vous !

— Oh ! c'en est fini de nous, Robert ! se lamenta le comédien. Déchargez les tonneaux, dans ce cas ! ajouta-t-il soudain en se tournant vers Aulay.

— Pour l'amour du ciel, Duff, as-tu perdu la tête ? s'exclama MacLean. Tu ne vas pas jeter par-dessus bord le fruit de notre labeur !

— Un labeur qui ne nous a apporté que des ennuis ! D'abord notre laird, ensuite ce capitaine, et maintenant des bandits danois ! Bernt a commis une erreur, dit-il en posant la main sur le bras de son compagnon. Il a commis une erreur, et maintenant il est bel et bien mort !

MacLean ferma les yeux un instant, puis les rouvrit en soupirant.

— Très bien, dit-il. Jetez les tonneaux à l'eau. Mais pas tous : gardez-en un pour les gars. Nous aurons bien besoin de quelques verres après cette affreuse journée.

Pour sa part, Aulay se moquait bien de ce qui pouvait advenir du whisky.

— Faites vite. Nous levons l'ancre dans une heure.

Sortiraient-ils indemnes de cette débâcle ? C'était peu probable, mais il n'avait pas le temps d'y songer. Il avait un navire à commander. Et il devait convaincre Lottie de donner à son père la mer comme dernière sépulture.

Chapitre 16

— Ça y est, nous sommes partis ! s'écria Mathais avant de se diriger vers un hublot pour regarder au-dehors. Oui, ça y est !

— Comment ?

Au prix d'un suprême effort, Lottie leva la tête, qu'elle tenait appuyée contre celle de Drustan. Son pauvre frère pleurait depuis une heure, incapable de maîtriser ses émotions ni de comprendre ce qui était arrivé à leur père bien-aimé.

Lottie savait fort bien ce qui s'était passé. Mais pas plus que son frère elle ne parvenait à contenir sa tristesse.

Si elle se souvenait de ce qu'elle avait éprouvé à la mort de sa mère, elle avait oublié à quel point elle avait été terrassée de chagrin à l'époque. À présent, c'était comme si la douleur l'avait pétrifiée. Et l'avait laissée sourde : elle n'avait pas entendu un mot de ce qu'on lui avait dit depuis son retour à bord : tout ce qu'elle savait, c'était que Mathais et MacLean avaient été au chevet de son père lorsqu'il avait rendu son dernier souffle. Il y avait eu des condoléances, des paroles de consolation murmurées à son oreille. Mais rien ne semblait plus parvenir jusqu'à elle.

— Nous quittons le port, poursuivit Mathais. Où allons-nous ?

Peu importait, à présent. Tout ce que Lottie voulait, c'était que son père se réveille, leur annonce qu'il avait un nouveau plan, se rie de leurs larmes et leur rappelle que si les Anglais et les jacobites n'avaient pas réussi à le tuer, ce n'était pas un vulgaire bout de bois qui allait avoir raison de lui.

— Ne reste pas à la fenêtre, Mats, dit-elle d'un ton las.

Mais son père ne se réveillerait jamais, et c'était sa faute. Elle osait à peine regarder ses frères tant sa culpabilité était grande. Jamais elle n'aurait dû prononcer le nom d'Aalborg, jamais elle n'aurait dû entrer dans le jeu de son père ! Elle aurait pu détruire les alambics, accepter d'épouser MacColl, et tant de choses encore ! Mais un murmure d'Anders Iversen lui avait suffi pour s'imaginer qu'elle avait la solution à leur problème. Comme ce serait facile ! avait-elle pensé.

Pourtant, elle aurait dû se douter que tout cela finirait terriblement mal.

Comme elle regrettait d'être descendue à terre ce matin ! Elle aurait dû laisser les hommes se charger de vendre le whisky et rester auprès de son père. Peut-être aurait-elle remarqué qu'il s'affaiblissait. Elle aurait alors fait venir Morven, et qui sait s'il n'aurait pas pu le maintenir en vie jusqu'à l'arrivée du médecin ?

Accablée de chagrin et de remords, elle n'avait plus de force, plus de volonté.

— Qu'allons-nous faire ? gémit Drustan.

Il ne cessait de lui poser cette question, et aucune de ses réponses ne semblait le satisfaire.

— Rentrer chez nous.

— Vraiment, nous mettons le cap sur Lismore ? demanda Mathais en se détournant du hublot.

Lottie n'en avait pas la moindre idée et s'en moquait éperdument. C'était à peine si elle percevait le doux tangage du vaisseau sous ses pieds. Son esprit était comme une coquille vide ; elle ne sentait que la douleur qui lui étreignait le crâne et le cœur. Qui l'oppressait à en mourir. *Eh bien soit.*

Soudain, la porte s'ouvrit, les surprenant tous trois. Aulay pénétra dans la pièce à grands pas, l'épée au flanc. Il avait ôté son pardessus et son gilet, et retroussé ses manches. Ses cheveux, soigneusement coiffés le matin même, étaient en bataille. Son regard se posa sur Lottie, puis sur le corps sans vie étendu sur la couchette.

— Lottie… les garçons. Je vous présente mes plus sincères condoléances, dit-il en inclinant légèrement la tête.

Les lèvres serrées, Lottie hocha le menton tandis qu'un nouveau torrent de larmes lui jaillissait des yeux sans qu'elle puisse l'en empêcher. N'avait-elle pas déjà pleuré jusqu'à l'épuisement ? Si seulement elle avait pu s'abandonner dans les bras d'Aulay et sangloter jusqu'à en avoir la tête vide !

À la vue de ses pleurs, Drustan commença à s'agiter. Se levant brusquement, il se dirigea vers le corps de leur père, qui avait été enveloppé dans une couverture, et essaya en vain de le découvrir. Comme il persistait dans ses efforts, Lottie se précipita vers lui.

— Arrête ! Arrête immédiatement ! lui dit-elle sévèrement.

Le ton de sa voix ne fit qu'ajouter au désarroi de son frère, qui se mit à hurler.

— Seigneur, veux-tu bien te taire ? vociféra Mathais en donnant un coup de poing dans le mur.

— Dru ! s'écria Lottie entre ses larmes.

Se dressant sur la pointe des pieds, elle jeta les bras autour du cou de Drustan, dont le corps était secoué de sanglots.

— Ne le regarde pas. Ne le regarde pas, *mo chridhe.*

Le visage enfoui dans ses mains, il s'effondra sur le sol, incapable de cesser ses hurlements.

— Par tous les saints, fais-le taire ! s'exclama Mathais. Père nous a quittés, n'est-ce pas suffisant ? Est-on forcés de subir cela, par-dessus le marché ?

— Mats, je t'en prie…

Mais la voix de Lottie avait un son creux, dénué d'émotion. Elle qui avait toujours soutenu ses frères ne supportait pas leur tristesse, cette fois. Pas plus qu'elle ne supportait la sienne.

— Nous faisons tous de notre mieux pour accepter le deuil, s'entendit-elle dire tout en caressant la tête de Drustan.

— Eh bien moi, je l'ai accepté ! déclara Mathais en avançant si brusquement qu'il renversa une chaise.

Sa respiration se fit haletante, comme s'il venait de courir. Comprenant qu'il étouffait de colère et de désespoir, Lottie s'approcha de lui. Le pauvre garçon se laissa tomber dans ses bras en lui serrant mollement la taille. La tête sur son épaule, il donna libre cours à ses larmes.

Les yeux fermés, elle le laissa pleurer tout son soûl. Enfin, il s'écarta lentement d'elle pour s'effondrer, épuisé, sur une chaise.

Quel trio ils formaient, ses frères et elle ! S'appuyant

contre la table, elle prit une profonde inspiration, puis une autre, et se rendit compte qu'il y avait une quatrième personne dans la pièce. Elle avait oublié Aulay. Elle se redressa aussitôt et se tourna vers lui.

Son regard était empli de compassion.

— Comment vous sentez-vous ? demanda-t-il d'une voix douce.

Lottie haussa les épaules. Elle se sentait complètement perdue, comme si elle était en train de plonger dans les ténèbres.

— Je sais que ce n'est guère le moment, Lottie, dit-il en s'avançant d'un pas, mais je dois à tout prix vous parler.

— Maintenant ?

Elle ignorait de quoi il retournait, mais elle était trop abattue pour l'écouter.

— Oui, maintenant.

— De quoi s'agit-il ? demanda-t-elle avec un soupir.

— En privé, je vous prie, dit-il après avoir jeté un coup d'œil à ses frères.

En privé. Lottie regarda autour d'elle. Que cherchait-elle exactement ? Une cape, une étole ? Ou simplement un prétexte pour retarder une conversation qu'elle n'avait pas la force de tenir ?

Baissant la tête, elle contempla sa robe fripée et essuya ses mains moites sur sa jupe sale et déchirée. Elle devait faire peur à voir : les yeux gonflés d'avoir tant pleuré, le visage sans doute aussi rougi que celui du pauvre Mathais… Sans parler de ses cheveux qui s'échappaient de son chignon, lui tombant dans le dos. Une véritable souillon ! Était-ce à cela qu'elle ressemblait, dans l'écurie ? L'écurie ! Comme ce moment semblait lointain à présent !

Comme un rêve, un joli petit rêve qui l'avait bercée tandis que son père se mourait.

À nouveau, les larmes lui montèrent aux yeux. Mais elle se reprit, s'essuya encore sur sa jupe et se força à contourner la table pour poser une main sur l'épaule de Mathais.

— Je reviens au plus vite. Reste avec Dru.

Sans répondre, il s'enfouit la tête dans les bras.

Lottie traversa la pièce et frôla le capitaine sans guère y prêter attention, puis elle franchit la porte. Sur le pont, des hommes des deux clans s'affairaient. La plupart, perchés sur les mâts, s'interpellaient en hissant les voiles.

Les bras croisés sur la poitrine, elle se décida à regarder Aulay.

— Lottie, *leannan*, je suis vraiment navré…

— Non, ne dites rien, je vous en prie, le supplia-t-elle en fermant les yeux un instant. Je vais m'effondrer si j'entends encore des condoléances.

Il ne répondit pas.

— Vous n'avez pas dû être surpris par la nouvelle, ajouta-t-elle.

— Non, reconnut-il après avoir scruté son visage comme s'il se demandait ce qu'elle attendait de lui.

Elle non plus n'avait pas été surprise. Bouleversée jusqu'au tréfonds de son être, oui. Anéantie au-delà de l'imaginable, certainement. Mais pas surprise. D'une certaine façon, elle savait en quittant son père ce matin que cela finirait ainsi. Peut-être pas aussi vite, mais elle savait. Sentant de nouvelles larmes lui brûler les paupières, elle détourna la tête.

— Avez-vous mangé ? demanda-t-il.

— J'en serais incapable, répondit-elle en se servant de sa manche pour se tamponner l'œil.

— Avez-vous bu quelque chose, au moins ?

— La bière, à l'auberge, souffla-t-elle.

— Mon Dieu, Lottie, vous devez prendre soin de vous, sans quoi vous ne serez d'aucun secours à personne !

— Je n'ai été d'aucun secours à mon père alors que je me portais parfaitement bien. Sans moi, ce malheur ne serait probablement pas arrivé. Rien de tout cela ne serait arrivé, ajouta-t-elle, amère.

Mais elle devait se ressaisir et contenir sa tristesse, faute de quoi elle finirait par contaminer tout le navire.

— Ce n'est pas votre faute, dit-il avec douceur.

— J'aimerais être de votre avis.

— Lottie, ma chère Lottie…, murmura-t-il en lui caressant le bras. Écoutez-moi, voulez-vous ? Nous devons songer à sa sépulture.

Nous. Quelle bonté chez cet homme ! Penser ainsi à sa famille, après tout ce qu'elle lui avait fait subir !

— Ne vous inquiétez pas, Aulay, lui répondit-elle avec un sourire tremblant. Je le sais. Il sera enterré sur notre île, près de ma mère.

Mais il secoua la tête et, entourant d'un bras ses épaules, l'attira plus près de lui.

— Nous devons le faire dès ce soir.

Ce soir ! Comment était-ce possible ? Allaient-ils accoster ailleurs ? Et quand bien même, elle ne pouvait pas l'abandonner dans un port étranger ! Elle s'apprêtait à protester quand, soudain, elle comprit. Un cri étranglé s'échappa de ses lèvres et elle recula d'un pas, saisie de dégoût, de fureur. D'effroi.

— Vous ne pouvez pas le laisser ainsi, poursuivit-il d'une voix calme. Songez que sa dépouille va s'altérer.

— Ne dites pas un mot de plus ! l'implora-t-elle, horrifiée, en lui tournant le dos.

— Vous avez enduré de nombreuses épreuves dans votre vie, et vous supporterez cela aussi, dit-il en venant se placer juste derrière elle. Votre père ne voudrait pas que ses enfants voient son corps se décomposer sous leurs yeux, ajouta-t-il à voix basse.

Prise de nausée, elle pressa les mains sur son ventre. Des larmes brûlantes lui brouillaient la vue. Elle avait envie de dire à Aulay que son père était un homme bon qui ne méritait pas une telle mort. Qu'elle n'avait pas été à la hauteur de ses attentes, et qu'elle ne se le pardonnerait jamais. Mais aucun mot ne franchit ses lèvres. Une force invisible semblait la pousser en avant et, subitement, elle se sentit défaillir.

Aulay passa un bras sous sa taille et l'attira contre son torse pour l'aider à se tenir debout.

— Tout ira bien, *leannan*, souffla-t-il en lui caressant la tête. Je vous jure que tout ira bien.

Il se trompait : elle n'avait pas réussi à sauver son père ni son clan, et leur situation risquait d'aller de mal en pis.

— Nous organiserons une vraie cérémonie, d'accord ? murmura-t-il d'une voix apaisante. Je vais vous donner un peu de temps pour vous préparer, vos frères et vous.

Comment se préparait-on à jeter le corps d'un être cher au fond de la mer ? Elle en était incapable. Tout ce qu'elle voulait, c'était se coucher et fermer les yeux jusqu'à ce que la douleur qui lui transperçait la tête et le cœur s'estompe enfin. Autant dire pour toujours, car jamais son chagrin ne s'atténuerait.

— Est-ce pour cela que nous avons levé l'ancre ? Pour lui donner une sépulture ? demanda-t-elle, en larmes.

Mais elle ne reçut pas de réponse, car quelqu'un appelait Aulay.

— Allez prévenir vos frères. Je vous enverrai le comédien pour vous aider, dit-il tandis qu'il la quittait, la privant brusquement du refuge chaud et sûr de ses bras.

Seule au milieu du vide, Lottie le regarda descendre en hâte les marches qui menaient au pont, sentant encore dans son dos le mince réconfort que lui avait apporté le contact de son corps ferme et vigoureux. Elle repensa à la façon dont il l'avait enlacée dans l'écurie, la serrant contre lui avec une infinie tendresse, et en même temps avec une poigne de fer.

Avait-elle rêvé ? À présent, tout lui semblait être un rêve doux et triste.

Chapitre 17

Ils quittèrent Aalborg et entamèrent la traversée de la baie du Cattégat, mais faute de vent leur progression était lente. Comme celle de la minuscule lueur qu'ils apercevaient au loin : elle n'avait pas réduit son retard sur le *Reulag Balhaire* depuis plusieurs heures.

Ce navire les poursuivait-il, ou se dirigeait-il simplement vers la mer ? Que ce soit Beaty, Gilroy, Iain le Rouge ou MacLean, aucun des hommes qui se relayaient derrière la longue-vue ne pouvait le savoir. Mais l'allure régulière du vaisseau et le moment de son apparition le rendaient suspect aux yeux d'Aulay. Il ne voulait pas le perdre de vue.

Dès qu'ils auraient immergé la dépouille du défunt, ils s'efforceraient de le distancer. Le plus tôt serait le mieux.

D'après ce que MacLean lui avait rapporté, Lottie avait lavé le corps de son père avec l'aide du guérisseur. En guise de linceul, ils avaient dû se contenter de la couverture et des draps de la couchette d'Aulay.

— Pas de pièces de monnaie pour ses yeux ! s'était lamenté MacLean.

— Au moins, nous avons trouvé des poids, avait marmonné Beaty tandis que ce dernier s'éloignait.

Aulay et lui avaient décidé d'épargner aux Livingstone ce détail déplaisant : le corps devrait être lesté afin d'éviter qu'il ne suive leur sillage, ballotté à la surface de l'eau. Dans l'obscurité, ils ne verraient pas ce qui adviendrait de la dépouille de leur père. C'était la plus délicate attention que pouvaient leur témoigner les Mackenzie.

Duff et MacLean s'étaient chargés de construire un cercueil à l'aide des douves d'un tonneau de whisky. Le défunt y reposerait tandis qu'Aulay lirait les Saintes Écritures pour recommander son âme à Dieu.

Une fois toutes les préparations terminées, il suspendit une lanterne sur le bastingage, à tribord. C'était à cet endroit précis que les Livingstone avaient embarqué, quelques jours plus tôt... Ou était-ce des semaines ? Il lui semblait qu'une éternité avait passé. Après avoir ordonné à MacLean de réunir la famille et de commencer la procession, il fit signe au frère de Iain le Rouge, Malcolm, de jouer l'hymne funèbre à la cornemuse.

Les membres du clan Livingstone — du moins ceux qui étaient encore suffisamment sobres pour tenir debout — se rassemblèrent solennellement. Ils se soutenaient les uns les autres, leurs regards moroses fixés sur leurs pieds ou vers le ciel. Apparut alors un autre groupe qui portait le cercueil dans lequel le corps de leur chef avait été soigneusement installé. Lottie et ses frères suivaient, main dans la main.

La jeune femme avait tressé ses cheveux et revêtu une nouvelle fois ses habits d'homme. Son visage était d'une blancheur diaphane qui lui donnait l'allure d'une apparition. Avec le chagrin, certaines personnes se muaient en ombres. Aulay ne reconnaissait pas dans cette fragile créature la jeune femme pleine de fougue qui s'était emparée de son navire.

Une fois le cercueil placé sur le bastingage, il fit signe à Malcolm de s'arrêter de jouer et ouvrit la bible que sa mère lui avait offerte lors de son premier voyage en tant que capitaine. Il se mit à réciter les passages machinalement, sans vraiment prêter attention aux mots qu'il prononçait. Quelles que soient les circonstances, il n'était jamais facile d'abandonner un corps à la mer. Tandis qu'il lisait, son esprit vagabondait. Ainsi donc s'achevait l'existence du vieil homme. Il avait gâché sa vie dans la poursuite d'un projet absurde, pour finir dans les profondeurs des flots !

Aulay écouta les lamentations du géant et les hoquets de son frère, qui se retenait de toutes ses forces de pleurer. Une ou deux fois, il regarda à la dérobée les enfants du défunt, et le désespoir de Lottie le toucha en plein cœur. Le visage sombre, elle semblait fixer un point au-dessus du cercueil, les yeux perdus dans la nuit.

Il termina en citant le Livre d'Isaïe : « Ne crains rien, car je suis avec toi. Ne promène pas des regards inquiets, car je suis ton Dieu. Je te fortifie, je viens à ton secours ; je te soutiens de ma droite triomphante. »

Ces paroles ne parurent apporter aucun réconfort aux Livingstone. Un seul d'entre eux croyait-il réellement à la protection divine ? Tout semblait indiquer le contraire.

— Souhaitez-vous ajouter quelques mots ? demanda-t-il à Lottie.

Comme elle secouait la tête, Aulay adressa un signe à son second. Malcolm recommença à jouer tandis que les Mackenzie soulevaient le cercueil et l'inclinaient. Le corps glissa lentement et sombra dans la mer avec un bruit qui surprit toute l'assistance. Le colosse se mit à se balancer d'avant en arrière en laissant échapper un mugissement si puissant qu'il couvrait le son de la cornemuse. Les Mackenzie se tenaient là, embarrassés, ne sachant que faire face à ce géant blessé.

Lottie passa son bras dans celui de son frère et lui parla à voix basse. Après quelques sanglots, il cessa de hurler et se tourna vers Duff, qui l'emmena en le prenant par l'épaule.

MacLean s'avança alors vers le cercueil d'un pas chancelant et leva une bouteille vers le ciel.

— *Slàinte mhath !*[1] déclara-t-il avant de boire une longue gorgée.

S'essuyant la bouche de sa manche, il tendit la bouteille à l'homme le plus proche. Le whisky passa ainsi de main en main et chacun prononça quelques mots en l'honneur du défunt. Mais quand vint le tour de Lottie, elle fit non de la tête et leur tourna le dos à tous pour disparaître dans la nuit.

Aulay fut le dernier à boire. Ensuite, il donna ordre à ses hommes de rassembler les Livingstone.

— Enfermez-les dans la cale avec un garde et un tonneau de leur whisky !

Il ne voulait surtout pas voir d'ivrognes errer sur le pont en titubant. Quant à savoir ce qu'il ferait d'eux une fois qu'ils auraient accosté en Écosse, c'était une autre histoire.

— Comment ? Mais pourquoi ? se plaignit l'un d'eux en se cognant contre son voisin.

— Vous avez ficelé notre capitaine comme un cochon grillé pendant trois jours ! S'il dit que vous allez dans

1. « À la vôtre ! » en gaélique écossais.

la cale, vous allez dans la cale ! répliqua Beaty d'un ton bourru.

D'autres voix s'élevèrent, mais les Livingstone étaient trop ivres pour se battre et, alléchés par la promesse du whisky, ils se laissèrent escorter dans leur geôle.

Lorsqu'ils furent partis, les Mackenzie s'attelèrent à la dure tâche de vider les tonneaux et de les faire disparaître dans la mer. Ils avaient jeté la moitié de la cargaison entreposée sur le pont quand Beaty surgit parmi eux.

— Le navire ! Il est en train de nous rattraper !

Plissant les yeux, Aulay scruta l'obscurité. Il ne voyait même plus le petit point lumineux.

— Tu en es sûr ? demanda-t-il tandis que son second lui tendait la longue-vue.

— Oui. Il a dû tirer des bords vers l'est et le nord, et trouver un vent favorable.

À travers la longue-vue, Aulay aperçut une faible lueur au loin. Le vaisseau avait gagné du terrain, en effet.

— Laissez le whisky ! ordonna-t-il. Tirez des bords vers le nord, puis vers l'est !

— Si je peux me permettre, capitaine, vous devriez aller vous reposer, dit Beaty. Nous aurons besoin de vous au lever du soleil. Je viendrai vous chercher avant, si nécessaire.

Aulay accepta à contrecœur. Mais il était à bout de forces et savait qu'une tâche ardue attendait son équipage. Au matin, il aurait de la chance si ses hommes tenaient encore debout. Il ne leur servirait à rien s'il était aussi épuisé qu'eux.

Il pénétra dans sa cabine avec une seule idée en tête : dormir, vite. La pièce était plongée dans le noir et empestait l'odeur de la mort. Combien de temps faudrait-il pour qu'elle se dissipe ? Quelqu'un avait fermé les hublots et les lourds rideaux de lin, comme c'était la coutume après un décès. On disait que cela empêchait les fantômes de s'échapper. Songeant que le spectre du vieil homme n'avait nulle part où aller et ne pouvait donc guère s'enfuir, Aulay tira les rideaux du premier hublot et ouvrit celui-ci, laissant entrer un peu de lumière et d'air marin. Il se dirigeait vers le second quand il eut la surprise de découvrir Lottie roulée en boule sur la couchette vide, le dos à la porte.

Poussant légèrement ses jambes, il s'assit au pied du lit.

— Avez-vous mangé ?

— Non, répondit-elle doucement. Je ne peux rien avaler.

— Il le faut, si vous ne voulez pas suivre votre père au fond de l'eau.

— Comment osez-vous dire une chose pareille ? s'écria-t-elle en se redressant brusquement.

— Que voulez-vous que je pense ? Vous vous laissez dépérir !

Sur la table de chevet, il remarqua un morceau de bœuf salé et un biscuit que quelqu'un devait lui avoir apporté. Comment diable paierait-il cette marchandise perdue ? Il y réfléchirait plus tard : il était épuisé et avait une longue route devant lui. Et malgré toute la compassion qu'il éprouvait pour cette jeune femme éplorée, sa priorité était de gagner l'Écosse au plus vite en laissant derrière lui les événements de ces derniers jours. Il n'avait que peu de patience pour le reste. Avaient-ils d'autre choix que de continuer à avancer, tous autant qu'ils étaient ?

Lottie s'assit au bord du lit en s'appuyant sur les mains. Aulay prit le biscuit et le lui tendit.

— Je n'ai pas faim, protesta-t-elle en fronçant le nez.

— Mangez.

Elle le saisit d'un air exaspéré.

Puis Aulay se leva et fouilla dans le buffet jusqu'à ce qu'il trouve une bougie. Une flamme ardente jaillit quand il l'alluma. Il regarda à nouveau Lottie. Ses cheveux défaits lui tombaient presque jusqu'à la taille et encadraient son beau visage. Ses yeux étaient cernés de noir, comme si elle sortait d'une longue maladie.

— Mangez, répéta-t-il.

— Tout a le goût du bois. Moi-même, j'ai l'impression d'être faite de bois.

Elle avala une petite bouchée et esquissa une grimace.

— Il faudra vous en contenter. Nous n'avons pas le temps de pêcher, et nous sommes poursuivis, semble-t-il.

— Les Danois ? demanda-t-elle d'une voix inquiète.

— Je n'en sais rien. Et je n'ai pas l'intention de les laisser s'approcher suffisamment pour le vérifier.

Lottie baissa les yeux en battant des paupières. Elle avait l'air si désespérée qu'Aulay fut envahi d'une soudaine envie de la prendre dans ses bras, de la serrer contre lui et de lui mentir en lui promettant que tout s'arrangerait. Pourquoi était-il à ce point attiré par cette femme ? Elle avait causé sa ruine, et pourtant il continuait à la désirer.

Dès que je l'ai vue, j'ai su.

Oui, il avait eu cette pensée idiote la première fois qu'elle lui était apparue, lorsqu'elle était montée à bord de son bateau et l'avait conquis avec sa beauté et son audace.

— Pouvons-nous leur échapper ?

— Si nous restons vigilants, oui. Nous avions une bonne avance sur eux, au départ.

Lottie ferma les yeux un instant et secoua légèrement la tête.

— Il s'est passé tant de choses !

Aulay posa la bougie pour lui donner le morceau de bœuf.

— À votre avis, doit-on immédiatement rendre compte de ses actes lorsque l'on meurt, ou a-t-on droit à un petit moment de grâce ? demanda-t-elle après avoir avalé une bouchée.

— Je n'en sais rien, dit-il en s'asseyant à ses côtés.

— Découvre-t-on le sens de tout cela ? De cette vie ? Sait-on si cela en valait la peine ?

De toute évidence, ces questions la tourmentaient. Peut-être était-ce la première fois qu'elle se les posait : elle était si jeune ! Elle devait avoir au moins quinze ans de moins que lui. Si la vie avait un sens, en perçait-on jamais le mystère ?

— Vous ne devriez pas penser à toutes ces choses, si cela vous affecte tant.

— Lorsque j'avais huit ans, mon père m'a emmenée à Port Appin. Nous y avons rencontré un Écossais qui tenait quatre petits chevaux au bout d'une ficelle. Je me suis tout de suite entichée d'eux, surtout d'un : un mâle noir avec une étoile blanche entre les yeux, raconta-t-elle en montrant distraitement son front. Mon père m'a demandé : « Veux-tu ce cheval, Lottie ? »

Un petit rire contrit s'échappa de ses lèvres.

— Quelle enfant de huit ans aurait dit non ? Il s'est donc tourné vers l'homme et lui a proposé un prix. Mais celui-ci a répondu : « Voyons, ce sont des percherons ! », poursuivit-elle en imitant la voix du marchand. « Des chevaux de guerre espagnols, les plus vaillants sur un champ de bataille ! » Mon père n'a pas songé un instant à mettre sa parole en doute. « Ma fille mérite le meilleur des chevaux », a-t-il déclaré. « Percheron, vous dites ? Espagnol, vous dites ? »

Lottie secoua la tête.

— Nous sommes rentrés à la maison avec le cheval.

— Il était bon avec vous, commenta Aulay, qui ne voyait pas où elle voulait en venir.

— Cette nuit-là, une dispute terrible a éclaté entre mes parents. Je les entendais s'invectiver de l'autre côté du mur à cause de mon cheval. J'ai cru qu'on allait me forcer à le rendre, mais je lui avais déjà donné un nom : Stjerne. Il est encore avec moi aujourd'hui. Mais ce n'est pas un percheron : c'est un poney Fell. Un banal poney Fell avec une étoile entre les yeux, ajouta-t-elle en se penchant en avant. Était-ce cela, la raison de vivre de mon père ? Rendre ses enfants heureux, quel qu'en soit le prix ? Ma mère l'adorait, mais il était si fantasque et dépensier qu'ils se disputaient souvent, tous les deux. Son imprudence nous a tous fait souffrir. Mais ceci ? Ceci ? dit-elle en ouvrant les bras. Tout ceci est ma faute, Aulay. C'est moi qui ai commis la faute la plus impardonnable, n'est-ce pas ? Je croyais avoir trouvé la solution à nos problèmes. Mon père avait certes eu une mauvaise idée en décidant de distiller illégalement du whisky. Mais mon arrogance lui a coûté la vie. Tout aurait pu s'arranger si j'avais accepté d'épouser Mr MacColl.

Aulay avait-il bien entendu ? C'était la première fois qu'elle parlait de cette demande en mariage.

— Je le trouvais trop vieux, et je me suis montrée égoïste, continua Lottie. Je ne voulais ni être sa femme ni vivre dans sa maison. En réalité, je me suis comportée comme j'avais toujours vu mon père le faire : sans tenir compte des conséquences de mes actes, affirma-t-elle avant de détourner la tête. Le pire, c'est que je n'ai même pas eu le temps de lui demander pardon.

Après avoir posé le reste de son biscuit et du bœuf salé sur la petite table, elle poussa un profond soupir de lassitude et s'étendit sur le côté.

— Alors, je vous le demande : quelle peut bien être la raison de ma présence sur terre ?

— Ne pleurez pas.

— Je ne vais pas pleurer. Je n'ai plus de larmes.

— Lottie… Votre père n'était pas un enfant ; il était capable de décider de ses actes. Vous lui avez suggéré ce plan car vous cherchiez une solution, et personne ne peut vous en vouloir. Mais c'est lui qui a adopté votre idée. Il connaissait les risques ; il savait parfaitement ce qu'il faisait.

Pour toute réponse, elle soupira à nouveau.

Aulay la tira par le bras pour la faire s'asseoir.

— Vous avez besoin d'air, et vos hommes ont besoin d'un chef.

— Je ne suis pas un chef ! répliqua-t-elle avec un petit rire ironique.

— Si. Ils sont prisonniers à leur tour, et cela ne leur plaît guère. Ils ont besoin de vous.

— Duff peut les diriger, ou MacLean. N'importe qui, sauf moi.

— Je n'ai pas bien connu votre père, mais je sais qu'il vous estimait plus que tous ses hommes réunis. Il aurait voulu que vous preniez sa suite, Lottie, et vous devez le faire ! Vos frères errent sur le pont comme des fantômes. Les autres membres de votre clan sont ivres et agressifs. Quant à moi, j'ai perdu suffisamment de temps et d'argent !

Il la prit par le menton pour la forcer à le regarder.

— Soyez le chef que votre père n'a jamais été. Quel qu'ait été le sens de sa vie, cela n'a rien à voir avec vous. Peut-être êtes-vous sur cette terre pour une raison bien plus noble.

Lottie cligna des yeux et un faible sourire se dessina sur ses lèvres.

— Comment pouvez-vous être aussi bon avec moi après tout ce que je vous ai fait endurer ?

Il n'agissait pas par bonté, mais par intérêt. Du moins tâchait-il de s'en convaincre.

— Je veux que nous arrivions tous sains et saufs en Écosse. Et pour cela, j'ai besoin de vous.

— Et qu'adviendra-t-il de nous, ensuite ?

C'était une question qu'il n'avait toujours pas réglée. Il y réfléchirait une fois rentré à Balhaire.

— Nous en déciderons à notre arrivée.

Lottie enroula les doigts autour de son poignet et serra fort.

— Aulay, promettez-moi que personne d'autre que moi n'aura à porter la responsabilité de ce qui s'est passé. Personne ! Je suis la seule coupable, insista-t-elle. Laissez partir les autres et je me rendrai, je vous le jure sur l'honneur !

À ces mots, Aulay sentit une vive douleur s'insinuer dans sa poitrine. Il ne voulait pas cela. Il tenait à obtenir justice, mais l'idée de livrer Lottie aux autorités lui était insupportable.

— Nous en parlerons lorsque l'Écosse sera en vue, lui dit-il en lui caressant la joue.

— Non ! s'écria-t-elle en se dégageant pour lui saisir le visage à deux mains. Je vous en supplie, vous devez me le promettre *maintenant*, Aulay ! Donnez-moi votre parole !

Aulay était abasourdi par son courage. Qui d'autre aurait consenti un tel sacrifice ? Doucement, il lui prit la main droite et y déposa les lèvres. Puis il glissa les doigts sur sa nuque pour l'attirer à lui. De toutes celles qui auraient pu ravir son cœur et lui faire oublier la mer, il fallait que ce soit elle, cette femme belle et damnée. À cet instant, il était partagé entre l'admiration et le chagrin. Il savait fort bien ce qui adviendrait d'elle s'il acceptait de faire ce qu'elle lui demandait : elle serait pendue, ou tout au moins jetée en prison.

— Promettez-le-moi ! murmura-t-elle, les yeux brillants de larmes, avant de poser sa bouche sur la sienne.

Ce geste délicat l'excita plus que ne l'aurait fait le plus torride des baisers. Doucement, Lottie lui caressa les cheveux et, d'un bras, lui enlaça le cou. Quand sa langue vint lui chatouiller les lèvres, le corps d'Aulay, sevré depuis trop longtemps de plaisirs charnels, s'embrasa. Il laissa courir sa bouche jusqu'au cou de Lottie, qui renversa la tête en arrière avec un soupir de volupté. Fou de désir, il prit tendrement son visage dans le creux de ses mains tout en la poussant pour l'allonger sur le lit. Les reins cambrés, elle glissa sa cuisse entre ses jambes, la pressant contre son sexe soudain formidablement dur.

Aulay s'arrêta un instant pour plonger son regard dans le sien. L'azur de ses yeux avait pris une teinte orageuse : elle avait faim de lui comme il avait faim d'elle. Qu'était-il en train de faire ? Allait-il vraiment coucher avec sa prisonnière ? L'estime qu'ils se portaient les attirait l'un vers l'autre comme une force irrésistible.

Lottie le considérait avec une expression qu'il ne parvint pas à déchiffrer.

— Qu'y a-t-il ? demanda-t-il dans un souffle en lui caressant le visage.

Elle posa les mains sur son torse avant de remonter jusqu'à ses épaules, puis elle enfouit les doigts dans ses cheveux.

— Rien du tout, répondit-elle.

Aulay lui embrassa la joue, les lèvres, puis chercha le ruban de sa jupe et le dénoua pour toucher, enfin, sa peau nue, ses flancs, ses seins. Lorsqu'il plongea le visage dans son décolleté, elle laissa échapper un petit cri en resserrant son étreinte, et il fut emporté par un torrent de délices.

Soulevant sa chemise, il prit dans sa bouche la pointe de son sein et, au même moment, glissa la main entre ses jambes. Lottie retira ses braies en hâte, et il s'abandonna. Il suivait son instinct et ses sensations, explorant de ses doigts et de ses lèvres les endroits qui la faisaient haleter de plaisir. Il ôta ses culottes d'un geste presque désespéré tant il brûlait de la serrer contre lui et de la posséder. Jamais il n'avait éprouvé un besoin aussi impérieux, aussi viscéral. Soulevant la jambe de Lottie, il pressa son sexe contre elle en gémissant et, avec une patience qui le mit au supplice, se glissa lentement en elle, de plus en plus profond, avant de ressortir.

Il se mit à aller et venir entre ses cuisses en lui embrassant la bouche et le cou, en lui caressant les seins. Les doigts enfoncés dans son dos, Lottie se cambrait, épousant ses moindres mouvements. Des vagues de volupté montaient, enflaient, l'entraînant avec une puissance grandissante vers l'extase. Lottie s'agrippait à lui, une jambe enroulée autour de sa taille, les lèvres sur sa peau. Il était un homme à la mer, complètement perdu, qui s'accrochait à sa seule planche de salut : cette femme à nulle autre pareille. Aulay sentit la délivrance proche lorsqu'elle écarta les bras et jeta la tête en arrière, les yeux fermés, se laissant emporter avec lui dans ce tourbillon de plaisir qui balayait tous les événements de cette terrible semaine. Rien n'existait plus qu'elle et lui, que son parfum et la chaleur de son corps contre le sien.

Quand enfin ils furent aspirés par ce tourbillon vertigineux, Aulay se laissa retomber sur elle. Ils restèrent ainsi un moment, pantelants. Lorsqu'ils eurent retrouvé leur souffle, Lottie prit le visage d'Aulay dans le creux de ses mains et l'embrassa avec une douceur, une ferveur qui le bouleversa.

Mais bientôt, la voix de l'un de ses hommes sur le pont parvint à sa conscience, et il se rappela qui il était et où il était. S'arrachant brusquement à leur baiser, il se leva et recula d'un pas. Lottie se raccrocha au bord du lit, la respiration haletante, ses yeux avides fixés sur lui.

Comment avait-il pu faire une chose pareille ? Comment avait-il pu la prendre ainsi, après tout ce qu'elle avait fait, en sachant pertinemment qu'il allait la livrer aux autorités dans quelques jours ?

— Rhabillez-vous, lui dit-il d'une voix étrangement rauque. Et prenez un peu de repos.

Lottie restait immobile. Cramponnée au bord de la couchette, elle le regardait comme une chatte. Elle le voulait. Son désir se lisait sur son visage, d'autant plus évident qu'il éprouvait le même. Il coulait dans ses veines aussi sûrement que dans les siennes.

Il rajusta ses vêtements et quitta la cabine avant de

commettre une folie. Déjà une chape sombre s'abattait sur lui, lourde et oppressante. Son cœur était empli de tristesse. Pour elle. Pour lui. Pour ce bonheur à peine entrevu, et à jamais disparu.

Chapitre 18

Le froid s'insinuait jusque dans les os de Lottie. Elle chercha à tâtons le plaid qu'elle avait trouvé sous la couchette d'Aulay et s'en enveloppa. Il était humide, comme tout le reste. Avec un soupir, elle ouvrit les yeux en luttant contre la fatigue.

Étendu près d'elle, Drustan ronflait. Comme leur père autrefois. À cette pensée, une douleur aiguë lui étreignit la poitrine. Elle n'avait pourtant pas besoin des ronflements de Drustan pour se souvenir que leur père n'était plus. Cette nuit, comme la précédente, elle avait rêvé de lui. C'était toujours le même songe : elle lui courait après et, juste avant qu'elle ne le rattrape, il disparaissait. Une seule fois, elle avait posé la main sur son épaule et il s'était retourné, un sourire aux lèvres, en lui disant : « Je ne suis pas mort, *pusling*. Je suis ici avec toi, tu vois ? »

Elle s'était réveillée en sursaut.

Lottie s'assit dans le lit et regarda la masse imposante que formait le corps de son frère sur le sol, à côté d'elle. Ils étaient installés dans la cabine avant, à présent. Elle s'y était réfugiée cette nuit-là, quand Aulay l'avait quittée. Se tournant vers le hublot, elle contempla la mer.

Leurs ébats l'avaient laissée totalement désemparée. Il l'avait libérée de ses tourments, lui avait témoigné de la compassion et avait fait naître en elle l'espoir et le désir au moment où elle en avait le plus besoin… Et tout cela s'était évanoui au lever du jour.

Cela lui semblait si loin, déjà. Elle ne lui avait pas parlé depuis, et elle était surprise de constater qu'il lui manquait à ce point. Peut-être autant que son père, mais d'une manière différente. Elle pleurait son père, rêvait de lui, revoyait son sourire. Mais elle avait besoin d'Aulay comme un assoiffé a besoin d'eau. Quand elle parvenait à se soustraire à la douleur de la perte, c'était pour repenser jusqu'à l'obsession aux moments qu'elle avait passés dans le lit du capitaine, et c'était alors une autre tristesse qui l'envahissait. Tantôt elle voulait à tout prix se souvenir de ce qu'elle avait éprouvé lorsqu'il était en elle, de son étreinte à la fois tendre et ferme… Et tantôt elle cherchait désespérément à l'oublier.

Lottie n'avait que peu d'expérience, mais elle savait, d'instinct, qu'il y avait quelque chose de profond dans la façon passionnée dont ils avaient fait l'amour. C'était si différent de ce qu'elle avait vécu avec son premier amant !

Curieusement, alors qu'Anders avait occupé toutes ses pensées pendant un an, elle avait à peine songé à lui depuis qu'elle avait embarqué sur ce navire. Comment aurait-elle réagi si elle l'avait revu à Aalborg ? se demanda-t-elle, le regard plongé dans les mille nuances de gris de l'horizon. Peu lui importait, désormais : à présent qu'elle avait découvert sa perfidie, il n'existait plus pour elle.

Quelle heure pouvait-il bien être ? Hélas, en mer, c'était impossible de le deviner, surtout lorsque le ciel se confondait avec les flots. Assise sur la couchette, les bras autour des genoux, elle se sentait étrangement apaisée. Épuisée et tiraillée par le manque, bien sûr. Mais la violente tempête qui avait bouleversé son cœur s'était calmée. Elle commençait, peu à peu, à accepter la mort de son père. Ses pensées se tournaient vers l'avenir.

Après s'être étirée avec un bâillement, elle sortit du lit en enjambant le corps endormi de Drustan. Mathais occupait l'autre couchette. Après le drame, il avait prétendu avoir le mal de mer, mais Lottie savait qu'en réalité il était trop fier pour montrer son chagrin au grand jour. La veille, il était tout de même allé travailler sur le pont jusqu'à ce que Duff le renvoie dans la cabine, éreinté. Depuis, il dormait d'un sommeil que Lottie espérait sans rêves.

L'un des Mackenzie avait eu la bonté de lui porter un pichet d'eau et une petite cuvette pour qu'elle puisse se laver. L'eau était croupie maintenant, mais il n'était pas possible de la changer car on la rationnait. Duff, qui se considérait désormais comme un véritable marin, le lui avait expliqué. Il lui avait également raconté qu'ils avaient réussi à distancer le navire qui les suivait.

— Il a dû faire demi-tour et rentrer au port, avait-il affirmé la veille, alors qu'ils se trouvaient à la poupe. Les Mackenzie soufflaient comme des bœufs après toutes leurs manœuvres, mais Gilroy est convaincu qu'il aurait été plus rapide de tirer des bords vers l'est puis le nord.

Tout à coup, le navire roula à tribord et Lottie faillit perdre l'équilibre. La mer était agitée, et ses jambes fatiguées flageolaient au moindre ballottement.

Après s'être lavé le visage, elle se démêla les cheveux avec les doigts et les noua sur sa nuque. Pourvu qu'on lui accorde le luxe d'un bain avant son jugement, et des vêtements corrects ! Cette perspective, comme celle de la sanction qui suivrait, n'éveillait en elle aucune émotion. Qu'elle soit pendue ou emprisonnée, cela lui semblait si lointain et si inconcevable qu'elle ne ressentait rien. Absolument rien.

Saisissant le plaid qu'elle avait laissé sur le lit, elle le jeta sur ses épaules et quitta la cabine sans un bruit.

L'air était froid et humide, mais après deux jours de soleil de plomb et de vent cinglant, le changement était bienvenu. Plus d'une fois, elle avait failli être précipitée par-dessus bord et s'était rattrapée de justesse. Mais il lui faudrait rester vigilante aujourd'hui : la mer était houleuse et le navire roulait et tanguait dangereusement.

Sur le pont, Lottie aperçut Duff qui se disputait avec un des Mackenzie. Elle avait toujours nourri une affection particulière pour ce grand costaud, et elle lui serait à jamais reconnaissante d'avoir pris Drustan sous son aile. Il lui avait confié que leur père, sur son lit de mort, lui avait demandé de prendre soin de son fils. Disait-il vrai, ou était-ce une façon pour lui d'offrir son chagrin en spectacle ? Elle l'ignorait, mais dans ces heures pénibles, son aide lui avait apporté un peu de réconfort.

Duff avait même persuadé Iain le Rouge d'apprendre à son frère à tailler le bois. C'était devenu une véritable passion pour Drustan, qui s'acharnait des heures durant sur une douve de tonneau. Tout le monde était soulagé de le voir ainsi occupé.

En levant les yeux vers la proue, Lottie vit un membre de l'équipage appuyé contre le pied du mât, les yeux fermés. Il dormait debout ! Duff lui avait expliqué qu'ils avaient dû naviguer contre le vent pour distancer leurs poursuivants. La tâche avait été rude, et les Mackenzie s'étaient activés jour et nuit.

Elle traversait le pont à pas prudents lorsque des bruits de coups la firent sursauter. Cela venait de l'écoutille qui donnait accès à la cale. C'était là que ses hommes étaient détenus et, d'après Duff, ils étaient de plus en plus agités.

— Pourquoi ce tapage ? demanda-t-elle à ce dernier lorsqu'elle l'eut rejoint.

— C'est notre équipage, répondit-il en lui jetant un regard en coin. Ils ont bu tout le whisky, et à présent qu'ils ont cuvé, ils veulent sortir !

— Ne peut-on pas les y autoriser ? Un peu d'air frais les calmerait, vous ne croyez pas ? Ils ne peuvent pas s'échapper !

— Vous voulez qu'ils se promènent pendant qu'on se démène ? répliqua le marin qu'elle avait vu en grande conversation avec Duff. On a eu deux fois plus de travail à cause d'eux sans gagner un sou ! Hors de question de les avoir dans nos pattes !

— Ne pouvons-nous pas vous être utiles ? demanda-t-elle.

L'homme répondit par un grognement.

— Duff !

Tous trois se retournèrent. Aulay se trouvait juste au-dessus d'eux, sur le gaillard d'arrière. Les mains appuyées sur le bastingage, il foudroyait Duff du regard.

— N'avez-vous aucune emprise sur eux ? s'exclama-t-il en désignant l'écoutille d'un geste du menton.

— Que voulez-vous que je fasse ? rétorqua Duff. Notre whisky s'est envolé, tout comme nos espoirs, et ils n'ont guère de raisons de se réjouir, enfermés dans la pénombre !

Aulay posa alors sur Lottie ses yeux furibonds.

— Miss Livingstone, pourriez-vous demander à vos hommes de bien vouloir cesser ce vacarme insupportable ?

— Pardon ? Oui… Bien sûr, promit-elle, décontenancée par cet accès de colère.

Sur ce, il tourna les talons pour retourner aux côtés de Beaty, derrière le gouvernail.

— Eh bien…, dit-elle en laissant échapper un soupir.

— À votre place, je me sentirais offensé, observa Duff. Mais à sa décharge, il n'a pas dormi davantage que les autres.

— Je vais lui parler, déclara-t-elle en rajustant son plaid sur ses épaules.

— Je ne vous le conseille pas, miss, intervint le matelot.

Mais Lottie l'entendit à peine. Déjà, elle se dirigeait vers le gaillard d'arrière.

Beaty était à la barre et Aulay, une main appuyée contre le mât, contemplait la mer qui s'étendait devant lui. Lorsque Lottie s'approcha, il la regarda de la tête aux pieds puis des pieds à la tête, avant de se tourner à nouveau vers les flots.

De toute évidence, l'homme qui lui avait fait l'amour passionnément s'était volatilisé.

— Ne pouvons-nous pas vous aider ? demanda-t-elle.

— Bien sûr que si. En les faisant cesser ce raffut, répondit-il sèchement.

Le capitaine offensé était de retour, aussi maussade que lors de son premier jour de captivité.

— Je parlais de vous aider sur le pont.

— Non.

— Vos hommes ont besoin de repos et…

— Vous ne m'apprenez rien.

Surprise par son agressivité, elle se rapprocha de lui.

— Que vous arrive-t-il ? Je sais que nous sommes un fardeau pour vous, mais…

Aulay se tourna brusquement vers elle.

— Non, vous n'avez pas la moindre idée du fardeau que vous êtes pour nous ni du poids qu'il pèse sur mes épaules !

Il avait parlé avec une telle violence qu'elle recula d'un pas, abasourdie.

Aulay lui lança un regard furieux avant de lever les yeux au ciel en soupirant.

— *Bod an donais !*[1] marmonna-t-il. Lottie… Je vous demande pardon. Je n'ai pas pour habitude de passer ma colère sur les femmes, mais par tous les saints, je ne sais pas quoi faire de vous !

Que voulait-il dire par là ?

— Je me suis tenue à l'écart !

— Vous ne comprenez pas, dit-il en la fixant avec intensité. Nous avons mangé des provisions qui ne nous appartiennent pas. Nous allons bientôt manquer d'eau. Nous rentrons en Écosse comme des chiens, la queue entre les jambes, et n'importe qui d'autre vous aurait pendue à cette vergue !

À ces mots, Lottie tressaillit.

— Mais je ne sais pas quoi faire de vous ni de vos hommes ! poursuivit-il.

Soudain, le navire fut soulevé par une vague avant de replonger brutalement dans les flots, et il la saisit par la taille pour l'empêcher de tomber. Mais c'était l'équilibre intérieur de Lottie qui était menacé, et elle devinait qu'il en allait de même pour lui : le désir qui avait envahi tout leur être se heurtait à la dure réalité. L'estime et le piratage ne faisaient pas bon ménage.

1. « Bon sang ! » en gaélique écossais.

Si elle voulait l'aider, il n'y avait qu'une solution : elle devait le libérer.

— Vous savez ce que vous avez à faire, dit-elle. Vous n'avez pas le choix. Je le sais. J'y suis préparée.

Le visage d'Aulay pâlit et il laissa retomber sa main.

— Permettez-moi de parler aux hommes de mon clan, poursuivit-elle avant qu'il n'essaie de lui faire changer d'avis. Ils peuvent prendre la relève pour que votre équipage puisse se reposer. C'est la moindre des choses, après tous les ennuis que nous vous avons causés.

Les lèvres serrées, Aulay interrogea Beaty du regard et hocha la tête. Lottie ne s'attarda pas sur le pont. Il lui était pénible de le voir, par sa faute, aux prises avec ce dilemme déchirant. Mon Dieu, quel triste voyage pour eux tous ! Ils regagnaient l'Écosse sur un océan de douleur. C'était à fendre le cœur.

Dans la cale, Lottie fut accueillie avec des acclamations par des hommes en manches de chemise à l'air crasseux et à la barbe broussailleuse.

— Je savais qu'elle viendrait nous sauver ! s'écria Norval.

— Libérez-nous, Lottie ! la supplia Morven. Ils n'ont pas le droit de nous traiter de cette manière. Ce n'est pas correct !

— Ils sont en colère. Et ils nous traitent de la même façon que nous les avons traités.

— Nous aussi, nous sommes en colère ! Ils ont jeté notre whisky par-dessus bord ! s'exclama une voix dans le fond qu'elle reconnut comme celle de Gilroy.

— Avez-vous oublié que nous nous sommes débarrassés de leur laine pour faire de la place pour notre marchandise ? Et à quoi va nous servir ce whisky à présent, si ce n'est à nous attirer de nouveaux problèmes ?

— Comment cela ? demanda Mark Livingstone.

— Écoutez-moi ! déclara Lottie en montant sur une caisse. Vous savez que les Campbell sont à l'affût. Dès notre arrivée, ils se jetteront sur nous comme des loups. Et même si nous parvenons à leur échapper, les Mackenzie seront obligés de nous livrer à la Couronne pour ne pas être accusés de complicité. Dans les deux cas, nous serons capturés !

— Mais on a travaillé dur pour distiller ce whisky, Lottie ! insista Mark. Plus qu'on ne l'avait jamais fait !

— Oui, c'est vrai. Mais nous connaissions les enjeux, n'est-ce pas ? Avant même de fabriquer le premier alambic, nous savions que nous risquions d'avoir des ennuis !

— Nous aurions pu le vendre ! intervint Morven. L'erreur a été de s'embarquer pour le Danemark. Nous ne sommes pas des marins, à part Gilroy.

Lottie ne put réprimer une grimace : c'était la triste vérité.

— C'est ma faute…

— Non, Lottie, c'est de notre faute à tous, objecta MacLean. Si nous n'étions pas partis pour Aalborg, nous aurions perdu le whisky avant même d'avoir la moindre chance de le vendre. C'est vrai, vous le savez tous : nous en avions discuté ensemble. L'avez-vous oublié ?

Mark semblait sur le point de protester quand MacLean leva une main en l'air.

— Qu'importe, à présent. Nous sommes tous membres d'un même clan. Nous nous sommes toujours soutenus les uns les autres. Pensons à l'avenir, et non au passé !

— Nous devons apporter notre aide aux Mackenzie, affirma Lottie. Ils sont épuisés !

Sa suggestion fut accueillie par des grommellements qu'elle se hâta de faire taire.

— Ils ne nous ont pas jetés à la mer quand ils étaient en droit de le faire ! Ils ont partagé leurs vivres avec nous alors que nous sommes plus nombreux qu'eux ! Si vous n'êtes pas capables de leur montrer un peu de reconnaissance, eh bien tant pis ! Mais sachez que je leur ai donné ma parole.

— C'est d'accord, nous les aiderons, déclara MacLean en défiant du regard quiconque oserait le contredire. Mais que ferons-nous en rentrant à Lismore ? Nous avons toujours les loyers à payer.

— Lottie, vas-tu épouser MacColl ? demanda abruptement Norval.

La question lui fit l'effet d'un coup de poignard. Elle jeta un coup d'œil à la ronde. Personne ne semblait surpris.

— Est-ce que tout le monde sait ?

— Il n'a jamais caché son estime pour toi, observa Norval en haussant les épaules.

— Vous nous sauveriez tous en l'épousant, lança Morven.

Ainsi, ils étaient revenus à leur point de départ. Elle était le prix à payer pour tirer son clan d'embarras. Comme elle avait été naïve de croire qu'elle pourrait échapper à son sort !

— Avant d'envisager l'avenir, faisons en sorte d'arriver vivants en Écosse ! Pour l'heure, nous devons aider les Mackenzie. Mettez votre fierté de côté et estimez-vous heureux de ne pas avoir subi le supplice de la planche !

— Oui, fais-nous sortir de cette cale ou nous allons tous devenir fous ! s'exclama Mark.

— Promettez-moi que vous allez travailler, et sans ménager votre peine, dit-elle. Jurez-le !

— Nous le jurons, répondit Morven en regardant autour de lui. Nous le jurons ! répéta-t-il comme pour convaincre les autres.

— Habillez-vous et retrouvez-moi sur le pont.

Ainsi elle épouserait MacColl, puisqu'il le fallait. Si par quelque miracle elle échappait à la potence, elle renoncerait à son rêve de voir le monde, peut-être d'avoir des enfants, et elle consentirait à ce mariage pour sauver son clan. C'était sans doute ce que son père aurait voulu. Peut-être lui devait-elle ce sacrifice. Mourir pendue, passer le restant de ses jours entre quatre murs ou épouser un vieillard… Au fond, aucune de ces trois issues ne lui semblait plus enviable que les autres.

Chapitre 19

Perché tout en haut du mât de hune, Aulay réparait la voile, dont le vent avait arraché les cordages. D'ordinaire, c'était Jack Mackenzie, son meilleur matelot, qui se chargeait de cette tâche : il avait l'agilité d'un singe. Mais sa blessure à la jambe le retenait sur le pont.

Tout en bas, Aulay voyait les Livingstone. Ils travaillaient sous les ordres de Beaty et, à vrai dire, c'était un soulagement : ses hommes avaient bien besoin de repos.

Le froid et les bourrasques de la veille avaient laissé place à une belle journée. Il termina ses réparations au moment où le soleil commençait à se fondre dans l'horizon. Le ciel bleu pastel était traversé de traînées dorées avec, au loin, une ligne brune : la côte écossaise. La terre mère.

La lumière du soir jetait ses reflets d'or sur l'immensité de la mer. C'était le genre de paysage qu'il affectionnait. Se munissant de la longue-vue accrochée à sa taille, il l'observa en s'efforçant de le garder en mémoire pour le peindre un jour. À mesure qu'ils s'approcheraient, ce trait sombre semblerait sortir des flots pour donner corps à d'abruptes falaises rocheuses. La surface de l'eau se teinterait d'un bleu profond sous la lune tandis que le ciel d'encre s'illuminerait d'étoiles.

Dans un jour et demi, tout au plus, ils parviendraient à Balhaire. Après le passage entre l'archipel des Orcades et les îles Shetland, ils vireraient au sud pour longer la côte ouest de l'Écosse. Tandis qu'ils pénétreraient dans l'anse privée de Balhaire, la cloche sonnerait pour annoncer leur arrivée. Les premiers habitants commenceraient à apparaître sur la rive, bientôt rejoints par des groupes entiers. Tous se hâteraient de quitter le château et le village alentour, impatients de saluer leurs proches après leur long voyage en mer.

Autrefois, le père d'Aulay venait lui aussi l'accueillir. Mais depuis quelques années, une jambe malade le retenait au château, et il ne marchait que rarement jusqu'à l'anse. Peu importait : il l'attendait toujours dans la grande salle, ses chiens à ses pieds, après avoir fait allumer un feu dans l'âtre et préparer un bon repas et une chope de bière pour son fils. Sa mère serait là, elle aussi. Elle avait accepté depuis longtemps sa passion pour la mer, même si elle ne l'avait jamais comprise. Chaque fois qu'il pénétrait dans la salle de banquet, son sourire de soulagement semblait illuminer l'intérieur sombre du vieux château.

Prévenus par la cloche, son frère Rabbie et son épouse Bernadette arriveraient juste après lui d'Arrandale avec leurs enfants. Sa sœur Vivienne, son époux Marcas et leur progéniture rejoindraient la famille dans la grande salle. Ses nièces et neveux le supplieraient de leur dire ce qu'il leur avait rapporté. Quant à Catriona, sa sœur cadette, elle courrait jusqu'à l'anse, trop impatiente de le voir. Son bras autour du sien, elle marcherait avec lui jusqu'au château en le pressant de questions.

Catriona aurait aimé être une femme comme Lottie Livingstone, une aventurière, mais jamais leurs parents ne le lui auraient permis.

Peut-être le frère d'aîné d'Aulay, Cailean, et son épouse Daisy seraient-ils eux aussi présents. Ils vivaient en Angleterre mais venaient régulièrement passer un mois à Balhaire avec leur petite fille et leur fils, Lord Chatwick.

Durant quelques jours, Aulay avait le droit de jouer le rôle du fils prodigue, celui qui revenait en rapportant des nouvelles du monde. Pendant cette période, il était choyé et aimé. Dans ces moments-là seulement, il parvenait à gagner l'estime de son père. Mais peu à peu, la famille retrouvait ses habitudes et le prestige d'Aulay était éclipsé par la virilité flamboyante de ses frères et la conversation brillante de ses sœurs. Lui-même avait l'impression de se fondre dans les murs. Assis en silence, un peu à l'écart, il écoutait les détails d'une vie dont il ne faisait plus partie et n'avait qu'une envie : se retirer dans ses appartements pour peindre.

Aulay gardait ses expériences personnelles pour lui : les femmes, le vin, les scènes exotiques ou déchirantes auxquelles il assistait dans chaque port… Comment décrire le soleil à des gens qui ne connaissaient que la lune ? Cependant, il prenait toujours un immense plaisir à ces retrouvailles, et il s'en réjouissait à l'avance — tout comme il se réjouissait à l'idée du voyage suivant.

Mais cette fois, il redoutait de rentrer chez lui.

Naturellement, sa famille serait anéantie par le récit de ses mésaventures : malgré leurs doutes, tous avaient placé de grands espoirs dans cette entreprise. Aulay les avait convaincus que bientôt leur commerce refleurirait, et qu'ils retrouveraient leur gloire passée. Et il venait leur annoncer qu'ils risquaient de tout perdre !

Comment allait-il rembourser la cargaison ? Serait-il contraint de vendre son navire ? Les Mackenzie n'avaient jamais contracté de dettes, pas même pendant les périodes les plus difficiles qu'ils avaient traversées ; ils étaient trop fiers pour cela.

La gorge nouée par le désespoir, Aulay baissa la longue-vue.

Son père insisterait pour que les Livingstone soient emmenés devant la justice, et son frère Rabbie l'approuverait, il en était certain. Les règles étaient simples, à Balhaire : celui qui osait prendre ce qui ne lui appartenait pas était sanctionné. Malheureusement, ces sanctions ne pouvaient être levées parce que la femme qui avait volé son navire avait aussi ravi son cœur. Les sentiments profonds qu'il éprouvait pour elle n'atténueraient en rien leurs pertes. Sacrebleu, parmi toutes les femmes que comptait le monde, pourquoi vouait-il autant d'estime à celle qu'il ne pouvait pas défendre ?

Mais il ne voulait pas réfléchir à tout cela maintenant. Autant attendre le dernier moment. Il était incapable de chasser les pensées lubriques que lui inspirait Lottie ; comment ferait-il pour affronter l'idée de sa mort ?

Aulay s'apprêtait à ranger la longue-vue lorsqu'un mouvement attira son regard. Levant à nouveau l'instrument, il l'orienta légèrement à droite et parvint à distinguer les huniers d'un navire, près de la côte.

Baissant la longue-vue, il descendit le long du mât.

Sur le pont, Beaty lui apprit qu'il avait lui aussi aperçu le vaisseau.

— Je vais garder un œil sur lui, dit-il. Vous devriez dormir un peu, capitaine. Nous gagnerons les îles avant l'aube.

Heureux de pouvoir se reposer, Aulay se dirigea d'abord vers la cale pour y chercher un des derniers biscuits ainsi que du poisson salé, pêché le matin même. Lorsqu'il revint sur le pont, il ne restait du soleil qu'un ruban de lumière rose. Arrivé en haut des marches qui menaient au poste d'équipage, il vit la porte de la cabine avant s'ouvrir et se trouva nez à nez avec Lottie. En le voyant, elle hésita, regarda par-dessus son épaule puis referma doucement la porte. Ils s'étaient à peine adressé quelques mots depuis qu'il lui avait avoué qu'il ne savait pas quoi faire d'elle. Elle paraissait plus reposée que les jours précédents et le soleil avait teinté ses joues de rose. Sa chevelure était rassemblée en une natte épaisse dont elle tournait et retournait le bout entre ses doigts sans se décider à avancer. Visiblement, elle n'avait pas plus envie de le croiser que de regagner la petite cabine.

— C'est donc ici que vous vous cachiez ? demanda-t-il.

— C'est moins dangereux qu'au sommet d'un mât.

— Vous m'avez espionné ?

— Espionné ? J'ai bien cru que vous alliez sauter à l'eau et périr noyé !

Aulay ne put réprimer un petit rire ironique.

— Si j'avais l'intention de sauter à l'eau, je l'aurais fait bien plus tôt !

Cette remarque lui valut un léger sourire.

— Certes, répondit-elle tandis que son regard tombait sur le biscuit et le poisson qu'il avait entre les mains.

— Je vous dois des remerciements, reprit-il en passant devant elle pour regagner sa cabine.

— Pourquoi ? demanda-t-elle d'une voix étonnée.

— Pour avoir fait travailler vos hommes. Vous aviez raison : ils nous ont été d'un grand secours. Mon équipage est reposé.

— Vous devez être la première personne à affirmer que les Livingstone ont servi à quelque chose, dit-elle d'un ton désabusé. Nous ne sommes bons à rien, capitaine. J'ai bien cru que Beaty allait se mettre à boire à cause de nous !

— N'ayez aucune inquiétude : Beaty a beaucoup d'imagination quand il s'agit de trouver des raisons de boire !

Le sourire de Lottie s'élargit.

Aulay la salua d'un hochement de tête. Sa raison lui disait de mettre poliment fin à cette conversation et de quitter Lottie. Mais à peine eut-il franchi quelques pas qu'elle l'arrêta.

— Allez-vous continuer à m'éviter longtemps ?

Il sentit son cœur bondir dans sa poitrine.

— J'ai un navire à gouverner, répondit-il, un peu honteux de cette piètre excuse. Je dois aller me reposer, ajouta-t-il avant de se forcer à accélérer le pas.

Arrivé dans sa cabine, il posa les vivres sur la table.

— Peut-être avez-vous décidé qu'il était plus sage de fuir la compagnie d'une femme qui doit être jugée ?

Aulay se tourna vers la porte. Lottie se tenait là, debout, sa silhouette se découpant sur le bleu foncé du ciel.

Oui, elle avait vu juste : c'était comme un regret qui le rongeait, qui lui déchirait le cœur. Une fois de plus, il s'étonna qu'elle paraisse si bien le comprendre.

— Si c'est ce que vous pensez, pourquoi êtes-vous

ici ? Est-ce pour me persuader de me montrer clément avec vous, le moment venu ?

— Le seriez-vous ?

— Ce n'est pas moi qui déciderai de votre sort, Lottie, répondit-il en secouant la tête.

— Dans ce cas précis, non, dit-elle avec un petit sourire. Puis-je vous parler ?

S'appuyant contre la table, il lui fit signe de continuer.

— Vous êtes un homme bon, Aulay Mackenzie, et je vous ai fait du tort. Je le regretterai jusqu'à ma mort. Mais je veux que vous sachiez que je… Combien je…

S'interrompant, elle soupira.

— J'aimerais que vous sachiez que je vous porte une profonde estime.

Aulay ne s'attendait pas à ces paroles, pas plus qu'il ne s'attendait à ce qu'elles pansent son cœur meurtri.

— Ce ne sont pas des choses à dire, je le sais. Vous êtes un gentleman, un homme du monde, et je ne suis qu'une fille venue de nulle part. Mais je n'ai plus le temps d'observer les convenances, et je tiens à vous témoigner mon plus grand respect. Vous avez fait preuve à mon égard d'une générosité que je ne méritais pas.

Aulay ne savait que dire, mais Lottie, elle, avait trouvé ses mots.

— Ces derniers jours ont été effrayants, tragiques… mais aussi exaltants et extraordinaires, poursuivit-elle en pénétrant dans la cabine. J'ai vécu toute une vie en moins d'une semaine.

Comme il la comprenait ! Lui-même avait l'impression qu'à l'âge de trente-sept ans il venait enfin d'ouvrir les yeux.

— J'ai tellement changé, Aulay ! Quel que soit le sort

qui m'attend, je ne peux réprimer mes sentiments. Je n'ai pas toujours osé ouvrir mon cœur quand il le fallait, mais aujourd'hui, je sais que je ne peux pas vous quitter sans vous dire que je vous estime, dit-elle avec émotion. Plus que je ne l'aurais jamais imaginé !

Sa voix se brisa et Aulay, sans réfléchir, lui prit la main pour l'attirer dans ses bras, sans se soucier qu'on pût les voir. Le visage enfoui dans ses cheveux, il respira son parfum. Malgré les journées passées en mer, elle sentait délicieusement bon. Et comme elle était douce et chaude contre lui ! Tout en elle n'était que perfection.

— Comme j'ai espéré ce moment ! Je voulais tant être dans vos bras…, murmura-t-elle.

— Lottie.

Son cœur et son esprit se livraient un combat déchirant. Lottie avait conquis son corps et son âme, mais il aimait son navire, et sa vie en mer. C'était tout ce qui comptait pour lui autrefois — avant qu'il ne pose les yeux sur elle. Aujourd'hui, il ne savait plus ce qui comptait. Qu'allait-il faire, en Écosse, lorsqu'on voudrait le forcer à venger son vaisseau, sa vie, sa réputation ?

Tout cela n'avait aucun sens. Ce n'était pas juste. Quoi qu'il décide, ce serait un mauvais choix. Pouvait-il seulement être certain de la sincérité de Lottie ? Peut-être tentait-elle de le séduire dans l'espoir qu'il la libérerait ?

— Je croyais que vous me détestiez, dit-elle tout bas.

— Vous détester ? Jamais je ne pourrais vous détester, Lottie. Quoi qu'il arrive, je ne vous détesterai jamais.

Je vous aime. Ne le voyez-vous pas ? Ne comprenez-vous pas quelle est la source de mon tourment ? Je vous aime !

Incapable de résister plus longtemps, il la souleva dans ses bras, ferma la porte d'un coup de talon et l'assit sur la table. Tout en l'embrassant, il se glissa entre ses jambes. Elle s'accrocha à son cou et lui rendit son baiser avec fougue, attisant en lui une flamme si intense et brûlante que seul un fou se serait risqué à la toucher.

Mais Aulay était faible : non seulement il toucha cette flamme, mais il la laissa le consumer.

Ses doigts se promenèrent le long des bras de Lottie, puis sur ses seins, qu'il prit dans le creux de ses mains tout en l'embrassant à nouveau. Une étrange émotion lui étreignait la poitrine. Aulay n'était ni superstitieux ni excessivement sensible, mais il sentait qu'ils étaient attirés l'un vers l'autre par une force qui les dépassait tous deux et qui semblait les envelopper. Pour le meilleur ou pour le pire, il était viscéralement lié à cette femme.

Lottie se pressait contre lui, à présent. Elle n'était pas timorée, ce qui augmentait encore son excitation. Un flot d'émotions nouvelles l'envahissaient. Ou peut-être avaient-elles toujours été enfouies en lui ? Il avait envie de la serrer dans ses bras, de la protéger. Il avait envie de lui faire l'amour, d'être en elle. Mais en même temps, la voix de la raison tentait désespérément de se faire entendre, de freiner son cœur battant. De le freiner, lui.

Elle lui caressait le torse lorsqu'il lui saisit les mains.

— Je ne veux pas vous donner de faux espoirs, Lottie.

Ses yeux brillaient dans la pénombre. De désir. De fièvre.

— Cela m'est égal.

— Vous ne pouvez pas dire cela ! Vous devez penser à vous. Quoi qu'il se passe entre nous, cela ne changera rien à la réalité que nous devrons tous deux affronter, vous le comprenez ? demanda-t-il en lui tenant le visage pour la forcer à le regarder. Dites-moi que vous comprenez, *leannan* !

— Oui, je comprends, répondit-elle d'un ton solennel en tendant la main pour écarter délicatement une mèche de cheveux de son front. Je ne suis pas stupide, Aulay. Je sais ce que je risque. Mais si ma vie doit prendre fin, d'une façon ou d'une autre, je veux pouvoir me dire que cela en aura valu la peine. Alors, à mon tour de vous demander : me comprenez-vous ?

Aulay reçut ces mots en plein cœur. Était-il vraiment possible d'être touché à ce point ? Les émotions déferlaient à nouveau en lui. C'était comme des vagues, chacune plus haute que la précédente, qui s'écrasaient de plus en plus vite, de plus en plus fort. Elle avait éveillé en lui un besoin irrésistible de sentir son corps contre le sien.

Ses mains glissèrent de ses épaules à ses flancs pour dénouer les pans de sa tunique et l'ôter en la passant par-dessus sa tête. Puis il la déposa sur le sol et délia les nœuds de ses braies, qu'elle retira en soulevant ses petits pieds l'un après l'autre.

Elle était superbe : un modèle de beauté féminine avec des seins lourds, une taille cambrée et des jambes longues et fines. N'y tenant plus, Aulay se déshabilla rapidement tandis qu'elle dénouait sa tresse, laissant retomber sa magnifique cascade de cheveux sur ses épaules.

Il la prit dans ses bras et lui embrassa le creux de la gorge. Après avoir cherché à tâtons son pardessus, il le jeta sur sa couchette et y allongea Lottie.

— Pauvre de moi ! Vous m'avez ensorcelé, Lottie, dit-il en lui baisant les lèvres. Je suis votre serviteur, ajouta-t-il en lui embrassant les joues, la bouche, le cou, avant de descendre jusqu'à ses seins.

Elle plongea les mains dans ses cheveux en cambrant les reins.

— Je ne veux pas d'un serviteur. Ce que je veux, c'est un amant !

Aulay pensait être au comble de l'excitation, mais il se trompait. À présent, il avait envie d'explorer la moindre parcelle de sa peau si douce. Il voulait que son corps garde pour toujours la mémoire du sien, que son désir la comble au-delà du possible. Oui, il allait lui montrer ce que c'était que d'aimer et d'être aimée, dans une vie qui valait la peine d'être vécue. Car il l'aimait. À cet instant, plus rien d'autre ne comptait.

Lottie laissa échapper un long soupir de plaisir en refermant les doigts sur ses épaules tout en se pressant contre son sexe tendu. Il lui caressa les seins, le ventre, la courbe des hanches, avant de glisser la main entre ses cuisses.

Il sentait le souffle chaud de Lottie contre sa joue, de plus en plus saccadé. D'un genou, il lui écarta les jambes. Juste avant qu'il n'entre en elle, Lottie prit son visage entre les mains et plongea son regard dans le sien, comme si elle cherchait… Quoi, au juste ?

Emporté par le feu de son désir, envoûté par elle, il ne pouvait plus se contenir. Lottie lui sourit et l'embrassa en enfouissant les doigts dans ses cheveux.

— Qu'y a-t-il ? murmura-t-il d'une voix presque désespérée.

— Vous, Aulay. Il y a vous.

Submergé par la douceur de ces paroles, il lui effleura les seins, le ventre, et se cramponna à ses hanches tandis qu'il entrait en elle et commençait à se mouvoir.

Ce n'était pas comme la première fois, lorsque, éperdus

de tristesse, ils avaient fait l'amour passionnément. C'était plus fort encore : une union au sens primitif, un homme et une femme qui exécutaient une danse ancestrale pour ne faire plus qu'un. Elle l'avait possédé et il la possédait à son tour. Ses caresses se faisaient impatientes ; son désir enflait, dévorant.

Lottie laissa échapper un soupir d'extase tandis qu'il s'abandonnait à la jouissance. Il retint son souffle, s'accrochant aux sensations de leur fusion aussi longtemps que possible. Enfin, il se souleva sur un bras pour la contempler.

Les yeux fermés, elle laissait voir sur son visage une expression de bonheur parfait, libéré du chagrin et des tourments. Jamais elle ne lui avait paru aussi éblouissante.

— *Tha thu breagha*, murmura-t-il. Que vous êtes belle !

Elle sourit en ouvrant les paupières et lui effleura du doigt le menton avant d'y déposer un baiser. Puis elle se blottit contre lui en enfouissant le visage dans son cou.

Cela en valait la peine, Lottie.

Oui, pour lui du moins, cela valait bien toute une vie.

Chapitre 20

Lottie se réveilla en sursaut. Elle était toujours enveloppée dans la chaleur des bras d'Aulay. Un havre de douceur et de sécurité.

Tout doucement, elle se dégagea de son étreinte et, après avoir déposé un baiser sur son torse nu, elle se glissa hors du lit. Aulay ne bougea pas. Il paraissait dormir d'un sommeil si profond qu'elle se demanda depuis combien de temps il n'avait pas pris de repos. Après s'être habillée en silence, elle sortit de la cabine. C'était le milieu de la nuit et le pont était presque désert. Elle ne vit que deux des Mackenzie : l'un à la barre, l'autre accoudé au bastingage, l'œil collé à une longue-vue. Que pouvait-il bien voir à la faible lueur de la lune ?

Se glissant dans la cabine avant, elle enjamba le corps de Mathais et passa devant la première couchette, occupée par Drustan. Elle grimpa sur l'autre et sombra presque aussitôt dans un sommeil délicieux.

Le soleil s'était levé lorsqu'elle se réveilla à nouveau. Aussi heureuse qu'une jeune mariée, elle s'étira. Elle se sentait rassasiée. Aimée. Pas de l'affection que lui témoignaient généralement les hommes tout en la regardant d'un air concupiscent. Non, d'un amour profond et sincère. Jamais elle n'avait été l'objet d'un tel désir. C'était comme si Aulay la voulait tout entière, corps et âme, et pas seulement pour sa beauté. Oui, les moments qu'elle avait passés avec lui valaient bien toutes les épreuves qu'elle avait vécues jusqu'à présent.

— Pourquoi souris-tu ainsi ?

— Comment ? Pardon ? demanda-t-elle en se redressant brusquement sur le lit.

Lottie n'avait pas remarqué que Mathais était réveillé et déjà habillé. Il avait tiré ses cheveux longs en arrière pour les attacher en queue-de-cheval, comme Aulay le faisait parfois.

— Tu souriais dans ton sommeil, dit-il en la regardant avec curiosité. As-tu rêvé de père ?

Non. Par miracle, pour la première fois depuis des jours, elle n'avait pas rêvé de lui.

— Oui, je suppose, mentit-elle. Te souviens-tu de l'été où il avait élevé des chiens pour chasser les lapins ?

Elle sourit en revoyant les adorables chiots s'ébattre dans leur salon. Malheureusement, s'ils étaient fort à leur aise sur les genoux des dames, ils n'avaient aucun talent pour la chasse.

Mathais la dévisagea comme si elle parlait danois.

— Ce n'est pas le moment de parler de chiens ! dit-il avec humeur en se mettant à arpenter la pièce, le pas nerveux. Un navire file droit sur nous. Il a navigué toute la nuit pour nous rattraper, à ce que m'a dit Gilroy.

— Comment ? s'écria Lottie en sautant du lit. À qui appartient-il ? demanda-t-elle en cherchant ses bottines.

— C'est bien là le problème : il n'a ni pavillon ni marques. Et si c'était un vaisseau fantôme ? ajouta-t-il d'une voix soudain tremblante.

Lottie ignorait ce qu'était un vaisseau fantôme et n'avait aucune envie de le découvrir.

— Où est Dru ?

— Où veux-tu qu'il soit ? Sur le pont, assis sur un tonneau à sculpter ses satanés bouts de bois !

Lottie lui lança un regard sévère et il haussa les épaules, un peu honteux.

— Il n'a même pas remarqué le navire qui nous poursuit ! Il ne fait attention à rien ! protesta-t-il. Gilroy dit que ce sont peut-être des collecteurs de taxes, ou des corsaires. Mais à mon avis, ce pourrait très bien être un vaisseau fantôme ! continua-t-il d'un ton fébrile qui n'était pas du goût de Lottie.

Son cœur se mit à battre d'appréhension. C'était exactement ce qui s'était passé moins d'une semaine plus tôt : un bateau les avait approchés et, comme maintenant, ils avaient tenté de deviner qui pouvait bien être à son bord.

Après avoir chaussé rapidement ses bottines, elle suivit son frère sur le pont. À bâbord, un petit groupe observait le mystérieux navire. Seigneur, il était vraiment proche ! Il naviguait à leurs côtés, à présent. À son bord, Lottie parvint à distinguer des hommes qui pointaient des canons sur eux. Elle réprima un cri d'angoisse. Non, cela n'allait pas recommencer !

Autour d'elle, des Mackenzie et des Livingstone se hâtaient de régler les voiles et de déplacer les caisses et les tonneaux pour mettre les canons en place. Sautant sur le pont principal, elle courut vers Duff, qui faisait partie des hommes regroupés devant le bastingage, et l'agrippa par la manche pour attirer son attention.

— Qui sont ces gens ? Que se passe-t-il ?

— Je l'ignore. Mais ils nous poursuivent, cela ne fait aucun doute.

Lottie entendit Aulay aboyer un ordre à deux hommes perchés sur les mâts. Elle se retourna vers lui, mais à ce moment précis, Drustan, qui devait enfin avoir remarqué le branle-bas général, se mit à l'appeler en hurlant. Lorsqu'elle posa à nouveau les yeux sur Aulay, celui-ci la fixait d'un air sévère en désignant son frère du menton. Comprenant immédiatement le sens de son regard, ou plutôt de son ordre, elle se précipita vers Drustan.

Complètement affolé, le pauvre gênait les hommes qui se démenaient pour conserver leur petite avance sur l'autre navire.

— Emmenez-le à la cale ! lui dit Aulay en se saisissant de la longue-vue que lui tendait Iain le Rouge.

— Quel est ce vaisseau ?

— Je n'en sais rien.

L'œil collé à la lunette, il se mit à parler à Iain en gaélique. Puis il lui rendit l'instrument et se retourna si brusquement qu'il faillit se cogner contre Lottie.

— Allons, je vous en prie ! insista-t-il en désignant l'écoutille d'un geste. Vous nous empêchez de faire notre travail, tous les deux.

Elle aurait voulu qu'il la rassure, elle aurait voulu lui jurer qu'elle ferait tout pour l'aider, mais il était déjà loin.

Un bruit sourd retentit derrière elle. Drustan avait fait tomber un tonneau qui se mit à rouler, heurtant un canon. Elle saisit son frère par les bras et le fixa droit dans les yeux. Mais il avait le regard absent, comme souvent quand il ne comprenait pas ce qui se passait autour de lui. On aurait dit qu'il disparaissait en lui-même.

— Je suis là, Dru. Où est ton morceau de bois ?

demanda-t-elle en le guidant vers l'écoutille qui menait à la cale.

Drustan regarda ses mains en fronçant les sourcils.

— Je ne sais pas. Est-ce que je l'ai perdu ?

— Allons voir en bas, d'accord ? S'il n'y est pas, nous en trouverons un autre.

— Le voici ! s'écria-t-il soudain en le sortant de sa poche tandis qu'elle l'entraînait vers l'écoutille.

La cale était imprégnée d'une odeur âcre. Trop d'hommes avaient séjourné là, entassés les uns sur les autres. Drustan y semblait à son aise : aussitôt entré, il se laissa tomber sur une botte de paille et se mit à tailler son bout de bois, le visage penché sur son ouvrage. Il avait déjà oublié ce qui s'était passé sur le pont.

Parfois, Lottie enviait son frère : comme la vie était simple pour lui ! Quant à elle, elle n'avait rien d'autre à faire qu'attendre en se rongeant les sangs.

Incapable de rester immobile, elle se mit à marcher de long en large. Lorsque la bougie s'éteignit, elle en chercha d'autres. Au-dessus de sa tête, elle entendait parfois les hommes qui déplaçaient des objets ou criaient. Depuis combien de temps étaient-ils enfermés là ? Une heure ? Quatre ? Enfin, l'écoutille s'ouvrit si brusquement que Drustan et elle sursautèrent. Mathais dévala les premières marches et franchit les autres d'un bond, atterrissant entre eux deux.

— Que s'est-il passé ? demanda-t-elle.

— Nous allons franchir le détroit de Pentland ! annonça son frère, qui semblait dans un état d'exaltation extrême.

Le détroit de Pentland ? Lottie ne savait ni de quoi il s'agissait ni ce que cela signifiait.

— Oui, et… ?

— Et cela peut être très dangereux si l'on n'est pas vigilant. C'est un bras de mer qui sépare l'archipel des Orcades de l'Écosse. Les navires sont censés emprunter le passage entre les Orcades et les îles Shetland, qui est bien plus large. Mais dans le détroit, la marée monte vite, et Gilroy dit que si nous y pénétrons au bon moment, la mer nous projettera avec assez de force pour que nous dépassions le coude.

— Comment ? s'exclama Lottie. Quel coude ? Cela semble terriblement…

— … Dangereux : c'est ce que je te disais ! coupa Mathais, les yeux brillants.

— Et l'autre navire ? Ne sera-t-il pas projeté, lui aussi ?

— Si : il est juste derrière nous ! annonça Mathais.

— Non, non, non ! cria Drustan. Pas l'autre navire !

— Sois tranquille, Dru, répondit Mathais avec autorité. Nous allons les battre, je te le promets ! Nous allons gagner !

— Nous allons gagner ! répéta Drustan.

Saisie d'angoisse, Lottie avait le souffle court.

— Je dois… Je dois voir cela de mes propres yeux, Mats. Je dois comprendre ce qui se passe. Reste avec Drustan.

— Mais je dois aider les autres !

— Et tu le feras. Mais je dois voir !

— Non, Lottie, je ne veux pas que tu ailles là-haut ! Reste ici ! gémit Drustan.

— Elle va revenir, Dru. Elle revient toujours ! lui répondit Mathais avec impatience. Arrête de geindre, je déteste cela !

Lottie se hâta de gravir les marches avant qu'ils ne la retiennent.

En arrivant sur le pont, elle fut accueillie par une bourrasque qui la fit reculer d'un pas. Autour d'elle, les hommes s'affairaient, tirant sur les cordes, hissant les voiles ou manœuvrant les vergues. Elle se fraya un chemin entre eux en s'efforçant de ne gêner personne, mais un marin poussa une caisse qui faillit la faire tomber par-dessus bord.

Vite remise de sa frayeur, elle monta l'escalier menant au gaillard d'arrière, où se trouvaient Aulay, Beaty, Duff et Gilroy. Aulay se tenait à la barre, jambes écartées et cheveux au vent. Se retournant pour regarder derrière eux, elle poussa une exclamation d'effroi. Leurs poursuivants s'étaient encore rapprochés !

— Que veulent-ils ? demanda-t-elle sans s'adresser à personne en particulier.

— Vous ne devriez pas être ici, lâcha Aulay en lui accordant un bref regard.

Une vague puissante fit basculer le navire sur la droite, éclaboussant le gaillard d'arrière. Lottie perdit l'équilibre et tomba à la renverse.

— Prends le gouvernail, Beaty !

À peine avait-elle entendu Aulay prononcer ces mots qu'elle sentit deux bras robustes se glisser sous les siens pour la relever. En moins de temps qu'il n'en faut pour le dire, elle se retrouva en bas des marches, sur le pont principal.

— Retournez dans la cale, *leannan*. Je ne veux pas que vous soyez blessée, lui dit-il.

Il s'apprêtait à la quitter lorsqu'elle le retint par le bras.

— Aulay, je…

— Plus tard, répliqua-t-il sans méchanceté, mais sur

le ton d'un homme qui a plus important à faire que de rassurer son amante.

C'était mieux ainsi. Au fond, Lottie ne savait pas très bien ce qu'elle voulait lui dire. *Pardon ?* Tragiquement insuffisant. *Sauvez-nous ?* Inutile, au vu des circonstances. *J'ai peur, prenez-moi dans vos bras ?* C'eût été injuste.

Dès son retour, Mathais se rua sur le pont sans lui laisser le temps de lui parler.

— Fais attention à toi ! cria-t-elle.

— Oui, oui ! répondit-il avant de fermer l'écoutille d'un coup sec.

À nouveau, Drustan et elle furent condamnés à attendre.

Les minutes se changèrent en heures. Lottie remplaça deux fois la bougie suspendue au-dessus de leur tête ; elle leur chercha de quoi manger. Mais la plupart du temps, elle se contentait d'arpenter la cale de long en large. Parfois, des cris lui faisaient lever les yeux. À un moment, il y eut une grande agitation, comme si un troupeau de bœufs traversait le pont en courant, et Drustan se cacha la tête dans ses mains. Puis il n'y eut plus que le silence, seulement interrompu par les craquements du navire qui fendait l'eau.

Lottie se rendit compte qu'il faisait nuit lorsque l'écoutille s'ouvrit et que MacLean apparut, suivi de Mathais.

— Nous venons chercher à manger, dit le premier.

Son visage était marqué par la fatigue, ses vêtements trempés.

Mathais se mit à fouiller dans les caisses et les boîtes.

— On m'a chargé de ramener du whisky ! déclara-t-il avec l'exubérance de la jeunesse.

— Du whisky ? demanda Lottie en regardant MacLean. Cela veut-il dire que nous sommes tirés d'affaire ?

— Loin de là ! soupira celui-ci. Ils nous ont suivis dans le détroit. Nous avons gagné un peu d'avance, mais ils ne nous lâchent pas ; ils imitent nos moindres mouvements. Heureusement, Mackenzie est un excellent navigateur : il nous a fait traverser ces eaux dangereuses sans la moindre secousse. Quand nous aurons doublé le cap Wrath, nous longerons la rive. L'autre navire est plus gros ; il ne pourra pas nous suivre. Selon Beaty, Mackenzie est le seul capitaine capable de naviguer aussi près de la rive sans s'échouer, ajouta-t-il, les bras chargés des derniers biscuits. Nous nous débarrasserons d'eux à ce moment-là. Viens, Mats, portons tout cela en haut !

Et ils disparurent tous deux.

Drustan s'aménagea une couche dans la paille et s'y installa pour dormir. Par chance, il ne semblait pas conscient du danger qu'ils couraient. Lottie, elle, ne chercha même pas à trouver le sommeil. Chaque gémissement du bateau, chaque bruit de pas la faisait sursauter. Elle allait et venait entre l'escalier et le coin où son frère dormait. À mesure que les heures passaient, son imagination bouillonnait d'idées de plus en plus funestes.

Émergeant soudain de ses pensées, elle se rendit compte qu'elle n'avait rien entendu depuis quelque temps. Elle tendit l'oreille. Pas un bruit de pas, pas même une voix étouffée. Et si des pirates s'étaient glissés à bord et avaient assassiné tout le monde ? Drustan et elle étaient-ils destinés à partir à la dérive jusqu'à ce que le navire chavire ou qu'il s'écrase contre une falaise, sans que personne les retrouve jamais ? À moins que quelqu'un leur tende une embuscade, là-haut ?

Elle ne pouvait pas rester sans rien faire : il fallait qu'elle sache. Après s'être assurée que Drustan dormait profondément, elle grimpa l'escalier. Tout doucement, pouce après pouce, elle ouvrit l'écoutille. Dehors, il faisait sombre, mais le jour était levé. Un épais brouillard gris enveloppait le vaisseau.

Lottie souleva encore un tout petit peu le panneau et passa la tête par l'ouverture. Brusquement, une main s'abattit sur son visage pour la repousser au bas de l'escalier, tandis qu'un homme s'engouffrait par l'écoutille et la refermait sans bruit.

Se rattrapant à un pilier, elle se retourna.

— Pour l'amour du ciel, Duff, vous m'avez fait une peur bleue !

— Pas un mot, Lottie, chuchota-t-il en pressant un doigt contre sa bouche.

— Sommes-nous attaqués par des pirates ? demanda-t-elle, le cœur battant.

Duff secoua la tête.

— Ils ne nous voient pas grâce au brouillard. Mais nous les entendons. Ils sont en train de nous dépasser, et nous ne devons pas faire de bruit jusqu'à ce qu'ils soient partis, murmura-t-il.

Lottie porta les mains à son visage, enfonçant les doigts dans sa peau pour s'empêcher de crier de frayeur.

Duff leva les yeux vers l'écoutille et, laissant retomber ses bras, elle l'imita. Ils restèrent debout, l'un à côté de l'autre, l'oreille tendue, attendant que quelqu'un ouvre le panneau.

— Qu'est-ce que c'est ? siffla soudain Duff.

Lottie avait entendu, elle aussi. Un léger crépitement, au-dessus de leur tête.

— La pluie, dit-elle tout bas.

— Cela veut dire que le brouillard va bientôt se lever, observa-t-il d'un air inquiet.

Ce qui n'était d'abord qu'un petit crachin se mua soudain en un véritable déluge. Des trombes d'eau s'abattaient sur le pont.

— Je monte, annonça Duff.

— Lot ? Je ne te vois pas ! cria Drustan.

— Je suis ici, Drustan, répondit-elle en regardant Duff monter l'escalier.

Comme elle aurait voulu pouvoir le suivre ! Mais elle ne pouvait pas abandonner Drustan. Jamais elle ne le laisserait. Sa mère ne lui avait-elle pas répété maintes fois ce refrain ? « Ne laisse pas Dru. »

— J'ai faim, dit-il quand elle s'approcha de lui.

Il serrait contre son cœur son morceau de bois sculpté. Une mouette, et fort bien taillée, remarqua-t-elle.

— Je vais voir ce qu'il reste, d'accord ?

Mais elle fouilla les caisses sans rien trouver d'autre que de la bière aigre.

— J'ai toujours faim, Lottie ! gémit son frère après avoir vidé la bouteille.

— Tu auras à manger bientôt, Dru. Sois patient.

Tout à coup, il leva les yeux.

— Qu'est-ce que c'est que ce bruit ? demanda-t-il.

On eût dit que quelqu'un pompait l'eau d'un puits.

— Ce doit être la marée qui monte.

À moins que ce ne soit l'inverse ? Pourquoi personne ne venait-il les chercher ? Si l'autre navire s'était éloigné, pourquoi restaient-ils enfermés ici ? Comme la pluie commençait à passer au travers des planches, ils se réfugièrent au centre de la cale.

Tout d'un coup, des cris retentirent sur le pont

et Drustan, effrayé, se mit à hurler. Lottie parvint à distinguer le mot « Souquez ! » et brusquement, le navire tangua à droite, les prenant tous deux au dépourvu. Elle empoigna son frère tout en se cramponnant à un pilier. Mais à peine avait-elle réussi à se redresser que le vaisseau heurta violemment quelque chose. Le choc les jeta tous deux à terre. En constatant que sa main était mouillée, Lottie se retourna : de l'eau s'engouffrait en cascade par la poupe.

Drustan parvint à se lever en s'agrippant au pilier, et Lottie l'imita. Une fois debout, elle ne put retenir un cri d'effroi en découvrant dans la coque un trou de la taille d'un tonneau de whisky.

— Viens ! hurla-t-elle en saisissant son frère par la main. Nous devons sortir d'ici !

— Non ! gronda-t-il, les bras serrés autour du pilier.

Elle essaya de toutes ses forces de l'arracher à la poutre, mais Drustan résistait. C'était peine perdue : il était bien trop fort, et elle ne parvenait même pas à soulever un de ses doigts.

— Dru ! Si nous restons ici, nous allons nous noyer ! s'écria-t-elle en lui assenant un coup de poing dans le bras. Viens avec moi !

Pour toute réponse, il poussa une sorte de rugissement et ferma les yeux.

Épouvantée, Lottie se rendit compte qu'elle allait sombrer avec le navire. Drustan ne lâcherait jamais ce pilier, et elle n'abandonnerait jamais Drustan. Elle était condamnée à se noyer. Une terreur indicible lui étreignit la gorge et la poitrine.

— Je t'en prie ! insista-t-elle. Je ne veux pas mourir,

Dru ! Tu dois me faire confiance, tu m'entends ? Si père était là, il te dirait de m'écouter !

À ces mots, il ouvrit les yeux pour la regarder.

— J'ai peur !

— Moi aussi ! Mais je ne peux pas me résoudre à sombrer au fond de la mer ! Sur le pont, au moins, nous avons une chance de survivre. Père voudrait que nous nous battions !

— Je ne sais pas nager ! gémit-il tandis que de grosses larmes lui coulaient sur le visage.

— Nous n'aurons pas besoin de nager, promit-elle d'une voix tremblante en lui caressant la joue. Il y a des canots, là-haut, tu te souviens ? Des canots, Dru !

Pourvu que ce soit vrai, pourvu que tous les autres ne les aient pas abandonnés ! Saisissant l'une de ses puissantes mains, elle parvint à la décoller doucement du pilier. L'eau montait jusqu'à leurs chevilles, maintenant.

Drustan tenta de s'accrocher à tout ce qui se trouvait sur son passage mais, par miracle, elle réussit à l'entraîner jusqu'à l'escalier. Sa détermination la rendait plus forte qu'elle ne l'avait jamais été. En bas des marches, elle le poussa devant elle en lui criant de monter, d'ouvrir l'écoutille.

— J'ai peur ! cria-t-il.

Mon Dieu, qu'allait-elle faire de lui ? Elle passa devant lui en le bousculant et ouvrit le panneau à la volée. Puis, sans perdre un instant, elle redescendit et le força à monter à son tour.

— Duff et Mats t'attendent ! dit-elle, le souffle court.

C'était un mensonge, mais il fallait qu'elle trouve un moyen de le faire avancer. Elle suivit des yeux sa silhouette massive tandis qu'il grimpait les marches une à une d'un pas hésitant. Quand enfin il eut disparu sur le pont, elle s'élança à sa suite.

Elle se trouvait à mi-chemin quand une embardée soudaine la projeta au sol, où elle atterrit sur un genou. Une violente douleur se répandit dans tout son corps. Étourdie, elle prit une profonde inspiration pour se ressaisir. L'eau lui arrivait jusqu'à la taille. Par un effort de toute sa volonté, elle réussit à se relever. Puis elle sauta à cloche-pied jusqu'à l'escalier et essaya à nouveau de le gravir. Elle posa sa jambe valide sur la première marche, l'autre sur la deuxième, et ainsi de suite, en gémissant de douleur chaque fois qu'elle devait prendre appui sur son genou blessé.

Elle n'avait guère progressé lorsqu'elle vit un bras tendu surgir par l'ouverture de l'écoutille.

— Donnez-moi votre main ! cria Aulay.

Un immense soulagement l'envahit et elle saisit son poignet des deux mains. D'un coup sec, il la tira hors de la cale et la déposa sur le pont. Mais son genou ploya sous la douleur.

— Pouvez-vous marcher ? demanda-t-il.

Elle secoua la tête.

Sans hésiter, il la souleva dans ses bras et rejoignit le bastingage en quelques enjambées. Ils avaient déjà mis le canot et la chaloupe du *Reulag Balhaire* à la mer.

— Aidez-la à descendre ! ordonna Aulay. Elle est blessée !

La suite se déroula comme dans un songe confus. Lottie descendit l'échelle de corde avec l'aide de deux hommes, puis elle fut pratiquement jetée dans le canot. Des vagues écumantes de fureur venaient s'écraser contre le navire qui, peu à peu, sombrait. Il restait encore des hommes sur le pont. Tandis que le canot s'éloignait, les rameurs luttant contre les flots, Lottie fut saisie d'un brusque affolement et regarda autour d'elle. Dieu merci, Mathais et Drustan étaient bien là, ainsi que Duff, qui aidait deux des Mackenzie à ramer.

Elle se retourna vers le vaisseau. Il gîtait au point que le pont était presque à la verticale et semblait prêt à chavirer. Y avait-il encore des hommes à bord ? Impossible de le savoir : le pont avait disparu derrière un rideau de pluie. Elle se redressa sur son genou valide pour mieux voir, mais le canot, soulevé par une vague, retomba si brusquement qu'elle bascula en arrière en se cognant la tête contre le rebord.

— Retenez-la ! cria quelqu'un, et une main ferme lui saisit le poignet pour l'empêcher de tomber à l'eau.

Drustan.

Lorsqu'elle essaya de se redresser, tout était flou autour d'elle. Elle ne distinguait plus le ciel de la mer, et les flots étaient si agités qu'elle avait mal au cœur. Tandis qu'un affreux vertige l'emportait, elle songea qu'elle était prête à tout pour que cesse ce tourbillon infernal. Y compris à mourir.

Sa dernière pensée avant d'être engloutie dans les ténèbres fut pour Aulay.

Où était-il ?

Chapitre 21

Étendu de tout son long, Aulay se mit à tousser en crachant. L'eau de mer s'insinuait dans sa bouche, dans son nez, dans ses vêtements. Lorsqu'il se redressa, ses mains s'enfoncèrent dans le sable mouillé. Au moindre mouvement, il sentait le frottement des petits grains dans tous les plis de sa peau.

Comme il avait mal au crâne ! Lorsque le navire avait sombré, une vergue s'était détachée et l'avait heurté en pleine tempe.

Cherchant son souffle, il parvint à s'asseoir et regarda autour de lui. La marée montante avait formé une mare là où il se trouvait. Çà et là, des hommes étaient étendus sur le sable comme autant d'algues rejetées par les flots. Tous semblaient éreintés par l'épreuve atroce de ces dernières vingt-quatre heures.

Aulay se leva lentement. D'abord chancelant, il réussit rapidement à retrouver son équilibre. Non loin de lui se tenait le géant, assis en tailleur, le visage tourné vers le ciel d'un bleu étincelant. Il y avait aussi Mathais, allongé sur le dos, qui ouvrait et fermait la bouche comme un poisson hors de l'eau. Le comédien, MacLean et les autres Livingstone, tous étaient là. Iain le Rouge était penché au-dessus de son frère, pris de haut-le-cœur. Beaty vidait l'eau de son tricorne. Comment diable avait-il réussi à le garder sur la tête ? Billy Botly, le bras toujours en écharpe, ne semblait pas se porter plus mal qu'avant. Il y avait encore Geordie Willis et même Jack Mackenzie, avec sa jambe blessée, qui parlaient à voix basse, appuyés contre un rocher.

Et enfin Lottie, couchée sur le côté, le dos à la mer.

Il se tourna vers l'horizon. Une douleur inconnue lui serrait le cœur. Il n'y avait plus rien devant lui : pas la moindre trace de son navire. Les flots, parfaitement calmes à présent, semblaient aussi vides que dans ses tableaux. La marée ramenait peu à peu des caisses et des tonneaux de whisky sur la rive, mais son navire, lui, s'était évaporé, englouti par les flots à un quart de mille de la côte.

Grimpant sur un rocher, il contempla fixement la mer sans réussir à prendre la mesure de la catastrophe. Il avait fait partie du dernier groupe à quitter le navire et, tandis que le canot s'éloignait, il l'avait regardé sombrer, avalé par d'énormes vagues. Ce vaisseau avait forgé l'homme qu'il était devenu, et toute sa vie d'adulte. Et il avait disparu. Ses tableaux, ses livres, son vin français : disparus. Le petit couteau qu'il avait gagné au jeu contre un pirate français, les instruments de navigation : disparus. La cargaison, les voiles, le gréement, les canons : disparus, eux aussi.

Ce navire était tout pour lui ; il ne serait plus jamais le même homme. Jamais plus il ne prendrait la mer. Du reste, comment le pourrait-il ? Les Mackenzie avaient tout juste eu de quoi payer ce voyage, et à présent, ils allaient devoir rembourser la marchandise perdue à William Tremayne. Le naufrage du vaisseau allait probablement les ruiner.

Mais ce qu'il redoutait le plus, c'était la déception de son père. Arran Mackenzie était un homme sage et avisé. Grâce à lui, leur clan avait traversé les périodes les plus difficiles que les Highlands avaient connues, surmontant toutes les épreuves mieux que la plupart des autres. Aulay ne voulait pas être celui qui allait détruire tout ce que son père avait construit au prix d'inlassables efforts, alors même que ce dernier était au crépuscule de sa vie. Il avait trop souvent vu l'inquiétude durcir ses traits au cours des dernières décennies, et il ne pouvait oublier la réticence avec laquelle son père avait accueilli ses projets de reprendre les affaires. Pourtant, le jour où Aulay avait levé l'ancre, c'était lui qui avait affiché le sourire le plus radieux. Il lui avait semblé plus jeune alors, le visage réjoui par l'espoir et la perspective d'un nouveau commencement.

Arran avait cru en son fils.

La mer s'enroulait sur elle-même, mais sa mer à lui s'était enroulée autour de lui et l'avait emporté. Il était à la dérive.

Et cela le rendait furieux.

Debout sur cette plage rocailleuse, il bouillait de colère. Il était un volcan menaçant de cracher à tout moment des coulées de lave ardente.

— Et maintenant, capitaine ?

Beaty s'était approché de lui sans qu'il s'en rende compte. Aulay jeta un coup d'œil par-dessus son épaule : tous les membres de son équipage se tenaient là, debout. Ils le regardaient avec inquiétude, comme s'ils s'attendaient à ce qu'il rejoigne l'épave de son bateau à la nage et disparaisse avec lui.

— Détruisez les tonneaux et les caisses qui s'échouent sur la rive, et cachez les canots. Nous allons rejoindre Balhaire par les collines. Ne laissons aucun signe de notre présence ici. Qui qu'ils soient, nos poursuivants étaient déterminés, et je ne serais pas surpris qu'ils reviennent nous chercher à présent que la tempête est passée.

Dissimuler les preuves de leur survie s'avéra une tâche particulièrement exténuante sous le soleil brûlant et sans outils appropriés. Rien n'était récupérable : le bœuf salé était gâté et les balles de laine avaient absorbé tant d'eau qu'elles n'étaient plus que d'énormes éponges.

Deux de ses hommes avaient réussi à emporter des fusils en quittant le vaisseau. Ils les portaient en bandoulière au cas où certains des Livingstone tenteraient de s'enfuir. Toute camaraderie entre les deux clans s'était évanouie depuis que les Mackenzie avaient perdu leur navire et leur gagne-pain. Malgré leur vigilance, deux hommes réussirent cependant à s'échapper. Personne n'eut la patience de leur courir après, et aucun autre prisonnier n'eut la force de suivre leur exemple.

Lorsqu'il ne resta plus une trace du navire sur la plage, le groupe commença sa marche à travers les collines. Ils devaient être à une vingtaine de milles de Balhaire, peut-être un peu plus. Épuisés et affamés, ils avançaient lentement, d'autant plus que certains étaient blessés. Aulay remarqua que Lottie boitait, mais elle arrivait à marcher et avait refusé le bâton que Beaty lui proposait. Même si elle trébuchait de temps à autre, elle parvenait à suivre les hommes.

Aulay gardait ses distances. Il ne supportait pas de

la regarder, pas encore. En quelques jours, il en était venu à l'admirer, et même à l'aimer. Mais son navire et sa vie tout entière avaient été détruits par sa faute, et il ne pouvait l'oublier. Rongé par cette vérité lancinante comme par la douleur qui lui transperçait le crâne, il souffrait un peu plus à chaque pas. Comment avait-il pu voir les choses autrement ? Comment avait-il pu coucher avec l'ennemie ?

Après de longues heures de marche, ils arrivèrent devant une rivière où Aulay et ses frères allaient pêcher autrefois. Un endroit idéal pour boire et se reposer.

Au bord de l'eau, Beaty ôta son chapeau et s'essuya le front de la manche en le regardant du coin de l'œil.

— Avez-vous une idée de l'endroit où nous sommes, capitaine ?

Comme il était étrange de songer qu'il n'était plus capitaine ! Il désigna du doigt la colline qui s'élevait derrière le ruisseau.

— Balhaire est de l'autre côté.

— Sacrebleu ! s'exclama Beaty. Décidément, sur terre comme en mer, vous retrouvez toujours votre chemin !

Comme ce dernier s'agenouillait pour boire, Aulay descendit le long de la rivière jusqu'à un rocher qui émergeait de l'eau. Beaty avait raison. Lorsqu'ils étaient enfants, ses frères et lui passaient beaucoup de temps à explorer les environs. Et chaque fois, c'était lui qui les guidait au moment de rentrer au château. Il savait toujours où il se trouvait car il savait toujours où était la mer.

Assis sur le rocher, il se mit à se peigner les cheveux de ses doigts.

— Aulay.

Il ferma les yeux un instant avant de se tourner vers

Lottie. Elle était belle malgré ses haillons. C'était cette beauté qui l'avait entraîné dans une spirale infernale dont l'issue ressemblait fort à la mort. Frémissant de rage, il fixa à nouveau son regard sur la rivière.

— Je suis profondément désolée, Aulay. Pour votre navire. Pour tout. Mon cœur est empli de regrets.

Aulay ne répondit pas. De jolis mots dans une jolie bouche. Si seulement il pouvait la mépriser ! Mais cela lui était impossible. Il l'aimait, malgré les ravages qu'elle avait provoqués. Et en même temps, il la détestait. À tel point qu'il ne pouvait la regarder sans être submergé par une irrépressible colère. Lorsque Lottie lui toucha la main, il tressaillit et, d'un mouvement instinctif, la retira d'un coup sec, indifférent à son étonnement.

— Je vous demande pardon, murmura-t-elle. Vous ai-je offensé ? Je voulais seulement vous témoigner ma sincère gratitude. Vous êtes l'homme le plus estimable que j'aie jamais connu, ajouta-t-elle avec un sourire contrit.

Pourquoi disait-elle cela *maintenant* ? Était-ce pour apaiser la situation ? Par affection pour lui ? Ou parce qu'elle s'inquiétait pour son propre sort ?

— Partez, dit-il d'une voix aussi calme que possible. Je ne veux pas de vos flatteries.

— Aulay ! s'exclama-t-elle. Parlez-moi, je vous en prie !

— Vous parler ? répéta-t-il en se forçant à la regarder. Vous voulez que je vous parle, Lottie ?

Alors il sentit qu'en lui les digues se rompaient, laissant libre cours à une fureur sauvage.

— Très bien, je vais vous parler, poursuivit-il en se levant, la dominant de toute sa hauteur. Sachez que je maudis le jour où j'ai changé de cap pour vous venir en aide ! Vous m'avez détruit ! ajouta-t-il en frappant du poing contre sa poitrine. Ne m'avez-vous pas pris suffisamment ? N'avez-vous pas causé assez de tort à mes hommes et aux vôtres ?

Il haussait de plus en plus la voix, incapable de se contenir. Ses pensées devenaient confuses et il était littéralement hors de lui, comme si un démon enragé habitait son corps. Tout ce qu'il avait jamais été, tout ce qu'il aurait encore pu être, elle l'avait réduit à néant.

— Et maintenant, vous voulez que j'apaise vos craintes en vous assurant que tout va bien, dès lors que vous agissez à votre guise ? Même si mes hommes et moi avons perdu le navire qui assurait notre subsistance et celle de nos familles, même si les vôtres ne peuvent pas payer leurs loyers ! Vous voulez que je trouve les mots magiques qui vont tout arranger ?

— Mon Dieu ! Bien sûr que non, je…

— Si vous voulez que je parle, milady, voilà ce que j'ai à vous dire ! Et j'ajouterai cela : j'aurais aimé ne jamais poser les yeux sur vous, ne jamais entendre votre nom. Je regrette de ne pas avoir continué ma route lorsque j'ai vu votre vieux rafiot, car ainsi je nous aurais épargné toutes les catastrophes qui se sont abattues sur nos têtes ! Je n'ai pas eu ce bon sens, hélas, mais je vous promets de faire tout ce qui est en mon pouvoir pour que vous ayez à répondre de vos crimes !

— Vous dépassez la mesure !

MacLean, qui venait d'apparaître, posa les mains sur les épaules de Lottie. La jeune femme semblait abasourdie. Et anéantie.

Comprenant que tout le monde avait entendu sa diatribe, Aulay sauta de son rocher et s'éloigna en bousculant Lottie et MacLean. Puis, s'exprimant en gaélique, il ordonna à ses hommes de se rassembler et les mit en garde : une fois à Balhaire, ils devraient éviter toute discussion au sujet des Livingstone et se montrer très prudents lorsqu'ils raconteraient ce qui s'était passé.

— Personne ne doit s'imaginer que nous avons joué quelque rôle que ce soit dans leur commerce illicite. Moins nous en dirons, moins nous serons impliqués, et moins on croira ceux qui pourraient prétendre le contraire.

— Mais nous les gardons prisonniers, observa Iain le Rouge. Doit-on prétendre ne rien savoir ?

— Nous avons le droit de les détenir prisonniers puisqu'ils nous ont attaqués, répondit-il sèchement. Mais pas un mot sur le whisky : les hommes perdent facilement la tête quand il s'agit de femmes, d'argent ou d'alcool.

— Allons-nous les accuser de piraterie ? demanda Billy Botly.

Aulay regarda un à un les hommes rompus de fatigue qui se tenaient autour de lui et songea que tous allaient devoir affronter leurs familles, à présent.

— Certainement, répondit-il d'un air sombre avant de faire volte-face. En route ! cria-t-il, en anglais cette fois, et le groupe se remit en marche.

Ils étaient tous complètement épuisés quand enfin ils s'engagèrent dans la grand-rue qui traversait le village entourant Balhaire. Ils avançaient en titubant, la plupart en silence, trop las pour faire autre chose que mettre un pied devant l'autre.

Ce fut une jeune fille qui les aperçut la première. Avec un cri de joie, elle courut à leur rencontre en criant à sa mère que le navire était de retour.

Un instant plus tard, la cloche se mit à sonner pour signaler l'arrivée d'un vaisseau qui n'existait plus. Aussitôt, les rues s'emplirent d'une foule venue leur souhaiter la bienvenue. Certains se ruaient vers eux pour accueillir leurs proches. Plus d'un ralentit le pas en découvrant avec stupeur un équipage en guenilles, le visage défait.

Les marins avaient bien du mal à cacher leur émotion. Quoi de plus normal pour des hommes qui venaient de réchapper au naufrage de leur navire ? Peu à peu, ils se détachaient du groupe. Certains tombaient à genoux tant était grand leur soulagement. D'autres se précipitaient pour embrasser leur femme et serrer leurs enfants dans les bras.

Aulay s'arrêta au milieu de la grand-rue, les Livingstone à sa suite, écœuré par les scènes de retrouvailles qui se déroulaient autour de lui. Toutes ces familles s'attendaient à ce que leurs hommes leur reviennent avec des bourses pleines et des bibelots. Elles espéraient avoir de quoi chausser les pieds de leurs enfants ou produire une récolte d'hiver.

Un ou deux verres de whisky, voilà ce qu'il lui fallait ! Il fit signe au reste du groupe de se remettre en route. On l'attendait au château, là-haut, sur la colline. Les Livingstone s'exécutèrent d'un air morne, trop épuisés pour faire quoi que ce soit d'autre. La moitié de son équipage lui avait faussé compagnie pour rejoindre des êtres chers, mais Beaty et Iain le Rouge, toujours fidèles, fermaient la marche.

Au moment où ils arrivaient devant les grilles de Balhaire, un cavalier surgit au galop de la route qui menait à la vallée. Aulay sourit. Il ne connaissait qu'une personne qui chevauchait aussi vite, aussi imprudemment : sa sœur cadette, Catriona.

Dès qu'elle le vit, elle tira brusquement sur les rênes

de sa monture en poussant un cri de joie, sauta à terre et se dirigea droit vers lui. Mais le sourire qui lui illuminait le visage se figea lorsqu'elle s'approcha.

— *Mi Diah*, que s'est-il passé ? s'exclama-t-elle. Tu fais peur à voir, Aulay ! Es-tu tombé malade ?

— Je me porte très bien, répondit-il. C'est une longue histoire, ma chère sœur. Je te la raconterai lorsque la famille sera réunie, tu veux bien ?

Après l'avoir dévisagé un instant de ses yeux bleus et pénétrants, elle le prit dans ses bras.

— Cat, je suis crasseux !

— Je m'en moque ! répondit-elle avant de se pencher pour regarder derrière lui. Grands dieux, qui sont ces gens ?

— Des prisonniers, répondit-il sans même se retourner.

— Des prisonniers ! répéta-t-elle d'une voix stupéfaite.

Comme elle tendait à nouveau le cou, il passa le bras autour de ses épaules pour l'entraîner vers les grilles. S'il la laissait faire, elle était capable de se planter devant les Livingstone pour les presser de questions.

— J'ignore ce que tu nous prépares, Aulay Mackenzie, mais j'ai hâte de l'apprendre ! dit-elle avec un large sourire en glissant un bras autour de sa taille.

Ainsi pénétrèrent-ils ensemble dans la cour du château.

Un garçon d'écurie parut aussitôt, et Catriona l'envoya chercher son cheval. Les lourdes portes de chêne de la vieille forteresse s'ouvrirent et Frang, le majordome, s'avança sur le seuil.

— Soyez le bienvenu, capitaine, dit-il en s'inclinant respectueusement.

— Merci, répondit Aulay d'une voix fatiguée en songeant qu'il avait bien failli ne jamais revoir Balhaire. Mon père ?

— Le laird et la lady vous attendent dans la salle de banquet, annonça Frang.

Mais l'attention du domestique était ailleurs. Suivant son regard, Aulay se retourna à contrecœur. Rassemblés derrière lui, les Livingstone, bouchée bée, contemplaient le château. Le jeune Mathais qui, il fallait bien l'admettre, s'était révélé plutôt doué sur le pont, semblait particulièrement fasciné. Il montrait du doigt la tourelle. Lottie, quant à elle, se tenait à côté du géant, la tête courbée.

— Avez-vous un plaid pour la jeune femme ? demanda Aulay à Frang.

— La jeune femme ? répéta Catriona en passant la tête sous son bras pour scruter le groupe. Mon Dieu, je n'avais pas vu qu'il y avait une femme !

— Oui, capitaine, répondit le majordome avant de disparaître à l'intérieur.

Il revint l'instant d'après et, sans un mot, tendit un plaid à Lottie. Elle parut embarrassée mais s'en enveloppa les épaules tandis qu'on les faisait entrer dans l'antichambre exiguë du château. Aulay leur fit signe de les suivre le long d'un couloir éclairé par quelques chandelles qui dégageaient une forte odeur de suif. On entendait le vent, omniprésent à Balhaire, gémir en secouant les vieux conduits de cheminée. Mais ce couloir lugubre donnait sur la salle de banquet, nettement plus lumineuse avec ses énormes fenêtres par lesquelles, au loin, on apercevait la mer. De grands chandeliers de fer chargés de bougies éclatantes étaient suspendus au-dessus de leurs têtes. D'épais tapis étouffaient le brouhaha des nombreux occupants des lieux, hommes et chiens, et donnaient à la pièce un aspect chaleureux. À un bout de la salle s'élevait une estrade, sur laquelle étaient installées une longue table et des chaises rembourrées. C'était là que la famille d'Aulay prenait ses repas. À l'autre extrémité se trouvait une immense cheminée. Elle était allumée en toutes saisons car, même l'été, les murs de pierre retenaient le froid.

Deux chiens qui dormaient devant le feu se levèrent à son arrivée et vinrent l'accueillir en remuant la queue. Mais ils se désintéressèrent vite de lui pour aller renifler le reste du groupe. Le géant, qui semblait ravi de leur accueil, s'agenouilla pour les caresser.

— Aulay, *mo chridhe* ! s'écria sa mère, assise à la table d'honneur aux côtés de son père, avant de descendre les marches en hâte pour le rejoindre au milieu de la grande salle.

Malgré ses cheveux argentés, la mère d'Aulay restait une femme belle et élégante. Comme elle ouvrait les bras pour l'embrasser, il l'arrêta en levant une main en l'air.

— Non, mère. Je ne veux pas vous salir.

— Je saluerai mon fils comme bon me semble, répliqua-t-elle en le serrant dans ses bras comme Catriona l'avait fait, l'enveloppant de son doux parfum.

Mais brusquement, elle recula en fronçant le nez.

— Bonté divine ! Viendrais-tu d'une taverne ?

— Non, mère, répondit-il en secouant la tête. Mais c'est bien l'odeur du whisky que vous sentez.

— Aulay, mon fils, as-tu fait bon voyage ?

Son père ne descendit pas de l'estrade pour l'accueillir à cause de sa jambe malade. Mais il se pencha au-dessus de l'immense table, un sourire enthousiaste aux lèvres.

— Comment te portes-tu ?

Comment ? Il était brisé en deux.

— Bien, père. J'ai beaucoup à vous raconter, mais

avant, puis-je avoir de la bière et quelque chose à manger ? Le voyage a été long.

— Bien sûr ! s'exclama sa mère. Frang, apportez-lui à boire et à manger, voulez-vous ? Il y a du ragoût, je crois, et le pain que Barabel a fait ce matin est absolument exquis.

Frang fit signe à un valet d'aller chercher de la bière avant de se diriger vers les cuisines.

— Asseyez-vous, je vous en prie, dit-elle courtoisement aux Livingstone.

Elle ignorait qui étaient ces gens, mais n'avait jamais perdu le sens des convenances qui lui avait été inculqué dans la propriété anglaise où elle avait grandi. Sous son toit, toute personne était bien traitée, quoi qu'elle ait fait. Aulay aurait bientôt l'occasion de mettre ce principe à l'épreuve.

— Ce ne sont pas des invités, expliqua-t-il tandis qu'il la raccompagnait sur l'estrade avec Catriona, mais nos prisonniers.

— Des prisonniers ? répéta son père.

— Raconte-nous, Aulay ! s'écria Catriona tandis qu'elle prenait place près de leur père, se penchant sur son accoudoir pour ne pas perdre un mot de la conversation.

Aulay avait espéré boire au moins un verre avant de commencer son récit, mais il connaissait sa famille : ils ne le laisseraient pas en paix tant qu'il ne leur aurait pas tout dit. Il se passa une main dans les cheveux, raidis par l'eau salée et le soleil.

— Père, je…

— Tout est ma faute.

Aulay sursauta en entendant la voix claire et puissante de Lottie. Elle était montée sur l'estrade sans qu'il la remarque et se tenait debout, le plaid serré sur ses épaules, les cheveux tombant en cascade autour de son visage.

— Tout est ma faute, répéta-t-elle.

Aulay poussa un soupir d'exaspération.

— Pour l'amour du ciel, voulez-vous bien…

— Non, je ne veux pas, répliqua-t-elle avant de poser son regard sur son père. Je suis responsable de tout ce qui s'est passé. Tout. C'est moi qui ai volé son navire, et c'est moi qui nous ai valu d'être poursuivis après notre départ d'Aalborg.

— Comment ? Aalborg ? reprit son père, perplexe, en tournant vers lui des yeux presque masqués par ses épais sourcils. Le Danemark ?

— Et le navire a coulé par ma faute.

— Quoi ?

La voix perçante de Catriona avait résonné comme un cri.

— Par tous les saints, laissez-moi parler ! coupa Aulay d'un ton brusque.

Duff rejoignit Lottie et la tira par le bras. Mais elle se dégagea aussitôt.

— Je veux vous aider ! dit-elle à Aulay.

— Vous m'avez suffisamment « aidé », gronda-t-il.

— Laissez-moi au moins leur expliquer, puisque tout est ma faute !

— Inutile d'expliquer ! rétorqua-t-il vigoureusement. Permettez-moi de raconter à *ma* famille ce qui nous est arrivé à *moi* et *mes* hommes avant que vous ne commenciez votre long et tortueux récit !

Lottie lui lança un regard furieux, auquel il répondit de la même manière.

— Très bien, siffla-t-elle. Mais vous ne m'empêcherez

pas d'affirmer que les Mackenzie n'ont fait preuve à notre égard que d'honnêteté et de générosité, et que je me suis montrée indigne de leur bonté, ajouta-t-elle à l'attention de ses parents et de sa sœur.

C'était la première fois qu'il les voyait tous sans voix. Ils dévisageaient tour à tour Lottie et lui avec des yeux stupéfaits.

— Vous avez dit que le navire avait… coulé ? dit enfin Catriona, brisant le silence. Que voulez-vous dire ? Soyez précise, s'il vous plaît.

— Je veux dire qu'il a coulé au fond de la mer, répondit Lottie avec une précision admirable.

Aulay jura entre ses dents.

— Il suffit ! Je suis encore le capitaine et vous êtes encore ma prisonnière !

— Juste ciel ! s'exclama sa mère, la main sur la gorge, en se laissant glisser sur une chaise à côté de Catriona comme si elle était sur le point de défaillir. Est-ce vrai, Aulay ?

— Oui, mère, répondit-il en ravalant son amertume.

— Mais… Mais que s'est-il passé, enfin ? demanda Catriona d'une voix affolée. Comment est-ce possible ?

— Eh bien, nous étions désespérés, intervint à nouveau Lottie. Je n'ai pas vu d'autre solution que de prendre son navire étant donné que le nôtre était en train de couler.

— Le vôtre. Oh ! oh ! s'exclama soudain Catriona, et elle éclata de rire en posant un bras sur celui de leur père et l'autre sur celui de leur mère. Je vous demande pardon : j'avais compris que c'était le *Reulag Balhaire* qui avait coulé !

— Oui, celui-là aussi, répondit Lottie avec douceur.

— Non ! répliqua Catriona en tournant son regard

vers son frère. Ce n'est pas possible. Dis-moi que ce n'est pas vrai, Aulay !

— Je ne peux pas le dire, Cat, car c'est bel et bien vrai, avoua-t-il avec tristesse.

— J'ai vu deux navires couler en l'espace de deux semaines, poursuivit Lottie, visiblement incapable de se contenir. Et je me présente devant vous pour recevoir la punition que je mérite, milord. Ces hommes, ajouta-t-elle en désignant d'un geste le groupe resté en bas de l'estrade, n'y sont pour rien. Moi seule suis responsable.

— C'est faux ! intervint Duff en s'avançant d'un air orgueilleux. J'ai joué un petit rôle dans cette affaire, comme nous tous ! Vous n'auriez pas réussi à voler le vaisseau des Mackenzie sans mes talents de comédien…

— Silence ! cria Aulay en levant les bras en l'air.

Il n'avait aucune envie d'écouter les Livingstone se disputer pour savoir qui avait le plus de responsabilités dans le naufrage de son navire.

Toute l'assemblée resta interdite. On n'entendait plus dans la grande salle que les flammes qui crépitaient dans la cheminée. Toutes les têtes se tournèrent vers lui. Il regarda Lottie et montra du doigt l'une des nombreuses tables qui se trouvaient en bas de l'estrade.

— Allez vous asseoir. Ne dites pas un mot de plus, vous m'entendez ? Un seul mot, et je me chargerai moi-même de vous pendre dans la cour. C'est compris ?

Lottie se mordit la lèvre inférieure, comme si elle tentait désespérément de s'empêcher de parler. Puis elle hocha brièvement le menton, ajusta le plaid sur ses épaules et descendit les marches, Duff à sa suite. Le grincement des pieds de chaises sur le sol emplit la salle tandis que les Livingstone prenaient place à table.

Aulay risqua un regard vers son père. Celui-ci était resté silencieux, mais il le fixait d'un regard impénétrable. Il n'était pourtant pas difficile de deviner ce qu'il éprouvait. De la déception. De la fureur. De l'incrédulité. Avec un soupir de défaite, Aulay s'approcha de lui pour lui donner l'accolade.

— Mon cœur se réjouit de ton retour, lui dit son père. Un voyage riche en péripéties, à ce qu'il semble.

— En effet, père, répondit-il en prenant place à ses côtés.

Un valet apparut, chargé d'un pichet de bière et de plusieurs gobelets. Aulay en remplit un, qu'il but goulûment avant de le remplir à nouveau.

— C'est donc vrai, mon fils ? demanda sa mère sur un ton prudent. Le navire a coulé ?

Il hocha la tête, un peu hébété, incapable de prononcer ces mots à voix haute. La honte le dévorait. D'une voix lasse, il se mit à raconter à sa famille les événements des jours passés. Le voyage avait bien commencé, avec un vent favorable, un ciel limpide et un équipage plein d'entrain. Un bon présage, avaient-ils pensé. Puis ils avaient vu un navire en feu s'éloigner tandis qu'un autre gîtait dangereusement.

— Le navire que tu as vu appartenait à la marine royale, confirma son père, et il était à la recherche de contrebandiers. Et armé pour les envoyer par le fond, à ce que j'ai entendu dire.

C'était donc bien un navire de la Couronne.

— Et ensuite ? demanda Catriona.

Aulay leur expliqua qu'il avait changé de cap pour aller voir de plus près le second bateau. Lequel s'était révélé être une embarcation légère, nullement adaptée à la navigation en pleine mer. Il leur décrivit son équipage, des malheureux condamnés à coup sûr à la noyade.

— Nous les avons invités à monter à bord, dit-il sans préciser qu'il avait été immédiatement subjugué par la beauté de Lottie.

Ni que l'attaque des naufragés l'avait totalement pris par surprise parce qu'il avait été trop arrogant pour les suspecter de la moindre tromperie.

Il raconta qu'ils étaient tombés dans une embuscade et que ses hommes avaient été enfermés dans la cale, tandis qu'il était enchaîné dans sa cabine. À ce moment du récit, sa mère lança un regard noir aux Livingstone, mais son père demeura impassible, l'écoutant avec attention. Aulay leur dit ensuite que malgré la blessure mortelle de leur chef, ils avaient mis le cap sur Aalborg, où ils pensaient pouvoir vendre leur alcool de contrebande.

— Pourquoi Aalborg ? demanda sa mère.

— Leur laird, Duncan Campbell, se doutait qu'ils distillaient du whisky illégalement. Pour cette raison, ils pensaient qu'ils ne parviendraient pas à vendre leur marchandise en Écosse. Ils sont danois de souche et ont des relations là-bas, ajouta-t-il avec un haussement d'épaules.

— Eh bien ? s'enquit Catriona. Ont-ils vendu leur whisky ?

— Non, répondit Aulay avant de leur conter les événements d'Aalborg et la mort du vieil homme.

— Bonté divine ! s'exclama sa mère en tournant à nouveau son regard vers les Livingstone. Quelle terrible épreuve pour eux !

— Et surtout pour Aulay ! siffla Catriona. Ils l'ont attaché comme un chien !

— Et je ne puis le leur pardonner, affirma sa mère. Mais regardez-les. Ils sont si jeunes, ces Livingstone ! Ils ont dû être anéantis par la mort de leur père !

— Le plus costaud n'a pas l'air tout à fait normal, glissa Catriona à l'oreille d'Aulay.

— Une naissance difficile, expliqua-t-il.

— Que s'est-il passé ensuite ? demanda son père, sortant enfin de son silence.

Aulay raconta la fin de son triste récit : leur fuite d'Aalborg et leur décision de regagner l'Écosse. Puis la poursuite qui s'était achevée dans le brouillard des côtes écossaises.

— Qui était à vos trousses ? interrogea son père.

— Je l'ignore. Le bâtiment n'avait ni pavillon ni marques.

— Et le *Reulag Balhaire* ? continua-t-il en se penchant en avant. Comment a-t-il coulé ?

Aulay avait parcouru cette côte tant de fois qu'il ne pouvait les compter. Mais ce satané brouillard était tombé si vite, avait tout enveloppé d'un voile si épais qu'il s'était égaré. Il l'avoua à son père. S'il avait été en pleine mer, expliqua-t-il, il aurait pu maintenir le cap. Mais il s'était approché de la rive pour se débarrasser de l'autre vaisseau, si bien que lorsque l'orage avait éclaté, il n'avait pu éviter les rochers.

Lorsqu'il eut terminé, ses parents et sa sœur se turent. Catriona appuya la tête contre le dossier de son siège en fixant les yeux au plafond. Sa mère, elle, tendit le bras pour serrer la main d'Aulay dans la sienne.

Quant à son père, il se contenta de dévisager les Livingstone, la mâchoire serrée.

Aulay obtiendrait-il jamais son pardon ? Comme

il aurait voulu le lui demander, comme il aurait voulu entendre ces mots dans sa bouche ! Mais son père ne lui accorda pas cette faveur. Quand enfin ce dernier détacha son regard de Lottie et de son clan, ce fut pour tapoter la table de la main d'un air absent.

— Nous discuterons des mesures à prendre demain, avec Rabbie, annonça-t-il.

Bien sûr : il voulait consulter l'un de ses fils les plus dignes de son estime.

— Nous écouterons ce que les Livingstone ont à dire pour leur défense, poursuivit-il en esquissant un geste vers ces derniers.

En bas de l'estrade, les hommes dévoraient leur ragoût comme s'ils venaient de passer quarante jours et quarante nuits dans le désert.

— Nous ne pouvons pas laisser ce crime impuni, n'est-ce pas ? ajouta-t-il en adressant à Aulay un regard appuyé.

— Non, bien entendu, s'entendit-il répondre.

La rage féroce qui l'avait habité semblait avoir disparu. Il ne ressentait plus rien : ni rage, ni espoir, ni résignation. Rien.

— Allez-vous faire venir le juge, père ? demanda Catriona.

— Nous déciderons de cela demain. Je veux y réfléchir et avoir l'avis de Rabbie.

— Ils ont tout de même beaucoup souffert, observa sa mère.

— Ce ne sont pas des chiots perdus, Margot, répliqua sèchement son père. Et ils nous ont causé un tort irréparable, vous le voyez bien, n'est-ce pas ?

— Certes. Mais tant de personnes ont du mal à

survivre, par ces temps difficiles, Arran. La nécessité pousse parfois les gens à commettre des actes contraires à la morale.

— Les temps sont difficiles pour nous aussi, n'est-ce pas ?

Comme il lui jetait un regard sévère, elle pinça les lèvres.

— Margot, *leannan*… Ce navire était notre meilleur espoir de nous procurer à nouveau un revenu. Nous ne pouvons pas tolérer sa perte.

— Je comprends, dit-elle, bien que sa voix semblât indiquer le contraire. Y a-t-il assez de place pour eux dans la conciergerie ?

— Oui. Aulay, mets-les sous bonne garde.

— Bien, père.

Aulay baissa les yeux vers le plateau de ragoût que Frang venait de placer devant lui. Mais il avait perdu l'appétit. Peut-être parce que Lottie se trouvait dans sa ligne de vision, et qu'elle avait à peine touché à son assiette. Il éprouvait une légère nausée en songeant à ce qu'il avait perdu, et à ce qu'il risquait de perdre encore.

Chapitre 22

Après avoir été conduite dans une petite pièce percée d'une fenêtre, Lottie posa les yeux sur une véritable merveille : un lit. Un vrai lit, avec de vrais draps et même un oreiller. Mieux encore, Lady Mackenzie avait insisté pour qu'on lui fasse couler un bain.

Lottie n'avait opposé aucune résistance. Brisée de fatigue et de chagrin, elle ne souhaitait rien d'autre qu'un bain et un lit.

Des servantes entrèrent avec une baignoire et des seaux d'eau chaude. La jeune femme qui avait salué Aulay devant les grilles du château les accompagnait. C'était de toute évidence sa sœur : ils avaient les mêmes cheveux dorés, les mêmes yeux bleus.

— Vous aurez besoin de vêtements propres, n'est-ce pas ? dit-elle en posant un panier au pied du lit.

— Euh… Oui, je vous remercie, répondit Lottie, soudain honteuse de son apparence. Vous êtes trop bonne.

— En effet, répliqua la jeune femme d'un ton froid.

Les bras croisés, elle s'appuya nonchalamment contre le mur tandis que les domestiques remplissaient la baignoire. Elle l'observait avec attention, comme si elle n'avait jamais vu une femme dans un tel état.

Une fois leur tâche terminée, les servantes sortirent, mais la sœur d'Aulay resta dans la chambre.

— Hum…, fit Lottie en désignant mollement la baignoire de la main.

— Vous n'avez pas l'air d'une femme qui s'effarouche facilement. Faites donc ! dit son hôtesse en se dirigeant vers la fenêtre tandis que Lottie ôtait ses vêtements. Vous ne m'avez pas demandé mon nom, continua-t-elle ; je vais donc vous le dire. Je suis Catriona Mackenzie, la sœur d'Aulay. Vous pouvez m'appeler Catriona, si vous le souhaitez. Je ne peux pas souffrir les « Miss ceci » et les « Miss cela ».

— Je m'appelle Lottie, répondit-elle en laissant tomber ses braies et sa tunique sur le sol. Lottie Livingstone. Vous lui ressemblez beaucoup, ajouta-t-elle en pénétrant dans la baignoire.

Les paupières fermées, elle poussa un soupir d'aise en se plongeant dans l'eau chaude. C'était un luxe extraordinaire après les deux semaines qu'elle venait de vivre.

— Tenez.

Lottie ouvrit les yeux : debout à côté de la baignoire, Catriona lui tendait un pain de savon. Lottie le prit avec réticence. Ne pouvait-elle la laisser seule ?

La jeune femme se mit à déambuler dans la pièce.

— Demain, mon père et deux de mes frères se réuniront pour discuter de votre sort et de celui de votre clan. Cela vous fait-il peur ? demanda-t-elle en la regardant par-dessus l'épaule.

Lottie se souvint de la frayeur qui lui avait étreint la poitrine au point de lui couper le souffle, au moment où elle avait cru se noyer.

— Je suis un peu inquiète, je ne peux le nier. Mais

je n'ai pas peur, répondit-elle en commençant à se laver les cheveux.

— C'est curieux, mais je m'attendais à cette réponse.

Catriona s'immobilisa soudain et se tourna vers elle.

— Comment avez-vous fait ?

— Pardon ?

— Comment vous y êtes-vous pris pour voler le navire de mon frère ? C'est l'un des capitaines les plus habiles de ces eaux, et je ne suis pas la seule à l'affirmer ! Tout le monde à Skye s'accorde à le dire, et les MacDonald ne sont pas prodigues de compliments, vous pouvez me croire !

Comment avait-elle fait ? Lottie n'en savait rien.

— Eh bien… Nous avions un plan.

— Cela n'a pas dû être si facile.

— Non, répondit-elle doucement. Je, euh… Je les ai distraits.

— Comment ?

Sentant ses joues s'enflammer, elle détourna les yeux en montrant son visage d'un geste vague.

— Pardon ? demanda Catriona.

— Je les ai distraits, répéta-t-elle en désignant à nouveau son visage de la main.

Catriona fronça les sourcils. Lottie craignait qu'elle ne se moque d'elle, ou pire, qu'elle ne la condamne. Mais contre toute attente, la jeune femme éclata de rire.

— Y a-t-il créatures plus ridicules que les hommes ? Tous esclaves de la beauté !

— Pendant que je… détournais leur attention, poursuivit Lottie en sentant ses joues s'empourprer davantage, mon frère l'a assommé. Peut-être l'avez-vous remarqué : il est assez imposant.

— Oh ! c'est votre frère ? De quoi souffre-t-il ?

Catriona s'exprimait sans détour, ce qui dans d'autres circonstances aurait suscité l'admiration de Lottie. Mais à cet instant, elle aurait préféré la voir partir.

— Il est né avec le cordon autour du cou. Il n'a jamais été comme les autres.

— Quel malheur pour votre famille ! s'exclama la jeune femme en s'asseyant sur le lit. Pour votre mère ! Elle doit attendre votre retour avec impatience, je suppose ?

— Elle est morte en donnant naissance à ma sœur, répondit-elle en secouant la tête.

— Oh ! soupira Catriona d'un air contrit. Toutes mes condoléances. Eh bien ! J'ignore ce qui va advenir de vous, mais le navire est détruit, et sa cargaison ne nous appartenait pas. Nous ne pouvons pas la remplacer ; nous voilà donc terriblement endettés. Tout le monde ici est furieux.

— Oui, je le comprends.

— Néanmoins, mon père est un homme juste.

S'il était un homme juste, il veillerait à ce qu'ils soient tous pendus. N'était-ce pas ce qu'ils méritaient ? Que les Livingstone remboursent la dette des Mackenzie, voilà ce qui aurait été juste ; mais c'était risiblement impossible.

Catriona se pencha vers elle et souleva une mèche de cheveux mouillée pour l'examiner.

— Jamais de ma vie je n'ai vu une couleur pareille ! Je comprends que vous ayez produit un tel effet sur Aulay !

— Un tel effet ? pouffa Lottie. Vous plaisantez ! C'est le seul homme sur ce navire qui se soit méfié de moi.

— De la part de mon frère, c'est une marque d'intérêt. À ma connaissance, aucune femme n'a jamais réussi à attirer son attention. Il en a courtisé quelques-unes, certes, et Rabbie, un autre de mes frères, m'a rapporté qu'il n'avait jamais manqué de compagnie féminine. Mais Aulay est un solitaire, je crois. Il préfère être libre de parcourir les mers, et il lui suffit de nous revenir de temps à autre. Dieu sait qu'il ne supporte pas de rester longtemps à Balhaire. Au bout de quelques jours, il n'a qu'une hâte : repartir.

— Il est marié à la mer, renchérit Lottie en repensant à la conversation qu'ils avaient eue sur son bateau.

— Pardon ?

— Rien, murmura-t-elle en songeant aux paysages marins qu'il avait peints, aux pays qu'il avait visités.

Et elle l'avait privé de tout cela. L'idée de lui avoir infligé une telle peine lui était intolérable. Elle aurait tout donné pour réparer le mal qu'elle avait fait.

— Vous êtes une beauté, décréta Catriona en inclinant la tête. Quel dommage !

Lottie rougit à nouveau.

— Je veux dire qu'il est dommage que vous ne restiez pas plus longtemps à Balhaire. J'aurais aimé apprendre à voler un navire. La vie est parfois d'un tel ennui, ici !

— *Emprunter*, rectifia Lottie en fermant les yeux.

— Pardon ?

— Je l'ai emprunté, répéta-t-elle.

— Hum. Mon frère n'est pas de cet avis. Il m'a dit que vous étiez une voleuse de la pire espèce, car vous abusez de la faiblesse des hommes.

Lottie ouvrit brusquement les yeux, mais Catriona était déjà devant la porte.

— Dormez bien.

Aulay pensait-il réellement qu'elle avait gagné son estime pour mieux en abuser ?

Malgré l'angoisse qui l'habitait, elle dormit d'un sommeil profond. Mais si son corps eut droit au repos, son cœur et son esprit ne cessèrent d'être tourmentés par des cauchemars. Elle était dans l'eau et tentait d'atteindre la rive. Ou bien elle se trouvait dans la cale et son père l'appelait du haut des marches, lui criant de sortir avant qu'elle ne se noie ; mais elle n'arrivait pas à monter l'escalier. Dans un demi-sommeil, elle fit encore un autre rêve : Aulay était accroupi au-dessus d'elle, au sommet d'une colline, et lui tendait le bras. « Venez, Lottie, venez avec moi ! » lui disait-il avec un sourire chaleureux. Mais quand elle glissa la main dans la sienne, le sourire se mua en un rictus féroce. « Vous serez pendue pour ce que vous avez fait ! »

En se réveillant, elle sentit une larme lui couler au coin de l'œil. Cet homme lui inspirait un tel respect qu'elle souffrait physiquement à l'idée d'avoir détruit le lien de confiance ténu qui s'était noué entre eux. À aucun moment elle n'avait mérité cette confiance. Et pourtant, il s'était montré généreux envers elle, bien plus généreux qu'elle ne l'aurait été à sa place. Et voilà comment elle l'avait remercié ! Il avait raison : elle avait tout gâché.

Elle se mit à réfléchir. Comment son clan pourrait-il compenser les pertes subies par les Mackenzie ? Mr MacColl disposait-il d'une fortune suffisante ? Si par miracle elle échappait à la potence ou à la prison, et qu'elle acceptait de l'épouser, pourrait-il rembourser leur dette ?

Prise d'une migraine à force de tourner et retourner ces pensées dans sa tête, elle décida de se lever. Elle revêtit la toilette que Catriona lui avait apportée : un jupon blanc, une robe de mousseline grise et une pièce d'estomac d'un blanc soyeux. Malgré la simplicité de cette tenue, après deux semaines en mer, Lottie avait l'impression d'être parée comme une reine.

Catriona lui avait également laissé une brosse, des épingles à cheveux et même un peu de rouge. Quoique déconcertée par sa gentillesse, Lottie lui en fut reconnaissante. Après s'être brossé les cheveux, elle les tira en arrière pour se dégager le visage, mais les laissa tomber librement dans son dos. Quant au rouge, il était inutile : le soleil et le grand air s'étaient chargés de lui rosir les joues.

Une fois prête, elle traversa le couloir qui menait aux chambres dans lesquelles les autres membres du clan avaient été conduits la veille. Elle trouva Mathais vêtu lui aussi d'habits propres. Quant à Drustan, il ne portait qu'une tunique de linon.

— Le valet a dit que c'était tout ce qu'ils avaient trouvé à sa taille, expliqua Mathais.

Cela ne semblait aucunement gêner Drustan. Assis sur un lit, il taillait un morceau de bois et semblait complètement absorbé par cette occupation.

— C'est Iain le Rouge qui lui a apporté ce bout de bois, reprit Mathais, suivant son regard. Sa mouette est très réussie, ajouta-t-il en lui montrant l'ouvrage. Il fabrique un bateau, maintenant.

Lottie se rendit ensuite auprès des autres hommes. Tous étaient lavés et vêtus d'habits propres, et tous avaient faim. Elle offrit d'aller demander au garde s'ils pouvaient avoir quelque chose à manger.

Se dirigeant vers la porte qui donnait sur la cour, elle frappa quelques coups légers puis l'ouvrit doucement. Quelle ne fut pas sa surprise en découvrant Aulay sur le seuil, à côté du garde ! Elle ouvrit la bouche, mais aucun son n'en sortit. Rasé de près, les cheveux coiffés en queue-de-cheval, le capitaine affichait un visage reposé. Malgré l'interdiction du roi, il avait jeté sur son épaule un plaid aux couleurs de son clan. Il portait aussi un gilet, un pardessus, des braies en tartan et des souliers de cuir. Lottie sentit son cœur s'affoler devant ce modèle de force et de virilité. Il avait la beauté du diable et elle se surprit à sourire béatement, comme si elle n'avait pas toute sa raison.

Aulay, lui, ne souriait pas.

— Je suis venu vous chercher, annonça-t-il. Ma mère, qui souhaite vous voir reprendre des forces, vous invite tous à prendre un petit déjeuner.

Lottie se contenta de hocher la tête. Ce qu'elle lisait dans ses yeux clairs la bouleversait. Ce n'était pas de l'estime, non. C'était une franche hostilité.

— Qu'y a-t-il ? gronda-t-il, sans doute irrité par son regard scrutateur.

Une autre fois, il lui avait posé cette même question et elle lui avait tout raconté. Car il était tout pour elle.

— Eh bien… J'aimerais beaucoup vous embrasser.

Son regard s'assombrit.

— Mon père et mon frère vous attendent. Nous vous recevrons lorsque vous aurez déjeuné, déclara-t-il avant de tourner les talons.

Elle le regarda s'éloigner, la mort dans l'âme. Aulay avait perdu toute considération pour elle, et cela l'accablait de chagrin.

On leur servit un véritable festin : du pain cuit le matin même, des œufs frais, du jambon, de la soupe et du fromage.

— Alors, qu'en pensez-vous ? Est-ce notre dernier

repas ? demanda Duff en engouffrant dans sa bouche un nouveau morceau de pain.

L'estomac soudain noué, Lottie reposa sa fourchette.

— Je vous demande pardon.

Elle leva les yeux : le majordome se tenait au bout de leur table.

— Oui ?

— Miss Livingstone, Mr Duff Livingstone, Mr Robert MacLean et Mr Gilroy sont priés de me suivre. Le laird les attend dans son cabinet. Les autres doivent retourner à la conciergerie, où ils resteront jusqu'à nouvel ordre, annonça-t-il avant de courber brièvement la tête.

Puis il esquissa un pas en arrière et attendit qu'ils s'exécutent.

— Pourquoi tout ce cérémonial ? marmonna MacLean.

— Je ne comprends pas pourquoi je ne peux pas venir moi aussi, protesta Mathais. J'ai participé à l'assaut autant que les autres !

— Ne sois pas stupide, petit, répliqua Duff en lui administrant une tape sur l'épaule. Crois-tu que cela va être une partie de plaisir ?

Lottie regarda ses frères et les autres s'éloigner vers la conciergerie, escortés par un garde. Puis, accompagnée de Duff, MacLean et Gilroy, elle suivit le majordome le long d'un couloir sombre, jusqu'à une double porte de chêne. Le domestique l'ouvrit, entra et s'inclina profondément.

— Les Livingstone, milord.

Elle entra la première, déterminée à porter toute la responsabilité des événements. Mais une fois dans la pièce, elle se figea, interdite. Le cabinet du laird était aussi vaste que somptueux. L'un des murs était percé de larges fenêtres encadrées par de lourds rideaux de velours. Dans la cheminée, un feu crépitant chassait l'humidité. Mais ce fut avant tout la bibliothèque qui la frappa d'admiration : une paroi entière était tapissée de livres. Jamais elle n'en avait vu autant. C'était à cela, pensait-elle, que devaient ressembler les appartements d'un roi.

Elle fut également surprise par le nombre de personnes qui se trouvaient dans la pièce. Il y avait là le laird et son épouse, bien sûr, ainsi que Catriona. Aulay se tenait devant l'âtre aux côtés d'un homme à l'abondante chevelure brune qui était un peu plus grand et un peu plus large d'épaules que lui. L'inconnu lorgna Lottie d'une manière qu'elle ne connaissait que trop. Puis il tourna brusquement son regard vers une femme qui était assise non loin, sur une chaise. Un autre couple était présent : la femme était installée sur un canapé tandis que son époux se tenait debout derrière elle.

— Miss Livingstone, commença le laird, pardonnez-moi si je ne me lève pas : ma jambe me fait souffrir. Vous avez déjà fait la connaissance de mon épouse et de ma fille. Permettez-moi de vous présenter également mon fils, Rabbie Mackenzie, et son épouse, Mrs Bernadette Mackenzie.

— Enchantée, dit la femme assise sur la chaise, avec un accent anglais marqué.

Enchantée, vraiment ? Lottie tremblait dans les souliers qui ne lui appartenaient pas en cherchant autour d'elle à quoi elle pourrait se raccrocher si par malheur elle s'effondrait.

— Ma fille Vivienne et son mari, Mr Marcas Mackenzie, poursuivit le laird.

— *Madainn mhath*, dit la seconde femme.

— *Madainn mhath*, répondit-elle d'une voix à peine plus audible qu'un murmure.

— Vous pouvez maintenant présenter votre clan, déclara le laird.

Lottie esquissa une révérence avant de s'exécuter. Les Livingstone formaient un demi-cercle derrière elle, et aucun d'eux ne s'aventura plus loin dans la pièce.

— J'aimerais vous poser quelques questions, reprit ensuite le laird. Veuillez vous asseoir, Miss Livingstone, ajouta-t-il en lui indiquant une chaise devant son bureau.

Lottie la regarda avec hésitation.

— Si vous le permettez, je préfère rester debout, milord, dit-elle en joignant les mains devant elle pour cacher ses tremblements.

Le vieil homme haussa un sourcil broussailleux.

— Très bien. Commencez par nous expliquer à quel moment vous avez vu le bâtiment de la marine royale qui vous poursuivait, voulez-vous ?

C'était donc bien la marine royale. Lottie se retourna brièvement pour échanger avec ses hommes un regard inquiet.

— Peu après avoir contourné les Orcades, milord, répondit Gilroy en avançant d'un pas. C'est mon navire qui a coulé.

— Quel était le motif de votre altercation avec ce vaisseau ?

Gilroy lança un coup d'œil à Lottie. Elle s'éclaircit la voix avant de prendre la parole.

— Nous transportions de l'alcool de contrebande, milord. De l'alcool que nous avions nous-mêmes distillé.

Il y eut un bruissement confus dans la pièce, et le laird se tourna vers ses fils. Aulay demeurait impassible, mais son frère dévisageait Lottie, bouche bée. Était-ce l'audace de ses actes qui l'horrifiait à ce point, ou le fait qu'elle les avoue ?

— Vous permettez ? demanda-t-elle.

Comme le vieil homme hochait la tête, elle poursuivit :

— Nous avons un nouveau laird sur l'île de Lismore. Mr Duncan Campbell. Il a augmenté nos loyers et nous n'arrivons plus à les payer. Mon père…

La gorge soudain nouée, elle dut s'interrompre. La plaie était encore vive.

— Paix à son âme, ajouta-t-elle doucement. Mon père a pensé que puisque nos activités habituelles, c'est-à-dire la pêche et l'exploitation de quelques parcelles de terre, ne suffisaient plus à nous faire vivre, nous pourrions distiller du whisky.

— De façon tout à fait illégale, précisa, bien inutilement, le laird.

— En effet.

— Saviez-vous alors que les Campbell, eux, faisaient commerce de whisky en toute légalité ?

— Oui, milord.

À nouveau, il se tourna vers ses fils.

Lottie commençait à se sentir étrangement à l'aise, comme si le fait d'avouer la vérité l'avait apaisée. Il était plus facile de reconnaître tous leurs torts plutôt que de cacher certains faits dans l'espoir de justifier leurs actes. Aussi poursuivit-elle son récit avec la plus grande franchise.

— Notre laird se doutait de quelque chose. Il a cherché les alambics, mais nous les avions très bien cachés. Malgré tout, il revenait sans cesse pour fouiller partout, et nous savions qu'il finirait par les trouver. Nous avons donc décidé de vendre toute notre production sans tarder.

— Pourquoi le Danemark ? demanda le laird avec curiosité. Dieu sait que l'Écosse ne manque pas de buveurs de whisky !

— Oui, milord, mais cela nous a paru imprudent étant donné les soupçons de Mr Campbell. Il surveillait nos faits et gestes… Nous… Nous tous, continua-t-elle en désignant d'un geste ses compagnons, sommes originaires du Danemark. Et l'an dernier, nous avons reçu la visite d'un Danois qui disait appartenir à une compagnie d'Aalborg qui vendait de l'alcool et du tabac.

— Vous faisiez donc voile vers le Danemark lorsque la marine royale vous a interceptés.

— Ils nous ont fait signe d'affaler les voiles, raconta-t-elle en hochant la tête. Comme nous n'obéissions pas, ils nous ont tiré dessus.

Curieusement, ce souvenir était à la fois très vif et très lointain dans son esprit. Comme une histoire qu'elle aurait racontée autrefois. Tant de choses s'étaient passées depuis !

— Et vous avez répliqué ?

— Oui, avoua Lottie. Sur mon honneur, je vous jure que je ne sais pas comment nous avons réussi à les atteindre, et encore moins à déclencher un incendie ! Nous ne sommes pas des marins.

— Vous êtes meilleurs tireurs que marins, c'est certain, observa le laird. Le navire a paraît-il sombré.

— Sacrebleu ! marmonna Duff derrière elle.

— Ainsi, pendant que votre bateau prenait l'eau, le *Reulag Balhaire* est venu à votre secours. Et vous avez décidé que la meilleure chose à faire était de mentir au capitaine et à ses hommes afin de vous emparer de leur navire, c'est bien cela ?

Lottie esquissa une grimace en regardant Aulay du coin de l'œil.

— Nous n'avions pas l'intention de le garder, dit-elle à voix basse. C'était seulement… une sorte d'emprunt.

— Une sorte d'emprunt, répéta le vieil homme. Et comment diable vous y êtes-vous pris pour « emprunter » un navire ?

Lottie eut soudain l'impression que ses joues étaient en feu.

— Eh bien, nous leur avons tendu un piège, milord. Nous n'avions rien d'autre que ce maudit whisky, absolument rien, et nous ne savions que faire. Nous risquions de voir nos terres confisquées par le laird ; il nous fallait donc à tout prix vendre le whisky. Notre seul but était de le transporter jusqu'à Aalborg. Ensuite, nous avions l'intention de restituer le navire au capitaine.

Le laird se renversa contre le dossier de son siège et joignit les doigts sous son menton.

— Soit vous êtes la femme la plus naïve qu'il m'ait été donné de rencontrer, soit vous êtes extrêmement rusée. Chacun peut qualifier ses actes comme il l'entend, n'est-ce pas ? Mais en dernière instance, ce sont les faits qui parlent. Vous avez pris notre vaisseau sans notre consentement. Et par votre faute il a fait naufrage, nous causant un préjudice considérable.

Lottie sentait son pouls battre dans ses tempes. Elle redoutait ce qui allait suivre.

— Ce matin, j'ai envoyé un messager à Port Glasgow pour annoncer la perte de notre navire, et un autre pour quérir un juge. Nous lui ferons part de notre plainte et il décidera du sort de votre clan. Il devrait arriver avant deux semaines.

— Tout est de ma faute, milord, déclara Lottie. Les autres n'ont rien fait.

— C'est faux, intervint MacLean. Nous avons tous joué un rôle dans cette affaire.

— Oui, mais c'est moi qui ai donné les ordres, au nom de mon père, le chef !

— Idiots ! tonna le laird en s'appuyant sur son bureau pour se lever. Croyez-vous qu'il m'importe de savoir qui a pris les décisions ? Vous avez tous participé, et vous serez tous jugés ! Vous resterez ici, sous bonne garde, jusqu'à l'arrivée du juge. Je vous interdis de quitter Balhaire.

Sentant ses jambes vaciller légèrement, Lottie s'accrocha au bras de MacLean.

— Devons-nous regagner nos chambres, à présent ? demanda-t-elle d'une voix mal assurée.

— Je crois que cela vaut mieux, répliqua le laird d'un ton froid en les congédiant d'un revers de la main.

Après l'avoir salué d'une brève révérence, Lottie se dirigea vers la porte en faisant signe à ses hommes de la suivre. Elle eut juste le temps d'entrevoir Aulay avant de quitter la pièce.

Debout devant la fenêtre, il lui tournait le dos.

Chapitre 23

Pour Aulay et sa famille, le plus urgent était maintenant de trouver un moyen de rembourser la marchandise perdue.

— C'est exactement ce que je craignais, grommela son père quand ils eurent examiné les livres de comptes. Nous n'étions absolument pas en mesure de prendre un tel risque !

Aulay ne dit mot. C'était comme si son père annonçait devant son frère et son beau-frère à quel point il l'avait déçu.

— Alors, nous sommes d'accord ? demanda Rabbie. Nous verrons si nous pouvons tirer quelque chose du bétail. Sinon, nous vendrons Arrandale.

Arrandale, la maison que Cailean avait bâtie de ses propres mains, et où Rabbie, Bernadette et leurs enfants vivaient à présent. Les deux solutions étaient si radicales qu'Aulay en avait le tournis. Mais le pire était l'inquiétude qui, à mesure que la journée avançait, creusait les traits de son père. Quand il ferma les yeux pour se frotter les tempes, il fut assailli par la honte et la culpabilité.

Ce soir-là, il enfourcha son cheval pour accompagner Rabbie à Arrandale et voir Bernadette ainsi que ses nièces et son neveu. Et, à dire vrai, pour fuir le visage las et tourmenté de son père.

— Vous êtes étonnant, Aulay, dit Bernadette en l'embrassant sur le pas de la porte. Quelle que soit la difficulté du voyage, vous nous revenez toujours indemne !

— Indemne ? répéta-t-il en éclatant d'un rire ironique. J'ai tout perdu, Bernadette !

— Bien au contraire ! Vous avez sauvé tous les occupants de ce navire, n'est-ce pas ? Vous méritez des louanges !

Des louanges, lui qui s'était couvert de déshonneur ? Quelle étrange remarque !

Lorsque sa belle-sœur se fut retirée pour la nuit, Rabbie sortit une bouteille de whisky.

— Est-ce une plaisanterie ? demanda Aulay en levant les yeux au ciel.

— Allons, ce n'est pas le whisky des Livingstone ! répliqua gaiement son frère en lui tapant l'épaule. C'est le meilleur de toute l'Écosse ! Il vient de Skye.

— Skye ? dit-il, étonné d'apprendre que l'on distillait du whisky sur cette île. Les MacDonald ?

— Oui ! répondit son frère avant d'éclater de rire. Tu ne croyais pas qu'ils allaient laisser tout le gâteau aux Campbell ? Ils ont deux ou trois alambics bien cachés, eux aussi. Et même davantage ! ajouta-t-il avec un clin d'œil.

Il lui servit un petit verre et le poussa vers lui.

— À propos de trésors cachés… Je n'ai jamais vu de femme aussi belle que cette Miss Livingstone ! Pas même mon épouse, et Dieu sait qu'elle est jolie !

Aulay but son verre sans répondre.

— Comment a-t-elle pu rester cloîtrée aussi longtemps sur cette île minuscule ? Quelqu'un aurait dû passer par là et l'épouser, tu ne crois pas ? Je suis surpris que les Anglais ne l'aient pas découverte après la rébellion jacobite.

Aulay sentit un frisson glacé lui courir dans le dos. Cette idée lui était insupportable. Rabbie se doutait-il de ce qu'il s'était passé entre Lottie et lui ? Lui-même n'en avait pas soufflé mot. Non parce que cette expérience lui faisait honte, mais parce qu'elle était trop intime. Si Lottie avait détruit sa vie, elle lui avait aussi montré une part de lui-même si profondément enfouie qu'il n'arrivait pas encore à la comprendre.

— Vas-tu te remettre de cette épreuve ? demanda Rabbie.

Sa question le surprit.

— Me remettre ? répéta-t-il, songeur. Je ne suis bon à rien ici, Rabbie. Je ne suis utile qu'en mer.

Son frère lui serra affectueusement l'épaule.

— J'ai vécu la même chose que toi, autrefois. Je pensais que ma vie ne valait rien.

— Oui, je m'en souviens.

— Mais je me trompais, tu sais ! Pour m'en rendre compte, il a fallu que je tombe au fond du gouffre et que j'en ressorte en rampant ! Mais Dieu merci, j'ai trouvé ma place. Aujourd'hui, je ne peux pas imaginer ma vie sans Bernadette et les enfants. Pourtant, si tu m'avais parlé de tout cela il y a quelques années, je t'aurais traité de fou.

— Es-tu en train de me suggérer d'épouser Bernadette ? demanda Aulay avec un sourire en coin.

Rabbie éclata de rire.

— Ne pense pas que la vie n'a rien d'autre à offrir que ce que tu connais déjà. Voilà ce que je veux dire.

Malgré ses bonnes intentions, ses paroles emplirent

Aulay d'une colère froide. Son frère n'avait jamais vécu dans l'ombre de quiconque.

— En sortant de ce gouffre, tu as trouvé la terre ferme, rétorqua-t-il. C'est un peu différent pour moi, tu ne crois pas ? Sans mon navire, je n'existe pas. Je coule !

— Tu peux exister sur terre. Tu n'es pas un poisson !

— Où donc ? cria-t-il brusquement en ouvrant grand les bras. Ici, avec toi ? À Balhaire ? Et que ferais-je, dis-moi ?

Il tapa du poing sur la table, faisant tinter les verres.

Son frère le dévisagea, abasourdi par cet éclat.

— Tout va bien ?

Bernadette passait la tête par la porte, l'air intrigué.

— Pardon, *leannan*, lui dit Rabbie sans le quitter des yeux. Nous avons bu un peu trop de whisky.

Son épouse marmonna quelque chose avant de disparaître. Il attendit que ses pas se soient éloignés avant de se pencher au-dessus de la table.

— Tu trouveras ta voie, Aulay. Peut-être l'as-tu oublié, mais il y a d'autres choses à faire dans cette vie que de peindre des tableaux sur un navire, au milieu de nulle part.

— J'ai trente-sept ans, Rabbie ! rétorqua Aulay en saisissant brusquement la bouteille de whisky. La mer est toute ma vie ; je n'ai rien d'autre ! Et tu voudrais que je l'oublie du jour au lendemain et que je trouve autre chose pour m'occuper ?

Sur ces mots, il remplit leurs verres et mit fin à la discussion.

Il se réveilla à l'aube avec un mal de crâne, après une nouvelle nuit agitée. Lottie avait accompagné tous ses rêves. Malgré son ressentiment, il voulait être près d'elle.

C'était un besoin déchirant, exaspérant, qui le rongeait, mais contre lequel il ne pouvait lutter.

La veille, devant son père, elle avait fait preuve d'un sang-froid remarquable. Elle avait endossé toute la responsabilité des événements, exposant les faits avec franchise, expliquant les raisons de ses actes. D'autres auraient pleuré, supplié ou menti. Mais elle s'était montrée plus forte que la plupart des hommes qu'il connaissait. Encore une qualité qu'il admirait chez elle.

Sa colère commençait à retomber.

Lorsqu'il rentra à Balhaire, Frang vint à sa rencontre.

— Votre mère me prie de vous informer que les Mackenzie auront des invités au souper de ce soir.

— Quels invités ? demanda-t-il en poursuivant son chemin.

— Les Livingstone.

Il s'arrêta net.

— Ma mère est-elle devenue folle ?

— Je ne prendrai pas la liberté d'en décider, capitaine, répondit Frang en s'inclinant.

C'était inutile : Aulay connaissait parfaitement la réponse.

Il se retira dans ses appartements. Si seulement il avait pu peindre pour s'occuper les mains ! Malheureusement, ses toiles et ses pinceaux avaient coulé avec le *Reulag Balhaire*. Il passa la journée à tourner en rond comme un lion en cage, en s'imaginant errer ainsi pour le restant de ses jours. Alors il lui vint une idée : et s'il proposait aux MacDonald de diriger l'un de leurs navires pour transporter le whisky qu'ils distillaient illégalement ? Certes, passer son temps à éviter la marine royale était loin d'être la vie dont il rêvait… Mais un capitaine expérimenté comme lui pouvait exiger un salaire important pour prendre de tels risques.

L'idée qu'il devrait sans doute se résoudre à cette extrémité, que c'était la solution qui s'offrait à lui, acheva d'assombrir son humeur et attisa à nouveau sa colère. Il se faisait l'effet d'un homme à la mer, perdu au milieu des flots, emporté malgré lui par des vagues furieuses.

Le soir, il s'habilla pour le souper et jeta un plaid sur son pardessus. Lorsqu'il fit son entrée dans la salle de banquet, l'atmosphère lui sembla trop festive. Pour lui, cette soirée n'avait rien d'une fête : c'était une veillée funèbre.

La plupart des Mackenzie se trouvaient là, ainsi que l'équipage du *Reulag Balhaire*. C'était une tradition du clan que de se retrouver pour souper dans la grande salle aussi souvent que possible. Des amis étaient également invités, comme Lizzie MacDonald, une jeune femme très chère à Catriona, qui était venue de Skye.

Les Livingstone furent les derniers à arriver. Regroupés tels des moutons apeurés, ils provoquèrent un certain émoi en pénétrant dans la salle, car la nouvelle de leurs mésaventures s'était déjà répandue.

Lottie était là, entourée de ses hommes. Elle était vêtue d'une robe de soie dorée dont l'ourlet et les manches étaient brodés de minuscules perles. Aulay lança à sa sœur aînée un regard interrogateur : il reconnaissait cette toilette.

— Et alors ? lui dit Vivienne avec un charmant sourire. Après avoir porté quatre enfants, je ne peux plus la mettre, et elle lui va bien mieux qu'à moi. Elle est jolie, n'est-ce pas ?

Jolie ? Ce n'était pas le terme qu'il aurait choisi. « Éblouissante » lui paraissait plus exact.

La salle de banquet était si bondée qu'il entendait à peine ce que Vivienne lui disait tandis qu'il observait la foule attablée en bas de l'estrade. Les Livingstone se tenaient à l'écart et les Mackenzie ne leur prêtaient guère attention. À peine leur lançaient-ils un regard hostile de temps à autre.

Aulay ne parvenait pas à quitter Lottie des yeux. Il avait envie de lui parler, de la toucher. Si seulement les circonstances avaient été différentes ! Il repensa à la conversation qu'il avait eue avec son frère. Il voulait bien s'extraire du gouffre, lui aussi. Mais dans sa version, il serait plutôt sorti de la cale d'un immense navire, et Lottie l'aurait attendu sur le pont. Mon Dieu, voilà qu'il larmoyait sur son sort ! Était-ce la perte de son bateau qui lui mettait le cœur à vif ?

Soudain, sa mère tapota son gobelet de vin de sa petite cuillère. Les violonistes cessèrent de jouer et son père se leva. Ceux qui mangeaient reposèrent leurs couverts et ceux qui parlaient se turent. Toutes les têtes se tournèrent vers le laird. Même le géant parut saisir la gravité du moment.

Le père d'Aulay leva son gobelet devant lui.

— Le naufrage du *Reulag Balhaire* est une tragédie pour nous tous, déclara-t-il d'un ton solennel.

Un murmure courut dans la foule et Aulay surprit plusieurs regards dirigés vers lui.

— Mais elle n'est pas pire que les autres tragédies qui nous ont frappés par le passé.

— C'est faux, laird ! cria une voix au fond de la salle. Les responsables de cette tragédie mangent à notre table !

— Allons, Charlie, ce sont des Écossais comme nous, n'est-ce pas ? Ils ont souffert tout comme nous, et ils ont agi par nécessité. Vous tous, avez-vous oublié qu'il n'y a pas si longtemps, nous en étions réduits à éviter les collecteurs de taxes ? Oubliez les Livingstone. Ils paieront pour leur crime, je vous le promets. Mais nous ne laisserons pas leur inconséquence ternir notre avenir, non ! Nous sommes des Mackenzie !

— Oui ! s'exclama Iain le Rouge.

— Nous sommes des Mackenzie ! répéta le père d'Aulay en haussant la voix.

— Oui ! crièrent d'autres hommes.

— Nous sommes forts et persévérants !

— Oui ! Oui ! Oui !

La salle tout entière se mit à crier à l'unisson, chacun frappant la table avec son gobelet. Les Livingstone regardaient autour d'eux d'un air inquiet, et le colosse se bouchait les oreilles. Seul Duff souriait. Quant au jeune Mathais, Aulay remarqua avec étonnement qu'il martelait la table avec son gobelet comme s'il était un Mackenzie.

— Musique, Malcolm ! Faites sonner les cornemuses ! rugit son père avant de se rasseoir.

Sa mère lui adressa un sourire radieux. Grâce à lui, son but était atteint : le clan était à nouveau uni.

Au milieu de ce tumulte, Aulay croisa le regard de Lottie. Elle lui sourit timidement avant de détourner la tête.

Un soupir s'échappa de ses lèvres. Il avait l'impression que son cœur avait séché et s'était fêlé, comme la coque d'un navire laissée trop longtemps au soleil.

Les musiciens se mirent à jouer un air de sarabande et plusieurs Mackenzie se levèrent pour danser. Depuis l'estrade, Aulay les regardait en buvant de la bière dans le vain espoir de noyer ses noires pensées, ne fût-ce que le temps d'une soirée. Mais soudain, quelque chose le tira de sa torpeur, quelque chose qui exigeait de lui une intervention immédiate : des hommes — des Mackenzie — tournaient autour de Lottie. Iain le Rouge et Beaty défiaient le jeune Billy Botly de l'inviter à danser. Et Charlie, qui venait de s'insurger publiquement contre les Livingstone, se léchait presque les babines en la regardant.

C'en était trop. Peut-être avait-il des comptes à régler avec les Livingstone, et avec Lottie en particulier. Mais, lui vivant, jamais un autre Mackenzie ne poserait la main sur elle. Sa chope de bière à la main, il rejoignit à grands pas la table des Livingstone et fixa Billy Botly droit dans les yeux. Celui-ci se sauva en courant sous les rires de Beaty et de Iain.

Lottie leva brusquement la tête, surprise de le voir surgir devant elle.

— Capitaine Mackenzie ?

Il sentit alors que toute la salle les observait en chuchotant. Eh bien, il n'y avait plus qu'une chose à faire !

— Miss Livingstone, me ferez-vous l'honneur de m'accorder cette danse ?

— Oh ! Je..., commença-t-elle avant de jeter un coup d'œil autour d'elle.

Nom d'une pipe, elle n'allait tout de même pas refuser !

— Oui, dit-elle enfin comme si elle acceptait de se jeter du haut d'un précipice.

Il lui tendit la main et, d'un geste hésitant, elle y glissa la sienne. Le souvenir de cette ravissante main caressant son visage remonta soudain à sa mémoire, et il entraîna Lottie en hâte vers les danseurs.

Ils se joignirent à la sarabande. Lottie dansait avec

grâce et entrain, mais ses mouvements semblaient étrangement guindés. Ses traits étaient figés et elle le regardait à peine. Aulay se rendit compte que son sourire lui manquait. Ce sourire éclatant qui avait le don de lui réchauffer le cœur…

Mais d'où lui venaient ces pensées mièvres, ces métaphores fleuries ? Sans doute avait-il trop bu. Cet idiot transi d'amour, ce ne pouvait être lui !

— Puis-je vous apporter une chope de bière ? lui demanda-t-il une fois la danse terminée.

— Non, je vous remercie, répondit-elle en évitant son regard. Merci pour la danse, capitaine.

Elle esquissa une petite révérence avant de le quitter. De nombreuses personnes des deux clans la suivirent du regard tandis qu'il restait là, stupide, planté au beau milieu de la salle. Lorsqu'elle rejoignit ses hommes, ils l'accueillirent en souriant. Celle-là même qui l'avait frappé, qui avait braqué un pistolet sur sa tête, était leur soleil. Ils s'épanouissaient dans sa lumière radieuse. Pouvait-elle réellement être ces deux femmes en même temps ? Et surtout, pouvait-il les désirer à ce point toutes les deux ? Maudite soit-elle !

De retour à sa table, il continua à boire en observant les danseurs d'un œil maussade. Lottie ne retourna pas danser et ses compagnons restèrent assis, eux aussi. Serrés les uns contre les autres, ils semblaient sur leurs gardes.

Leurs visages moroses exaspéraient Aulay. De quoi se plaignaient-ils ? Ils étaient traités comme des rois !

Comme souvent à Balhaire, la réception se termina fort avant dans la nuit. Il ne restait qu'une poignée de convives dans la salle de banquet quand Aulay, passablement ivre, descendit de l'estrade pour se diriger vers la table des Livingstone. Lottie était encore là. La tête appuyée contre son poing, elle effleurait du doigt le bord de son verre.

En le voyant, elle se redressa en posant sagement les mains sur ses genoux. Brusquement écœuré par la bière, Aulay posa sa chope de côté.

— Avez-vous passé une bonne soirée ? demanda-t-il sur un ton involontairement accusateur.

— Autant que possible, étant donné les circonstances. Nous vous remercions infiniment, votre famille et vous, de nous y avoir conviés.

Il hocha la tête sans lui avouer que cette réception avait été organisée contre son avis.

— Il est temps pour moi de me retirer, dit-elle en se levant. J'aurais pu partir avec les autres, mais… j'avais envie d'écouter encore un peu la cornemuse.

Les musiciens n'avaient-ils pas cessé de jouer depuis un moment déjà ? Il ne savait plus très bien.

— Où est votre garde ? demanda-t-il en cherchant celui-ci des yeux.

— Je retournerai directement dans ma chambre, je vous le jure.

Aulay lui jeta un bref regard avant de se décider.

— Je vais vous escorter.

Il avait suffisamment noyé sa colère pour ce soir.

— Vraiment ? Vous m'avez signifié très clairement que vous ne supportiez plus de me voir.

Aulay tressaillit intérieurement. Il ne savait plus très bien ce qu'il lui avait dit ce jour-là, lorsque le navire avait coulé ; il se souvenait seulement de sa fureur.

— Je suis un gentleman, répliqua-t-il en s'inclinant exagérément devant elle, au risque de tomber.

Sans prendre le bras qu'il lui offrait, elle le suivit hors de la salle.

Un rayon de lune inondait la cour de ses reflets. Aulay aimait tant être en mer par les nuits comme celle-ci, lorsque la lumière illuminait la surface de l'eau, lui rappelant à quel point le monde était vaste !

— Moi aussi, je trouve que la mer est belle quand elle scintille sous la lune, dit-elle.

Il la regarda, stupéfait. Dans son ivresse, il ne s'était pas rendu compte qu'il s'était arrêté pour lever la tête. Il prit le temps de contempler la chevelure de Lottie, qui formait une auréole éblouissante autour de son visage.

— Comment savez-vous à quoi je pense ?

— Vous l'avez peint. Plusieurs fois.

Il regarda sa bouche, que la nuit teintait d'un rouge foncé.

— Et moi qui pensais que vous n'aviez rien compris à mes tableaux ! dit-il en se remettant en marche.

— Je les ai trouvés fascinants, répondit Lottie en le suivant.

— Vous les avez trouvés vides ! rectifia-t-il, moqueur.

— Je n'ai jamais dit cela. J'ai dit qu'il n'y avait personne dedans. Mais ils n'étaient pas vides, Aulay. Ils représentaient votre façon de voir le monde, et ils étaient magnifiques. Vous avez beaucoup de talent.

Ces mots le troublèrent plus qu'il ne l'aurait voulu. Il avait supposé qu'elle n'appréciait pas sa vision du monde, mais peut-être s'était-il trompé.

— Êtes-vous en train de me flatter, Lottie ? Cela ne changera rien, vous savez.

— Vous flatter ? répéta-t-elle en se tournant brusquement vers lui, les mains sur les hanches. C'est la seconde fois que vous me lancez une telle accusation. Je n'ai aucun intérêt à vous flatter !

— Aucun intérêt, vraiment ? Dans ce cas, expliquez-moi pourquoi vous avez commencé à faire l'éloge de ma bonté le jour où mon navire a fait naufrage. Ne cherchiez-vous pas à vous attirer mes bonnes grâces dans l'espoir d'échapper à votre châtiment ? Me croyiez-vous épris au point que quelques belles paroles suffiraient à vous faire pardonner ?

Lottie le regarda, bouche bée.

— Je n'ai pas pensé un seul instant que vous pourriez me pardonner ! Si j'étais à votre place, je ne pardonnerais pas ! Et croyez-moi, je regretterai ce que j'ai fait jusqu'à ma mort !

— Dans ce cas, quelle était votre intention ?

Elle laissa retomber ses épaules en soupirant.

— Pensez-vous que ces quelques jours passés sur votre bateau n'ont pas compté pour moi ? Me croyez-vous cruelle à ce point ? Mon intention était de vous dire que je vous admire. Que mes regrets sont aussi profonds que l'océan. Jamais je n'ai connu un homme tel que vous, Aulay Mackenzie. J'ai pour vous une estime éternelle et infinie.

Son cœur encore étourdi par l'ivresse se mit à cogner fort contre sa poitrine.

— Alors vous êtes folle, Lottie. Je suis celui qui s'est laissé duper, qui s'est montré incapable de sauver sa cargaison, son navire, son clan ! Il n'y a rien à estimer, rien à admirer.

Lottie ouvrit de grands yeux.

— Aulay…, souffla-t-elle en lui effleurant le bras, le poignet, pour entrelacer ses doigts aux siens. Comme vous

vous trompez ! Oui, nous nous sommes emparés de votre bateau. Mais vous avez enduré votre captivité avec plus de noblesse que n'importe quel roi ! Vous m'avez apporté votre aide, malgré le tort que je vous avais causé, malgré ce que vous aviez déjà perdu ! Vous avez fait preuve de bonté alors que vous aviez été traité d'une façon indigne ! Vous m'avez sauvé la vie à Aalborg, quand vous aviez toutes les raisons de me laisser en pâture à ces bandits ! Enfin, vous nous avez ramenés sains et saufs en Écosse et, au moment où tout semblait perdu, où nous pensions être capturés, vous nous avez tirés d'affaire. Vous nous avez sauvé la vie, Aulay ! Vous avez pensé aux autres plus qu'à vous-même et vous êtes, je vous le dis sincèrement, l'homme le plus estimable que j'aie jamais connu. Tout ce que je voulais dire ce jour-là, c'est que je vous porterai à jamais dans mon cœur.

Aulay avait le tournis : elle venait de prononcer les mots que, sans le savoir, il avait besoin d'entendre. Il la saisit par le coude pour l'attirer à lui.

— Je suis furieux.

— Je le sais.

Prenant son visage dans le creux de sa main, il contempla les quelques taches de rousseur que le soleil avait fait apparaître au cours des derniers jours. Les longs cils et les sourcils bruns qui offraient un saisissant contraste avec la couleur de sa chevelure. Le bleu intense de ses yeux.

— Je n'ai pas confiance en vous.

— Quoi de plus normal ? Mais j'ai tout avoué, Aulay. Vous êtes hors de cause.

Son regard s'arrêta sur sa bouche.

— Allez-vous m'embrasser ? murmura-t-elle en levant le visage vers le sien.

— En avez-vous envie ?

— Terriblement.

Il l'entraîna contre le mur de la conciergerie. Posant les mains de chaque côté de sa tête, il se pencha au-dessus d'elle, ses lèvres tout près des siennes. Son corps impatient lui dictait ses gestes, bannissant toute pensée rationnelle.

— Embrassez-moi, dit-elle.

Du bout de la langue, il lui effleura lentement la lèvre inférieure, lui arrachant un léger soupir. Il l'avait à peine touchée et pourtant cela lui parut le moment le plus sensuel qu'il eût jamais vécu. D'un doigt, il lui releva le menton juste à temps pour recueillir son halètement de plaisir. Puis il saisit délicatement sa lèvre entre les dents et glissa une main dans le creux de son dos pour presser son corps tout contre le sien.

Tandis qu'elle ouvrait la bouche pour accueillir son baiser, elle enroula un bras autour de sa taille et se cramponna à lui comme si elle craignait qu'il ne lui échappe. Aulay l'embrassa langoureusement, profondément, tandis que sa main explorait les formes de son corps.

Quelle douce torture ! Lottie gémit contre sa bouche, attisant le feu qui couvait en lui. Il s'apprêtait à la porter jusqu'à sa petite chambre pour lui faire l'amour, quand un bruit de pas parvint jusqu'à son esprit embrumé de fièvre. À regret, il releva la tête.

Les lèvres de Lottie brillaient au clair de lune et il y avait tant de désir et de tendresse dans ses yeux qu'un léger vertige s'empara de lui. Du revers de la main, il lui caressa la joue et ouvrit à contrecœur la porte de la conciergerie.

— Dormez bien, *leannan*, dit-il tout bas.

Après s'être glissée à l'intérieur, elle se retourna et,

les yeux plantés dans les siens, un sourire radieux aux lèvres, elle disparut à reculons dans l'ombre.

De retour dans ses appartements, Aulay congédia le valet aux yeux ensommeillés venu s'enquérir de ses besoins. Sans prendre la peine de se déshabiller, il se laissa tomber sur son lit et, la tête appuyée sur un bras, regarda fixement par la fenêtre le ciel constellé d'étoiles. Ses pensées étaient loin de Balhaire, mais pour une fois, ce n'était pas à la mer qu'il songeait. C'était à une petite île nommée Lismore.

Dans un mois, il aurait trente-huit ans. Il était un célibataire confirmé, un homme du monde… et, pour la première fois de sa vie, il croyait être amoureux. D'une femme qu'il ne pouvait pas avoir, et dont il continuait de se méfier.

Chapitre 24

À l'exception du premier jour où, épuisée, elle avait sombré dans un sommeil de plomb, Lottie avait passé toutes les nuits à se tourner et se retourner dans son lit. Elle pensait avec tristesse à son cher père, s'inquiétait de la sanction qui l'attendait, craignait pour l'avenir de ses frères, et cherchait un moyen de réparer le tort qu'elle avait causé.

Mais depuis quelque temps, c'était un désir troublant qui la tenait éveillée.

Ce n'était guère le moment de s'adonner à des rêveries sensuelles, et pourtant, Aulay Mackenzie ne cessait de venir hanter son imagination. Mais après tout, pourquoi s'en priver ? Fallait-il qu'elle se morfonde toute la journée dans un coin de sa chambre en attendant l'arrivée du juge ? Elle vivait probablement ses derniers jours, ou du moins ses derniers jours de liberté. Par tous les saints, elle ne voulait pas mourir sans avoir connu l'amour, un amour immense, sincère et passionné !

C'était la meilleure distraction qu'elle pût espérer.

Lorsque la nuit cédait peu à peu la place au jour, lassée d'attendre, de ressasser ses pensées, de réfléchir à toutes les solutions possibles, Lottie se levait, passait l'une des deux robes que Catriona et Vivienne lui avaient prêtées, et rejoignait son clan.

Ses hommes s'étaient bien adaptés à la vie à Balhaire. Trop bien, peut-être. MacLean se languissait de son épouse et de ses enfants, et il se rendait souvent à la bibliothèque pour leur écrire. Il avait déclaré qu'il leur remettrait ces lettres en personne après le jugement, mais par prudence, il avait fait promettre à Billy Botly de les leur porter au cas où il ne rentrerait pas chez lui.

Duff aussi se languissait de sa famille, mais il avait trouvé un ami inattendu en la personne de Iain le Rouge. Il s'était avéré que ce dernier avait autrefois caressé l'idée de devenir comédien. Un soir, au souper, les Mackenzie et les Livingstone avaient eu l'honneur — ou la malchance, selon le point de vue — d'écouter les deux hommes réciter un sonnet.

Quant à Gilroy et Beaty, ils passaient le plus clair de leur temps à flâner dans la cour en discutant à bâtons rompus de divers sujets : les navires, les vents, le fait que la rébellion jacobite ait commencé dans les Hébrides ou les Highlands… On eût dit un vieux couple cherchant à tout prix des prétextes pour se chamailler.

À la grande joie de Lottie, Lady Mackenzie s'était prise d'affection pour Drustan. Plus d'une fois, elle avait trouvé son frère près de la maîtresse de maison, lui apportant une chaise ou l'aidant à ouvrir les rideaux. Quelque chose en elle semblait l'apaiser.

— Drustan ! chuchota-t-elle un jour en lui faisant signe de la rejoindre, de crainte qu'il n'importune celle-ci.

— Vous ne me priverez pas de mon compagnon, Miss Livingstone ! avait protesté Lady Mackenzie en adressant à son frère un sourire maternel. Nous n'avons eu besoin de personne pour faire connaissance, je vous remercie.

— Mais il…

— Il m'est d'une aide précieuse, avait-elle coupé d'un ton sans réplique en la chassant d'un revers de la main. Allez donc prendre le soleil, et laissez-nous tranquilles.

Lorsque Drustan n'était pas occupé à suivre Lady Mackenzie partout, il taillait ses morceaux de bois. Mathais avait enfin trouvé chez son frère une qualité qu'il admirait. Il montrait tous ses ouvrages à Lottie avec un grand enthousiasme : une mouette, un navire et, dernièrement, un chien qui ressemblait trait pour trait à l'un des bâtards couchés en permanence dans la salle de banquet.

Mais ce n'était pas tout : depuis que Drustan se sentait utile auprès de Lady Mackenzie et qu'il s'était découvert des talents de sculpteur, ses accès de colère se faisaient de plus en plus rares. Leur père avait toujours dit que Drustan était trop limité pour être utile à qui que ce soit. Peut-être s'était-il trompé sur ce sujet également.

Quant à Mathais et Morven, ils passaient le temps en jouant avec des épées de bois dans la cour. Après les avoir vus à l'œuvre, Rabbie Mackenzie leur avait proposé de les initier pour de bon au maniement du fer. Les Mackenzie, semblait-il, entraînaient les soldats des Highlands depuis plusieurs générations. Mathais était fou de joie et, chaque soir, il rentrait à la conciergerie couvert de sueur et de boue, les yeux brillants. Dans un flot continu de paroles, il racontait à Lottie ce qu'il avait appris en agitant son épée imaginaire en tous sens dans la petite chambre qu'elle occupait.

Lottie elle-même n'était pas en reste : Catriona et Lizzie

MacDonald l'avaient prise sous leur aile. Les gentlemen des Highlands et des contrées alentour constituaient l'un des sujets de discussion favoris des deux amies. La sœur d'Aulay devait avoir près de trente ans, et Lottie s'étonnait qu'elle ne soit pas encore mariée. Comment cette jeune femme ravissante et pleine d'allant, fille d'un laird puissant, avait-elle fait pour éconduire tous ses prétendants ? Catriona adorait ses nièces et ses neveux et, le jour où l'une des femmes du village vint présenter son nouveau-né au château, elle contempla le bébé avec un soupir d'envie.

— J'aimerais beaucoup avoir un enfant, dit-elle à Lottie, mélancolique. Je n'ai pas encore perdu espoir ! ajouta-t-elle en souriant. Et vous ?

Son visage devait s'être assombri car Catriona porta la main à sa bouche et ses joues se teintèrent de rose.

— Je vous demande pardon, Lottie ! Je suis confuse ! s'exclama-t-elle, affreusement gênée d'avoir évoqué un avenir souriant alors qu'elle s'apprêtait à être jugée.

Lottie ne voyait pas Aulay autant qu'elle l'aurait voulu. Apparemment, il passait beaucoup de temps avec son père. « Ils examinent les comptes », avait expliqué Catriona d'une voix inquiète. « Nous avons tant de dettes ! »

Un après-midi, cependant, il vint la trouver. Il voulait les conduire, Mathais et elle, jusqu'à une crique.

— Nous n'avons pas le droit de quitter l'enceinte du château, lui rappela-t-elle.

— Auriez-vous perdu votre audace ? demanda-t-il en haussant un sourcil.

Certainement pas !

Après avoir emprunté un chemin qui contournait le village et traversait un petit bois, ils arrivèrent sur une plage. La côte semblait jaillir des flots, formant une virgule qui offrait un abri naturel assez vaste pour accueillir plusieurs bateaux.

— Imaginez, dit Aulay en désignant la crique d'un ample geste : autrefois, nous avions deux navires amarrés ici.

Laissant retomber son bras, il regarda fixement devant lui comme s'il voyait encore les deux vaisseaux.

Lottie croisa les bras sur sa poitrine. À chaque fois, c'était la même chose : dès que quelqu'un faisait allusion aux navires d'Aulay, son cœur se serrait douloureusement.

Il s'accroupit sur le sol et tendit le doigt vers les rochers qui s'élevaient de l'autre côté de la crique.

— Vous voyez, là-bas ? Une marque rouge, à mi-hauteur.

En plissant les yeux, Lottie parvint à distinguer des signes rouges qui ressemblaient à des lettres.

— Nos initiales, expliqua-t-il. J'ai nagé jusqu'à là-bas un jour où mon frère Cailean m'avait lancé un défi. J'ai escaladé la paroi avec de la peinture dans ma poche.

Mathais émit un sifflement admiratif.

— J'étais un bon grimpeur, n'est-ce pas ? lança Aulay avant d'éclater de rire.

— Un jour, pour relever un défi, j'ai sauté dans la mer du haut d'une falaise, raconta Lottie, songeuse. La falaise était haute de dix pieds, peut-être un peu plus. Mais je n'avais pas pensé à ma robe. Elle est remontée jusqu'au sommet de ma tête et j'ai bien failli me noyer.

— Nous avons dû nous y mettre à quatre pour la sortir de l'eau ! ajouta Mathais.

Lottie sourit à l'évocation de ce souvenir. Même si la vie avait été dure à Lismore, ils avaient joui d'une merveilleuse liberté. Et pourtant, elle s'y était toujours sentie enfermée. Cela lui paraissait étrange, à présent.

Ils marchèrent ensemble au bord de l'eau en ramassant des coquillages. Mathais se vanta de ses progrès au maniement de l'épée. Rabbie Mackenzie, disait-il, pensait qu'il ferait un bon soldat et était prêt à l'entraîner le moment venu.

— C'est ce que j'ai toujours voulu faire ! déclara-t-il.

— Vraiment ? Tu n'en avais jamais parlé, répondit Lottie, étonnée.

— Je pensais que tu désapprouverais mon choix et que tu me croirais plus utile à la maison. Mais je dois être mon propre maître, Lottie ! C'est ce que Rabbie dit : chaque homme doit se dresser face à la vie pour affronter le monde !

Sur ces mots, il trébucha sur un caillou et se rattrapa de justesse.

— Un homme ne peut affronter le monde les quatre fers en l'air ! marmonna Lottie pour elle-même.

Aulay l'entendit, et il se retourna pour que Mathais ne le voie pas rire.

Après avoir longé la rive, ils rejoignirent le chemin qui menait vers le château. Comme ils commençaient à gravir la pente raide, Lottie s'arrêta pour se tourner vers la crique.

— Qu'allez-vous faire, à présent ? demanda-t-elle à Aulay. Aurez-vous un autre navire ?

— C'est peu probable, répondit-il, le visage tendu. Tout ce que nous avons servira à rembourser la cargaison. Il ne restera pas de quoi acheter un bateau.

La gorge nouée, Lottie ne dit rien. La vérité était trop pénible : elle avait fait à Aulay ce que son père avait fait à sa propre famille. Par son inconséquence, elle l'avait ruiné. Mais peut-être pouvait-elle encore réparer sa faute, du moins en partie. Encore fallait-il qu'on lui en donne la possibilité.

Quelles que soient les dispositions d'Aulay à son égard, l'espace d'un après-midi enchanteur, sa colère s'était apaisée. Si seulement ils pouvaient s'entendre toujours ainsi ! Elle s'efforça de l'imaginer, d'en faire un rêve qu'elle pourrait garder et chérir. Mais c'était impossible. Au-dessus de ce rêve planait un nuage qui se faisait de plus en plus sombre à mesure que l'arrivée du juge approchait.

Un matin, Lottie se réveilla en sursaut, le cœur battant. Dans son sommeil, elle venait de se souvenir que le juge devait arriver au plus tard dans trois jours pour statuer sur son sort. Autrement dit, il pouvait être là d'un instant à l'autre.

Sachant qu'elle n'avait pas le moindre espoir de se rendormir, elle s'habilla et sortit dans la cour. Le jour était à peine levé et elle ne croisa que quelques serviteurs s'apprêtant à commencer leur journée de travail. Elle se dirigea vers les jardins. Elle aimait la beauté et la tranquillité de ces lieux et s'y rendait au moins une fois par jour pour se promener parmi les roses et les rhododendrons. Un petit coin de paradis, aurait dit sa mère. C'était le seul endroit à Balhaire où elle parvenait à oublier ses tourments.

— Vous êtes bien matinale.

Surprise par la voix d'Aulay, elle se retourna brusquement. Il pénétra dans le jardin avant de s'arrêter pour examiner un rhododendron dont la tige était particulièrement longue. Son plaid sur l'épaule, les cheveux rejetés en arrière, il avait une allure sauvage, indomptable. Il était terriblement séduisant. La beauté du diable, encore une fois.

— En effet. Et vous, que venez-vous chercher ici à une heure pareille ?

— Vous.

S'efforçant de dissimuler son trouble, elle haussa les sourcils.

— Je vous ai vue par la fenêtre, dit-il.

Il se tenait à quelques pieds d'elle, mais peu importait la distance. Chaque fois qu'ils se croisaient, une force presque palpable, une sorte de désir à l'état brut circulait entre eux. Elle savait qu'il ressentait la même chose ; elle le voyait à l'éclat qui brillait dans ses yeux.

— Que diriez-vous d'une petite aventure ? demanda-t-il en s'accroupissant pour ramasser une longue feuille tombée sur le chemin.

Quelle question ! Elle était prête à accepter tout ce qui pouvait la distraire de ses sombres pensées.

— Quel genre d'aventure ?

— Mon neveu, Lord Chatwick, possède un pavillon de chasse non loin d'ici, dit-il en observant la feuille. Il est fermé pour la saison, ajouta-t-il en levant les yeux vers elle. La vue sur les collines y est très jolie.

Lottie avait vu les collines. Elle les avait franchies avec lui pour venir à Balhaire.

— Je n'ai pas le droit de quitter le château.

Lentement, il se leva.

— Je veillerai à ce que vous soyez de retour à temps.

— Irons-nous à pied ?

— À cheval, si vous vous en sentez capable. Je n'ai pas de poney à vous prêter.

Les battements de son cœur s'accéléraient dangereusement. Elle avait juré de ne pas quitter Balhaire, elle avait donné sa parole. Or ce qu'il proposait était autre chose qu'une petite promenade jusqu'à la crique.

— Mes frères risquent de…

— Catriona veillera sur eux, j'en suis certain. Alors, qu'en dites-vous ?

Elle irait, bien sûr. Elle irait n'importe où avec cet homme, tant qu'elle le pouvait encore.

— Alors oui, capitaine, je me sens capable de monter un cheval.

Aulay sella lui-même les deux montures et, alors que tout le monde dormait encore, avant même que les échoppes n'ouvrent leur devanture, que Gilroy et Beaty ne commencent à se disputer, que MacLean n'écrive une lettre de plus à son épouse ou que Duff ne monte une nouvelle pièce de théâtre, Aulay et Lottie avaient quitté Balhaire.

S'éloignant de la mer, ils remontèrent une vallée herbeuse. Au bout d'une demi-heure, elle aperçut au loin le scintillement d'un lac et, comme ils s'en approchaient, un manoir blanc qui se dressait sur la rive.

— Arrandale, indiqua Aulay en le montrant du doigt. La demeure de Rabbie et Bernadette.

Après cela, il tourna vers le sud et ils arrivèrent à l'orée d'un bois. Le chemin était sombre et l'air frais sous les arbres, dont les feuillages tamisaient les rayons du soleil. Le sentier débouchait dans une prairie. Là, Lottie aperçut une autre maison.

— Le pavillon de chasse, Auchenard, annonça Aulay.

— Un pavillon ! répéta-t-elle, émerveillée.

Quoique plus petit que le manoir, il était tout aussi grandiose à ses yeux.

— Il est magnifique !

Aulay mit pied à terre devant la maison et retint son cheval tandis qu'elle sautait à terre.

— N'est-il pas un peu grand pour un pavillon de chasse ? demanda-t-elle avec curiosité.

— Il a été construit par un comte anglais. Ils préfèrent le faste à la simplicité, vous savez.

Non, elle ne le savait pas. Jamais elle n'avait rencontré d'Anglais. Longtemps, elle avait rêvé de découvrir Londres et ses demeures majestueuses. Ce rêve s'était effondré avec tous ses autres espoirs, quelques semaines plus tôt.

Aulay tenta d'ouvrir la porte d'entrée, mais elle était fermée à clé.

— Rabbie se charge d'entretenir la maison pour Cailean et mon neveu. On n'y entre pas facilement ! Restez ici, dit-il avant de disparaître à l'angle du pavillon.

Quelques instants plus tard, elle entendit un cliquetis à l'intérieur et la porte tourna sur ses gonds.

— Milady, dit-il en s'inclinant avant de l'inviter à entrer d'un geste solennel de la main.

Une fois à l'intérieur, elle regarda autour d'elle. L'odeur de renfermé et les draps qui recouvraient les meubles indiquaient que la maison n'avait pas été ouverte depuis longtemps. Autre indice, la plupart des fenêtres avaient été barbouillées de savon. Après avoir traversé un couloir sombre, ils pénétrèrent dans une pièce plus vaste, sans doute le salon. Au plafond, haut de plusieurs pieds, s'entrecroisaient de larges poutres. D'un côté se trouvait une immense cheminée dont s'élevait encore une odeur de cendre. Aulay s'approcha de la fenêtre pour tirer les lourds rideaux, révélant une superbe vue sur un lac que bordait un pré envahi par la végétation. La surface de l'eau, aussi lisse que le verre, étincelait au soleil. Derrière le lac s'étendaient des collines aux nuances vert foncé, dorées et pourpres.

Éblouie devant ce paysage, Lottie porta la main à sa poitrine.

— Jamais je n'ai posé les yeux sur une vue aussi sublime !

— Moi non plus, répondit Aulay.

Mais ce n'était pas la vue qu'il regardait. C'était elle.

Poursuivant la visite du pavillon, ils arrivèrent à l'étage. Aulay ouvrit les fenêtres, laissant entrer un souffle d'air frais qui souleva un peu de poussière.

— J'ai toujours eu envie de voir de somptueuses demeures comme Balhaire et Auchenard. Je suis heureuse d'en avoir eu l'occasion.

Aulay vint se placer derrière elle et, le menton posé sur sa tête, il lui enlaça la taille pour l'attirer contre lui. Ils restèrent ainsi à contempler la splendeur intacte de ce paysage.

— Vouliez-vous l'épouser ? murmura-t-il brusquement.

— Anders Iversen ? demanda Lottie, surprise par cette question. Oui, reconnut-elle. S'il était resté à Lismore et qu'il m'avait demandée en mariage, j'aurais accepté. Mais…

Elle s'interrompit, songeuse.

— Mais ?

— Je suis censée me marier, n'est-ce pas ? J'ai refusé d'épouser un homme de Lismore, par égoïsme, dit-elle en insistant sur ce mot. Car j'ai toujours eu envie de voyager. Que Dieu me pardonne, mais au fond, je voulais être débarrassée du poids de ma famille. Pourtant, quand il m'a été donné de le faire, quand Anders m'a demandé de partir avec lui, je n'ai pas eu la force de quitter mon père et mes frères. Et il… Il me connaissait mieux que moi-même. Il savait que je ne les abandonnerais pas.

— Vous manque-t-il, aujourd'hui ?

Lottie secoua la tête. C'était à peine si elle avait pensé à lui au cours des dernières semaines. Dès que son horizon s'était ouvert, car c'était bien ce qui s'était passé lors de ce voyage, Anders était devenu un vague souvenir parmi d'autres. Et après avoir découvert ses mensonges, la surprise et la colère passées, elle l'avait tout simplement oublié.

— C'était la première fois qu'un homme me faisait battre le cœur, et j'ai cru que c'était de l'amour car je n'y connaissais rien… Je n'avais rien vu du monde.

Les sentiments qu'elle éprouvait pour Aulay étaient bien plus profonds. Et quand elle y songeait à présent, elle se demandait si elle n'avait pas toujours su, au fond d'elle, qu'Anders n'était pas l'homme qu'il prétendait. Sans se l'avouer, elle avait eu un petit pressentiment.

— Et à présent que vous avez vu le monde, que pensez-vous ?

Elle pensait qu'elle aurait dû épouser MacColl. Mais si elle l'avait fait, jamais elle n'aurait vécu ces moments extraordinaires dans les bras d'Aulay.

— Je me sens toute petite, répondit-elle avant de se tourner vers lui. Et vous, Aulay Mackenzie, que pensez-vous ?

— Dans le vaste monde, je me sens invincible, dit-il en lui déposant un baiser sur le front. C'est chez moi que je me sens petit.

— Pourquoi ?

— Parce que je vis dans l'ombre de deux frères qui

ont toujours été un peu plus forts que moi et qui, comme mon père avant eux, entraînent des soldats. Enfant, j'étais un garçon discret, contrairement à mes sœurs. Je préférais la peinture aux jeux violents, la lecture aux longues conversations. Mes frères et sœurs attiraient toute l'attention, tandis que je passais inaperçu. Mais sur un navire ? J'étais le plus grand de tous. J'étais celui que mon père remarquait. Celui sur qui tout le monde comptait.

— Moi, je compterais sur vous sur terre comme en mer, murmura Lottie, brusquement accablée, comme souvent désormais, par le chagrin et la culpabilité.

Baissant la tête, elle s'appuya contre son torse.

— Je voulais vous parler, dit-il en glissant la main sous son menton pour qu'elle lève les yeux vers lui. Soyez sans crainte, Lottie, ajouta-t-il après avoir scruté son visage un instant.

— Vais-je être pendue ? demanda-t-elle abruptement. Si je dois être pendue, j'aimerais le savoir.

— Mon père pense que non. Selon lui, il est plus probable que vous soyez incarcérée à Édimbourg. Votre laird aura aussi son mot à dire, puisque vous avez des dettes envers lui, mais en ce qui nous concerne… vous encourez plutôt une privation de liberté.

Ainsi, elle allait se retrouver enfermée avec des voleurs et des mauvais payeurs. Cette idée lui était insupportable.

— Et mes frères ? Les autres ? Qu'adviendra-t-il d'eux ?

— Je l'ignore, Lottie, avoua-t-il avec tristesse.

Mais Lottie, elle, avait la réponse. Elle avait trouvé une solution qui lui permettrait de subvenir aux besoins de son clan et de rembourser, partiellement du moins, la dette des Mackenzie.

— Et vous ? demanda-t-elle.

— Je ne le sais pas encore, dit-il en posant les yeux sur sa bouche. Les MacDonald distillent du whisky illégalement. Peut-être ont-ils besoin de quelqu'un pour transporter leur marchandise.

— Vous ne feriez pas une chose pareille ! s'exclama Lottie, abasourdie.

— Si, je le ferai, si cela permet à ma famille de rembourser la cargaison que nous avons perdue. Mais cela n'a pas d'importance, Lottie. Plus rien n'aura d'importance.

— Pourquoi dites-vous cela ?

— Parce que, si vous n'êtes plus là, j'aurai vraiment perdu tout ce qui compte pour moi.

Sans lui donner le temps de répondre, il se pencha pour l'embrasser. Dès que ses lèvres touchèrent les siennes, ce fut comme si un ouragan se déchaînait en elle, balayant toutes ses protestations. Elle comprit qu'elle avait éperdument besoin qu'il la serre contre lui, qu'il la touche, qu'il la comble. Elle voulait sentir son désir et sa force avant d'affronter sa punition, et elle répondit à son baiser avec une fureur qui la surprit elle-même.

Aulay la fit tournoyer dans ses bras et la pressa contre l'un des piliers du lit tout proche. Enivrée par son odeur de bois, d'épices et d'air marin, elle laissa errer ses mains sur les lignes robustes de son corps. Il était un élixir de volupté.

L'empoignant fermement par la taille, il mêla sa langue à la sienne. C'était comme si une étincelle s'était soudain embrasée entre eux, provoquant des flammes ravageuses qui les léchaient de toutes parts. Aulay releva son jupon et glissa la main entre ses cuisses. Gémissant de plaisir, elle appuya la tête contre le pilier pour s'abandonner aux délicieuses sensations qui l'envahissaient.

D'un bras, il la souleva pour la coucher sur le lit. Se laissant tomber sur elle, il continua à la caresser de ses doigts et de sa bouche. Le corps traversé de frissons, Lottie savourait la moindre de ses attentions.

— Déshabillez-vous, dit-il subitement en se redressant, avant de commencer à se dévêtir lui-même fébrilement.

Se laissant glisser hors du lit, Lottie dénoua les rubans de sa robe. Alors les gestes d'Aulay se firent plus lents, et il s'appuya contre le mur pour la regarder, suivant d'un regard intense ses moindres mouvements, contemplant chaque parcelle de sa peau à mesure qu'elle les révélait. Lorsqu'elle fut entièrement nue, il lui tendit la main avec une courtoisie qui la surprit après la voracité avec laquelle ils venaient de s'étreindre. Mais, plongeant les yeux dans son regard ardent, elle prit cette main et se laissa attirer dans le lit.

Aulay enfouit la tête dans sa gorge et prit la pointe d'un de ses seins dans sa bouche. Puis, se levant, il laissa tomber son plaid. Cet homme était beau à se damner. La vue de son corps puissant redoubla l'excitation de Lottie. Aulay la rejoignit et lui baisa le cou tout en promenant les mains sur son corps. Puis il glissa un bras sous son dos pour la soulever tandis qu'il se pressait entre ses cuisses. Les doigts enfoncés dans la chair de ses reins, Lottie l'accueillit en elle. Elle gémit comme un animal sauvage lorsqu'il commença à se mouvoir et, bien vite, comme le plaisir montait, elle se mit à haleter. Les doigts d'Aulay étaient aussi brûlants que ses yeux, deux flammes bleues aux reflets verts qui ne quittaient pas les siens. Ce regard semblait plonger jusque dans son âme et elle eut le sentiment qu'ils ne faisaient plus qu'un. Ils atteignirent l'extase en même temps, dans un cri, et leur jouissance fut aussi puissante que profonde.

C'était cela, l'amour. Cela ne pouvait être autrement. Comme Aulay se laissait rouler à ses côtés, Lottie lui caressa les cheveux.

— *Tha gaol agam ort*, Aulay, dit-elle tout bas. Je vous aime.

Il la prit dans ses bras et la serra fort contre lui.

— Je vous aime moi aussi, Lottie Livingstone, murmura-t-il, la bouche dans ses cheveux.

Cet aveu l'emplit d'une émotion si violente qu'elle en eut le souffle coupé. Elle lui embrassa le visage, l'oreille, les lèvres. Soudain, tout prenait sens. Quoi qu'il arrive ensuite, ces quelques mots prononcés par sa bouche, l'estime qu'elle lisait dans ses yeux, justifiaient tout ce qu'elle avait enduré. Cela en valait la peine.

Mais à mesure que s'apaisait la fièvre qui lui avait embrasé le corps, des nuages vinrent assombrir sa joie. Cette merveilleuse journée commençait à ressembler à un adieu. Elle eut soudain l'impression qu'ils assistaient au naufrage d'une promesse de bonheur, et que cet après-midi était le dernier à couler.

Aulay devait penser la même chose. Tout en caressant son sein nu, il leva les yeux vers elle.

— Je veux que vous vous évadiez.

Elle avait dû mal entendre.

— Pardon ?

— Je ne peux pas vous sauver, cette fois. Dieu sait que je le ferais si c'était possible, mais je ne suis pas le seul concerné. Trop de gens ont perdu autant, sinon davantage que moi.

Il posa un doigt sur son menton pour incliner son visage vers le sien.

— Ce n'est plus de mon ressort, vous comprenez ? Vous devez vous enfuir. Il le faut !

Lottie s'assit dans le lit et le dévisagea, bouche bée.

— Je ne suis pas une femme lâche, Aulay Mackenzie ! s'exclama-t-elle enfin. Je ne m'enfuirai pas !

Il eut l'audace de sourire à cette déclaration.

— Ma chère, je sais mieux que quiconque que vous n'êtes pas une femme lâche, dit-il avant de prendre son visage à deux mains. Vous me devez au moins cela, Lottie, ne croyez-vous pas ? J'ai essayé de vous mépriser, Dieu m'en est témoin, mais j'en suis incapable. Je n'arrive même plus à vous en vouloir. C'est de la folie, mais je ne peux que vous admirer et vous aimer. Laissez-moi vous aider à fuir. Vous me le devez !

— Vous déraisonnez ! s'écria-t-elle. Nous ne pouvons pas nous évader : tous les Mackenzie de Balhaire savent parfaitement qui nous sommes et d'où nous venons. Voudriez-vous que nous embarquions sur un autre navire pour regagner le Danemark ? Non ! Nous n'aurions d'autre choix que de rentrer à Lismore et, tôt ou tard, on viendrait nous arrêter !

— Lottie, écoutez-moi !

— Non, répliqua-t-elle en repoussant sa main.

S'évader était hors de question. Elle avait commis un acte terrible et elle était bien décidée à en porter la responsabilité. En outre, fuir ne ferait que retarder l'inévitable et aggraver la situation de son clan.

Mais Aulay la regardait, les yeux emplis de chagrin et de désespoir. Le poussant en arrière, elle enfourcha son corps et se pencha au-dessus de lui. Ses cheveux retombèrent autour d'eux, tel un rideau qui les protégeait du reste du monde.

— Cessons de parler. Il nous reste si peu de temps !

— Mon Dieu, vous arrive-t-il jamais d'obéir à un homme ? demanda-t-il en posant les mains sur ses seins.

— Tout dépend de ce qu'il me demande ! répondit-elle d'un air fripon avant de le faire taire d'un baiser.

Chapitre 25

Aulay n'avait aucune envie de quitter Auchenard et il retarda leur départ autant que Lottie le lui permit. Mais vint le moment où il dut convenir avec elle qu'ils s'étaient absentés depuis trop longtemps. Le moment était venu d'affronter la réalité. L'absence de Lottie finirait par être remarquée et son père exigerait une explication.

Il n'éprouvait aucun remords tandis qu'ils s'approchaient des grilles de Balhaire. Soudain, Catriona apparut, courant vers eux comme si elle avait le diable à ses trousses tout en jetant des regards furtifs autour d'elle. Mais lorsqu'elle fut assez près pour mieux les voir, elle ouvrit des yeux surpris.

Lottie sauta de cheval et, d'un geste nerveux, porta la main à ses cheveux. Aulay devait reconnaître qu'il n'était guère doué pour aider une femme à se recoiffer. Le résultat était assez catastrophique.

— Où étiez-vous ? demanda Catriona.

— J'ai pensé que Miss Livingstone aimerait visiter les jardins d'Auchenard. Daisy en est très fière, répondit-il en desserrant le harnais de sa monture pour éviter le regard perçant de sa sœur.

— Oh ! c'est certain, répondit-elle d'une voix narquoise

avant de s'avancer vers lui. Seulement, lui glissa-t-elle à l'oreille, les jardins ont été rasés quand la rouille a dévasté ses rosiers, au printemps dernier.

Bon sang, il n'avait même pas regardé les jardins !

— Oui, c'est ce que nous avons découvert, répliqua-t-il en regardant sa sœur droit dans les yeux, la défiant de poursuivre ses questions.

Catriona avait toujours été d'une agaçante perspicacité.

— Comment avez-vous trouvé les jardins ? demanda-t-elle en se tournant vers Lottie.

— Oh ! ils sont ravissants ! répondit-elle. Pas aussi beaux que ceux de votre mère, certes, mais toutes ces couleurs ! ajouta-t-elle en secouant la tête d'un air émerveillé.

— Toutes ces couleurs ! répéta Catriona en jetant à son frère un regard moqueur. J'aurais beaucoup aimé parler des jardins avec vous, mais nous avons une visite inattendue.

— Le juge est arrivé ? demanda Lottie en blêmissant.

— Pire, répondit Catriona. Roy Campbell et ses fils.

— Sont-ils venus pour nous ? ajouta-t-elle en scrutant le visage d'Aulay.

— Peut-être devriez-vous rentrer à la conciergerie, répondit-il.

Il avait parlé d'un ton calme, mais son cœur battait fort contre sa poitrine. Les Campbell étaient nombreux dans les Highlands, et peut-être n'y avait-il pas de quoi s'inquiéter... Mais qu'ils viennent au château à ce moment précis était suspect.

— Restez-y jusqu'à ce que l'on vienne vous chercher, entendu ? ajouta-t-il en posant une main sur le bras de Lottie. Et rassemblez les membres de votre clan. Allez.

— Très bien, répondit-elle, le visage préoccupé, avant de s'éloigner.

— Que nous veulent-ils ? demanda-t-il à Catriona tandis qu'ils prenaient le chemin du château.

— Je n'en sais rien, répondit-elle. Père a fait préparer un repas et a envoyé un valet quérir Rabbie.

Devant les portes, elle s'arrêta et le regarda de haut en bas.

— Je te conseille de te peigner les cheveux et de changer de tenue, dit-elle avant de disparaître à l'intérieur.

Une demi-heure plus tard, Aulay pénétra dans la salle de banquet. Son père et Rabbie étaient assis à table en compagnie de trois hommes. En le voyant, ils se levèrent et l'un d'eux lui tendit la main.

— Capitaine Mackenzie ! s'écria le visiteur d'un ton jovial. Ravi de vous revoir !

— Nous nous connaissons ? demanda Aulay, qui n'avait pas le moindre souvenir de cet individu.

— Roy Campbell ! Vous ne vous souvenez pas de moi ? Nous nous sommes croisés il y a quelques années, à Whitehaven.

La mémoire lui revint subitement. Après quelques verres de trop, cet homme et quelques autres avaient importuné une servante. Aulay était intervenu. Il avait récolté un œil au beurre noir, mais la jeune femme avait échappé à leurs mains brutales.

— Maintenant que vous le dites, je m'en souviens, oui, dit-il d'un ton froid. Que nous vaut votre visite ? Nos servantes ne sont pas à prendre, sachez-le.

— On nous a rapporté une histoire fort intéressante, répondit Roy Campbell en riant. Cela nous a semblé si absurde que nous avons voulu l'entendre de votre bouche.

— Quelle histoire ? demanda Rabbie sur un ton tout aussi froid qu'Aulay.

— Mes fils et moi arrivons de Port Glasgow. Là-bas, nous avons entendu dire que le célèbre capitaine Aulay avait été attaqué par des pirates, qui se seraient emparés de son navire. Il aurait même envoyé quérir un juge ! Naturellement, nous avons été très surpris par cette nouvelle, dit-il en feignant l'indignation, d'autant plus que nous venions d'apprendre une autre rumeur tout à fait inconcevable au sujet des Mackenzie.

— Au fait ! lâcha Aulay avec impatience.

— Vous ne savez donc pas ? Cela s'est passé au large de la côte est. Un bâtiment battant pavillon royal était, sur notre ordre, à la recherche de pirates et de contrebandiers de whisky. Vous n'imaginez pas le nombre de scélérats qui essaient de nous voler notre commerce ! Ce vaisseau a croisé une coquille de noix qui n'avait rien à faire en pleine mer. Il y a eu une escarmouche et le petit bateau a reçu un coup de canon. Mais il a réussi à toucher le navire royal, provoquant un incendie ! Le capitaine a eu la présence d'esprit de faire demi-tour aussitôt pour sauver ses hommes. Mais, avant de rejoindre la rive, il a remarqué quelque chose de curieux.

— Quoi donc ? demanda le père d'Aulay d'un ton brusque, visiblement agacé par les petits jeux de Campbell.

— Il a vu un navire aux couleurs des Mackenzie se diriger vers le petit bateau. Pour lui porter secours, peut-être ? Ou pour sauver sa cargaison, qui sait ? Mais que pouvait bien transporter une embarcation de cette taille ? Un vrai mystère, vous ne trouvez pas ?

Dans l'attente d'une réponse, Roy Campbell posa les

yeux sur Aulay, puis sur son père et son frère. Enfin, il brisa le silence.

— Serait-ce vous, capitaine Mackenzie ? Vous semblez aimer voler au secours de votre prochain. Vous auriez fort bien pu être à la barre de ce navire, n'est-ce pas ? dit-il en lui jetant un regard qu'il soutint sans faiblir. Les Anglais n'apprécient guère de perdre un navire, vous savez.

— N'est-ce pas le cas de tout le monde ?

— La prime ! marmonna un de ses fils.

— Mon Dieu, j'allais oublier ! s'exclama-t-il. Quand je vous aurai expliqué de quoi il s'agit, peut-être retrouverez-vous la mémoire.

— Alors, expliquez, pour l'amour du ciel ! s'écria Rabbie.

Roy Campbell sourit.

— En ce qui nous concerne, dit-il, nous nous moquons de savoir si ce bâtiment de la marine royale flotte, coule ou doit être découpé en morceaux pour fabriquer des tables. Notre préoccupation est plus personnelle, ajouta-t-il en se frappant la poitrine. Nous sommes en train d'établir un commerce de whisky écossais. Un commerce parfaitement légal. Nous avons tous les papiers et les cachets exigés par la Couronne, absolument tous, et nous nous sommes donné bien du mal pour les obtenir. C'est pourquoi nous ne tolérons pas que des alambics illégaux viennent compromettre nos affaires ! Cela nous contrarie terriblement.

Ses deux fils hochèrent la tête en même temps, comme s'ils s'étaient donné le mot.

— En quoi cela nous concerne-t-il ? demanda le père d'Aulay.

— Lorsque nous avons entendu parler du navire de

la marine royal, nous nous sommes posé cette question : pour quelle raison une petite embarcation ouvrirait-elle le feu sur un vaisseau de la Couronne ? demanda-t-il en se tapotant le crâne de l'index. Sans doute avaient-ils à bord quelque chose à cacher, vous ne croyez pas ?

Aulay haussa les épaules.

— Nous sommes en train de ratisser les Highlands pour retrouver l'homme qui commandait ce bateau. Et nous le trouverons, je vous l'assure.

Aulay s'efforçait de ne rien laisser paraître, mais ses nerfs étaient à rude épreuve.

— La Couronne offrira une prime à quiconque lui livrera ces bandits. Nous, les Campbell, avons augmenté la somme promise car nous avons bien l'intention de nous débarrasser des scélérats qui nuisent à notre commerce.

— Il y a des contrebandiers dans toute la région, observa le père d'Aulay. Mais pas chez nous. Quelle est la raison de votre visite ?

— Il ne s'agit pas d'une petite prime, gentlemen. La somme est si élevée qu'à l'heure où je vous parle des navires font le tour de l'Écosse pour retrouver le coupable. Et figurez-vous qu'il y a tout juste deux semaines, ils ont bien failli mettre la main dessus. Hélas, le vaisseau leur a échappé. À moins qu'il n'ait coulé ?

— Je vais vous le demander une seconde fois, reprit le père d'Aulay. En quoi cela nous concerne-t-il ?

— Ne voulez-vous pas au moins connaître le montant de la récompense ? demanda gaiement Campbell.

— Bien sûr que si ! répliqua Rabbie d'un ton bourru. Vous nous avez raconté cette histoire avec un tel talent !

— Cinq mille livres, pas moins, répondit Campbell en se renfonçant dans son siège pour savourer l'effet produit sur son auditoire. C'est beaucoup d'argent, n'est-ce pas ? Qu'en penses-tu, Alistair ? dit-il en se tournant vers l'un de ses fils. Cinq mille livres, cela suffit-il pour construire un navire ?

— Pas tout à fait, mais presque, répondit ce dernier.

— Tout ce que nous vous demandons, sir, c'est un nom. Le nom du vaurien qui était à la barre de cette coquille de noix. Qui qu'il soit, il n'échappera pas à la punition qu'il mérite. Alors donnez-nous son nom, et vous empocherez suffisamment d'argent pour remplacer votre navire perdu.

Aulay sentait le sang lui battre dans les tempes tandis que son cœur et sa tête se livraient bataille. Et que pouvaient penser son père et Rabbie à cet instant ? Avaient-ils le nom de Lottie Livingstone sur le bout de la langue ?

S'ils parlaient, ils auraient suffisamment d'argent pour rembourser la marchandise perdue et commencer la construction d'un nouveau bateau. S'ils se taisaient, le seul espoir d'Aulay était que les MacDonald le prennent à leur service. Il passerait alors les années suivantes à fuir devant la Couronne, les corsaires et les Campbell, comme un vulgaire pirate, uniquement pour que sa famille puisse payer ses dettes.

En outre, un juge était en chemin. Qu'y avait-il de pire pour les Livingstone ? La justice ou les Campbell ?

Mais dans le récit de leur visiteur, un détail avait retenu son attention : il supposait que le coupable était un homme. Pas Lottie. *Un homme.*

— Eh bien ? lui demanda Campbell. Avez-vous un nom à me donner ?

— Hélas pour moi, non, répondit-il sur un ton désinvolte.

Campbell le considéra d'un air méfiant.

— Je vous laisse un peu de temps pour y réfléchir. Qui sait, peut-être finirez-vous par vous rappeler pourquoi vous avez fait quérir le juge ?

— Nous l'avons fait quérir parce que nous avons perdu une cargaison qui ne nous appartient pas, rétorqua Rabbie.

Le visage de leur visiteur s'assombrit.

— Réfléchissez-y, répéta-t-il. Je suis sûr que la mémoire vous reviendra. Mais ne tardez pas trop. Et si vous donnez le nom à la justice, sachez que vous n'aurez pas notre partie de la prime. Ce ne sera pas suffisant pour construire votre navire, conclut-il avec un sourire onctueux avant de se lever. Je crois savoir que c'est un nouveau juge. On dit qu'il est moins indulgent que le précédent, ajouta-t-il en se levant. Un certain Mr Ross.

— Ross ? s'étonna le père d'Aulay. Qu'est-il arrivé à MacRay ? Il exerçait dans la région depuis des années !

— Il a été démis de ses fonctions, répondit Campbell sans cacher sa satisfaction. Trop clément avec les Écossais, d'après ce que l'on raconte.

— Vous ne restez pas pour le souper ? demanda le père d'Aulay en voyant les fils Campbell se lever à leur tour.

— Non, je vous remercie. Nous devons rendre visite aux MacDonald. J'ai entendu dire que Miss Lizzie MacDonald se rendait souvent à Balhaire : elle pourrait avoir vu quelque chose pendant un de ses voyages.

— Vous avez entendu beaucoup de choses, semble-t-il, observa le père d'Aulay.

— Oui, milord. Nous nous targuons de connaître nos voisins.

— Eh bien, je vous souhaite bon voyage ! Frang, veuillez raccompagner ces gentlemen.

Lorsqu'ils furent partis, Aulay, son père et son frère se regardèrent un instant en silence.

— Cinq mille livres, c'est beaucoup d'argent, dit enfin son père.

— Oui.

— Le juge sera parmi nous demain. Les Livingstone devront répondre de leurs actes, d'une façon ou d'une autre, ajouta-t-il, songeur.

Aulay ne répondit pas.

— Pour l'amour du ciel, ne prends pas cet air affligé ! s'exclama son père. On dirait que je te demande d'achever ton chien préféré ! Il est entendu que Miss Livingstone doit faire face aux conséquences de ses actes. La seule question est de savoir si ces conséquences vont nous rapporter une prime ou non. Reconnais que nous avons cruellement besoin de cet argent.

— Je ne dis pas le contraire, marmonna Aulay.

— Je n'ai pas confiance en Campbell, intervint Rabbie.

— À raison, approuva son père. Mais cinq mille livres, ce serait une aubaine ! À toi de décider, dit-il à Aulay. C'est toi qui as subi ce préjudice ; c'est donc toi qui donneras son nom. Si tu ne le fais pas, le juge décidera de son sort.

— Je comprends, répondit Aulay en serrant les poings.

Oh ! il ne comprenait que trop !

— Je vous prie de m'excuser, ajouta-t-il avant de quitter la pièce aussi vite qu'il le put.

Il était au supplice. Le choix qu'il était sommé de faire

l'emplissait de doutes, de désespoir. Il restait là, comme assommé. Qu'il décide de livrer Lottie aux Campbell, de laisser le juge décider de sa sanction ou de défier son propre père, quelqu'un allait souffrir. Mais y avait-il pire souffrance que celle de son cœur brisé ?

Chapitre 26

Juste avant l'heure du souper, les Livingstone furent avertis que le juge arriverait le lendemain. Cette nouvelle leur coupa l'appétit à tous, et ils restèrent dans la conciergerie ce soir-là. Serrés les uns contre les autres, main dans la main, ils parlèrent de la journée à venir.

Lottie était déterminée à porter seule le blâme.

— C'est moi qui ai eu l'idée de mettre le cap sur Aalborg ! C'est sur ma décision que nous nous sommes emparés du navire ! leur rappela-t-elle.

— Certes, mais aviez-vous le choix ? demanda Duff.

— Bien sûr : j'aurais pu jeter le whisky à la mer. J'aurais pu épouser Mr MacColl.

Elle le pouvait encore, si la justice le lui permettait.

— Non, Lottie. Vous avez écouté Bernt ! protesta Gilroy d'une voix courroucée. Comme nous l'avons tous fait trop souvent !

— Le passé est le passé, déclara MacLean d'un air solennel. Tâchons de dormir, à présent. Une longue journée nous attend.

Tous s'enlacèrent à tour de rôle, se tapotant le dos. Si le mot « adieu » ne fut jamais prononcé, il semblait suspendu au-dessus de leurs têtes.

Lottie resta encore un peu avec ses frères. Comment les préparer à ce qui risquait fort d'advenir ?

— Écoutez-moi, tous les deux. Je vais devoir partir quelque temps.

— Non ! s'écria immédiatement Drustan.

— Dru, *mo chridhe*, dit-elle en prenant sa grosse main dans la sienne. Mathais veillera sur toi. Duff, Gilroy et Mr MacLean aussi, d'accord ? Les Livingstone restent toujours unis.

— Alors pourquoi est-ce que tu pars ? Tu t'es toujours occupée de moi, Lot !

Elle ne pleurerait pas. Non, elle ne pleurerait pas !

— C'est vrai. Mais savais-tu, avant aujourd'hui, que tu pouvais te débrouiller tout seul ?

Son frère se mit à secouer la tête, et elle lui prit les mains.

— Réfléchis, Dru : pendant ces quelques jours à Balhaire, tu n'as eu besoin de personne !

— Vraiment ? demanda-t-il d'un air perplexe.

— Mais oui, renchérit Mathais. Est-ce que je t'ai crié dessus une seule fois ?

— Non, répondit Drustan après un silence.

Lottie lui déposa un baiser sur la joue tandis qu'il continuait à réfléchir, puis elle se tourna vers son frère cadet.

— Mats, tu es l'homme de la famille, à présent, lui rappela-t-elle.

— Je sais, Lot ! Père m'a dit la même chose !

— Je donnerais tout pour qu'il soit avec nous maintenant, dit-elle, soudain mélancolique.

— Moi aussi, dit Mathais.

— Moi aussi, ajouta Drustan.

Quand enfin elle quitta la pièce, elle était éreintée. Mais il lui restait une chose à faire : elle voulait à tout prix revoir Aulay avant d'être conduite devant le juge. Il fallait qu'elle lui dise que grâce à lui elle s'était enfin sentie désirée pour ce qu'elle était, et non pour son apparence. Elle tenait à ce qu'il sache qu'il lui avait donné le sentiment d'être une personne à part entière et non un trophée que l'on se disputait.

Mais comment faire ? Le jeune garde accepterait-il d'aller le chercher ? Devait-elle trouver un prétexte pour retourner au château ? Elle arpentait nerveusement sa chambre quand on frappa à la porte.

— Entre ! dit-elle en s'attendant à voir Mathais.

Mais ce n'était pas Mathais. C'était Aulay !

Une fois dans la pièce, il referma sans bruit la porte derrière lui. Lottie n'hésita qu'un instant avant de se jeter dans ses bras.

Il la serra fort contre lui, la main posée sur sa tête pour mieux la presser contre sa poitrine.

— Lottie… Un navire vous attend dans la crique. Partez tout de suite. La marée va descendre à 11 heures et demie.

— Comment ?

Aulay lui déposa quelques pièces de monnaie dans la paume de la main.

— Mettez-les dans votre poche. Vous en aurez besoin : il vous faudra sans doute soudoyer quelques personnes pour rentrer chez vous.

— Non ! s'exclama-t-elle en essayant de lui rendre les pièces. Je ne peux pas prendre la fuite, je vous l'ai dit ! Cela ne ferait qu'empirer les choses, Aulay !

— Rien ne peut être pire que de rester, *leannan*.

Il la saisit par les épaules et se baissa pour plonger ses yeux dans les siens.

— Les Campbell sont en train de passer la région au peigne fin. S'ils ne sont pas encore allés à Lismore, ils y seront bientôt. Rassemblez vos hommes et regagnez votre île, détruisez vos alambics, inventez une histoire pour expliquer la disparition de votre bateau. Il y a une petite porte près des grilles du château. Vous connaissez le chemin qui contourne la grand-rue. Vous savez comment vous rendre à la crique. Ne perdez pas de temps : si vous manquez la marée, vous serez rattrapés.

— Aulay ! s'écria-t-elle, soudain effrayée, tandis que ses yeux s'emplissaient de larmes.

Il prit son visage entre ses mains pour le contempler.

— Cet après-midi, je vous ai dit que vous étiez tout ce qui comptait pour moi, Lottie. Je ne vous demande qu'une chose : partez. Vous devez faire cela pour moi. Vous me le devez.

— Je veux réparer ma faute ! s'exclama-t-elle, affolée.

Elle avait si bien préparé son discours !

Mais Aulay soupira tristement et, se penchant vers elle, posa les lèvres sur les siennes. Son baiser fut si tendre qu'elle sentit son cœur palpiter avant de voler en éclats.

— Vous ne pouvez rien réparer, murmura-t-il. Partez. Et n'oubliez jamais que je vous ai aimée.

Il s'écarta d'elle et ouvrit doucement la porte. Après avoir passé la tête dans l'entrebâillement, il se glissa dehors.

L'instant d'après, il avait disparu.

Lottie sentit une violente douleur lui transpercer le corps. Courbée en deux, elle tituba jusqu'à l'unique chaise de la pièce et s'assit lentement. Elle suffoquait. Les bras appuyés sur les genoux, elle s'efforça d'aspirer une bouffée d'air. Comment pourrait-elle le quitter quand la souffrance était si vive ? Comment pourrait-elle s'évader alors qu'elle avait si peur ? Il n'y avait pas de fuite possible. Quoi qu'elle fasse, elle serait à jamais torturée par le souvenir d'Aulay.

Mais il se trompait sur un point : elle pouvait réparer sa faute.

Le lendemain matin, Aulay rejoignit son père, sa mère, Rabbie et Catriona dans la petite salle à manger réservée à la famille. Il était taraudé par une indicible angoisse. Lui qui avait tant de fois craint de se perdre en mer n'avait jamais éprouvé une peur aussi atroce.

Le navire qui transportait le juge arriverait sans doute avec la marée, juste avant midi.

— Puis-je faire porter votre repas, capitaine ? demanda Frang.

Aulay regarda un à un les membres de sa famille. Tout semblait parfaitement normal. Sa mère lisait un livre, son père mangeait. C'était un matin comme les autres à Balhaire.

— Oui, merci, dit-il au majordome.

Après s'être assis à sa place, il remplit un gobelet de bière et le but. Sans savoir pourquoi, il était assoiffé.

On venait de lui servir à manger lorsque le jeune garde chargé de surveiller la conciergerie, Ewan Mackenzie, apparut à la porte. En remarquant son agitation, Aulay sentit le sang se figer dans ses veines. Ewan était un brave garçon, toujours soucieux de bien faire. Si la veille quelqu'un lui avait ordonné d'aller faire le guet dans la grand-rue au cas où les Campbell reviendraient, il l'aurait fait sans hésiter. Il aurait rempli sa mission avec le plus grand sérieux.

— Je vous demande pardon, milord, dit Ewan en triturant nerveusement son chapeau.

— Qu'y a-t-il ? demanda le père d'Aulay en levant les yeux.

— Les Livingstone… Ils sont partis.

— Partis où ?

— Je ne sais pas, milord, mais ils ont quitté la conciergerie.

La mère d'Aulay dévisagea le garde d'un air abasourdi tandis que son père s'appuyait contre le dossier de son siège, les sourcils froncés.

— Tu en es certain ? demanda-t-il.

— Oui, milord. Ils ne sont pas dans la conciergerie, et personne ne les a vus.

— Où ont-ils bien pu aller ? s'interrogea-t-il à voix haute.

Aulay avala une bouchée de pain d'un air détaché.

— Très bien, merci, ajouta son père en congédiant Ewan d'un geste de la main.

Celui-ci parti, il posa sur Aulay un regard furieux.

— N'est-il pas étrange que les Livingstone, qui ont joui de notre compagnie et mangé à notre table pendant près de deux semaines, attendant patiemment le verdict du juge, disparaissent précisément aujourd'hui ?

Il se pencha en avant pour le fixer de ses yeux perçants.

— Où ont-ils pu aller, à ton avis ?

Cette voix aurait terrorisé Aulay lorsqu'il était enfant. Mais plus maintenant.

— Je n'en sais rien. Loin, j'espère.

Son père se tourna vers Rabbie, qui secoua la tête. Puis

vers Catriona, qui était en train de beurrer une tranche de pain. Méticuleusement.

Il poussa une exclamation de dégoût avant de s'adresser de nouveau à Aulay.

— De tous mes enfants, tu es le dernier que j'aurais soupçonné d'une telle trahison !

— Arran, je vous en prie ! protesta sa mère.

— Nous avons tout perdu ! vociféra-t-il en abattant le poing sur la table avec une telle force que toutes les assiettes et les tasses s'entrechoquèrent.

— Non, père, c'est *moi* qui ai tout perdu ! rugit Aulay à son tour.

Sa mère s'étrangla de surprise et Catriona en laissa tomber son couteau.

— C'était *mon* navire, *ma* vie, *mon* gagne-pain ! La mer est l'unique endroit où je me suis jamais senti moi-même ! Depuis mon enfance, j'ai attendu que vous m'accordiez, une fois au moins, ne serait-ce qu'un sourire d'approbation ! Et vous croyez avoir tout perdu ?

Toute sa famille le regardait avec une profonde stupéfaction.

— Je ne sais pas ce que tu racontes, lança soudain son père, mais ce que je sais, c'est qu'il aurait suffi d'un nom pour que tout s'arrange pour nous. Et pour toi ! Tu aurais pu retrouver ta dignité ! tonna-t-il. Mais à présent, nous allons devoir vider nos coffres et emprunter de l'argent pour réparer tes erreurs ! Suis-je le seul Mackenzie à me sentir floué ? Suis-je le seul à vouloir que justice soit faite ?

Aulay n'avait encore jamais défié son père de la sorte. Mais son discours ne l'émut pas.

— C'est moi qui ai subi ce vol, et j'en paierai les conséquences. Mais personne n'a le droit de se sentir plus floué que moi ! Personne ! cria-t-il. Et que ces gens soient emprisonnés, ou pire, pendus, ne me rendra pas ma vie ! Même moi, votre fils le moins doué, suis capable de le comprendre ! Nous avons tout perdu, oui. *J'ai* tout perdu. Mais la vengeance n'y changera rien…

— Il ne s'agit pas de vengeance ! s'exclama son père en levant les yeux vers le plafond. Il s'agit d'appliquer la loi, comme le font les hommes civilisés !

Aulay reprit son souffle et s'efforça de parler calmement.

— S'ils avaient agi par malveillance, je serais d'accord avec vous, père. Or ce n'est pas le cas. Ils ont commis des erreurs, c'est évident. Mais ils n'ont jamais eu l'intention de nous nuire. Leur seul but était de survivre. Les circonstances nous poussent parfois à des folies, ne croyez-vous pas ? C'est ce qui m'est arrivé : je me suis comporté comme un idiot. Pas vous.

— C'est à cause de la fille, n'est-ce pas ? grogna son père. Tu t'es entiché d'elle.

Non, il ne s'était pas juste « entiché » d'elle ; de cela Aulay était certain. Et il ne laisserait pas son père réduire ses sentiments à une amourette puérile dans le seul but de l'apaiser.

— La cause est bien plus profonde, et je crois que vous le comprenez. Il s'agit de la place que je me suis toujours efforcé de trouver dans cette famille.

— Que dis-tu ? demanda sa mère d'un air incrédule. Je ne te comprends pas ! Tu es notre fils. Nous te chérissons autant que tes frères et sœurs !

— Mère, soupira-t-il en secouant la tête, comment pourriez-vous comprendre ce qu'un homme a dans le cœur ?

— Et toi, qu'as-tu à dire ? demanda son père en se tournant vers Catriona d'un air renfrogné.

— Je suis entièrement d'accord avec Aulay. Ces gens ne sont pas méchants. Mieux vaudrait leur demander de rembourser les pertes plutôt que de leur attirer des ennuis.

— Bien entendu, grommela-t-il. Rabbie ?

— Je ne sais pas, répondit celui-ci en jetant un regard à Aulay.

Au moins avait-il parlé sincèrement. Aulay ne pouvait lui en tenir rigueur.

C'est alors que Frang fit son entrée dans la pièce.

— Milord, le juge est arrivé, annonça-t-il.

Toutes les têtes se tournèrent brusquement vers le majordome.

— Déjà ? dit la mère d'Aulay.

— Oui, milady.

— Conduisez-le dans mon cabinet, soupira son père. Nous l'y rejoindrons dans un instant.

Une fois Frang sorti, il se leva et ramassa sa canne.

— Je te pardonne pour cette fois, Aulay. Mais je refuse d'en rester là. Ces gens ont causé un grave préjudice à notre famille, à tous les Mackenzie. Leur crime ne doit pas rester impuni. Venez, vous tous. Allons présenter notre plainte au juge.

Le juge, un petit individu chétif au nez crochu, était en train de faire les cent pas quand Aulay et sa famille pénétrèrent dans le cabinet. Ses vêtements étaient poussiéreux et il semblait fatigué malgré l'heure matinale. Il était accompagné d'un clerc, un homme maigre qui avait la manie de se gratter la nuque.

Une fois les présentations faites — le juge, apprirent-ils,

venait des Lowlands —, le clerc consulta sa montre à gousset et hocha la tête.

— Eh bien, commençons, voulez-vous ? J'ai une liste d'affaires à traiter longue comme le bras, déclara le juge.

— Notre navire a été volé…, commença le père d'Aulay.

— *Emprunté*, rectifia poliment sa mère avant de lui tapoter affectueusement la main. Il a été emprunté, mon cher.

— Il a été volé ! insista-t-il. Par un autre clan. Qui l'a malmené à tel point qu'il a fait naufrage.

— Quel clan ? demanda le juge en faisant signe à son clerc de prendre note. Les MacBeth, sans doute ? Cela ne m'étonne pas. C'est une bande de voleurs.

— Non, répondit le père d'Aulay. Les Livingstone.

— Livingstone, répéta le juge. *Livingstone*. Non, cela ne me dit rien, dit-il en secouant la tête.

— Pardon, mon cher époux, mais je crois que vous vous trompez. Leur nom est Leventon, reprit sa mère.

Comme Aulay la regardait avec étonnement, elle lui lança un bref coup d'œil. Il aurait juré voir une ombre de sourire sur ses lèvres.

— Enfin, que dites-vous ? s'écria son père, qui perdait patience. C'est Livingstone ! Pour l'amour du ciel, ils ont passé deux semaines à Balhaire ! Ils se sont évadés, ajouta-t-il en se tournant vers le juge.

— De cette forteresse ? demanda celui-ci d'un air surpris. Comment ont-ils fait ? Ils ont escaladé les remparts ?

— Il semble que oui, répondit son père, maussade.

— Eh bien, nous les retrouverons ! D'où venaient-ils ? Ces bandits retournent toujours se cacher dans leur terrier comme des taupes, une fois leur forfait accompli. À nous de les en extirper si nous voulons remettre bon ordre en Écosse ! Où demeurent-ils ?

— Que voulez-vous dire par « remettre bon ordre en Écosse » ? s'enquit Rabbie.

— Eh bien, c'est la révolte des Highlanders qui a semé le trouble dans ce pays, n'est-ce pas ? Et ils sont encore nombreux à rôder en liberté.

— L'île de Lismore, déclara le père d'Aulay.

— Non, père, Linsfare, corrigea Catriona en jetant à Aulay un regard désespéré. Je suis presque sûre que c'est Linsfare.

— Personne n'a à remettre bon ordre dans les Highlands ! coupa Rabbie. Et ma sœur se trompe, elle aussi. Il s'agit de Lybster. Je le sais car j'ai rencontré de nombreux Leventon qui venaient de Lybster.

Le juge promena un regard autour de lui, l'air découragé.

— Je ne peux pas envoyer des hommes dans tous les coins du pays ! s'exclama-t-il. Allons, dites-moi : d'où ces… Leventon venaient-ils ?

— Je vous conseille de commencer par le Lancashire, avança la mère d'Aulay d'une voix mielleuse.

— En Angleterre ?

— Oui, en Angleterre. J'ai conversé personnellement avec le gentleman qui se considérait comme leur chef, Mr Charles Leventon, et il m'a assuré qu'ils venaient de là-bas. C'est près de la mer, voyez-vous.

— Au nom du ciel ! maugréa le père d'Aulay en s'affaissant dans son fauteuil.

Le visage du juge devenait de plus en plus rouge.

— Je vous suggère de vous mettre d'accord sur le lieu de résidence de ces Leventon et de m'en informer lorsque je reviendrai dans cette contrée, au printemps prochain. Tout ceci est bien trop confus ! Si vous n'avez pas de plainte à formuler clairement, ne me faites pas perdre mon temps !

Sur ces mots, il se leva et fit signe à son clerc de le suivre.

— Au printemps ! s'écria le père d'Aulay tandis que le clerc quittait la pièce en aboyant des ordres à son assistant. Nous ne serons plus ici au printemps ! La pauvreté nous aura chassés ! hurla-t-il, mais en pure perte : le juge avait disparu.

Il tourna vers sa famille un regard furieux.

— J'ai été trahi par mon propre sang, gronda-t-il. Jamais je n'aurais cru cela possible et pourtant, vous m'avez tous trahi !

Saisissant sa canne, il quitta la pièce en boitant.

Pendant un long moment, aucun d'entre eux ne souffla mot. Ils n'osaient même pas se regarder. Enfin, la mère d'Aulay brisa le silence.

— Je vais tenter de l'amadouer. Cet homme déteste perdre ! Aulay, mon cher, tu ferais mieux de réfléchir à la suite.

— Qu'avons-nous fait là ? soupira Rabbie lorsqu'elle fut sortie à son tour.

— Nous venons de pousser notre père à bout, d'innocenter les responsables de notre ruine et de mentir à un juge, répondit Catriona.

— En effet. Et rien de tout cela n'arrêtera les Campbell, grommela Rabbie.

Il avait raison, Aulay le savait. Mais Roy Campbell était à la recherche d'un homme. Pas d'une belle fille aux cheveux couleur de perle.

Chapitre 27

Lottie et ses hommes accostèrent sur l'île de Lismore le lendemain au crépuscule. Ils furent accueillis par une douzaine de lapins qui bondissaient de-ci de-là sur l'étroite bande de sable. Lorsque leur groupe parvint au sommet de la dune, le vieux Donnie sonna du cor et Drustan, surpris par le bruit, se mit à hurler.

Bientôt, on se pressa sur le chemin pour les saluer. Les gens riaient en les serrant dans leurs bras et en les embrassant sur les joues. Toute cette agitation ne fit que troubler Drustan davantage.

— Je veux rentrer à la maison, Lottie. Je veux rentrer à la maison ! gémissait-il en agitant frénétiquement les mains.

— Nous y sommes presque, lui dit-elle pour le rassurer.

— Où est Bernt ? demanda soudain une femme.

C'était l'une des trois veuves du clan. Toutes trois avaient leurs habitudes dans le salon familial. Elles arrivaient avec une tarte ou venaient raccommoder des tuniques qui n'en avaient pas besoin. Lottie avait espéré ne pas avoir à expliquer l'absence de son père si tôt. Elle avait besoin de réfléchir, de préparer ce qu'elle allait dire. Mais elle connaissait ces gens : ils n'auraient de cesse de savoir ce qui était advenu de leur chef. À contrecœur, elle ralentit le pas et se tourna vers la foule, la gorge nouée. Malgré tous ses défauts, son père était un chef aimé de son clan.

— Vous n'avez donc reçu aucune nouvelle de Norval et de Mark ? demanda-t-elle.

Sa question fut accueillie par des regards étonnés.

— On croyait que Norval et Mark étaient avec vous ! dit une voix.

— Ils doivent se cacher, murmura MacLean.

— Où est Bernt ? cria quelqu'un.

— Mon père…

Elle s'arrêta pour s'éclaircir la gorge. Comment leur annoncer la disparition de leur chef ?

— Il est… Eh bien, il est mort.

Sa révélation brutale souleva des exclamations de détresse et de consternation.

— Mort ! Mais comment ?

Lottie sentit des larmes brûlantes lui monter aux yeux.

— Nous avons eu des ennuis, et… Et nous…

— Je vais le leur dire, déclara Duff en quittant les bras de son épouse et de ses enfants. Vous permettez, Lottie ?

D'un bond, il vint se placer devant elle et se tourna vers le groupe.

— C'est une histoire vieille comme le monde ! commença-t-il.

Son intervention déclencha quelques protestations étouffées, mais Lottie lui sut gré de lui épargner le récit de la mort de son père. Duff le raconta fort bien, debout sur cette colline, entouré de lapins. Quand il eut terminé, certains pleuraient en silence, tandis que d'autres étaient visiblement en colère.

— Ce n'est pas juste ! s'exclama Gavin Livingstone. Pas juste du tout !

— Qu'allons-nous devenir sans chef ? cria quelqu'un. Il nous faut un chef ! Nous avons démonté les alambics comme il nous l'a ordonné, mais il avait promis que nous serions tous riches !

— Comment ? demanda Lottie en levant la tête. Mon père vous a demandé de démonter les alambics ?

— Oui, ajouta un autre. Le matin de votre départ, il nous a dit de les détruire sans laisser la moindre trace. Nous n'en avions plus besoin, Lottie, puisque nous allions devenir riches !

— Nous ne sommes pas riches, avoua MacLean sur un ton amer.

— Le laird doit venir lundi réclamer son dû ! lança une femme. Qui lui parlera ?

— Il nous faut un chef ! dit un autre. Ce doit être Lottie !

— Comment ? Non ! s'exclama-t-elle en levant ses paumes ouvertes. Je ne peux pas être votre chef. Duff remplacera mon père, pour le moment.

— Par pitié, pas Duff ! protesta MacLean. Il transformerait le clan en une troupe de théâtre ! Ce doit être vous, Lottie. Ce ne peut être que vous ! Nous savons tous que vous êtes notre chef depuis longtemps déjà.

À peine eut-il prononcé ces mots qu'une clameur enthousiaste s'éleva dans la foule.

— Non ! s'écria Lottie, affolée, en s'avançant vers l'assemblée. Ne comprenez-vous pas que je suis la dernière personne capable de tenir ce rôle ? C'est par ma faute que nous nous trouvons dans cette situation terrible, sans argent, sans aucun moyen de payer nos loyers !

— Vous trouverez un moyen, Lottie, comme d'habitude ! répliqua Mrs Livingstone Blue.

Autour d'elle, plusieurs personnes hochèrent la tête.

— J'ai toujours dit que vous étiez plus futée que les autres ! ajouta-t-elle.

Lottie promena son regard sur leurs visages emplis d'espoir. Pourquoi ne voulaient-ils pas comprendre ?

— Bah ! soupira-t-elle en esquissant un mouvement du poignet comme son père avait l'habitude de le faire lorsqu'il s'adressait à eux.

Puis elle tourna les talons et reprit le chemin de la maison, suivie par la foule et les lapins.

— Nous réfléchirons à tout cela demain, déclara-t-elle une fois arrivée devant le manoir. Pour l'heure, nous avons besoin de repos.

Quelques murmures de mécontentement se firent entendre, mais bientôt les familles se dispersèrent, ramenant leurs hommes avec elles. Lottie ouvrit la porte et la referma derrière ses frères.

Debout dans le vestibule, ils regardèrent autour d'eux.

— Je ne pensais pas revoir cette maison un jour, avoua Mathais.

— Moi non plus, soupira Lottie.

— J'ai faim, déclara Drustan.

— Moi aussi, dit Mathais.

Lottie, elle, n'avait pas d'appétit. Les dernières vingt-quatre heures l'avaient entraînée dans un tourbillon d'émotions contradictoires : l'espoir et le désespoir, le soulagement et la peur. Elle était tout à la fois heureuse d'avoir retrouvé sa liberté et effrayée à l'idée d'être rattrapée. Elle avait trouvé l'amour avec Aulay, mais il avait disparu de sa vie presque aussi irrévocablement que son père.

Elle se dirigea vers la chambre de ses parents et, après avoir ouvert la porte, hésita un instant sur le seuil. À l'intérieur, elle trouva un bout de chandelle et l'alluma. La pièce n'avait guère changé depuis la mort de sa mère. Pourtant, elle éprouvait un sentiment de distance, comme si son voyage l'avait transformée d'une manière qu'elle ne saisissait pas complètement.

Ces murs abritaient encore l'esprit de ses parents, et ils étaient habités par la présence de ses frères. Mais elle-même se sentait si loin de cette maison ! Redeviendrait-elle jamais la jeune femme qui avait quitté cette île quelques semaines plus tôt ?

Elle ouvrit la petite boîte en bois dans laquelle son père rangeait ses cigares et, les yeux fermés, la huma. C'était son odeur à lui, si familière qu'elle eut presque l'impression d'être enveloppée dans ses bras. Se laissant tomber sur le lit, elle se recroquevilla sur elle-même et laissa libre cours à ses pleurs d'épuisement et de chagrin.

Le lendemain matin, elle fut réveillée par le pépiement des oiseaux. L'esprit encore embrumé par le sommeil et les larmes, elle se redressa doucement, sans savoir vraiment où elle se trouvait… jusqu'à ce qu'elle aperçoive, par la fenêtre, des lapins venus brouter ce qu'il restait de pelouse.

Assise au bord du lit, elle se frotta les yeux. Elle savait ce qu'elle avait à faire. À la vérité, elle le savait depuis longtemps, mais elle n'avait réussi à s'y résoudre complètement que depuis son séjour à Balhaire.

— Je n'ai pas oublié ce que je veux, mère, dit-elle à l'esprit de la disparue. Mais je ne suis pas assez maline pour l'obtenir.

Sur ces mots, elle se leva et se rendit dans sa chambre. Ouvrant l'armoire, elle examina ses robes. Elle n'en possédait que quelques-unes, mais la jaune brodée de boutons de rose et de feuilles vertes ferait l'affaire.

Au milieu de la matinée, alors que ses frères dormaient encore, Lottie s'était lavée, habillée et avait fait cuire les œufs qu'elle avait trouvés dans le poulailler. Après avoir chaussé une robuste paire de bottes et cueilli dans le jardin des fleurs que les lapins n'avaient pas encore dévorées, elle partit à pied vers le sud de l'île.

Environ une heure plus tard, elle se trouvait devant la maison de Mr MacColl. Son père avait raison : elle était plus grande que la leur. Lottie compta six cheminées, dont quatre crachaient des volutes de fumée. La pelouse était mieux entretenue que celle des Livingstone. Mais force était d'avouer qu'ils n'avaient jamais été particulièrement soigneux, du côté nord de l'île. Tout de même, comment les MacColl faisaient-ils pour empêcher les lapins de dévaster le moindre carré de verdure ?

Après avoir descendu la colline, elle franchit la petite barrière et se dirigea vers la porte de la maison. Elle prit une profonde inspiration pour se donner du courage et frappa trois petits coups. Peu après, une vieille femme coiffée d'un simple bonnet lui ouvrit.

— *Madainn mhath*, lui dit Lottie. Mr MacColl est-il chez lui ce matin ?

— Lottie ? Est-ce vous ?

Mr MacColl apparut soudain, passant devant la femme.

— Merci, Miriam, vous pouvez nous laisser.

Il tourna vers Lottie un sourire rayonnant tout en passant nerveusement une main dans ses cheveux argentés.

— Vous voilà de retour ! Je commençais à en douter, je l'avoue, mais vous voilà ! Entrez, entrez donc, dit-il en lui faisant signe de le suivre. Miriam ! Avons-nous du thé ? Apportez du thé à la lady ! Et… Et des biscuits !

— Nous n'avons pas de biscuits, vous le savez bien ! cria la femme.

— C'est inutile, protesta Lottie. Je vous en prie, Mr MacColl, ne vous dérangez pas pour moi !

— Cela ne me dérange pas, si c'est pour vous ! Je suis si heureux de vous revoir ! Je craignais le pire !

— Le pire ? demanda-t-elle avec curiosité. Oh ! je vous ai apporté des fleurs, dit-elle en lui tendant son bouquet.

Le visage de Mr MacColl s'illumina de joie.

— Miriam !

Le bouquet dans les mains, il la fit entrer dans une pièce.

— Je vous en prie, dit-il en désignant une chaise.

Lottie s'assit avec précaution tandis qu'il s'affairait, cherchant un vase pour les fleurs. Elle remarqua des vestiges de sa vie d'avant, lorsque son épouse était encore de ce monde. Quelques tasses en porcelaine ; de jolis tableaux accrochés au mur. Mais la pièce n'en était pas moins austère, et l'on devinait aisément qu'un homme vivait là seul, sans une femme pour égayer les lieux. Et sans enfants, les siens ayant quitté le nid pour fonder leur propre famille. À cette pensée, elle eut un pincement au cœur.

— Vous disiez que vous aviez craint le pire ? demanda-t-elle, intriguée, quand Mr MacColl prit place en face d'elle.

— Oh ! oui, dit-il en rougissant. J'ai pensé… Je me doutais que…

S'interrompant, il regarda ses mains.

— Il n'y a plus d'alambics, Mr MacColl, déclara-t-elle, profitant de son embarras. Le jour de notre départ, mon père a ordonné qu'ils soient détruits. J'en suis bien aise.

— Comme je suis heureux de l'entendre de votre bouche, Lottie ! s'écria-t-il en poussant un soupir de soulagement. Ces alambics ne pouvaient vous apporter que des ennuis. Le bateau de Gilroy ne semblait guère en état de naviguer, et des rumeurs courent au sujet d'un incident dans la mer du Nord. On dit qu'un petit navire dont la description correspond à celui de votre capitaine a tiré sur un vaisseau de la marine royale et l'a incendié. Ce qui ne m'étonnerait guère de la part de Gilroy ! ajouta-t-il en levant les yeux au ciel. Et personne n'a revu ce bateau depuis…

— Vous saviez donc que…

— Oh ! oui ! dit-il en hochant la tête. Je vous ai vus partir. Vous êtes passés juste devant chez nous !

Bien sûr ! Le seul moyen de gagner la mer était de contourner la pointe sud. Comme ils s'étaient montrés naïfs !

— Nous pensions être passés inaperçus.

— Oh ! mais nous vous avons tous vus ! dit-il gaiement. Et votre voyage a-t-il été fructueux ?

— Bien au contraire, répondit Lottie en secouant la tête. Un incident s'est produit dans la mer du Nord, en effet, et le bateau de Gilroy a coulé.

Le vieil homme ouvrit des yeux ronds.

— Non seulement nous n'avons pas trouvé d'acheteur, mais nous avons perdu la marchandise… Et j'ai perdu mon père.

À ces mots, il écarquilla les yeux de plus belle.

— Bernt ? Bonté divine ! dit-il doucement en venant s'asseoir près d'elle. Je vous présente mes plus sincères condoléances, ajouta-t-il en lui prenant la main. Et que s'est-il passé ensuite ?

Lottie lui raconta tout. Absolument tout : l'altercation avec le vaisseau de la marine, le vol du navire des Mackenzie, leur mauvaise rencontre à Aalborg et le terrible voyage de retour. Elle lui raconta aussi les deux semaines passées à Balhaire et leur évasion. Puis elle lui exposa la situation difficile des Livingstone et les pertes subies par les Mackenzie. Enfin, elle lui expliqua comment elle souhaitait réparer ses torts, et pourquoi elle était venue le trouver. La tête lui tournait à force de parler.

Lorsqu'elle eut terminé, Mr MacColl lui sourit affectueusement.

— Votre père disait toujours que vous étiez l'étoile la plus brillante de notre petite île, n'est-ce pas ? Et il avait raison. Bien sûr que je ferai ce que vous me demandez, Lottie… Mais êtes-vous certaine que c'est ce que vous voulez ?

— Pas du tout ! dit-elle en éclatant d'un rire triste. Sans vouloir vous offenser, ajouta-t-elle aussitôt, un peu honteuse.

— Vous ne m'avez pas offensé, Lottie. Je suis un vieux sage ; je vous comprends parfaitement. Voulez-vous que je vous accompagne tout de suite ? demanda-t-il en se levant.

— Non, j'ai besoin d'un peu de temps. Je n'ai encore rien dit à personne. Voulez-vous venir pour le souper ?

— C'est entendu.

Se levant à son tour, elle lui sourit.

— Vous êtes une jeune fille courageuse, dit-il en lui rendant son sourire. Personne ne peut dire le contraire.

Et il lui baisa la main.

Non, elle n'était pas courageuse. Elle n'avait tout simplement plus le choix.

Chapitre 28

Dieu merci, Catriona ne s'était pas fait prier. À midi sonnant, elle rejoignit Aulay à la crique, vêtue pour la circonstance. Elle avait chaussé les bottes qu'il lui avait rapportées de Flandre quelques années plus tôt et portait une petite sacoche.

— Nous serons peut-être partis plusieurs jours. Y es-tu préparée ? lui demanda-t-il une fois de plus.

— Mais bien sûr ! répondit-elle gaiement. Il faut bien que je m'occupe un peu !

Elle monta la première à bord du petit cotre qu'il avait emprunté aux MacDonald lors de sa visite de la veille. Iain le Rouge et son frère Malcolm avaient proposé de les conduire. Un vent favorable les poussa à une bonne allure le long de la côte pendant la majeure partie de la journée. Par chance, ils parvinrent à Lismore juste au moment où le soleil commençait sa lente descente vers l'ouest. Ils jetèrent l'ancre au sud de l'île, et Aulay et Catriona descendirent sur la rive. Après avoir emprunté un sentier, ils rencontrèrent deux bergers.

— *Feasgar math*, leur dit Aulay. Pourriez-vous nous indiquer le chemin pour nous rendre chez les Livingstone ?

— C'est au nord de l'île, répondit l'un des deux en

agitant le pouce par-dessus son épaule. À deux milles d'ici, peut-être un peu plus.

Ils poursuivirent leur marche. C'était une belle soirée ; le soleil couchant jetait sur l'île des ombres dorées.

— Je n'ai jamais vu autant de lapins ! s'exclama Catriona.

Aulay non plus.

— L'île en est infestée, expliqua-t-il tandis que l'un d'eux traversait le sentier en bondissant.

Les lapins semblaient se multiplier à mesure qu'ils avançaient vers le nord. Quand ils passèrent devant deux cottages, les habitants les saluèrent chaleureusement d'un signe de la main et ils leur répondirent. Au bout d'un moment, le sentier les mena au sommet d'une petite colline. De l'autre côté se trouvait un petit manoir entouré d'une pittoresque clairière et, derrière elle, un bras de mer. La maison était entourée de lapins et gardée par un chien qui semblait dormir.

— C'est là ? demanda Catriona.

— Nous ne pouvons pas aller plus au nord, répondit Aulay. Ce ne peut être que là.

Ils descendirent la colline en poussant du pied les lapins qui se mettaient en travers de leur chemin. Arrivés devant le manoir, ils enjambèrent le chien, qui roula sur le dos en espérant se faire gratter le ventre. Mais ni Aulay ni sa sœur ne lui accordèrent ce plaisir : ils avaient d'autres préoccupations.

Devant le palier, auquel plusieurs briques manquaient, ils entendirent des éclats de voix qui provenaient de l'intérieur. Aulay adressa un sourire rassurant à Catriona, mais posa la main sur la garde de son épée avant de frapper. Ils entendirent un bruit de pas lourds et précipités et, un instant plus tard, la porte s'ouvrit à la volée. Mathais les dévisagea d'un air abasourdi.

— *Feasgar math*, Mathais, lui dit Aulay.

— Lottie ! cria le jeune garçon en pivotant sur ses talons. Lottie !

— Qu'y a-t-il ? s'exclama-t-elle en apparaissant dans le vestibule.

Dès que son regard rencontra celui d'Aulay, les bras lui tombèrent le long du corps. Elle semblait être au bord des larmes.

— Il s'est passé quelque chose ? Ils viennent nous chercher, c'est cela ?

— Soyez tranquille, Lottie, répondit Catriona. Pouvons-nous entrer ? J'ai peur d'être dévorée par des lapins !

— Ils ne vous mangeront pas ; ils ne broutent que de l'herbe, Mathais crut-il bon d'expliquer.

— Mats ! Fais-les entrer, pour l'amour du ciel ! Venez, venez ! ajouta-t-elle à leur intention.

Derrière elle arriva Drustan, qui leur montra sans attendre sa dernière sculpture.

— C'est un lapin ! annonça-t-il. J'ai déjà un cheval, un navire et une mouette. Et aussi un chien.

— Il est magnifique ! s'exclama Catriona en frôlant Mathais pour pénétrer dans le manoir. Servez-moi un petit verre de whisky, vous voulez bien, les garçons ? L'île de Lismore n'est guère facile à trouver !

Mathais trotta derrière elle et Drustan, et tous trois disparurent dans une pièce voisine.

Aulay se tourna vers Lottie. Dans ses yeux brillants, il lut de la joie, de la peur, et peut-être un soupçon d'espoir.

— Que faites-vous… Pourquoi êtes-vous ici ? demanda-t-elle.

— J'avais besoin de vous voir, répondit-il avant de la serrer dans ses bras.

La nuit où il l'avait poussée à fuir, il avait cru ne jamais la revoir. L'enlacer à nouveau était donc… extraordinaire. Tout contre elle, il se sentait bien, il se sentait chez lui. Baissant la tête, il l'embrassa, savourant ce baiser. Jusqu'à ce qu'elle se dégage de son étreinte.

— Mais pourquoi aviez-vous besoin de me voir ? Êtes-vous venu nous arrêter ? Le juge a-t-il…

— Non, ce n'est pas cela. Comme vous le savez, nous avons reçu la visite des Campbell. Ils nous ont appris qu'une récompense était promise à qui vous retrouverait. Ce sont des chasseurs de primes qui nous ont poursuivis dans le détroit, vous comprenez ?

— Une récompense… pour me retrouver ? murmura-t-elle en pâlissant.

— Ils ne savent pas que c'est vous. Mais ils sont déterminés. Les Campbell ont augmenté la somme offerte par la Couronne. Celui qui donnera le nom du coupable recevra cinq mille livres.

— Cinq mille livres ? répéta-t-elle, le visage blême à présent.

— Mais ils recherchent un homme, Lottie !

— Ohé ! Il y a quelqu'un ? cria soudain une voix à l'extérieur.

— Mon Dieu ! chuchota Lottie avant d'écarter Aulay pour ouvrir la porte. *Feasgar math*, Mr MacColl. Entrez donc.

MacColl. Aulay se souvenait de ce nom. Par tous les saints, elle n'allait pas… Elle n'avait tout de même pas l'intention de l'épouser ? Le cœur battant, il se força à se retourner et se trouva nez à nez avec un homme qui avait au moins trente ans de plus que lui. Il était suivi de deux autres qui lui ressemblaient trait pour trait. Deux Écossais bien bâtis, comme ses propres frères.

L'homme l'observait avec curiosité, et Aulay lui tendit brusquement la main.

— Aulay Mackenzie. Et ma sœur, Miss Mackenzie, ajouta-t-il comme Catriona apparaissait à ses côtés.

Elle esquissa une brève révérence.

— Ah, Mackenzie ! répéta MacColl en hochant la tête. Je ne m'attendais pas à ce que vous fassiez le voyage. Je ne m'attendais pas du tout à votre présence, à vrai dire ! reprit-il avec un petit rire. Mes fils, Orv et John MacColl. Ils seront mes témoins.

Seigneur, c'était encore pire qu'il ne le pensait ! Lottie n'avait pas perdu une minute.

— Vous n'avez pas à faire cela ! lui dit-il.

— Si, répondit-elle d'une voix impassible. Venez tous dans le salon, je vous prie !

Les MacColl et ses frères la suivirent, mais Aulay demeura là, comme cloué au sol, interloqué par la tournure des événements. Il avait imaginé bien des choses en venant la retrouver, mais cette possibilité ne lui avait jamais effleuré l'esprit. Un coup de coude dans son bras l'arracha à ses pensées. C'était Catriona.

— Juste ciel, Aulay ! Si tu as quelque chose à dire, c'est le moment ou jamais !

Comme il restait sans bouger, elle le poussa vers le salon.

— Va ! Parle-lui avant qu'il ne soit trop tard !

Emporté par son élan, il fit irruption dans la pièce.

— Pardon. Puis-je dire un mot ?

Tous les yeux se tournèrent vers lui.

Pourquoi était-il si désorienté, tout à coup ? Il semblait incapable de trouver les mots justes. Il semblait même incapable de prononcer un seul mot !

— Aulay ?

Lottie le regardait, attendant qu'il parle.

— Je ne sais pas… J'ai eu une idée…, commença-t-il en portant une main à son cœur.

— Oh ! dit-elle avant d'échanger un regard avec MacColl.

— « La mer s'est enroulée autour de moi » ! déclara-t-il soudain.

Il entendit Catriona gémir et vit les MacColl se jeter des coups d'œil inquiets.

— Pardon ? demanda Lottie.

— Je veux dire que je ne suis plus l'homme que j'étais lorsque vous m'avez volé mon navire.

— Je préfère « emprunté », marmonna-t-elle.

— Ce voyage m'a transformé, il a changé ma vision du monde. Lottie… Vous m'avez transformé. Vous… Vous avez rempli mes tableaux.

— Rempli ses quoi ? demanda l'un des MacColl.

— Je ne sais pas comment vous expliquer…, dit Aulay en se passant nerveusement les doigts dans les cheveux. Je ne suis pas habitué aux déclarations de ce genre.

— Il n'avait encore jamais été amoureux, expliqua Catriona.

Aulay braqua les yeux sur sa sœur.

— Merci, Cat, mais je vais continuer sans ton aide, si tu veux bien, dit-il avant de se tourner à nouveau vers Lottie.

» C'est vrai, poursuivit-il en s'approchant d'elle pour

lui prendre les mains. Je n'avais encore jamais été amoureux, et je ne suis plus le même homme. Lottie… Je n'ai rien à vous offrir. Nous n'avons plus de commerce, nous sommes certainement ruinés…

— Je laisserais de côté cette partie de la déclaration, à ta place, murmura Catriona.

— Mais je vous aime, Lottie. Plus que la mer. Plus que ma vie. Je ne veux plus être séparé de vous. Je veux vous garder contre mon cœur et prendre soin de vous. Je sais que ce gentleman vous a demandée en mariage, et c'est à n'en pas douter un brave homme, mais… je vous aime !

— Ça par exemple ! s'exclama un des fils.

Les autres demeuraient silencieux. Pendant un long moment, Lottie resta immobile.

— Et la mer ? demanda-t-elle enfin.

— Je ne sais pas, répondit-il avec sincérité. Si je parviens à me procurer un autre navire, ne viendrez-vous pas avec moi ?

— Il y a mes frères…

— Oh ! ils seront les bienvenus à Balhaire ! affirma Catriona. Si vous saviez comme ma mère se languit de Drustan !

Lottie semblait abasourdie, inquiète. De toute évidence, elle ne savait que dire, et le cœur d'Aulay se mit à battre la chamade, prêt à être brisé. Mais alors, un sourire éclaira peu à peu le doux visage de Lottie. Une petite fossette lui creusa la joue, puis une lueur apparut dans ses magnifiques yeux bleus. Et enfin, elle éclata de rire.

— Eh bien quoi, était-ce si désastreux ? grommela-t-il. Suis-je si ridicule ?

— Bien au contraire, c'est le plus beau discours que

j'aie jamais entendu, et j'ai écouté tous ceux de Duff ! Mais je n'ai pas l'intention d'épouser Mr MacColl.

— Comment ?

— Je veux faire de lui notre nouveau chef.

— Nom de Dieu ! marmonna-t-il.

— Il achètera le peu que nous avons, et je vous remettrai l'argent, Aulay. Ensuite, je me livrerai à la justice.

— Non ! crièrent d'une même voix Catriona, Mathais et Drustan.

— Je ne voulais pas vous l'annoncer de cette manière, mes chers frères, mais je ne serai jamais en paix avec moi-même si je ne me rends pas. Ce que j'ai fait est trop grave ! Du reste, ils finiraient par me retrouver, un jour ou l'autre. Je dois répondre de mes actes.

— Vous avez *emprunté* un navire, rectifia Catriona.

— Lottie, ils ne savent pas que c'est vous ! implora Aulay. Ils recherchent un homme !

— C'est bien là l'ennui, Aulay. Je n'ai pas d'homme à sacrifier.

— Un homme, vous dites ? répéta MacColl d'un air songeur.

— Cela n'a pas d'importance…, commença Lottie.

— Peut-être bien que si, répliqua MacColl en se tournant vers Aulay. Quel homme, dites-moi ?

— Cela, ils l'ignorent, répondit-il avant de lui rapporter sa conversation avec Roy Campbell.

— J'ai une idée, déclara le vieil homme quand il eut terminé. Une idée qui pourrait apporter une réponse à tous nos problèmes. Vous souvenez-vous, Lottie, qu'après la rébellion les soldats anglais sont venus ici ? Ils recherchaient des jacobites, et nous en avions un ou deux. Nous avons réglé le problème en leur mettant la corde au cou.

À ces mots, Catriona laissa échapper un petit cri. Lottie également, peut-être aussi parce qu'elle venait d'entrevoir une issue.

— Oui, je me souviens !

— Il est hors de question de pendre qui que ce soit ! protesta Aulay.

— Bien entendu. Tout ce qu'il nous faut, c'est un enterrement. Le laird a prévenu qu'il viendrait lundi ; il nous reste donc peu de temps, dit MacColl avant de se mettre à échafauder un plan.

Chapitre 29

Duncan Campbell était contrarié : ses bottes de cuir étaient trempées. Il n'y avait rien de pire que de marcher avec les pieds mouillés. À part peut-être de chasser des lapins à chaque pas avec les mêmes pieds mouillés.

— Nous devrions mettre le feu à cette île, pour la raser d'un bout à l'autre, dit-il au valet de MacColl qui le rejoignit sur le sentier. Y avez-vous pensé ? Un bon incendie, et vous seriez débarrassés de ces satanées bestioles !

— Et nos maisons, nos vaches et nos moutons ? s'exclama le garçon d'un air horrifié.

Duncan haussa les épaules. Il était furieux : son cousin Roy l'avait envoyé de fausse piste en fausse piste. Cet idiot semblait penser qu'il suffisait de se promener dans les Highlands pour dénicher des alambics illégaux, et il lui avait fait parcourir des milles et des milles, d'Applecross à Inverness. Tout le monde était suspecté de leur faire de la concurrence avec de l'alcool de contrebande !

— Où est ton chef ? demanda-t-il en secouant la boue de ses bottes tout en envoyant voler un lapin.

— À un enterrement, milord.

— Un enterrement ? Qui est mort ?

— Le traître, milord.

— Quel traître ?

— Je ne sais pas très bien. Le chef m'a dit d'aller vous chercher.

— Me voici. Emmène-moi jusqu'à lui, dit-il en faisant signe à ses hommes de rester près du bateau.

Il suivit le valet le long d'un chemin boisé pour arriver sur une colline où se dressait une modeste chapelle. Un petit groupe était rassemblé dans le cimetière attenant et, en s'approchant, il entendit une femme qui sanglotait sans la moindre retenue.

— Mon pauvre Davy ! hurlait-elle à pleins poumons.

MacColl accourut pour le saluer, le visage sombre.

— Je vous demande pardon, milord, pour vous avoir fait venir à un moment aussi inopportun.

— Que se passe-t-il ? demanda Duncan en plissant les yeux pour observer les quelques personnes réunies là. Qui est mort ?

— Hélas, il y avait un traître parmi nous : Davy Livingstone. Mais il n'est plus.

— Davy ? répéta-t-il. Ce nom ne me dit rien.

Mais à vrai dire, il ne connaissait pas beaucoup de Livingstone : cette bande d'incapables ne l'intéressait guère.

— Le contraire m'aurait étonné : ce n'était pas un garçon très aimable. Mais de là à penser que c'était un fourbe… Vous aviez raison, laird : Bernt distillait du whisky, et Davy le lui a volé !

— Comment ? s'écria Duncan, interdit.

— Il a trahi tous les Livingstone, poursuivit MacColl d'un ton grave. Il leur a pris leur navire et leur whisky, et a enlevé leur chef. C'est lui qui a fait feu sur le vaisseau de la marine royale. Et il est rentré sans Bernt. Bernt est mort, milord. Mais ce gredin de Davy a eu ce qu'il méritait ! Justice a été faite.

— Quoi ?

Duncan avait presque crié. Ainsi, il ne s'était pas trompé au sujet de Bernt Livingstone ! Mais obtiendrait-il la prime pour avoir découvert le voleur ? Et serait-il couvert d'éloges par son oncle, le chef de tous les Campbell de la région ? Duncan imaginait déjà la mine déconfite de Roy, lui qui n'avait pas cru un seul instant qu'il mettrait la main sur les alambics. Mais comment diable allait-il faire pour livrer un cadavre à son oncle ?

— Sa famille est effondrée, dit MacColl à voix basse en l'entraînant vers le cimetière. Jamais ils n'auraient cru cela du jeune Davy Livingstone, et nous non plus.

Duncan était abasourdi.

— Ah, vous êtes arrivé juste à temps, laird !

C'était Duff MacGuire, le soi-disant comédien, qui lui tendait un petit verre de whisky.

Alors seulement, Duncan remarqua le cercueil grossier et la tombe fraîchement creusée. S'approchant un peu, il sentit une odeur qui lui souleva l'estomac. C'était l'odeur de la mort, à n'en pas douter.

— À Bernt Livingstone ! déclara Duff en levant son verre. Il restera à jamais dans nos pensées. C'est ce whisky qui a causé sa mort, ajouta-t-il. C'était le moment ou jamais de le boire, n'est-ce pas ?

— À Bernt ! reprirent tous les autres en chœur.

Et les sanglots reprirent de plus belle.

— Mais enfin, qu'est-ce qui se passe, ici ? s'écria Duncan en se tournant brusquement vers MacColl. S'il y a deux morts, je ne vois qu'une tombe ! Est-ce Bernt Livingstone que vous enterrez ?

— Non, milord, répondit MacColl d'un air étonné. Bernt a disparu en mer. C'est Davy Livingstone qui est sous ces quatre planches. Il a payé pour son crime. Nous n'avions pas le choix, vous comprenez : il a floué son clan et s'est rebellé contre son chef.

— Je n'y comprends rien ! bougonna Duncan.

— Il dit vrai, laird, intervint un homme aussi grand que maigre. C'est mon navire que cette crapule a volé. Il avait réuni une bande de canailles d'Oban pour mener ses plans à exécution. Une véritable mutinerie !

— Une mutinerie ? répéta Duncan, soudain pris de vertige.

— Oui, dit MacLean, le comptable. Il s'est joué de Bernt. Je n'aime pas médire des morts, laird, mais vous savez sans doute que notre chef était parfois crédule.

— En effet.

Ce n'était certes pas lui qui allait le contredire : cet homme était un parfait imbécile.

— Davy l'a persuadé qu'il pourrait vendre son whisky à Oban. Au milieu de la nuit, ils ont chargé ses quelques tonneaux sur le navire de Gilroy, poursuivit MacLean en montrant du doigt le grand échalas, et ils sont partis.

— Mais Oban n'était pas leur véritable destination, coupa Duff. Ses complices et lui ont mis le cap sur le Danemark. En mer, ils ont tiré sur le vaisseau de la Couronne, causant la mort de Bernt, et ils ont regardé le vieux rafiot couler.

— Ce n'était pas un vieux rafiot ! marmonna Gilroy.

— Davy est revenu en boitant, les mains vides.

— Et les alambics ? demanda Duncan.

— Nous les avons détruits, milord. Après ce qui s'est passé, nous n'avons pas hésité.

Duncan flairait une manigance. Il n'avait jamais trouvé leurs maudits alambics ; comment pouvait-il être sûr qu'ils s'en étaient débarrassés ? Bernt Livingstone aurait-il inventé une ruse habile pour ne pas payer les loyers qu'il lui devait ?

— Et comment se fait-il que je n'aie jamais entendu parler de ce Davy Livingstone ? demanda-t-il en jetant à Duff un regard soupçonneux.

— Il passait plus de temps à Oban qu'ici. Toujours fourré à la taverne. Aucun d'entre nous ne le connaissait suffisamment pour savoir qu'il avait passé un accord avec Anders Iversen. Jamais nous n'aurions pu deviner qu'il comptait se rendre au Danemark.

— Anders Iversen ! Est-ce l'homme qui a abandonné Miss Livingstone ?

— Il ne m'a pas abandonnée !

Duncan se retourna. Vêtue d'une tenue sombre, sa fameuse chevelure ramassée sous un chapeau, la fille de Bernt sortit de l'attroupement.

— J'ai fini par découvrir qu'il n'était qu'un scélérat ! déclara-t-elle. Si seulement j'avais su que Davy Livingstone et lui avaient conclu ce pacte diabolique, mon père… Mon père serait toujours vivant aujourd'hui !

Les larmes lui montaient aux yeux, qu'elle avait fort jolis.

— J'aurais dû m'en douter ! continua-t-elle. J'aurais dû comprendre que mon père s'apprêtait à commettre une erreur, et l'en empêcher ! Mais il craignait que vous ne trouviez nos alambics, milord, car il vous savait perspicace. Il s'était rendu compte qu'il avait mal agi, mais il était trop tard ! Le pauvre homme se doutait que vous nous infligeriez une dure punition, et il voulait à tout prix sauver son clan…

Sa voix s'étouffa dans un sanglot, et elle baissa la tête pour pleurer.

— Je ne vous aurais pas infligé une dure punition ! protesta Duncan, mal à l'aise, en tapotant l'épaule de Miss Livingstone. Mais je ne comprends toujours pas.

Avant de poursuivre, il s'éloigna un peu d'elle. Il ne savait comment se comporter en présence d'une femme en pleurs.

— Pourquoi ce Davy serait-il retourné sur l'île après avoir commis tous ces méfaits ?

— Parce que les Campbell fouillent toute la région ! s'écria-t-elle en écartant brusquement les bras. Vous êtes bien placé pour le savoir. Il n'avait nulle part où aller !

Le fils cadet de Bernt Livingstone la prit par les épaules pour l'attirer contre lui et elle se remit à sangloter bruyamment.

— Mais il n'aurait pas dû revenir ici ! lança MacColl. Les hommes et les femmes de cette île ne tolèrent pas la malhonnêteté. Il a été jugé et pendu pour son crime. À présent, le moment est venu de l'enterrer.

— Qui me dit que c'est lui qui est à l'intérieur ? demanda Duncan en désignant le cercueil d'un air accusateur. Peut-être est-ce là que vous cachez le whisky !

MacColl le considéra comme on regarderait un enfant précoce.

— Voyons, milord… Tout le monde ici sait qu'un homme de votre intelligence ne se laisserait pas tromper par une ruse aussi grossière ! Le whisky des Livingstone a coulé avec le navire et les alambics ont été détruits, je vous en donne ma parole !

Le vieil homme avait raison : il était bien trop intelligent pour se laisser berner de la sorte. D'ailleurs, ne venait-il pas de manifester ses soupçons ? Ils n'étaient tout de même pas stupides au point de cacher le whisky sous son nez !

— Je peux ouvrir le cercueil, si vous le souhaitez, offrit un jeune homme à la barbe broussailleuse.

Il posa une main sur le couvercle, prêt à l'ouvrir, avant d'hésiter.

— Je préfère vous prévenir, dit-il en grimaçant. Les corbeaux lui ont crevé les yeux. Ce n'est pas beau à voir.

— Ce ne sera pas nécessaire, répondit très vite Duncan.

Après avoir vidé son verre de whisky d'un trait, il le jeta sur le sol. Il atterrit sur un lapin. Maudite île !

— Vous me compliquez terriblement la tâche, avec votre justice de sauvages, maugréa-t-il. J'aurais aimé livrer le coupable à mon oncle afin d'obtenir la prime. À présent, il va s'imaginer que je ne suis pas capable de vous commander ! Parlons de mes loyers, à présent. Où est l'argent ?

— Nous sommes parvenus à un accord qui, je crois, vous donnera satisfaction, déclara MacColl. Les Livingstone ont enfin décidé de se montrer raisonnables. Si nous en parlions dans mon salon ? ajouta-t-il en l'invitant d'un geste de la main à emprunter le sentier.

Duncan jeta un dernier regard à l'assemblée et au cercueil rudimentaire.

— N'importe où sauf ici, dit-il en tirant un mouchoir de sa poche pour le presser sur son nez.

Tandis qu'ils s'éloignaient, il entendit les Livingstone entonner un hymne.

*
* *

Aulay ignorait depuis combien de temps il arpentait la pièce, mais le tapis sous ses pieds devait à présent être usé jusqu'à la corde.

— Qu'est-ce que c'est ? demanda soudain Catriona en bondissant du canapé.

— Quoi donc ?

Elle posa un doigt sur ses lèvres. Alors Aulay entendit, lui aussi : c'étaient des voix. De nombreuses voix. Qui criaient, lui semblait-il.

— Mon Dieu, ils se battent ! s'exclama-t-il en se précipitant vers la porte, prêt à intervenir.

— Non, ils chantent ! dit sa sœur. Un hymne, si mes oreilles ne me trompent pas.

Elle avait raison : ils chantaient. Les voix se rapprochaient, de plus en plus claires. Par la fenêtre, ils virent les habitants de Lismore sortir peu à peu du bois, bras dessus, bras dessous, faisant fuir les lapins sous leurs pas. Tous chantaient — et riaient.

L'instant d'après, Mathais fit irruption dans la pièce.

— Le plan a fonctionné ! s'écria-t-il. Campbell nous a crus !

— Vous pouvez féliciter Johnny Livingstone : c'est un comédien né ! ajouta Duff qui entrait à son tour avec quelques autres, dont un jeune homme svelte qui rougit devant le compliment. « Les corbeaux lui ont crevé les yeux ! » lança-t-il avec un rire tonitruant.

— Le cadavre était particulièrement réussi, précisa Gilroy. Mrs Potter Livingstone avait raison : le mélange d'herbes et d'algues produit une odeur abominable ! observa-t-il dans l'hilarité générale.

— Et Duncan Campbell vous a crus !

Aulay les regardait, incrédule. Il avait tenté de les

convaincre de renoncer à ce projet, qu'il jugeait ridicule, mais le clan Livingstone avait eu le dernier mot.

— Mais bien sûr ! Il a vu le cercueil, la tombe toute fraîche… Bien sûr qu'il nous a crus ! répondit Gilroy en lui administrant une tape sur l'épaule.

— Et… Où est Miss Livingstone ?

Duff désigna la fenêtre du doigt. Elle avançait sur le sentier en compagnie de MacLean.

Aulay sortit sur le palier pour l'accueillir.

— C'est donc vrai ? lui demanda-t-il comme elle s'approchait. Campbell a cru toutes ces idioties ?

— Aussi incroyable que cela puisse paraître, c'est vrai ! répondit-elle avec un lumineux sourire de soulagement.

— N'ayez aucune inquiétude, Lottie, lui dit MacLean avant de pénétrer dans la maison. MacColl fera un bon chef, j'en suis sûr. C'est un brave homme, il en a donné la preuve.

Elle le regarda s'éloigner avant de tourner vers Aulay son visage radieux.

— C'est bien vrai ? répéta-t-il, encore sceptique. Campbell croit que vous avez pendu le traître ?

— Cette idée l'a horrifié et il a été un peu vexé de voir la prime lui échapper, mais oui, il nous a crus !

— C'est invraisemblable ! dit-il en lui prenant la main. Eh bien, Miss Livingstone, à présent que cette affaire est réglée et que je vous ai déclaré mes intentions, le moment est venu d'oublier tout cela et de penser à demain.

Tout en souriant de plus belle, elle haussa légèrement les épaules.

— Vous croyez ? Avez-vous oublié que je ne peux rembourser vos dettes, même avec la vente du manoir et de notre bétail ?

— Je n'ai pas oublié.

— Avez-vous toujours l'intention de transporter du whisky de contrebande ?

— Tout dépend de ce que l'avenir me réserve.

— Dans ce cas, rappelez-moi quelles sont vos intentions, capitaine.

— Quelle partie ? demanda-t-il en lui rendant son sourire. Celle où je vous annonce que je n'ai rien à vous offrir et que nous allons vivre dans la misère ? Ou celle où je vous avoue que je vous aime et que je veux vous épouser ?

Lottie glissa les bras autour de son cou.

— J'ai bien aimé le moment où vous avez dit que la mer s'était enroulée autour de vous et que vous n'étiez plus le même homme. Et encore plus celui où vous m'avez juré solennellement que vous ne feriez plus jamais la moindre allusion aux deux navires qui ont coulé par ma faute.

— Oui, répondit-il en riant, la mer s'est enroulée autour de moi et je ne suis plus le même homme ! Je suis un homme meilleur. Et je suis heureux.

C'était vrai. Jamais il n'aurait cru pouvoir connaître le bonheur sur la terre ferme, mais sans doute avait-il trouvé un autre phare pour le guider, une autre mer. Une mer si vaste et si riche de possibilités qu'il lui faudrait une vie entière pour l'explorer.

— Mais vous êtes bien naïve si vous croyez que je n'évoquerai plus jamais les deux navires que vous avez coulés ! murmura-t-il en embrassant sa bouche rieuse. Et vous ? demanda-t-il. Renoncerez-vous à votre désir de voir le monde ? Je ne suis pas sûr de pouvoir vous donner cela, Lottie.

Elle fit claquer sa langue avant de répondre.

— Je le verrai, répondit-elle. Même si je ne quitte plus jamais cette île, je le verrai à travers vos yeux. Vous le peindrez pour moi, n'est-ce pas ?

Il n'aurait pu l'aimer davantage.

— Je vous le promets.

— Quelle folie ! s'exclama-t-elle. Un faux enterrement et une vraie demande en mariage dans la même journée !

À nouveau, elle l'embrassa, à la grande joie des Livingstone qui, pressés derrière la fenêtre, se mirent à applaudir bruyamment.

Oui, c'était de la folie. Aulay ne monterait peut-être plus jamais à bord d'un navire, mais il vivrait mille aventures. Le monde ne serait plus jamais vide. Il avait trouvé celle qui manquait dans ses tableaux.

Épilogue

Trois ans plus tard

Par un jour d'été radieux, la famille d'Aulay s'était réunie sur la plage de la crique pour la mise à l'eau du nouveau navire. Ce n'était pas un très gros bateau : il ne pouvait transporter qu'un ou deux coquillages. Mais Beathan Mackenzie, le fils d'Aulay et Lottie Mackenzie, en était tout de même extrêmement fier.

Le bambin se dandinait derrière le bateau sur ses petites jambes potelées, criant de joie chaque fois qu'Aulay sautait dans les vagues pour empêcher le frêle esquif de gagner le large. Beathan fêterait ses deux ans le mois suivant, et Lottie attendait un autre enfant.

C'était Drustan qui avait taillé le navire pour son neveu, lui ajoutant des voiles et des canons. Il avait même sculpté minutieusement des tonneaux de whisky qu'il avait fixés sur le pont.

— C'est un magnifique bateau, avait déclaré la mère d'Aulay, les yeux un peu humides.

Elle avait toujours eu un faible pour Drustan. « Il a des dons que nous n'avons pas encore découverts », avait-elle coutume de dire.

Mathais était venu assister à l'événement en compagnie de Rabbie et de son fils, Ualan, qui le suivait partout où il allait. À dix-sept ans, Mathais était devenu un jeune homme grand et musclé. Rabbie affirmait qu'il excellait au maniement de l'épée et qu'un jour il deviendrait l'un des meilleurs soldats des Highlands.

Les pieds dans l'eau, Catriona et Bernadette bavardaient avec les filles de cette dernière. Elles avaient ôté leurs souliers et remonté leurs jupes pour ne pas les mouiller.

Le père d'Aulay était venu, lui aussi, aidé par deux valets. Il respirait l'air marin, les yeux fixés sur l'horizon, la tête haute malgré la canne sur laquelle il était contraint de s'appuyer. Il n'était pas descendu jusqu'à la crique depuis deux ans, disait-il. C'était peu après la naissance de Beathan.

— Aulay ! Ne le laisse pas aller si loin ! cria Lottie en voyant que leur fils avait de l'eau jusqu'aux chevilles.

Arrivée à leur hauteur, elle le souleva dans ses bras.

— Allons, Lottie, il n'allait pas partir à la dérive !

Elle le serra contre elle et l'embrassa sur la joue.

— Je n'aime pas le voir au bord de l'eau. Une vague pourrait très bien l'emporter ! insista-t-elle en remontant vers la plage tout en câlinant leur enfant.

Aulay ramassa le bateau de bois et se dirigea vers son père.

— Ah, les jeunes mères ! soupira ce dernier. Attends le deuxième, et tu verras : ses inquiétudes s'envoleront, fais-moi confiance !

Debout à ses côtés, il sourit en contemplant les flots.

— Elle te manque ? demanda son père. La mer ?

Bien sûr qu'elle lui manquait. Au point que c'en était parfois une souffrance.

— Oui, répondit-il.

Elle lui manquait, mais sa vie avait bien plus de sens aujourd'hui qu'elle n'en avait jamais eu pendant toutes ces années passées sur le pont d'un navire. Depuis le naufrage du *Reulag Balhaire*, il avait progressivement pris en main les comptes de son père. Cela permettait à Rabbie de se consacrer à leurs diverses activités. Ce travail était bien différent de ce à quoi il était habitué, mais il ne lui déplaisait pas. Il avait même trouvé des solutions qui leur avaient permis de rembourser leur dette à William Tremayne sans avoir à vendre de biens.

Mais surtout, il était si heureux avec Lottie, en particulier depuis qu'ils s'étaient installés à Balhaire, que tout le reste n'avait que peu d'importance. Et l'arrivée de Beathan avait été la naissance d'un immense amour et d'une nouvelle raison de vivre. Contre toute attente, William lui avait récemment proposé de gouverner un autre navire. Aulay y réfléchissait mais, pour la première fois, il hésitait à risquer sa vie alors qu'il avait une épouse merveilleuse, un enfant et un bébé à naître.

Mais il n'y avait pas que cela. Quelque chose de décisif lui était arrivé au cours de ce dernier voyage. Le naufrage de son bateau avait marqué un tournant dans son existence. Aulay n'avait pas eu envie de recréer ce qu'il avait perdu, d'autant plus qu'il avait compris que son rêve de redonner vie à leur commerce était irréalisable : chaque jour, d'autres pays empiétaient un peu plus sur leurs routes commerciales.

En outre, il avait compris que sa vie en mer, si importante à ses yeux, n'avait été qu'une fuite. Elle ne le comblait pas. Certes, il avait visité bien des ports d'escale. Ce qui voulait dire qu'il s'était attablé dans des tavernes crasseuses et qu'il avait rencontré des hommes brutaux et des femmes endurcies. Certes, chaque fois qu'il était rentré à Balhaire, il avait eu hâte de repartir. Mais c'était parce que son existence était vide. Lottie ne s'était pas trompée : la mer était toujours la même. C'était ce qu'il y avait dans sa mer à lui qui comptait et, avant que sa femme n'entre dans sa vie, il n'y avait rien.

Aulay se tourna vers son épouse et son fils, qui marchaient maintenant main dans la main, leurs cheveux du même blanc de nacre. Ils s'arrêtaient à chaque pas ou presque, s'accroupissant pour examiner un nouveau trésor. Lottie lui semblait plus belle aujourd'hui que jamais.

Il peignait le monde pour elle, comme elle le lui avait demandé, en s'inspirant de ses souvenirs. Elle adorait ses tableaux et les contemplait longuement, l'interrogeant sur telle touche de couleur ou telle ombre. Le jour de son anniversaire, il l'avait surprise en lui promettant un voyage à Londres. La situation des Mackenzie s'était suffisamment améliorée pour qu'ils puissent se le permettre. La nouvelle l'avait transportée de joie. Dès que leur bébé à naître serait assez robuste, ils accompagneraient Cailean, Daisy et leurs enfants jusqu'à la capitale.

— Je suis fier de toi, mon fils, déclara tout à coup son père.

Aulay, ébahi, se tourna vers lui. Pourquoi cet aveu, maintenant, après tant d'années ?

— Je sais, ajouta son père comme s'il percevait son trouble, le regard toujours fixé sur la mer. Je ne suis guère doué pour ouvrir mon cœur, du moins c'est ce que dit ta mère. Mais je suis sacrément fier de toi, et je l'ai toujours été. *Toujours*, répéta-t-il en posant les yeux sur lui. Tu as toujours été mon artiste. Mon aventurier. Pardonne-moi si je ne l'ai pas dit…

— Il n'y a rien à pardonner, répondit Aulay, les yeux brillants d'émotion, en passant un bras autour des épaules de son père. *Tapadh leat*, dit-il simplement. Merci.

Ces simples mots ne pouvaient exprimer la profondeur de ses sentiments, mais il les prononça avec une sincérité absolue.

À nouveau, il regarda son épouse et son fils. Une heure plus tôt, il aurait juré qu'il ne pouvait être plus heureux qu'il ne l'était déjà. Mais il commençait à croire que le bonheur était un océan sans fond, et il comptait bien l'explorer.

Lexique

Danois

god nat : bonne nuit.
hun er dansk : elle est danoise.
hvem : qui ?
ja : oui.
kvinde : femme.
meget smuk : très belle.
pusling : terme affectueux employé pour s'adresser à une personne petite et mignonne.
skål : à la vôtre !

Gaélique écossais

bod an donais : bon sang !
fàilte : bienvenue.
feasgar math : bonsoir, bonjour.
gun déid leat : bonne chance.
leannan : mon/ma chéri(e).
madainn mhath : bonjour.
mi Diah : mon Dieu !
mo chridhe : mon cœur.
slàinte mhath : à la vôtre !
tapadh leat : merci.
tha gaol agam ort : je vous aime.
tha thu breagha : vous êtes belle/jolie.
uist : chut !

Vous avez aimé ce roman ?
Découvrez la série « Les mariés écossais »
de Julia London

1/ *Unie au Highlander*
2/ *Le prétendant des Highlands*
3/ *Le fiancé des Highlands*

disponibles dès à présent sur www.harlequin.fr

Composé et édité par HarperCollins France.

Achevé d'imprimer en octobre 2018.

CPi
BLACK PRINT

Barcelone

Dépôt légal : novembre 2018.

Pour limiter l'empreinte environnementale de ses livres, HarperCollins France s'engage à n'utiliser que du papier fabriqué à partir de bois provenant de forêts gérées durablement et de manière responsable.

Imprimé en Espagne.